크레이브

Crave

CRAVE
by Tracy Wolff

Copyright © 2020 by Tracy Deebs-Elkenaney
All rights reserved.
This Korean edition was published by THENAN Contents Group Co. in 2024
by arrangement with Entangled Publishing c/o RightsMix
through KCC(Korea Copyright Center Inc.), Seoul.

crave

트레이시 울프
장편소설

크레이브

유혜인 옮김

2

Tracy Wolff

북로드

38

목덜미에 박힌 이빨보다
멋진 고백은 세상에 없을 거야

그러고 나서 잠이 들 리는 없다.

이후 두 시간 동안은 내 목을 천 번은 더 확인하고 또 확인하며 내 몸에 남은 약효가 사라지기를, 이게 부디 기괴한 환각이기를 바라며 구멍이 더는 보이지 않기를 기다린다.

이게 진정제가 불러온 환각 증상이 아니라면 베인 동맥과 외계인 따위는 이제 걱정거리도 아니기 때문이다.

생각을 정리하기 위해 침대에서 나와 산책을 나가고 싶지만 며칠 전 밤의 기억이 아직도 생생하다. 오늘 그런 일을 겪고, 거울로 상처까지 확인한 상태로 오늘 밤 누가 내게 시비를 건다면 나는 이성을 잃을 게 분명하다. 창밖을 보니 아직 달도 하늘 높이 떠 있다.

정상적인 세계에서는 문제가 아니다. 하지만 이곳에 발을 들인 후로 '정상적인 삶'은 아주 먼 기억이 되어버렸다. 그 생각에

이른 나는 목의 반창고를 만지작거린다. 대체 무엇이 내 목에 구멍을 냈을지 생각하느라 머릿속은 바쁘게 움직인다.

그래, 뭐, 내가 공포 소설 속에 사는 인물이라면 완벽한 위치, 완벽한 간격의 구멍이 난 이유를 분명히 설명할 수 있겠지. 하지만 나는 브램 스토커[1]가 아니고, 이곳은 트란실바니아가 아니잖아. 다른 이유가 있어야 한다.

뱀인가? 내 목에 주사를 두 방 났나? 정말로 못된 장난일까?

뭔가 있어야 한다. 그 정체를 아직 모를 뿐이지.

보름달을 조심하라던 잭슨의 경고와 마크와 퀸을 짐승이라고 하던 냉소적인 말이 자꾸만 떠올라 논리적인 생각을 방해한다. 플린트와 잭슨이 다른 세계에서 왔다는, 둘은 너무 달라 서로 섞일 수 없다던 메이시의 경고도 떠오른다.

약 때문이겠지? 그래야만 한다.

왜냐하면 지금 내 머리 주변을 알짱거리는 것은 완전히 황당무계한 생각이기 때문이다. 완전히 미친 생각이다. 세상에 괴물이 어디 있어. 괴물처럼 행동하는 사람만 있지.

이런 생각.

머리스가 내 목에 주사를 두 방 놓지 않았다면 장난이 분명하다. 잭슨이 나를 가지고 노는 거다. 그래야만 한다. 그것 말고는 설명할 방법이 없다.

---

1 아일랜드의 소설가로, 고딕 소설의 고전 《드라큘라》가 대표작이다. 그는 이 소설을 쓰기 위해 몇 년 동안 도서관을 돌아다니며 뱀파이어에 대한 설화와 전설을 조사했다.

나는 몇 시간 후까지도 그 생각을 떨치지 못하고 수도 없이 속으로 되뇐다. 하지만 휴대폰 시간이 오전 6시로 바뀌자마자 일어나 샤워를 한다. 머리스에게 들은 대로 목의 반창고가 젖지 않도록 조심스럽게.

그래, 나는 뱀파이어에게 물린 상처에 대해 아무것도 모르잖아? 괜히 덧나게 할 필요는…….

물론 이게 뱀파이어에게 물린 상처라는 말은 아니다. 지금으로서는 무엇 하나 당연하지 않다.

검은색 치마를 입고 검은색 스타킹을 신은 후 이번에는 보라색 폴로셔츠를 선택한다. 뺨의 상처와 목의 반창고가 보이지 않게 머리카락을 정돈하고 나서 메이시의 알람이 울리기 전 방에서 몰래 나간다. 한편으로는 메이시를 깨워 추궁하고 싶지만 메이시의 거짓말을 듣고 싶지는 않다.

메이시의 진실을 듣고 싶은지도 모르겠다.

하지만 잭슨은…… 만약 잭슨이 거짓말만 했단 봐라. 이빨 달린 검은 심장에 말뚝을 꽂을 테니까. 말 안 되는 소리인 거 나도 안다. 하지만 지금은 상관없다.

나는 사명을 띤 전사처럼 학교를 성큼성큼 걷는다. 아직도 현기증이 사라지지 않아―아니, 대체 피를 얼마나 흘렸기에?―딱히 보기 좋은 모습은 아니지만, 언제 잭슨과 대화하게 될지, 침대에 누워 마냥 기다릴 수는 없다. 그렇게는 단 1초도 못 기다린다.

5분 만에 탑에 도착한다. 성의 반대쪽 끝에서 왔는데 이 정도면 신기록 아닐까? 벽감을 지나 잭슨의 방에 이르러 문을 쿵쿵 두드려보지만 아무 반응이 없다.

나는 계속 문을 두드리고 그래도 응답이 없자 문자를 보낸다. 전화도 건다. 문을 더 두드린다. 이럴 수 있어? 어느 때보다도 답이 필요한 시점에 방에 없다는 게 말이 돼?

하지만 말이 되나 보다. 젠장.

답답하고 열도 받고, 인정하고 싶지 않지만 걱정이 든다. 나는 독서 공간에 있는 푹신한 의자에 털썩 앉아 현재는 나무판자로 막힌 창문을 바라본다. 어제 이곳에 있던 양탄자가 사라졌다는 사실을 외면하고 싶기도 했고.

그러다 의자에 등을 기대고 잭슨 베가가 나오기를 기다린다.

15분 후, 초조해서 미칠 것 같다. 30분 후, 나쁜 놈에게 흉악한 문자를 몇 통 날린다. 45분 후, 빌어먹을 탑을 아예 태워버릴까 고민하는데…… 잠이 덜 깬 메키가 재미있다는 얼굴로 걸어온다.

"뭐가 그렇게 웃겨?" 그리 상냥하지 않은 말투로 내가 다그친다.

"너는 툴툴댈 때 귀여워."

"툴툴 같은 소리 하네."

"아, 맞아. 너는 믿을 수 없을 만큼 열 받았고 잭슨의 뚱뚱한 검은 심장을 가슴에서 뽑아 짓밟을 수 있지?" 메키는 내가 보낸 것 중 제일 잔인한 문자를 인용한다. 망신을 주겠다 그거지. 하지만 지금은 망신이고 뭐고 다 초월했다. 내 목에 이빨 자국이 있다고. 이빨 자국.

"맞아." 내가 째려보며 대답한다. "딱히 실비아 플라스를 변용[2]한 건 아니고."

"너무 형편없어서 실비아 플라스를 인용한 줄은 몰랐네."

"계속 그러면 너한테도 화낸다." 내가 덧붙이는 말에 메키는 미소를 짓는다. 더 들으면 곱상한 얼굴에 주먹을 날리고 싶어 질까 봐 내가 묻는다. "잭슨은 어디 있어? 그리고 왜 나를 피하는 거야? 내 문자는 왜 너한테 보여주고?"

"너를 피하는 거 아니야."

"아, 정말?" 내가 방문 앞으로 걸어가 의식을 치르듯 정중하게 노크를 한다. 역시 반응이 없다. "확실한데."

"정말? 걔가 너를 피할 이유가 뭐야?" 눈썹을 세우고 고개를 갸웃한 메키가 팔짱을 끼고 씩 웃는다.

"이것 때문에." 나는 손을 올려 목의 반창고를 뜯고 메키도 내가 보는 것을 볼 수 있도록 고개를 돌린다.

미소가 순식간에 사라지는 모습을 보니 사악한 만족감이 든 다. 메키는 충격으로 눈이 커다래진다. 나는 그의 얼굴에서 미소가 싹 사라지는 것을 지켜보며, 일종의 심술로 비뚤어진 만족감을 즐긴다. 메키의 입이 벌어진다. "와, 씨! 누가 물었어?"

세상에. 속이 뒤집힌다. 메스꺼움이 일어나며 잠깐은 토할

---

2 실비아 플라스의 시 〈아빠〉 중 '당신의 살찐 검은 심장에 말뚝이 박혀 있지'라는 구절이 있다.

것 같다고 생각한다. 메키는 누군가 나를 '물었다'는 사실을 부정하지 않았다. '누가' 물었냐고만 물었을 뿐이다. 내 목에 뚫린 구멍 두 개가 지극히 일상적인 사건이라는 것처럼.

이 학교에 사람을 물고 다니는 사람이, 그것도 한 명이 아니라는 것처럼.

그 질문의 의미를 이해하자 두려움이 엄습하고 팔과 뒷목의 모든 털이 쭈뼛 선다.

"그레이스?" 과호흡을 가라앉히느라 내가 대답을 못 하고 있으니 메키가 묻는다. "누가 물었냐니까?"

"그게 무슨 뜻이야. 누구냐니?" 나는 목에 걸린 말을 거의 토해낸다. "잭슨이 물었지. 당연히."

"잭슨?" 메키는 눈을 동그랗게 뜨고 고개를 젓는다. "아니야, 그렇게는 아니었을 거야."

"무슨 뜻이야? 잭슨 맞아. 나는 이곳에 있었고, 유리에 베였고, 잭슨이 나를 물었어. 확실해."

"기억해? 그냥 그렇게? 잭슨이 널 문 기억이 나?"

"음, 아니." 지금은 나도 메키처럼 당황한 눈일 것이다. "하지만 잭슨이 아니면 누구라는 건데?"

"나야 모르지." 메키가 휴대폰을 꺼내 문자를 연이어 보낸다.

머리가 빙글빙글 돈다. 메키가 한 말과 하지 않은 말 때문에. 동물이나 사람을 물지. 동물 말고 또…… 아니다. 아직은 거기까지 가지 말자. 실제로 그 말을 받아들일 준비는 아직 되지 않았다. 뇌가 터지겠어.

"하늘에 맹세하는데, 지금 이게 장난이라면…… 이게 다 너희가 거창하게 꾸며낸 장난이라면 내가 다 죽여버릴 줄 알아. 산채로 창자를 꺼내서 불쌍하게 굶고 있는 북극곰을 찾아 먹이로 줄 거야. 알아들었어?"

"분명히……." 문자가 여러 통 도착하며 메키의 휴대폰이 진동하고 문자를 읽는 메키의 표정은 점점 어두워진다. "잭슨은 확실히 아니야."

등줄기를 따라 흐르던 전율이 오싹한 한기로 변하고 내 생각을 방해한다. 숨을 쉬기가 힘들다. "거짓말이 아니라고 어떻게 확신해?"

"잭슨은 나한테 거짓말 안 해. 그리고 지금 미쳐서 길길이 날뛰고 있거든." 메키의 휴대폰이 다시 울리고 메키는 새로 온 문자를 읽은 후 말을 잇는다. "너 꼼짝 말고 앉아 있으래. 오고 있다고. 몇 시간 있으면 올 거야."

"오고 있다고?" 이제는 머리가 정말로 폭발할 것 같다. 아니, 정말로 지금 이 자리에서 터질지도 모른다. 그러면 누가 왜 내게 이런 상처를 남겼는지 들을 필요도 없겠지. "정확히 어디에 있는데?"

"산."

"산? 디날리산 말이야?"

메키는 나를 쳐다보지도 않고 대답한다. "그보다 멀리."

"그보다 멀리…… 얼마나 더 멀리 갔다는 거야?"

메키가 고개를 젓는다. "걱정하지 마."

"걱정하지 말라고 말하지 마." 내가 메키의 어깨를 쿡쿡 찌른다. "나는 어떤 개자식이 벌인 장난으로 목에 송곳니 자국이 나 있고, 양호 선생님 말고 나를 마지막으로 본 사람은 잭슨이야. 그러니까 나는 잭슨이 돌아와서 해명하기 전까지 걱정할 거야. 알았어?"

"알았어, 알았다고!" 메키는 내가 찌른 곳이 아픈 척 문지른다. "어휴, 이 여자야. 자기 주장이 엄청 확실하네."

"그래, 하이킹하는 네 친구에게도 그렇다고 전해줘. 그리고, 내 목에 이빨 자국이 있다는데 너는 왜 당황하지도 않아?"

"당황하고 있어! 잭슨도 당황하고 있고. 우리 다 당황하는 중이야."

"그래, 하지만 너는 '누가' 나를 깨물었는지 몰라서 당황하는 거잖아. '누가 나를 깨물었다는 사실' 때문이 아니라!"

"아, 그래." 메키가 주머니에 손을 찔러 넣고 내 시선을 피한다. "설명은 잭슨 몫으로 남겨야 할 것 같다."

"그 성격에 잘도 말을 하겠다."

이 시점에서는 잭슨도, 메키도 다 지겹다. 이 상황 자체가 지겹다. 됐다. 집어치우자. 나는 의자에서 일어나 문으로 향한다.

하지만 메키가 먼저 도착해 내 앞을 가로막는다. 마음먹으면 진짜 빠르구나. "어이, 어디 가?"

"내 방 가서 준비하려고. 수업 있어." 고문이라도 해서 진실을 얻어낼 수 있는 사촌도 있지. 메키를 피해 가려 하지만 그는 다시 움직여 내 앞을 막는다.

"잭슨이 꼼짝 말고 있으랬잖아. 그냥…… 몰라, 책 하나 들고 불 앞에 앉아 있어." 메키가 빈 벽난로를 가리킨다.

"불이 없잖아."

"내가 피워줄게. 5분 걸릴 거야. 약속."

"메키." 나는 최대한 논리적인 말투로 천천히 말한다. 하지만 메키는 오히려 경계한다. 똑똑한 놈.

"왜, 그레이스?"

"내가 꼼짝 말고 기다리기를 원한다면 잭슨도 똑같이 했어야 했지 않을까? 지금 봐. 잭슨은 어딘지도 모르는 곳에서 뭔지 모를 일을 하고 있고, 나는 기절했을 때 목에 설명할 수 없는 이빨 자국을 얻은 채로 여기 있어." 다시 엄습해오는 공포를 밀어내려 분노에 집중한다. 그게 차라리 편하다. "잭슨이 지금 뭘 원하든 내가 쥐뿔도 관심 없는 이유를 너도 이제 알겠지?"

"음, 그러게. 확실히 알겠네." 메키는 평소였다면 무엇이든 얻어냈을 미소를 내게 보내지만 나는 굴복하기를 거부한다. 지금은, 이렇게는 안 된다. "우리 타협하는 건 어때? 방으로 돌아가서 잭슨이 올 때까지 쉬어. 그러면 너도 안전할 거고, 그러고 나서 너희 둘이 같이 문제를 해결할 수 있잖아."

"너 정말 내가 스테이플러 제거기 아니면 애완 뱀을 가진 명청이를 피해 다녀야 한다고 생각해?"

"스테이플러 제거기는 그런 자국을 남기지 않아, 그레이스. 뱀도. 너도 알 텐데. 그랬으면 아침 6시부터 여기 올라와서 잭슨 방 문을 두드리고 있지 않았겠지."

설명할 수 없는 존재, 아니 괴물이라고 해야 할까. 아무튼 그 걸 인정하는 메키의 말을 들으니 머리부터 발끝까지 차분해진 다. 약 때문일 수도 있고, 쇼크 상태에 빠지는 중일 수도 있다. 하지만 드디어 내게 솔직한 사람을 만났다는 안도감일지도 모른다.

뭐가 됐든 나는 심호흡을 하고 일말의 침착함이 사라지지 않 게 붙잡으며 잭슨과 처음 만난 날 했던 대화를 머릿속으로 되 짚는다. *천국과 지옥 사이에는 자네의 철학이 상상할 수 없는 일 이 더 많다네, 호레이쇼.* 그러고는 메키에게 묻는다. 내 두 귀로 똑똑히 들어야 했기 때문이다. "그럼 뭐가 이 상처를 만들었는 데?"

한참이나 대답이 없다. 말을 안 하려나 보다 내가 포기한 바 로 그 순간, 메키가 말한다. "진실은 말이야, 그레이스. 때로 가 장 뻔한 곳을 향해 있기도 해."

39

환각제는 왜 꼭
필요할 때 옆에 없는 걸까

흥미진진했던 폭로 이후, 메키와 나는 할 말이 별로 없다. 방까지 나를 데려다주겠다고 메키가 고집한 것을 제외하면. 할 말이 뭐가 있겠는가. 얘를 믿어야 할지 말지도 결정하지 못했는데. 메키를 잘 알지도 못하고. 그래, 잭슨은 메키를 믿는다지만 현재 행방이 묘연한 잭슨은 제대로 된 보증인이 아니다.

지난 15분 동안 잭슨이 내 휴대폰에 문자 폭격을 하고 있다는 사실도 그리 중요하지 않다. 아까 내가 문자를 보냈을 때는 답장 안 하고 메키한테만 보냈으면서. 그러니까 이제 잭슨도 내 소식이 궁금하면 메키에게 물어보면 된다. 나는 답장할 생각이 없거든.

유치하다고? 어쩌면. 현명하다고? 당연하지. 이런 기분으로는 후회할 말을 할 것 같아 두렵기 때문이다. 흥분을 가라앉히고 잭슨이 돌아왔을 때 직접 보고 말하는 편이 낫다. 그리고 잭슨이 내게 거짓말을 하려 한다면 나는 우리 사이에 점점 커져가는 무언가를 잿더미로 만들어버리면 된다.

방으로 오는 길에 메키가 몇 번이나 말을 걸지만 나는 충격을 받은 상태라 별로 반응하지 않는다. 메키를 무시하는 것은 아니다. 머리가 어지러워서 그럴 뿐이지. 이건 악몽이어야 한다. 그것 말고는 설명할 방법이 없다.

결국 메키는 대화를 포기한다. 안도해야 하지만 그 후로 우리 사이에는 무거운 침묵만 깔린다.

내 인생에서 가장 어색한 침묵이라 문까지 데려다주자마자 줄행랑을 칠 거라 생각했는데 메키는 내가 문을 열 때까지도 그 자리에서 기다린다.

"들어오라고 안 할 거야." 나는 메키 쪽을 돌아보지도 않고 말한다.

"기대도 없었어." 하지만 문이 열리자마자 메키는 내가 문을 닫지 못하게 손바닥으로 턱 잡는다. 안으로 들어오지는 않는다. 문을 넘지 않으면서 최대한 문가에 붙어 설 뿐이다. 이상한 행동이다. 구슬 발이 미친 듯이 정전기를 쏘고 있을 텐데. 그러다 문득 떠올린다. 뱀파이어 전설의 첫 번째 규칙.

초대받지 않으면 들어갈 수 없다.

그렇게 생각하니 메키의 행동이 더 당황스럽고 두려워진다. 괜찮은지 확인하기 전까지는 절대 문을 닫지 못하게 할 것이라는 의도가 명확해지자 더더욱.

"야! 뭐 하는 거야?" 내가 메키의 팔을 붙잡고 다시 문 밖으로 끌고 나오려 한다.

메키는 내 팔을 그냥 뿌리친다. "걱정하지 마. 더 가까이는 안 가." 그러다 내 사촌을 보고 웃는다. "안녕, 메이시."

"안녕, 메키." 졸린 눈인 메이시는 아직도 잠옷 차림이다. 그래서 우리의 신경전을 알아차리지 못하나 보군. 손에 든 커피로 보아 우리 때문에 잠을 깨지는 않은 것 같다. 어쨌든 메이시가 속옷만 입고 있지 않아 다행이다. "무슨 일이야?"

"아무것도 아니야. 지금 간대." 내가 경고하는 표정으로 메키를 쏘아본다.

메키는 부끄러운 기색 하나 없이 말한다. "잭슨이 얘 오늘 수업 들여보내지 말래."

"알았어." 메이시가 주저하지도 않고 냉큼 대답한다.

"알았어?" 내가 따져 묻는다. "잭슨이 무슨 권리로 나한테 이래라……."

"어제 사건 이후로 아빠가 선생님들한테 수업 못 들어간다고 이미 말했어. 위대한 사람들은 다 같은 생각을 하나 보네." 메이시가 나를 보고 얼굴을 찌푸린다. "침대로 안 가고 뭐 해."

"너도 같이 있을 거야?" 내가 자기변호를 할 새도 없이 메키가 묻는다.

"응, 물론이지. 왜? 무슨 일이야?"

"아직 모르겠어. 하지만 잭슨이 알아내려고 하는 것 같아."

메이시의 얼굴이 굳는다. "무슨 문제 있어?"

"아직 몰라." 메키가 나를 턱으로 가리킨다. "직접 들어."

"나 지금 너희 앞에 서 있는 거 알지? 투명인간 취급하지 말고 나한테 말해."

메키의 눈썹이 이마까지 솟구친다. "아, 정말? 내가 이미 시도했던 것 같은데?"

"그럼 한번 물어보시지." 내가 어머나 하는 표정을 짓고 말을 잇는다. "아, 맞아. 깜빡했네. 누가 이미 물었지."

용수철이 달린 것처럼 메이시의 목이 홱 돌아간다. "너 뭐라고 했어?"

"얘 알아, 메이스."

놀랍게도 메이시의 얼굴은 더 창백해진다. "정확히 뭘 안다는 거야, 메키?"

"그만 가." 나는 문 가장자리를 붙잡고 그 힘을 이용해 메키를 문간 밖으로 밀어낸다.

"저기, 그레이스. 정말 미안해." 문이 닫히기 직전 메키가 말한다.

내가 동작을 멈춘다. "네가 나 물었어?"

"뭐? 아니! 당연히 아니지."

"그럼 사과할 일 없어." 분노가 어느 정도 빠져나가자 한숨이 나온다. "너한테 화난 거 아니야, 메키. 그냥 화가 나고…… 두려워서 그래."

"이해해." 메키가 주저하는 표정을 짓는다. "그럼 잭슨한테도 화가 나지 않았다는 뜻일까?"

"아, 아니. 모든 분노를 잭슨을 위해 쌓아놨으니까 걔한테 아니라고 하기만 해봐."

"맹세해. 안 그럴게." 메키가 씩 웃는다. "그 싸움 중간에 낄 마음은 절대 없으니까. 지금이야말로 누군가 우리 애 기를 조금 꺾어줄 때인지도 모르겠다."

"조금이 아닐걸." 내가 코웃음을 치며 대답한다. "이제 저리 가. 나 할 일 있어."

그러고는 메키 면전에서 문을 닫는다. 이제 메이시와 단둘이 남게 되자 갑자기 모든 상황이 현실로 무섭게 와 닿는다.

잠시 마음을 가라앉히고 할 말을 정리해보려 한다. 하지만 혼란의 순간이 시작되기 무섭게 메이시가 끼어든다.

"그레이스, 그런 게 아니라……."

내가 메이시를 돌아본다. "나 질문 하나만 할 거야, 메이시. 그리고 네가 무조건 솔직했으면 좋겠어. 안 그러면…… 안 그러면 내 짐 다 싸서 캘리포니아로 돌아갈 거니까. 헤더 집에 있을 거고, 위탁보호 종료를 신청할 거야. 뭐든 내가 할 수 있는 일을 할 거야. 하지만 맹세하는데, 다시는 나를 보거나 내 소식을 듣는 일은 없을 거야. 알아들었지?"

가능한지 모르겠지만 메이시의 얼굴이 더 창백해진다. 여기서 눈이 조금만 더 커지면 얼굴 전체를 뒤덮겠다. 하지만 메이시는 고개를 끄덕이고 조용히 말한다. "알았어."

"너, 뱀파이어니?" 내가 이런 질문을 하다니 믿을 수가 없다.

"뭐?" 메이시가 세차게 고개를 젓는다. "아니야."

그 대답을 듣자 안도감에 몸이 축 늘어진다. 하지만 질문 하나로 끝날 문제가 아니다. 수십 개는 더 있다.

"너희 아빠가 뱀파이어야?"

"아니."

"우리 아빠가 뱀파이어였어?"

"그럴 리가." 메이시가 내게 한 손을 내민다. "아, 그레이스, 그게 두려운 거야?"

배 속에 가장 크고 단단하게 엉켜 있던 매듭이 풀어지며 나는 긴 한숨을 내쉰다. "내가 지금 뭘 두려워하는지 나도 몰라, 메이시. 하지만 이런 질문을 해도 네가 나를 미친 사람 취급하지 않고, 또 지금 이 순간에도 내 목에 완벽한 이빨 자국이 있으니 뱀파이어가 실제로 존재한다는 뜻이겠지."

"맞아, 존재해."

"이 학교에 다니고."

메이시가 고개를 끄덕인다. "응."

"잭슨도 뱀파이어고." 메이시의 대답을 기다리며 내가 숨을 참는다.

"그건 잭슨과 직접 이야기해야 할 것 같아, 그레이스. 내 말은……."

"메이시." 나는 분노를 내려놓는다. 내게 휘몰아치는 두려움과 좌절감을 드러내 보인다. "부탁이야."

메이시는 괴로운 표정으로 나를 쳐다보기만 한다.

"나는 우리가 친구라고 생각했어. 단순히 가족이 아니라."

"맞아. 당연하지."

"그럼 진실을 말해줘. 잭슨 베가, 뱀파이어야?"

메이시가 한숨을 쉰다. "응."

예상하고 있었다. 정말로 예상은 했지만 그 말은 내 뇌에 수류탄을 터뜨린다. 무릎이 꺾이고 나는 바닥으로 쿵 쓰러진다.

"그레이스!" 메이시가 1초 만에 내 옆에 온다. "너 괜찮아?"

"모르겠어." 나는 눈을 감고 뒤에 있는 문에 머리를 기댄다. 문은 다행히도 내가 넘어진 곳과 가까이 있다. "그래서 재킷도 안 입고 바깥에 나갈 수 있는 거였어."

"맞아."

"그렇다면 리아도……."

"맞아."

내가 고개를 끄덕인다. "플린트도?"

"아니, 아니야. 플린트는 뱀파이어가 아니야." 나는 밀려드는 안도감에 눈을 감는다. 메이시가 이렇게 말하기 전까지는. "걔는……."

"뭐?" 내가 한쪽 눈을 뜬다. "걔는 뭔데?"

"네가 받아들일 준비가 됐는지 모르겠어."

"내가 준비되는 날이 오기나 할까? 끝까지 말해줘, 제발. 걔는……."

"용이야."

이제는 양쪽 눈이 번쩍 뜨인다. "뭐라고?"

메이시가 한숨을 쉰다. "걔는 용이야, 그레이스. 플린트는 용이라고."

"그렇단 말이지. 네 말은 걔도 이런……." 내가 양쪽 팔을 들어 올리고 날개처럼 위아래로 움직인다.

"맞아, 날개 있어."

"그리고…… 불도?" 나는 묻고서 자문자답을 한다. "당연하지. 이름이 '플린트'인데 어떻게 안 그러겠어?"[3]

머리가 터질 것만 같다. 온갖 새로운 정보에 짓눌려 구겨지고 뭉개지는 게 느껴진다. 몬스터 학교에 다니면 환각제가 따로 필요 없겠네?

더 큰 문제는 우리 대화가 아직 끝나지 않았다는 예감이 든다는 것이다. 아마 그래서 이렇게 빈정거리는 것 같다. "그럼 너는 뭐야? 요정?"

"요정 아니야." 메이시는 모욕적이라는 듯한 목소리다.

"요정도 아니고, 뱀파이어도 아니고 또…… 용도 아니고?"

메이시가 한숨을 쉰다. "나는 마녀야, 그레이스."

나는 메이시의 말을 머리로 다섯 번 정도 되감기한다. 아니, 오늘 들은 그 어떤 말보다도 말이 되지 않는다. "뭐라고?"

"들었잖아." 이제 메이시는 나를 보고 히죽히죽 웃는다. "다른 것도 알고 싶어?"

"지금은, 아니, 안 들을래. 조금도 싫어. 나는 끝이야. 내 머리는……."

"너도 마녀여야 했어."

---

3 '플린트flint'에는 부싯돌이라는 뜻이 있다.

40

마녀에게 소원을 빌 때는
주의할 것

메이시의 말이 내 안에서 폭탄처럼 터진다. 그럴 수는 없다. 그런 말을 하면 안 되지. 내 말은, 발상 자체가 말이 안 되잖아.

"미안한데 너 방금 내 머리 터뜨렸어." 지난 10분 사이 처음은 아니지만 나는 내 사촌이 빗자루로 변한 듯 쳐다본다. 아니, 정확히는 메이시가 뾰족한 검은 모자를 쓰고 빗자루를 탄 채로 우리 기숙사 방을 돌아다니는 것처럼 쳐다본다.

"무슨 장난인지 몰라도, 무슨 괴상망측한 단체 환각에 걸렸는지 몰라도 네 주장은 선을 넘었어. 내가 다른 건 몰라도 마녀일 리는 없으니까. 마녀였던 적도 없고."

그러면서 마법 지팡이처럼 내 손을 휘젓는다. "봐, 아무 일도 안 일어나잖아. 유리가 녹아내리거나 너를 뱀 굴로 굴려 떨어뜨릴 수도 없어. 탁탁 부딪치면 집으로 데려가주는 루비색 빨

간 구두도 없고, 독 사과나 마법의 거울도 없어. 그러니까 아니,
나는 절대로 마녀가 아니야."

메이시가 웃는다. 진짜로 웃는다. "네가 마녀라는 말이 아니
야. 너희 아빠가 너희 엄마와 사랑에 빠져 능력을 잃지만 않았
더라면 너도 마녀였을 거라는 얘기지."

"잠깐만. 우리 아빠가 마녀였다는 말이야?"

"마법사, 그래. 우리 아빠처럼. 나는 마녀고. 가족 유전이야."

쫙 늘어났던 내 머리가 쪼그라든다. "이해가 안 돼. 어떻게
우리 아빠가 마법사인데 나는 그 사실을 모를 수가 있어?"

"너희 엄마와 사랑에 빠졌을 때 힘을 잃었으니까. 마법사는
평범한 인간과 결혼할 수 없어. 혈통이 약해지니까. 그래서 보
통 인간과 사랑에 빠지는 마법사는⋯⋯ 힘을 잃지."

"그러니까 우리 아빠가 마법사였다. 그러다 마법사가 아니게
됐다. 그래서 내가 마녀가 아니다. 이 얘기야?" 내가 틀렸나 보
다. 아직도 받을 수 있는 충격이 더 남아 있다니.

"비슷해. 응."

"너 나 놀리는 거니, 메이시?" 내가 묻는다. 그래야만 하기 때
문이다. "나 가지고 장난치는 거야, 맞지?"

"나는 너 가지고 장난 안 쳐, 그레이스."

"정말이야? 그런⋯⋯ 정말로, 진짜?"

메이시가 몸을 기울여 나를 껴안는다. "정말로, 진짜, 확실
히."

"그래, 다행이야." 나는 잠시 동안 가만히 메이시가 하는 말

을 머리에 흡수하려 한다. "우리 아빠는 그래도 괜찮았대? 능력을 다 잃는 거?"

"우리 아빠 말에 따르면 너희 엄마를 정말 사랑하셨대. 그러니까 응, 그래도 괜찮았지."

"엄마를 사랑했어. 둘이 말도 안 될 만큼 서로를 사랑했어." 과거의 기억에 슬며시 미소가 떠오른다. "그런 부모들 있잖아. 서로에게서 손을 못 떼는 사람들. 나는 얼마나 징그러운지 아느냐고 말하고 다녔지. 하지만 솔직히, 좋았다? 오랜 세월이 흘러서도 서로를 사랑하는 두 사람 모습이."

"그럴 거야." 메이시가 서글픈 한숨을 쉰다.

"그러니까 이런 말이네." 나는 방금 알게 된 모든 사실이 괜찮은 척 연기하며 말한다. "내가 마법사와 친척이라고?"

"맞아. 기가 막히지?"

"조금은." 내가 추리하는 눈으로 메이시를 본다. "그럼…… 너 방 안을 날아다니거나 할 수 있어?"

"너 갖고 노는 거 아니라고 증명하라고?" 메이시가 한쪽 눈썹을 세우며 묻는다.

"어쩌면." 아니, 정확하다.

"아니, 방 안을 날아다닐 수는 없어."

"왜?" 묘하게 실망해서 내가 묻는다.

"이게 책이 아니라 현실인 거 알지? 실제로는 그러지 않아."

"아니, 열한 살 꼬맹이도 할 수 있는 마법을 할 수 없으면 마녀라고 할 수 있나?"

"조앤 롤링의 번뜩이는 상상력에서는 나오지 않은 마법." 메이시가 늘 냉장고 위에 두는 전기 주전자를 향해 손을 흔든다. 즉시 주전자가 김을 뿜으며 휘이익 소리를 내기 시작한다.

메이시가 미리 켜놨을 거라며 나를 달래본다. 하지만 언뜻 보니 플러그조차 꽂혀 있지 않다. 꽂혀 있을 리가 없지.

메이시는 주전자로 끝내지 않는다. 다시 손을 흔들며 작은 소리로 중얼거리고, 나는 메이시가 바닥에서 몸을 일으키지도 않은 채 차를 만드는 모습을 홀린 듯 바라본다.

"저거 진짜 찻잔이야?" 우리를 향해 둥둥 떠 오는 찻잔을 가리켜 내가 묻는다.

"당연하지." 메이시가 공중에서 컵을 낚아채고 내게 내민다. "한 모금 마실래?"

차라리 쥐약을 마시겠다. 그게 현재 내 심정이다. "고맙지만 나는 됐어."

메이시는 어깨를 으쓱하고 찻잔을 입으로 가져가 몇 번 호호 불더니 조금 마신다.

"왜 내가 왔을 때 이런 얘기를 안 했어? 삼촌은 왜?"

메이시가 처음으로 미안해하는 것처럼 보인다. "말할 계획이었을 거야. 그런데 네가 계속 아팠고, 좋은 타이밍을 잡지 못했겠지."

"괴물들이 실제로 존재한다고 말하는 데 좋은 타이밍이 있기나 할까?" 나는 고개를 저으며 숨 쉬는 방법을 떠올리려 한다. "나는 지금 상황을 믿을 수가 없어. 그냥…… 도저히 못 믿겠어."

"넌 믿고 있어." 메이시가 장난스러운 미소를 지으며 말한다. "믿으니까 지금처럼 겁을 먹는 거잖아."

"겁먹은 게 아니야. 아, 그래, 바닥으로 쓰러졌고 다리에 감각이 없지만 그것만 빼면 나름대로 잘 감당하고 있다고 생각해."

"그러시겠지." 메이시가 씩 웃는다. "10분 전부터 째지는 목소리만 나오고 있기는 하지만."

"그건……." 나는 말을 멈추고 목을 가다듬는다. 어쩌면 내가 너무 높은 목소리로 말하고 있을지도 모르니까. "뭘 기대하는 거야? 너랑 메키는 덜 잔인한 〈왕좌의 게임〉 속에 내가 살고 있다고 믿으라는 거잖아. 겨울은 이미 왔고."

메이시가 웃음을 터뜨리고 한쪽 눈썹을 추켜세운다. "글쎄, 과연 덜 잔인할까? 너 여기 도착한 후로 몇 번이나 죽을 뻔했니?"

"그래, 하지만 그건 사고였어. 내 말은…… 사고였지?"

"아마도." 메이시가 고개를 옆으로 기울인다. "맞아, 사고였어. 하지만 잭슨이 흥분해서 난리를 치고 있고, 절대 흥분하는 법이 없는 애가 그런다면……."

"걔가 흥분한 건 누가 날 물어서야! 자기가 아닌 누군가가 말이야." 나는 다시 한번 반창고를 떼고 상처 바로 아래에 난 구멍이 보이게 고개를 돌린다.

"아! 지금 이 문제 때문이야?" 메이시는 안도한 목소리다. 뱀파이어가 허락도 없이 내 몸에 이빨을 박았다는 내 말 방금 못 들었나?

가만, 허락부터 구하고 무는 경우가 있나? 허락을 구한다 해도 좋다고 할 바보가 있을까? 잭슨이 돌아오면 할 백 가지 질문에 질문 하나를 더 추가한다.

"내가 다 설명할 수 있어." 메이시가 아무렇지 않게 말을 잇는다.

"아, 그래, 좋아." 나는 해보라는 관대한 손짓을 하고 말한다. "어디 한번 해보세요. 설명해봐."

"머리스가 그랬어."

"양호 선생님?" 왜인지는 모르겠지만 나는 정말로 큰 충격을 받는다. "머리스도 뱀파이어야?"

"그래. 선택지가 없었어. 찢어진 동맥을 고치기 위해서는 너를 무는 방법뿐이었어."

내가 메이시를 흘겨본다. "베인 거 아니었어?"

"찢어졌어. 너 죽을 뻔했다고. 아니, 현장에 잭슨이 없었고 잭슨이 너 살리려고 그 행동을 하지 않았으면 너는 죽었을 거야."

"양호실로 데리고 뛰어온 행동 말이야?" 째지는 목소리가 돌아왔다.

"양호실로 데려가는 동안 과다 출혈이 일어나지 않게 네 상처를 봉인한 행동." 메이시가 찻잔을 옆으로 치우고 내게 손을 내민다. 내 손을 꽉 움켜쥐고는 말을 잇는다. "뱀파이어 독은 그 주인의 의도에 따라 여러 가지 성질이 있어. 잭슨은 너를 물지 않았지만 네 상처를 봉인하기 위해 자기 독을 썼어. 내가 이해하기로는 봉인이 지나치게 철저했나 봐. 머리스가 상처를 봉

합해야 하는데 그걸 뚫고 들어갈 수 없었대."

"그래서 나를 물어서 뚫었다는 얘기야?" 머리스의 치아가 내 목에 박히는 생각을 하자 몸이 다 떨리지만 참는다. 나를 문 사람이 잭슨이라고 생각했을 때는 겁이 났지만 징그럽지는 않았다. 하지만 다른 사람이 내 몸에 이를 박았다는 말에는 그렇게 반응할 수 없다.

"너를 물고 자기 독을 주입했어. 독의 응고 능력이 아니라 항 응고 능력을 이용해서. 그렇게 잭슨의 봉인을 뚫고 너를 제대로 치료한 거야."

"뱀파이어들은 그냥 그렇게 할 수 있어? 그냥…… 서로의 독을 넘어?"

"일단 나는 뱀파이어는 아니지만……."

"맞아. 너는 그저 마녀일 뿐이지."

메이시는 내 참견을 무시한다. "그럴 것 같지는 않아. 최소한 정상은 아닐 거야. 하지만 머리스는 나이가 더 많고 성숙한 뱀파이어잖아. 또 치료사니까 그럴 때 사용할 수 있는 능력을 더 가지고 있겠지. 그래서 학교에 양호 선생님으로 있는 거야. 그래도 우리 아빠가 그러는데 잭슨이 한 봉인을 해제하려고 굉장히 많은 기술과 독을 써야 했대. 너를 살리려는 결심이 대단했었나 봐."

솔직히 그 말을 들으니 기분이 좋다. 하지만 잭슨에게 났던 화가 풀리지는 않았다. 지금은 화가 난 이유도 모르겠지만. 그런데…… "그러니까 네 말은 지금 내 피에 뱀파이어 두 명의 독이 흐르고 있다는 거야?"

메이시가 웃으며 다시 앉아 골똘해진다. "거기에 집착할 줄 알았어."

"미안하지만 어떻게 집착을 안 해. 여태까지 본 뱀파이어 영화가 머릿속에서 재생되고 있는데. 설마 내가 이렇게……." 그러면서 송곳니가 자라나는 흉내를 낸다.

메이시가 폭소를 터뜨린다. 깔깔거리고 바닥을 데굴데굴 구르며 배를 잡고 웃는다.

"아니라는 말이 아니잖아!" 내가 징징거린다.

메이시는 일어나 앉으며 눈물을 닦고 말을 이으면서도 계속 키득거린다. "아니, 그레이스, 송곳니가 돋아나 사람들 피를 빨지는 않을 거야. 너는 무사해. 사실 지금 네가 살아 있는 이유는 뱀파이어가 같이 있었기 때문이야. 다른 뱀파이어도 아니고 잭슨. 다른 뱀파이어라면 굉장히 힘들어했을 거야. 자제력을 발휘하려고……."

"내 피를 다 빨아먹지 않게?" 나는 메이시가 끝내고 싶지 않은 듯 보이는 말을 대신 마무리한다.

메이시가 눈알을 굴린다. "나라면 그렇게 표현하지 않았겠지만."

"그래도 사실이잖아. 아니야?"

메이시는 대답 없이 자기 찻잔을 들고 일어난다.

메이시가 문제를 회피하게 둘 수 없어 나도 뒤를 따른다. 아직 질문이 이렇게나 많은데. 뱀파이어에 대해. 마법사에 대해.

용에 대해. 기가 막혀. 어떻게 용이 존재하는데 나머지 세상은 그 사실을 모를 수가 있어?

말이 나왔으니 말인데…… "깜빡하고 빼먹은 괴물이 있는 건 아니지? 좀비도 없고, 유니콘도 없고 또……."

"늑대인간."

"맞아. 늑대인간도 없고."

"없다는 얘기가 아니었어, 그레이스. 나는 네 질문에 답을 한 거야."

"아." 내가 침을 삼킨다. "그러니까…… 뱀파이어, 용, 마법사, 늑대인간이라고."

"뭐, 엄밀히 따지면 늑대인간이 아니라 늑대변신수지."

그래, 이제 와서 엄밀히 따져보자고. "차이가 뭔데?"

"늑대인간은 보름달이 필요하잖아. 늑대변신수는 언제든 변할 수 있어. 용처럼."

"그러니까 플린트는 언제든 원할 때 용이 될 수 있다는 뜻이야?"

"플린트는 그냥 용이야. 언제든 원할 때 용과 인간 형태 사이를 왔다갔다 할 수 있어."

"질문이 너무 많아." 그리고 거의 모든 질문은 이렇게 시작하고 이렇게 끝난다. 그게 가능해?

"그럴 거야." 메이시가 몸을 기울여 한 번 더 나를 껴안는다.

"마크와 퀸은?" 첫날 밤 나를 눈밭으로 내던지려 했던 애들을 떠올린다. "늑대변신수?"

"응. 보름달이 뜰 무렵에는 조금 더 거칠어진대." 아직도 화가 풀리지 않은 듯 메이시가 고개를 젓는다. "멍청한 놈들."

"거기에는 이견 없어. 상찌질이들이었지." 그러다 문득 드는 생각에 멈칫하다가 이렇게 말한다. "그런데 잭슨 말을 듣던데. 잭슨은 뱀파이어인데도."

메이시가 코웃음을 친다. "미안한데, 아직도 눈치 못 챘어? 다들 잭슨 말을 들어."

"그래." 어제 영문학 교실에 아무도 들어오지 않았을 때처럼 말이지. "그 이유는 뭐야?"

"정말 길고, 정말 엉망으로 꼬인 이야기야. 나도 말해주고 싶은데 지금 심각하게 배고프거든? 나머지 대답은 식당에서 아침 먹으면서 할 수 있을까?"

"응, 당연하지. 그런데 메키한테 말했잖아. 잭슨 올 때까지 우리 방에서 안 나가겠다고."

"수업을 안 들을 거라고 했지. 그리고 네 목에 난 이빨 자국이 모든 사태의 원인이니 문제없어. 누가 깨물었는지 알고, 위험하지 않다는 것도 아니까. 빨리 아침 먹고 잭슨 돌아오기 전까지 방에 들어와 있으면 돼."

메이시 말이 옳다. 나도 안다. 잭슨이 뭘 요구할 때마다 순순히 복종할 생각도 없다. 다른 학생들은 잭슨 말을 들을지 모르겠지만 나는 초자연적 존재가 아니잖아? 나는 인간이다. 잭슨도 지금쯤 깨달았겠지만 다른 애들이 어떻든 나는 이곳의 이상하고 난해하고 무시무시한 규칙을 따르지 않는다.

"좋지." 내가 메이시에게 말한다. "나도 갑자기 엄청 배고프다."

"그럴 거야. 피를 많이 흘리면 허기가 지지." 그러면서 메이시는 교복 스웨터와 체육복 티셔츠를 들고 욕실로 사라진다.

2분 후 다시 나온 메이시는 옷을 다 갖춰 입었을 뿐만 아니라 머리를 깔끔한 올백으로 귀엽게 묶었고 거울 앞에서 30분은 투자한 듯한 화장을 하고 있다.

"너, 어떻게 된 거야?" 내가 묻는다.

"아, 그냥 약간의 마법." 메이시가 자기 얼굴 앞에 손가락을 흔든다. "네가 알게 돼서 내가 얼마나 기쁜지 알아? 앞으로 살기 진짜 편해질 거야."

"그런 것 같네." 갑자기 초라해진 느낌에 책상에서 가방을 집어 들고 안쪽 주머니에 항상 넣고 다니는 복숭아 향 립글로스를 꺼낸다. 메이시와 문으로 향하며 입술에 재빨리 바른다. "그 마법이라는 건 정확히 어떻게 해?"

"아, 그냥 마녀라면 다 아는 별거 아닌 기술이야."

"그래도 비행이 더 멋지다, 뭐." 내가 놀린다.

"그럴지도 모르지." 내가 방에서 나오자 메이시가 문을 닫는다. "하지만 나는 네가 아직 모르는 것도 더 많이 할 수 있어."

"예를 들어?" 완전히 홀린 내가 묻는다.

"그건 네가 앞으로 알아내야 하겠지?"

41

뱀파이어에, 용에, 늑대인간까지
세상에!

　식당으로 향하는 복도는 발 디딜 틈 없이 붐빈다. 지금은 1교시가 시작하기 35분 전이고, 전교생이 동시에 30분 동안 식사를 하려는 것 같다. 그럴 만도 하다. 기괴한 이빨 자국을 걱정하거나 전학 온 학교에 적응하는 중이 아니라면 1초도 일찍 일어나고 싶지 않을 테니까.

　하지만 이제 모든 사실을 알고 나니 전부 비정상으로 느껴진다. 사람들이 우리 옆을 지나가느라 메이시를 어깨로 치고 나를 떠민다. 어제처럼 우리를 피하는 사람들도 있다. 하지만 오늘은 이들을 보며 이런 생각밖에 들지 않는다. 뱀파이어라고? 변신수? 마법사? 용? 기분이 이상하다. 무슨 판타지 소설 안으로 떨어진 것 같은 느낌⋯⋯. 앞으로의 전개에 따라 공포 소설이 될 수도 있고.

　복도를 걸으면서도 나는 겉으로 보이는 특징에 따라 사람들을 각각의 괴물로 분류해본다. 제대로 하고 있는지는 모르겠지만. 예를 들어 운동선수처럼 넘치는 에너지로 복도를 펄쩍펄쩍 뛰어다니는 애들은 늑대인가 보다 생각한다. 하지만 잭슨도 마음먹으면 엄청 빠르게 움직이니까 내가 헛다리를 짚었을 수도 있다.

내 추측이 맞는지 메이시에게 물어보고 싶다. 하지만 예의가 아니겠지? 아무나 들을 수 있는 복도 한복판에서 사람들의…… 종? 신원? 아무튼 그것에 대해 속닥거린다면? 속삭이는 행동 자체가 무례하기는 하지.

하지만 나도 알아야 하지 않나? 만약 내가 용 앞에서 손가락이 베이면 아무 상관없겠지. 하지만 뱀파이어 앞이라면? 도망쳐야 하지 않나? 도망치지 않아도 괜찮나?

그리고 피를 마시는 뱀파이어가 식당에는 왜 와? 아니, 환영 파티 때 딸기를 먹는 모습을 보기는 했지만 어제 아침 잭슨은 음식을 건드리지도 않았다. 지금 생각하니 다른 애들도 마찬가지였다.

정말 잭슨이 주기적으로 피를 마신다면 그 피는 어디에서 얻을까? 뱀파이어는 피를 어디서 구하지? 피가 꽉꽉 들어찬 헌혈차를 매일 납치한다면 모를까. 다른 데서도 불가능한 일이 빌어먹을 알래스카 한복판에서 가능할 리 없지. 애들은 피를 어떻게 구하는 거야?

나는 그 질문의 답을 진심으로 과연 알고 싶은 걸까?

그리고 낮에 잭슨과 리아를 밖에서 본 적도 있다. 물론 해가 쨍한 날은 아니었지만 암흑처럼 캄캄하지도 않았다. 그렇다면 '뱀파이어는 햇빛을 볼 수 없다'라는 건 완전히 신화인가? 그렇다면 잘못 쓴 소설이 너무 많은데.

혼란스럽다. 너무나 혼란스럽다. 한편으로는 메이시와 메키가 나를 가지고 놀고 있다는 생각이 아직 남아 있기 때문이다. 그래, 메이시가 찻잔을 움직이는 걸 보기는 했지. 아무리 그래도…… 마녀? 용? 뱀파이어?

내 '외계인 가설'이 진심으로 그리울 지경이다.

카페테리아에 들어서니 아니나 다를까 다들 나를 쳐다본다. 언제나처럼. 내가 전학생이기 때문이라고 생각했다. 하지만 이제는 내가 '인간' 여자이기 때문이라는 생각을 지울 수가 없다. 그러다 보니 이런 생각이 든다. 혹시 이 중에 나를 먹을 생각을 하는 사람도 있을까?

늑대변신수는 인간을 잡아먹나? 뱀파이어만 그런가? 용은? 용은 뭘 먹지?

부디 좋아하는 음식 리스트에 인간이 없기를 빈다. 하지만 지난달 내 기도는 별로 이루어지지 않았다. 이번 기도에도 큰 기대는 없다.

"있잖아." 식당 앞에 있는 뷔페 테이블로 향하며 내가 메이시에게 말한다. "나 방으로 돌아갈까 봐."

"왜?" 메이시가 걱정스레 인상을 쓰며 내 얼굴을 뜯어본다. "어지러워? 힘없어?"

"꼭…… 있으면 안 되는 곳에 온 느낌이야."

"아." 깨달음이 내려앉는다. "얘들도 어제 너와 같은 수업을 들은 애들이야. 전날 같이 눈싸움을 했던 애들."

"내가 도착한 후로 나를 관찰하는 애들 말이지. 이쯤이면 내게 익숙해져서 쳐다보는 걸 그만둘 줄 알았어. 하지만 이 학교에 인간이 있다는 사실에 쟤들이 익숙해지는 날이 올까."

"내 입으로 이런 얘기하고 싶지 않지만, 그레이스. 요새 네가 받는 시선은 너보다 잭슨 때문이야."

나는 혼란스러운 기색을 감추려 하지도 않는다. "무슨 뜻이야?"

"내 말은, 잭슨은 우리 학교에서 화제의 중심에 있는 존재야. 딱 봐도 알겠지만. 그런 애가 네게 관심을 보였어. 그래서 너도 화제의 중심이 되는 거고. 또 여학생의 80퍼센트가 너를 죽이고 싶게 만들지."

"질투 때문이지? 다른 이유 말고……."

"맞아, 그레이스." 메이시가 눈동자를 굴린다. "네가 부러운 거야. 네 자리에 있고 싶어서."

"반창고를 덕지덕지 붙인 환자가 되고 싶다고? 발목이 나가고 목엔 뱀파이어한테 물린 자국이 있는?" 내가 농담을 한다.

"맞아." 메이시는 다시 진지해졌다. "우리 이제 그만 줄 서면 안 될까? 오늘 초콜릿 크루아상 나오는 날이란 말이야. 금방 다 동난다고."

"당연하지." 내가 메이시에게 먼저 가라고 손짓한다. "내가 뭐라고 초콜릿 크루아상에 대한 여자의 사랑을 방해하겠어?"

"수요일마다 모든 남학생이 최소 한 번은 하는 질문이지." 바로 뒤에서 익숙한 목소리가 들린다.

"안녕, 플린트." 나는 약간의 억지웃음을 지으며 돌아본다. 플린트가 용이라서 싫어지지는 않았다. 하지만 플린트가 용이라니 나 정말 미치고 팔짝 뛰겠다.

"안녕, 전학생." 플린트가 나를 훑어본다. "새로운 패션은 내 취향 아니다."

내가 머쓱하게 반창고를 만진다. "응, 나도."

"그러게." 플린트는 내 다치지 않은 팔에 손을 올리고 안심시키듯 위아래로 쓰다듬는다. "몸이 별로 안 좋아 보여. 가서 앉아 있지그래? 내가 음식 가져다줄게."

"안 그래도 돼."

"안 그래도 된다는 거 알아. 하지만 네가 나무에서 떨어진 사건으로 아직 죄책감을 느낀다고. 이렇게 하면 만회가 될 것 같아." 플린트는 간절한 눈으로 나를 본다.

"네가 왜 죄책감을 느껴? 더 심하게 다칠 수 있었던 걸 네가 막아줬는데." 처음으로 궁금해진다. 플린트는 혹시 용이어서 다치지 않았던 건가? 사실이라면, 플린트가 인간이 아니라 기쁘다. 괜히 나 때문에 위험에 빠지지 않았다는 뜻이라 기쁘다.

플린트의 말도 안 되게 잘생긴 얼굴, 빛나는 호박색 눈, 매력적인 미소를 올려다보니 궁금해진다. 지금 내가 보는 건 용일까, 인간일까? 둘 다인가? 그럴 수도 있지?

플린트가 내게 눈썹을 추켜세우자 또 이런 생각이 든다. 그게 뭐가 중요해? 플린트가 누구든 무엇이든, 내 친구다.

"참, 그때 일은 정말 고마웠어. 다시 한번 감사 인사할게."

"그만해, 그레이스. 나 아니었으면 네가 나무에 올라갈 일도 없었어."

"이 문제에 관해서는 우리 의견이 다르다는 데 합의해야 할 것 같네." 내가 말한다.

"좋아. 우리 의견이 다르다고 합의하자. 네 아침 식사 가져다준 후에." 플린트는 나를 보고 매력을 뿜어내는 미소를 지어 보인다. 잭슨을 먼저 보지 않았다면 저 미소에 쓰러졌을지도 모르겠다.

하지만 지금은 어디에 있건 잭슨밖에 보이지 않는다. 뱀파이어든 아니든.

나를 병자 취급하는 사람들에게 신물이 나 플린트와 조금 더 티격태격하지만 우리 때문에 줄이 밀리고 있다. 더 큰 구경거리가 되고 싶지는 않아 내가 항복을 한다.

"좋아. 초콜릿 크루아상 하나 먹을게. 가져올 수 있다면."

"아, 가져올 거야." 플린트가 장담한다.

"그러겠지. 과일 남아 있으면 과일도 조금 부탁해."

"물론. 음료수는 뭐 마시고 싶어?"

내가 씩 웃는다. "깜짝 선물로 해줘."

플린트의 눈이 짙어지고 순간 그 안에서 무언가가 번쩍인다. 하지만 그 빛의 정체를 알아내기도 전에 플린트의 눈은 다시 밝아졌다. 장난기 섞인 목소리로 플린트가 말한다. "그럴 생각이야."

그러고는 내 양어깨를 쥐고 나를 돌려세운다. "내 자리는 저기야." 플린트가 중앙 테이블의 끝을 가리킨다. "남는 자리 몇 개 있어. 저쪽으로 가지그래? 나도 우리 음식 챙기는 대로 갈게."

"좋아." 나는 플린트가 가리키는 곳으로 움직이다가 잠깐 멈춰 서서 메이시에게 내 자리를 알려준다.

플린트는 계속 나를 지켜본다. 내가 그 자리에 앉지 않을까 불안한가 보네. 모든 사람이 지켜보는 가운데 어정쩡하게 서서 기다리느니 당장 자리로 달려가고 싶은데 체면을 생각해 꾹 참고 있다는 사실을 플린트는 모르겠지. 뒤쪽 구석에 있는 자리면 더 좋겠다.

게다가 메키와 루카가 평소의 느긋한 얼굴과 달리 험악하게 인상을 찌푸리며 내 쪽으로 다가오고 있다. 기다릴까 고민하지만 쟤들 말을 듣고 싶지는 않다. 식당에 내려와도 괜찮다고 메이시와 판단한 이유를 설명하고 싶지도 않다. 최소한 전교생 앞에서는.

그래서 둘을 기다리는 대신, 남자와 상대하고 싶지 않은 여자가 할 법한 행동을 한다. 다른 남자의 영역으로 들어가는 것. 이 경우는 플린트와 친구들이 앉아 있는 테이블을 말한다.

딱히 용감하거나 현명하다고는 할 수 없어도 그나마 가장 무난한 행동이다. 나는 조금이라도 무난하고 편안한 삶을 원한다고 당당하게 말하고 싶다. 특히나 오늘은.

효과도 있었을 것이다. 기사단과 플린트는 그 정도로 서로를 싫어하니까. 하지만 플린트네 테이블에 다가간 그 순간, 내 머리 위에서 섬뜩한 소리가 공기를 가른다.

42

오늘 메뉴에
팬케이크가 없어서 다행이지

소름 끼치는 소리다. 대체 무엇이 그런 소리를 내는지 보려고 고개를 든 순간, 나는 식당에 있는 가장 큰 크리스털 샹들리에가 천장의 고정판에서 풀려나는 모습을 본다. 0.5초쯤 '망했다'고 생각하고 있는데 누군가 내 몸을 들이받는다.

부딪힌 충격으로 숨이 턱 막힌다. 아니면 제일 가까운 벽에 얼굴부터 부딪혔기 때문일까? 어느 쪽이든 호흡을 되찾기는 쉽지 않다. 내 등에 길고 늘씬한 몸을 댄 남자가 양팔을 뻗고 그 사이에 나를 가두고 있기 때문이다.

동시에 거대한 굉음이 들린다. 유리가 깨지고 유리 조각이 날아가며 길목에 있는 모든 것을 때리는 소리밖에 들리지 않는다. 내 뒤의 남자가 끙 소리를 내고 나를 더 꽉 감싸 안는다. 나는 그제야 깨닫는다. 아직 제대로 숨을 들이마실 수 없지만, 남아 있는 산소만으로 뇌가 다시 돌아가기 시작한다. 다시 기능을 찾은 뇌는 가장 먼저 한 가지 사실을 인식한다. 현재 나를 감싸 안은 남자가 잭슨이라는 것.

"괜찮아?" 유리 세례가 멈추자마자 잭슨이 묻는다.

나는 대답하지 않는다. 그럴 수 없다. 내 폐는 아직 정상적으로 작동하고 있지 않고, 목소리도 마찬가지다.

고개를 끄덕여보지만 잭슨에게는 부족했나 보다. 나를 빙글 돌리고 손으로 내 몸을 여기저기 훑으며 다그치기 때문이다. "대답해, 그레이스! 너 정말 괜찮아?"

"나는 괜찮아." 내가 마침내 말을 토해낸다. 하지만 이제야 잭슨을 똑바로 본 나는, 내가 괜찮을지 몰라도 잭슨은 절대 괜찮지 않다는 사실을 알겠다. "너, 피 나."

"괜찮아." 잭슨이 대수롭지 않게 넘긴다. "아픈 데 있어?"

"다친 사람은 내가 아니야." 오른쪽 얼굴을 가볍게 어루만지던 내 손이 피가 흐르는 부분에서 멈춘다. "여기서 뭐 해? 돌아오려면 몇 시간은 걸린다며."

나를 보는 검은색 눈이 이글이글 끓는다. 좋지 않은 쪽으로. "그랬지."

그 말에 뭐라고 해야 할지 모르겠다. 어차피 잭슨이 내 말을 들을 기분인 것 같지도 않아 핸드백에 손을 넣고(괜히 멋 부린다고 들고 오기 잘했다) 그 안에 항상 보관하는 작은 응급처치함을 꺼낸다. 차 사고로 부모님이 돌아가신 후로 생긴 습관이다. 웃기지. 응급처치함 따위가 있었어도 부모님의 부상을 치료하지는 못했을 텐데. 어쨌든 부모님이 돌아가신 직후 패닉에 빠진 내게 헤더 엄마가 제안한 방법이다. 그리고 이유가 어쨌든 응급처치함을 들고 다니니 마음이 편해졌다. 실제로 요긴하게 사용한 건 오늘이 처음이지만.

"앉아." 내가 잭슨에게 말한다. 그래도 잭슨이 움직이지 않자 잭슨의 가슴에 손을 올리고 부드럽게 민다.

잭슨은 꿈쩍도 하지 않는다.

"제발." 내가 부탁하며 흉터가 있는, 다치지 않은 쪽 뺨을 감싼다. "너 다쳤어. 내가 치료하게 해줘."

한참이나 잭슨은 움직이지 않고, 눈을 깜빡이지도 않으며 나를 응시한다. 등줄기에 전율이 흐른다. 이렇게 분노한 잭슨은 처음 보는 것 같다. 그래도…… 괜찮다. 화를 내도 좋으니까 상처만 치료하게 해줘. "제발." 다시 말하며 이번에는 가슴을 조금 밀친다.

여전히 말이 없지만 마지못해 가장 가까운 의자로, 내게 천천히 이끌려 온다.

잭슨을 의자에 막 앉혔을 때 메이시가 나타난다. 눈물을 줄줄 흘리며 메이시가 내 목을 와락 껴안는다. "세상에, 그레이스! 너 괜찮아?"

"괜찮아, 괜찮아." 메이시의 포옹을 풀면서 내가 말한다. 얘도 그렇고, 잭슨도 그렇고 왜 이래? 다친 사람은 잭슨인 거 보면 모르나? 뱀파이어는 피를 흘려도 괜찮은 건가. 나도 모르겠다. 하지만 나는 괜찮지 않다.

응급처치함에서 항균 물티슈를 꺼내 잭슨의 뺨을 조심스럽게 누른다. 잭슨은 인상을 쓰지 않는다. 아니, 아예 움직이지를 않는다. 돌처럼 차갑게 앞을 바라볼 뿐이다. 어쨌든 나는 상처를 조심스럽게 닦고 그 안에 유리가 남아 있지 않은지 확인하고 연고를 짜서 뺨에 바르고 반창고를 붙인다. 순간은 고민한다. 연고가 필요할까. 뱀파이어도 세균에 감염될 수 있나? 하지만 잭슨도, 메이시도 나를 말리지 않는다. 불필요한 행동이라도 해서 나쁠 건 없겠지.

이제 선생님들도 식당으로 우르르 몰려와 다친 사람이 또 없는지 확인하고 학생들을 최대한 빠르게 식당에서 내보내고 있다. 놀라울 정도로 차분한 분위기다. 하지만 나는 신경 쓰지 않고 잭슨의 팔에 삐뚤빼뚤 난 상처로 시선을 옮긴다.

보기보다 심하지는 않은 것 같다. 피를 별로 흘리지 않았고 벌써 피가 응고되고 있다. 뱀파이어의 독에만 응고 능력이 있는 게 아닌가. 그럼에도 뺨처럼 팔의 상처도 꼼꼼히 소독을 한다. 잭슨을 양호실로 보내야 한다고 말하는 선생님이 없다니 솔직히 조금 놀랍다. 나만 모를 뿐 더 심하게 다친 사람들이 있나.

팔에 반창고를 다 붙이고 물러난 후에야 아무도 잭슨을 양호실로 보내려 하지 않은 이유를 깨닫는다. 이런 일이 일어났는데도 식당 안이 고요한 이유도.

나머지 기사단원 다섯 명이 우리를 에워쌌기 때문이다.

몇 미터 떨어져 있지만 잭슨과 내 주위에 메이시 말고는 넘을 수 없는 경계선을 세웠다. 넘으려는 사람도 많지 않지만. 꿈쩍하지 않는 바이런과 몸싸움을 벌이는 플린트를 제외하면 모든 사람이 뒤로 물러나 있다. 지켜보고 있고, 기다리고 있다. 뭘 기다리는지는 모르겠지만 확실히 기다린다.

다들 내가 모르는 무언가를 기다리고 있다고 생각하니 소름이 끼친다. 심장이 철렁 내려앉고 척추를 따라 신경이 쫙 곤두선다. 내가 잘못된 행동을 했기 때문인 것 같다. 하지만 나보고 어쩌라고? 피를 흘리게 놔두라고?

"내가…… 미안해." 응급처치함을 닫으며 내가 머뭇거린다. "이러지 말았어야 했나 봐."

"사과하지 마." 잭슨이 거칠게 말하며 일어난다. "고개 숙이지도 말고. 네게 같잖은 말을 할 권리는 아무에게도 없어."

"그냥 돕고 싶었어. 나를 구해줘서 고맙다는 인사도 할 겸."

"네가 방에 있었다면 내가 너를 구할 일도 없었겠지. 네가 있어야 했던 곳에. 내가 있으라고 한 곳에." 마지막 문장은 이를 꽉 물고 내뱉는다.

'내가 있으라고 한 곳에'라는 대목에 불쾌감을 느끼지만 잭슨이 아직 흥분해 있으니 굳이 따지지 않기로 한다. 그 대신 이렇게 해명한다. "메이시랑…… 배가 고프더라고. 이빨 자국에 대한 수수께끼도 풀렸겠다, 아침 먹으러 내려가도 되지 않을까 생각한 거야. 알고 보니 양호 선생님이……."

"샹들리에는 저절로 떨어지지 않아." 잭슨이 말한다. "나뭇가지도 저절로 부러지지 않고."

"나뭇가지 그냥 부러진 거 아니야. 바람이 통제 불능으로 불었다고."

"그런 바람을 만들어낼 수 있는 사람이 이 공간에만 200명 넘게 있어. 샹들리에를 떨어뜨릴 수 있는 사람도 그만큼 많고." 잭슨의 말소리는 부드러워졌다. 바로 앞에 있는데도 잘 들리지 않아 귀를 쫑긋 세워야 할 정도로 부드러워졌다. "내가 몇 번을 말해도 듣지를 않는구나. 누군가 너를 죽이려 하고 있어, 그레이스."

43

누군가 나를 죽이기 전에
무서워서 죽겠다

처음에 그 말은 내 머리에 입력되지 않는다. 마침내 알아듣고 나서도 나는 몇 초간 말하는 법을 기억하지 못한다.

"나를 죽인다고?" 가슴이 철렁 내려앉고 등을 타고 오한이 흐르는 것을 느끼며 한참 만에 잭슨에게 속삭인다. 아니, 속삭이려고 노력한다. 째지는 목소리가 돌아온 탓에 목소리를 낮추기가 힘들어졌기 때문이다.

민망하지만 요새 째진 목소리를 낼 일이 너무 많이 일어나고 있다. 아침부터 굉장했고 충격적인 소식이 계속 쏟아져 들어오고 있다. "말도 안 돼." 갑자기 축축해진 손바닥을 치마에 문질러 닦으며 나는 잭슨에게 말한다. "왜?"

"나도 아직 몰라."

심호흡을 한다. 빠르게 뛰는 심장을 다시 진정시키고, 나를 덮친 패닉 속에서 생각을 하려고 애쓴다. 시간이 조금 걸리지만 불안감을 달래는 데 성공하고 이렇게 대답한다. "그럴 리가 없잖아. 나는 무해해."

특히 이 학교에서는. 아니, 평범한 고등학교에서도 나는 절대 위협적인 존재가 아니다. 더구나 학생 4분의 1이 불을 뿜고 하늘을 날 수 있는 학교에서 내가 위협은 무슨 위협이야.

"여러 가지 말로 너를 묘사할 수 있지만 '무해하다'는 그중 하나가 아니야, 그레이스." 잭슨이 눈을 가늘게 뜨고 방 안을 둘러본다. 생각에 잠겨서인지, 경고의 의미인지는 확신할 수 없다. "내가 그 사실을 알고 있다면 놈들도 마찬가지라는 거고."

"잭슨." 나는 양손을 허리에 얹은 채 몸을 앞뒤로 흔들며 어떻게 하면 사실이 아니라고 잭슨을 설득할 수 있을지 생각한다. "아니야. 너 지금 큰일 날 뻔해서 흥분한 거야. 똑바로 생각하지 못하고 있어."

"나는 항상 똑바로 생각해." 무슨 말을 하려던 잭슨이 내 어깨너머에 관심을 보인다. 가늘게 째리는 눈빛을 보자 심장이 다시 빠르게 뛰기 시작한다.

잭슨의 시선을 따라 돌아보니 잭슨은 청소할 때 샹들리에를 내리기 위해 달려 있는 밧줄을 응시하는 중이다. 아니, 밧줄의 잔해라고 해야 하나. 여기서 봐도 밧줄은 정확히 반으로 잘렸다.

"끊어진 거야." 하지만 그 말을 하는 내 목소리에 확신은 없다. 실제로 밧줄이 끊어지는 일이 얼마나 자주 일어나지? "때로는 밧줄이……."

잭슨은 "네 삼촌 왔어"라고 내 말을 자르며 고개를 보일 듯

말 듯 작게 젓는다.

"그래서? 나는 이 문제에 대해 얘기하고 싶어."

"나중에."

내가 반박할 새도 없이 핀 삼촌이 다가온다.

"우리 그레이스, 늦게 와서 정말 미안해. 학교 운동장에 나가 있었어." 삼촌이 나를 끌어당겨 꽉 껴안는다.

평소라면 위로가 됐을 것이다. 우리 아빠와 너무나 닮은 삼촌의 느낌과 향기 덕분에. 하지만 지금은 누군가 나를 죽이려 한다고 말할 때 잭슨의 눈에 떠올랐던 눈빛 말고는 아무것도 생각할 수 없다. 얼굴에 감정이 하나도 없었고, 도저히 표정을 읽을 수 없었다. 하지만 대부분의 사람은 가까이 다가와도 볼 수 없는 눈의 깊은 곳에서 내가 한 번도 본 적 없는 무시무시한 분노가 끓고 있었다.

잭슨을 그 분노 속에 홀로 남기고 싶지 않다. 자기 생각에 갇힌 채로 두고 싶지 않다. 하지만 내가 아무리 삼촌의 등을 두드리며 괜찮다고 안심시켜도, 삼촌이 금방 나를 놓아줄 것 같지는 않다.

"네게 이런 일이 생기다니 끔찍해서 말이 안 나와." 삼촌이 마침내 포옹을 풀고 말한다. 메이시와 우리 아빠를 너무도 닮은 파란색 눈은 슬프고 어둡다. "한 번도 받아들이기 어려운데 이틀 사이 두 번이나……."

이틀 전 나무에서 떨어진 사건을 삼촌이 몰라서 다행이다. 일주일 사이 세 번이나 죽을 고비를 넘기는 경험은 객관적으로 보았을 때도 결코 가벼운 문제가 아니다.

그렇게 생각하니 잭슨의 호들갑도 이상하게 느껴지지는 않네. 내가 너무 태평한가 싶기도 하고.

"일단 여기서 나가자." 삼촌이 말한다. "어차피 오늘은 수업에 들여보낼 계획도 없었어. 그래도 방으로 가기 전에 삼촌이랑 얘기 좀 하자."

"아, 네." 얘깃거리가 있을까? '휴, 아슬아슬했네요'라는 말 말고 또 할 말이 있나? 하지만 그래서 삼촌 기분이 나아진다면 기꺼이 하겠다.

하지만 온몸의 본능은 잭슨을 떠나지 말라고 악을 쓴다. 지금은 잭슨을 두고 떠날 때가 아니라고 비명을 지른다. 이유는 모르겠다. "그런데 조금만 더 있다가 교장실로 가도 될까요? 몇 가지 먼저……."

"잭슨은 이미 갔어, 그레이스." 뒤를 돌아보니 삼촌 말이 사실이다. 잭슨은 사라졌다. "그리고 네가 잭슨을 다시 보기 전에 할 얘기가 있다."

무슨 뜻인지 모르겠지만 썩 듣기 좋은 말은 아니다. 잭슨이 또 작별 인사 없이 사라졌다는 사실도 마음에 들지 않는다.

'어떻게 하는 거지?' 마지못해 삼촌을 따라가며 궁금해한다. 움직이는 소리나 기척도 없이 어떻게 그냥 사라지느냐는 말이다. 뱀파이어의 능력인가? 아니면 잭슨의 능력? 잭슨의 능력이라는 확신이 들지만 식당 문으로 가다 보니 다른 기사단원들도 사라지고 없다. 다 떠났는데 혼자 눈치도 채지 못했다.

이 사실은 삼촌이 나타나기 전 잭슨에게 하던 말을 뒷받침한다. 나는 무해한 인간이라는 말. 대체 누가 나를 위험하다고 생각해 죽이려 하는 거야?

잭슨은 위험하지. 성을 일렬로 에워싸고 잭슨을 저격하는 사람들이 없다니 놀랍다. 이 남자는 온몸으로 절대적인 힘을 뿜어내니까. 그 힘이 더럽게 위험한 분위기를 풍기기 때문에 그나마 잭슨이 안전하게 존재한다고 생각한다. 잭슨에게 도전하는 바보짓을 하는 사람은 이 학교에 없겠지. 플린트마저 눈싸움 후에 물러났는걸.

그러니까 잭슨에게 샹들리에를 떨어뜨린 거라면 이해가 된다. 하지만 내게 떨어뜨린다고? 왜 이래. 약간의 저주, 늑대의 공격, 심지어 지진만으로도 나는 저세상 사람이다. 뭐하러 내 머리 위에 샹들리에를 통째로 떨어뜨리는 수고를 해? 깨진 창문이 나를 죽일 뻔한 사실을 모르나?

교장실로 가는 동안 핀 삼촌은 말이 없고 나도 말을 하지 않는다. 하지만 삼촌이 이 성에서 제일 장식이 없는 복도로 방향을 틀고 제일 따분해 보이는 문 앞에 섰을 때는 솔직히 놀랐다. 내 머릿속에 있는 교장실의 이미지와 너무 달라서. 다양한 초자연적 배경을 가진 학생들 교육을 담당하는 학교의 교장실이라면 더욱 어울리지 않는다.

거기에 부응하듯 삼촌은 문을 열고 이 세상에서 제일 따분해 보이는 방 안으로 나를 안내한다. 회색 카펫, 회색 벽, 회색 의자. 방에서 그나마 화사한 부분은—화사하다는 표현을 써도 될지 모르겠지만—묵직한 벚나무 책상뿐이고, 노트북을 펼쳐놓은 책상 위에는 종이와 파일이 산더미처럼 쌓여 있다.

내가 여태까지 본 교장실들과 기본적으로 똑같이 생겼다. 창문 가리개가 더 튼튼하고 회색 카펫이 조금 더 폭신하다는 점을 빼면.

방 안을 유심히 둘러보는 나를 보고 삼촌이 씩 웃는다. "놀랐니?"

"조금요. 제가 생각했던 건 이보다 더……."

"더?" 삼촌이 눈을 동그랗게 뜬다.

"그냥 더 화려할 거 같았다고요. 기분 나쁘게 듣지는 마세요, 핀 삼촌. 그런데 이렇게 실용적인 방은 처음 봤거든요. 마법사라면 솜씨를 더 부릴 거라 기대했나 봐요."

"내가 마법사가 아니라 다행이네. 그렇지?"

"네?" 정신이 아득해진다. "저는…… 메이시가…… 그런……."

"긴장 풀어, 그레이스." 삼촌이 웃으며 말한다. "분위기 풀려고 농담한 거야. 다 말했다고 메이시에게 들었다."

"죄송하지만 제 목에 이빨 자국이 생긴 이상 비밀을 유지하기는 힘들죠."

"정곡을 찌르는구나." 삼촌은 고개를 갸웃하고 책상 앞에 있는 무늬 없는 회색 의자 뒤쪽으로 걸어가 "앉으렴"이라고 말하며 손짓한다.

"이렇게 알게 돼서 유감이야." 우리 둘 다 자리에 앉았을 때 삼촌은 말을 잇는다. "내가 원했던 건 이런 방식이 아니었어."

괴로워 보이는 삼촌에게 나는 괜찮다고 말하고 싶다. 하나도 괜찮지 않지만. "왜 말씀을 안 하셨어요? 우리 아빠는 왜 말해주지 않았을까요? 왜 인정하지 않았던 거죠? 자기가……." 내가 말을 흐린다. 우리 아빠가 실제로 존재하는 마법사였다는 사실을, 최소한 마법사로 태어났다는 사실을 아직도 받아들이기가 힘들다.

"네가 찾고 있는 말은 마법사 같구나." 삼촌은 내가 그토록 말하기 힘든, 또 믿기 힘든 문장을 대신 완성하고 안쓰럽다는 미소를 지어 보인다. "그리고…… 맞아, 네 아버지는 마법사였어. 한때는 아주 강력한 마법사였지."

"엄마를 위해 힘을 포기하기 전까지는요."

"그보다는 복잡하단다." 삼촌이 얼굴을 찌푸리고 머리를 앞뒤로 흔드는 것처럼 움직인다. "자의로 힘을 내려놓는 마법사는 없어. 하지만 네 아버지처럼 대의를 위해 위험을 감수하려는 이들도 있지."

메이시는 그렇게 설명하지 않았는데. 메이시가 우리 아빠에 대해 모르는 정보가 무엇일지 궁금해진다. 삼촌이 아는 정보는 무엇일까. "그게…… 그게 무슨 뜻이에요?" 엇박으로 뛰는 심장을 느끼며 내가 묻는다. "아빠가 뭘 했어요?'

잠시 먼 곳을 보던 삼촌의 눈빛이 내 질문에 또렷해진다. "말하자면 길어." 삼촌이 말한다. "그 얘기는 다음에 하자. 오늘 아침 일어난 일들만으로도 감당하기 힘들 테니 말이야."

"감당하기 힘든 일을 겪은 아침은 오늘만이 아니에요." 내가 대답한다. "사실 매일이죠."

"그래, 그렇지." 삼촌이 한숨을 쉰다. "안 그래도 그 얘기가 하고 싶었어. 우리 조카님, 참 대단한 첫 주를 보냈더구나."

그런 말로는 부족해요. 나는 삼촌이 말을 잇기를, 체감상 이미 백 개를 넘긴 듯한 충격적인 소식을 하나 더 전하기를 기다리지만, 시간이 흘러도 삼촌은 말하지 않는다. 책상 맞은편에 앉아 턱 앞에 양쪽 손가락을 맞대고 나를 바라볼 뿐이다. 내가 먼저 말하기를 기다리는 걸까? 아니면 하고 싶은 말이 있지만 어떤 방법으로 해야 좋을지 고민하는 걸까. 후자겠지. 나는 아무 잘못도 하지 않았으니까. 나는 털어놓을 비밀이 없다. 괴물들의 학교를 운영하는 사람에 비하면 더더욱.

하지만 침묵이 길어지니 생각할 시간이 생긴다. 이상한 이 상황에 대해. 그나마 내 삶을 통제할 수 있었던 작은 능력이 지난주 완전히 사라졌다는 사실에 대해.

아니, 진짜로. 샹들리에에 깔려 죽다니, 지구상에서 제일 뜬금없고 기괴한 사망 원인일 거다. 잭슨이 뭐라고 하든 그냥 다 황당하다. 하지만 부모님을 잃으며, 두 분이 단 1분 사이에 살아 있는 행복한 사람에서 죽어버린 차가운 시체로 변한 일을 겪으며 나는 삶의 끝이 얼마나 쉽게 찾아오는지를 배웠다.

눈을 깜빡이는 찰나, 손가락을 튕기는 찰나, 간단하게 잘못된 타이밍에 잘못된 길로 방향을 틀면…….

이미지들이 머리로 쏟아져 들어와 눈을 질끈 감는다. 머리를 채우기 전에 막아야 한다. 나를 압도하고 이제야 겨우 벗어나는 법을 알 것 같은 슬픔에 나를 다시 파묻어버리기 전에.

얼굴에 괴로워하는 티가 났는지 갑자기 삼촌이 침묵을 깨고 묻는다. "정말 괜찮은 거 맞아, 그레이스? 샹들리에는 크고 또 무시무시했지."

거대하고 공포스러웠다. 어쩌다 내 인생이 이렇게 폭주하게 되었을까. 5주 전만 해도 헤더와 동창회에 입고 갈 옷을 쇼핑하고 AP 영어에 대해 불평하던 내가 이제는 고아가 되어 초자연적 생물들과 함께 살며 주기적으로 찾아오려 하는 죽음을 피하고 있다. 이대로 간다면 우주가 내게 〈파이널 데스티네이션Final Destination〉 같은 원한을 품지 않기를 바랄 뿐이다.

"괜찮아요." 내가 삼촌에게 말한다. 육체적으로는 그렇기 때문이다. 몸에 생채기 하나 없다. 뭐, 적어도 새로 생기지는 않았다는 말이다. "조금 놀란 게 다예요."

"그러지 말고. 그 자리에 없던 나도 트라우마가 생겼는데. 조금 놀라기만 했다는 건 말이 안 되지." 삼촌이 책상에 올린 내 손을 쥐고 조금 어색하게 토닥인다. 위로의 손짓이지만 내 얼굴을 뜯어보는 삼촌 눈은 걱정으로 가득하다.

나는 삼촌이 알아채지 못하도록 내 감정을 얼굴에서 숨긴다. 성공했는지 삼촌은 고개를 젓고 다시 의자에 등을 기댄다. "그거 아니? 네 어머니와 똑같구나. 형수님도 삶이 어떤 고난을 주든 정면으로 부딪쳤지. 울지 않고, 히스테리를 부리지도 않고, 그냥 차분하고 침착하게 해결했어."

엄마가 너무 보고 싶은 지금, 삼촌이 지나가듯 하는 엄마 이야기에 나는 무너져 내린다. 감정을 추스르기 위해 주먹을 꽉 쥐고 손바닥에 손톱을 박는다.

다행히 삼촌은 모든 것을 담담히 받아들이는 엄마의 능력까지는 이야기하지 않는다. 삼촌이 어떻게 생각하든 나는 그 점만큼은 엄마를 닮지 않았으니까. 삼촌은 컴퓨터 화면에 파일 하나를 열어 띄우고 그것을 인쇄한다.

"정말로 괜찮아? 머리스 선생님이 진찰하지 않아도 되겠니?" 삼촌이 백만 번은 들은 것 같은 질문을 한다.

절대 안 된다. 메이시 말로는 내 동맥을 치료하려고 나를 물었다지만 내 목, 아니면 다른 신체 부위에 머리스가 접근한다고 생각하면 아직도 섬뜩하다. "정말 괜찮아요. 걱정해야 할 사람은 잭슨이죠. 저 대신 유리를 다 막아줬어요."

"진찰해보라고 머리스에게 얘기해놨다." 삼촌이 말한다. "나도 내가 제일 아끼는 조카를 구해줘서 고맙다고 따로 불러서 인사할 거야."

"조카는 저 하나인데요." 내가 삼촌과 평생 해오고 있는 말장난을 시작한다. 전혀 정상적이지 않은 나날을 보내고 있기에, 나는 소소하지만 정상적인 대화를 할 기회를 놓치지 않는다.

"하나뿐이면서 제일 아끼는 조카지." 삼촌이 말한다. "선택이 아니야."

"알았어요, 제일 좋아하는 삼촌. 그런 것 같네요."

"그렇지!" 삼촌의 조금 어색했던 미소가 환한 웃음으로 바뀐다. 하지만 우리 사이에 다시 한번 침묵이 내려앉고 삼촌의 웃음도 오래가지 않는다.

이러고 싶지 않지만 자꾸 초조해진다. 긴장해서가 아니라, 빨리 교장실을 나가 잭슨에게 가고 싶기 때문이다. 아까 신경이 곤두서 보였는데 무슨 일이라도 생기지 않았는지 확인하고 싶다. 잭슨에게든, 다른 누군가에게든.

하지만 삼촌은 초조한 내 표정을 다른 의미로 해석한 듯 무거운 한숨을 쉬고 한 손으로 머리카락을 쓸어 넘긴다. 그러더니 말한다. "이제 고양이가 가방에서 나왔으니 말인데……."[4]

"늑대가 아니라요?" 내가 한쪽 눈썹을 세우며 묻는다. "이 학교에 고양이변신수도 있어요?"

삼촌이 웃는다. "아니, 지금은 그냥 늑대와 용이 전부야."

"그냥이라고요." 한껏 비꼬는 말투로 내가 말한다.

"하고 싶은 질문이 많을 거야."

많다고요? 안 많아요. 이삼백만 개쯤 있나? 시작은 아까 했지만 삼촌이 대답하지 않았던 질문이다. "왜 말씀하지 않으셨어요? 알래스카에 와서 살자고 할 때 말할 수 있었잖아요. 장례식에 오셨을 때요."

"그때는 네가 경황이 없다고 생각했어. 거기다 대고 뱀파이어와 마법사가 진짜라고 설득할 수는 없었지."

타당한 의견이다. 그래도……. "여기 온 후에는요?"

삼촌이 길게 한숨을 내쉰다. "서서히 적응을 시켜야겠다고

---

4 원문 'The cat is out of the bag'은 '비밀이 탄로 났다'라는 뜻의 관용구이다.

생각했다. 이곳에서 일어나는 일들이 네 예상과 다르다고 알려줄 계획은 있었다만 네가 고산병을 심하게 앓았잖니. 그러다 다른 일들도 벌어졌고, 한동안 모르는 채로 두는 편이 낫겠다는 생각이 들더구나. 웨인라이트 박사님도 네 친구 어머니인 블레이크 박사님과 통화할 때 네가 알래스카에, 엄청난 삶의 변화에 적응하게 두는 게 좋겠다고 하셨대. 초자연적 세계에 관해 네가 들은 말들이 전부 사실이라는 걸 알기 전에."

"전부라고요?" 이번에는 내가 눈썹을 추켜세울 차례다.

"전부는 아닐지도 모르지. 하지만 많은 게 사실이야."

삼촌 말도 일리가 있는 것 같다. 하지만 아직은 잘 모르겠다. 웨인라이트 박사님이라는 사람을 본 적도 없는걸. 하지만 이 학교가 괴물들로 가득하다는 사실을 숨길 수 있다고 생각하다니, 말이 되나?

나는 나를 구하기 위해 나무에서 뛰어내린 플린트, 내 앞에서 마법을 부렸던 메이시, 청바지만 입고 돌아다니던 변신수들을 떠올린다. 잭슨…… 아무튼 잭슨을 떠올린다. 내가 모를 거라고 생각할 수 있나? 그래, 내 가설은 뱀파이어가 아니라 외계인이었지만 어쨌든 뭔가 아주 많이 이상하다는 것쯤은 알았다.

납득이 가지 않는다는 표정이 드러났는지 삼촌이 얼굴을 조금 찡그린다. "그래. 돌이켜보면 처음부터 잘못된 계획이었어. 거대한 세력 전쟁이 한창 벌어지는 중에 뱀파이어와 용이 진짜라는 사실을 숨기기가 쉬울 리 없지."

"세력 전쟁이라고요?" 내가 묻는다. 메이시도 비슷한 말을 했다. 고등학교 내의 웃기는 파벌을 말한다고 생각했는데, 여러 초자연적 생물에 관해 이야기하는 지금…… 메이시의 경고가 무슨 뜻인지 알겠다.

그리고 더 무서워진다.

삼촌이 고개를 젓는다. "그 얘기는 다음으로 미루자. 오늘 들을 것만으로도 감당하기 힘들 거야. 나는 그렇거든. 그러니 이제 너를 이곳으로 부른 이유에 대해 이야기해야겠지."

이보다 어색한 화제 전환이 또 있을까. 삼촌에게 따지고 싶다. 삼촌이 아직 하지 않은 이야기가 더 있다는 사실을 알기 때문이다. 훨씬 더. 내가 짐작도 할 수 없는 이야기가 많이 남아 있다고 확신한다. 그 이야기에 살을 붙일 정보들은 더 부족하고. 하지만 따진다고 삼촌이 말을 해줄 것 같지는 않다.

그래서 무수한 질문에 대답을 요구하는 대신, 나는 혀를 깨물고 삼촌이 하려는 말을 잠자코 기다린다.

"네가 이곳에 온 후로 정말 끔찍한 일들이 많이 벌어졌다는 생각이 드는구나."

"실제로 피해를 입은 적은 별로 없어요." 내가 지적한다. "잭슨이 여러 번 구해줬고요."

"그렇다는 거 알지만 잭슨이 늘 네 곁에 있다는 보장은 없다. 너도 며칠 동안 봤겠지만 이 학교에서는 다른 학교에 없는 일들이 벌어진단다. 지진으로 다친 건 특이한 사고였고 샹들리에도 아마 그럴 거야. 하지만 이런 생각을 하게 되더라. 만약 누군가 자기 힘의 통제력을 잃었는데 너를 위험에서 구해줄 잭슨이나 플린트나 메이시가 곁에 없다면? 그래서 네가 크게 다치면 어쩌지?" 삼촌이 고개를 젓는다. "나는 제정신으로 살 수 없을 거야."

"그게 이유라고 생각하세요? 누군가 힘의 통제력을 잃어서?"

"확실치는 않지만 일단 추측은 그래. 어떤 마법사가 자기 능력을 시험하려다가 펑……. 샹들리에까지 떨어지지는 않았지만 크리스털이 날아간 적은 있었어. 다른 물건들도."

오늘 들은 것 중 가장 반가운 소식 아닐까. 잭슨이 쓸데없이 호들갑을 떤다는 의미이기 때문이다. 아무도 나를 죽이려고 하지 않는다. 누가 자기 힘을 시험하다 아차, 실수를 했고 우연찮게 내가 주위에 있었다. 누군가 실제로 나를 해칠 계획이었다는 가설보다 훨씬 말이 된다.

"아무튼." 삼촌이 다시 양손의 손가락을 맞댄다. "그래서 나는 너를 샌디에이고로 돌려보낼 생각이다."

44

즐거운 나의 집
알래스카

"절 돌려보낸다고요?" 얼어붙은 활주로 위의 비행기처럼 공포가 내게 미끄러져 온다. 빠르게, 날카롭게, 전력을 다해. "무슨 말씀이세요? 거기엔 제가 있을 곳이 없어요."

"알아." 삼촌이 애석하다는 듯 고개를 젓는다. "하지만 여기에도 네가 있을 곳이 없다는 생각이 든다. 최소한 그곳에 있으면 안전할 거 아냐."

"우리 부모님이 안전했던 것처럼요?" 그 말들은 거칠고 고통스럽게 내 목을 찢고 나온다. 샌디에이고로 돌아간다면 잭슨을 떠나야 하는데, 그러고 싶지 않다. 그럴 수 없다. 지금은 안 된다. 우리 사이에 무언가 분명히 생기고 있다고. 아침에 일어나서 가장 먼저 생각하고 자기 전에 마지막으로 생각하는 대상이 잭슨인 지금은 그럴 수 없다.

"그건 우연이었어, 그레이스. 끔찍한 사고였……."

"사고는 어디에서도 일어날 수 있어요. 그리고 제게 무슨 일이 생긴다면 차라리 여기에서 당할래요. 메이시도 있고 삼촌도 있고 또⋯⋯." 내가 말을 흐린다. 나도 이제야 겨우 이해하기 시작한 감정을 입 밖으로 내고 싶지는 않다. 어째서인지 일주일도 안 되는 시간에 잭슨 베가는 내게 소중한 존재가 되었다.

하지만 삼촌은 보기보다 더 예리한가 보다. 나 대신 공백을 채우며 점잖게 묻는다. "잭슨 말이니?"

대답하지 않는다. 그럴 수 없다. 우리 사이에 일어난 일은 우리만의 문제다. 그걸 어떻게 핀 삼촌에게 설명할까.

하지만 무응답 그 자체가 대답인 셈이다. "나도 안다. 잭슨이⋯⋯." 삼촌이 말을 멈추고 또 한 번 한숨을 길게 내쉰다. "유혹적이지. 여학생들이 어떤 감정을 갖는지 알아. 그 애는⋯⋯."

"핀 삼촌! 아니에요!" 나는 귀를 틀어막지는 않지만 내가 좋아하기 시작한 남자를 삼촌이 '유혹적'이라고 하는 말을 더는 들을 수 없다.

"아니라고?" 삼촌이 혼란스러운 표정으로 묻는다. "잭슨에게 끌리는 게 아니야⋯⋯?"

"아니에요! 그냥 아니라고요! 잭슨과 제가 어떤 사이인지, 사이라고 할 게 있기나 한지 모르겠지만 우리는⋯⋯." 내가 삼촌과 나를 손가락으로 가리킨다. "그 얘기 안 해요."

"안 한다고?"

"네. 안 해요." 내가 단호하게 고개를 젓는다. "지금도 안 하고, 앞으로도 안 해요."

"정말이지, 너도 내가 메이시에게 남자애들 얘기 좀 하자고 할 때랑 만만치 않구나." 삼촌이 말한다. "캠에 대해 물을 때마다 내가 꼭 도롱뇽 눈알을 삼키라고 부탁하는 것처럼 행동하거든. 하지만 알았다. 남자 이야기는 안 할게. 그래도 네게 경고는 해야겠어. 잭슨은……"

"위험하죠. 네, 그건 메이시가 제 머리에 이미 박아놨어요. 그리고 정말 위험할지도 모르지만 지금까지는 제게 잘해줬어요. 그러니까……"

"위험하다는 말이 아니었어." 처음으로 삼촌의 목소리에 짜증이 묻어난다. "내 말을 자르지 않았으면 너도 알았겠지만."

"아, 네." 얼굴이 달아오르기 시작한다. "죄송해요."

삼촌은 됐다고 고개를 젓는다. "내가 하려던 말은 잭슨이 네가 만난 다른 남자애들과 다르다는 거야."

"네, 당연하죠." 메이시에게 그랬던 것처럼 뾰족한 이빨을 흉내 내자 삼촌도 웃음을 터뜨린다.

"단순히 뱀파이어라는 것 말고 더 많은 이유로 한 얘기지만, 그래, 뱀파이어라는 문제도 있지."

아, 삼촌의 말이 내 배에 나비 떼를 풀어놓는다. 왜일까. "또 뭐가 있는데요?" 내가 묻는다. 묻지 않을 수 없기 때문이다. "형에 대해서 알고……"

"허드슨 얘기를 했어?" 이제는 삼촌이 충격을 받은 것 같은 소리를 낸다.

"죽었다는 것만요."

"아, 그래." 삼촌이 표정을 누그러뜨리는 모습을 보며 나는 내가 모르는 사연이 많다는 뜻으로 해석한다. 뭐, 내가 허드슨에 대해 안다고 얘기할 때마다 사람들이 똑같은 반응을 보인다는 것도 그렇고. "허드슨이 죽으며 잭슨은 어깨에 굉장히 많은 책임을 짊어졌어. 허드슨과 자신의 책임을."

"상상이 가요."

"아니, 그레이스. 너는 상상도 못 해." 이렇게 음울한 삼촌 표정은 태어나서 처음 본다. "뱀파이어의 삶은 평범한 사람의 삶과 같지 않아."

"네. 당연하죠. 하지만 걔도 한때는 평범한 인간이었잖아요?" 나는 여태껏 본 영화, 여태껏 읽은 소설을 전부 떠올린다. "그러니까……"

"아니. 그렇지 않아. 잭슨은 뱀파이어로 태어났어."

이제는 내가 충격을 받는다. "무슨 말씀이세요? 저는 뱀파이어라면 다……"

"아니, 전부는 아니야. 후천적으로 뱀파이어로 될 수도 있지. 사실 대부분 그래. 하지만 태어날 수도 있어. 잭슨은 뱀파이어로 태어났어. 다른 기사단원들도. 그건…… 우리 세계에서는 큰 의미를 갖는단다."

그 의미가 무엇일지 감히 상상도 할 수 없다. '뱀파이어로 태어날 수 있다'는 사실에서 아직 헤어나지 못했기 때문이다. "어떻게요? 아니, 뱀파이어가 되려면 물려야 하지 않나요?"

"보통은 그렇지. 하지만 무는 뱀파이어가 너를 뱀파이어로 만들기를 원하는 경우에만 그래. 그럴 마음이 없으면 그냥 물릴 뿐이지. 예를 들어……."

"머리스 선생님이 저를 문 것처럼요."

"그래." 삼촌이 고개를 끄덕인다.

"하지만 그 말로는 뱀파이어가 어떻게 태어날 수 있는지 설명되지 않아요." 내가 삼촌에게 말한다. 한편으로는 새로운 정보에 파묻혀 죽을 것 같다. 또 한편으로는 이런 기분이다. 흠, 그래. 별거 아니네.

초자연적 생물들의 존재를 받아들이는 단계까지 넘어오고 나니 어떻게 존재하게 되었는지는 그리 충격적이지 않다.

"흡혈 행위도 유전적 돌연변이야. 드물지. 극히 드물지만 유전적 돌연변이란다. 몇천 년 전 처음 기록된 이후로 수많은 뱀파이어가 태어났어."

"잠깐만요. 수천 년 전부터 뱀파이어 사례를 기록했다고요? 어떻게 그게 가능해요? 제 말은, 어떻게 증명해요?"

"아직 살아 있으니까."

"아. 네." 예상해야 했지만 예상하지 못한 대답이다. "뱀파이어는 죽지 않죠."

"뱀파이어도 죽어. 나머지 우리보다 죽어가는 속도가 많이 느릴 뿐이지. 세포가 우리와 다르게 발달했거든."

그러시겠지. 그러면 왜 그렇게 피를 빨아먹고 하겠어. "잭슨도 그런 뱀파이어인가요? 늙은?" 그 생각을 하자 나비 떼가 독수리 떼로 변한다. 이상하다. 아니, 나도 이제 뱀파이어의 존재를 받아들일 수 있다. 그런데 늙은 뱀파이어라고 하니 왜 소름이 돋지?

"잭슨은 가장 유서 깊은 뱀파이어 가문에서 태어났어. 하지만 4천 살이나 먹었느냐고 묻는 거라면 아니야."

하느님, 감사합니다. "그럼 그 가문들만 뱀파이어를 낳을 수 있는 거네요? 그러니까, 아무나 뱀파이어를 그냥 낳을 수는 없는 거죠?"

"유전적 돌연변이니 이론상 아무나 뱀파이어를 낳을 수는 있겠지만, 보통은 아니지. 태생적 뱀파이어는 대부분 유서 깊은 여섯 가문 중 하나에서 태어나. 하지만 그 외의 태생적 뱀파이어도 있단다. 네가 읽은 소설에 나오는 부류지. 자기 정체나 존재에 대한 지식이 없으니……."

"닥치는 대로 사람을 죽이고 다닌다고요?"

"나라면 그렇게 표현하지 않겠다만." 삼촌이 심기 불편한 표정으로 말한다. "하지만 맞아. 주로 그들이 다른 뱀파이어를 만들지. 잘 모르니까. 외롭고 가족을 만들고 싶어서 그러기도 하고. 다른 이유도 많을 거야. 하지만 유서 깊은 가문들은 그렇게 하지 않아."

"무슨 말씀이세요? 사람들을 죽이지 않는다고요?" 솔직히 말하면 크게 안심이 된다.

삼촌이 웃으며 이렇게 말하기 전까지는. "너무 멀리 가지는 말자꾸나."

"아, 네, 그럼. 잭슨은……."

"나는 웬만하면 한 학생을 두고 다른 학생과 얘기하지 않으려고 해, 그레이스. 그리고 이 대화는 내 의도를 한참 벗어났어."

사실이다. 하지만 나는 많은 사실을 알게 되었기에 이 대화가 어디로 흘러가든 아무 상관없다. '너무 멀리 가지는 말자꾸나'라며 웃는 소리는 아주 오싹했지만. "저는 샌디에이고로 돌아가고 싶지 않아요, 핀 삼촌."

처음으로 그 말을 소리 내어 말한다. 처음으로 생각하고 또 그렇게 믿는다. 하지만 입 밖으로 소리 내어 뱉으니 알겠다. 그 말은 진심이다. 아무리 그곳의 해변과 따뜻한 날씨, 부모님과 함께했던 삶이 그리워도 샌디에이고로 돌아가고 싶지는 않다. 부모님은 영원히 내 곁을 떠났고, 샌디에이고에는 잭슨의 매력을 능가하는 그 무엇도 존재하지 않으니까.

전혀.

"그레이스 네가 캐트미어 아카데미를 마음에 들어 한다니 삼촌도 좋다. 정말이야. 하지만 이곳이 안전한지는 잘 모르겠어. 내가 너를 보호할 수 있다고 했지만, 초자연적 존재들의 학교에서 평범한 인간이 지내는 건 아무래도 위험한 것 같아."

지난 일주일을 생각하면 그런 말로도 부족하다. 하지만…….
"결정은 제가 하는 거 아닌가요?"

"맞아. 하지만 남자애를 이유로 결정하면 안 돼."

"잭슨 때문에 하는 결정이 아니에요. 적어도 잭슨만이 이유는 아니라고요." 이것도 사실이다. "제 결정의 이유에는 메이시가 있어요. 삼촌도 있고, 플린트도 있어요. 샌디에이고의 삶이 그립지만 그 삶은 이제 끝났기 때문에 그렇게 결정한 거예요. 제 부모님은 돌아가셨어요. 그곳으로 돌아가서 똑같은 학교를 다니고 부모님만 없는 예전 삶을 그대로 산다면 얼마나 괴로울까요. 제가 뭘 잃었는지 매일 생각날 텐데요. 그럴 수는 없을 것 같아요, 핀 삼촌. 샌디에이고에서는 제 상처를 치유할 수 없어요. 매일 차를 타고 우리가 살던 집을 지나쳐 등교하고, 부모님과 함께 다니던 곳들을 가고……" 내 목소리가 갈라지고 나는 눈물이 고였다는 민망함에 시선을 피한다. 엄마 아빠를 생각할 때마다 약해지는 내가 부끄럽다.

"그래." 삼촌은 책상 너머로 손을 뻗고 이번에는 내 양손을 쥔다. "알았어, 그레이스. 네 생각이 그렇다면 여기 있어도 될 것 같다. 메이시와 내가 있는 곳이라면 너는 언제나 환영이지. 하지만 최근 위험했던 사고들에 대해서는 조치를 취해야 할 거다. 내가 관리하는 곳에서 네게 무슨 일이 일어나면 안 되니까. 네가 태어나던 날 형과 약속했거든. 만약 형에게 무슨 일이 생기면 내가 너를 책임지겠다고. 형을 실망시킬 수는 없지."

"좋아요. 솔직히 저도 그 사고들이 반갑지 않거든요."

삼촌이 웃는다. "그럴 거야. 그렇다면 어떻게……?"

책상의 인터콤이 지지직 울리며 삼촌의 말을 끊는다. "포스터 교장 선생님. 9시로 예정된 통화 3번에 연결되었습니다."

"아, 맞아. 고마워요, 글래디스." 삼촌이 나를 본다. "미안하지만 이 전화는 받아야겠다. 방으로 돌아가 남은 하루는 푹 쉬지 그러니? 어떻게 하면 너를 안전하게 지킬지 생각해보고 점심쯤 들를 테니 메이시와 같이 얘기해보자. 괜찮지?"

"좋아요." 나는 바닥에 있는 가방을 들고 문으로 향한다. 하지만 문을 열고 다시 삼촌을 돌아본다. "감사합니다."

"아직은 감사 인사 하지 마. 떠오르는 아이디어가 없으니까."

"아니, 제 말은, 저를 데리러 샌디에이고로 와주셔서 감사하다고요. 절 받아주셔서 감사해요. 그리고 또……."

"가족이 되어줘서?" 삼촌이 고개를 젓는다. "그런 건 감사할 필요 없어, 그레이스. 나는 너를 사랑해. 메이시도 너를 사랑하고. 네가 원하면 언제까지든 우리와 함께 있어. 알았지?"

갑자기 목구멍으로 차오른 응어리를 삼킨다. "네." 그러고 나서 며칠 만에 두 번째로 울음을 터뜨리기 전에 문밖으로 뛰쳐나온다.

하지만 문을 닫고 복도로 나와 세 걸음도 채 옮기기 전 발밑의 바닥이 흔들리기 시작한다. 또.

45

우리 사이에서 타오르던 뜨거운 불이
네 숨결이었을 줄이야

이번 지진은 심하지 않다. 땅이 조금 우르르 울릴 뿐이다. 하지만 그래도 왠지 불안해져서 초등학교 때 배운 것처럼 제일 가까운 문가로 몸을 피한다. 정말 더는 다치고 싶지 않은데…… 아슬아슬한 사태도 사양이다.

몇 초 뒤 여진이 멈춘 후에 휴대폰을 꺼내 잭슨에게 문자를 보낸다. 괜찮다고 알려주고 잭슨도 괜찮은지 확인하려고. 둘 중 하나가 다쳤든 아니든 잭슨과 대화하고 싶다. 전교생 절반이 보고 있다고 해도. 짧게 '어디야? 만날래?'라고 보내고 초조하게 답장을 기다린다.

답장이 오지 않자 괜히 더 불안해진다.

아침에 메키 휴대폰 번호를 알아뒀으면 메키에게도 문자를 보낼 수 있었을 텐데. 하지만 메키 번호를 모르니 이러지도 저러지도 못하고 잭슨의 답장을 기다리며 복도를 서성인다.

달리 뭘 해야 할지 몰라 잭슨의 탑으로 가는 계단 쪽으로 향한다. 하지만 또 일방적으로 찾아가고 싶지는 않다. 나를 카페테리아에 두고 간 것도, 내 문자에 답장하지 않는 것도 잭슨이잖아. 잭슨을 보고 싶고 잭슨과 대화하고 싶지만 더는 뒤를 쫓아가지 않을 작정이다. 이번에는 자기가 오라지.

그러니 내 방으로 돌아가면 안 된다. 생산적인 일을 하는 대신 잭슨이 어디에 있고 무엇을 하고 있을지 남은 하루 동안 집착만 할 테니까. 오늘도 벌써 잭슨 생각에 많은 시간을 소비했다. 쓸데없이 오랜 시간이었던 것 같다. 그 애는 지금 나를 무시하고 있으니까.

그 생각 때문에 나는 2층으로 올라가자마자 도서관 쪽 복도를 택한다. 안 그래도 문이 열려 있을 때 한번 방문하고 싶었다. 천천히 여유롭게 구경하고 대출할 책도 찾아보려고. 또 초자연적 생물들에 대해 많이 배워야 할 것 같으니 지금 가면 딱이겠다. 내가 굳이 방에서 쉬지 않아도 공포 영화 쿠션을 안고 재미있는 책을 읽으며 시간을 보낸다면 삼촌과 메이시도 뭐라 하지 않을 거다.

마침 수업 시간이라, 도착하니 도서관은 거의 비어 있다. 나야 고맙지. 부딪치는 사람이 적을수록 '사고'가 더 일어날 가능성도 작아지니까.

나와 같은 학교에 다니는 다양한 초자연적 생물들에 관한 책이 있는지 신화 코너부터 둘러볼까? 정상적인 도서관이라면 신화 코너에서 시작해야겠지만 이곳 캐트미어에서는 괴물이 실존한다. 그럼 비소설 코너에서 찾아야 하나? 생물학?

'괴물들이 진짜다'라는 사실에 익숙해지려면 한참 걸릴 것 같다.

나는 안내데스크에 멈춰 서서 어디서부터 보면 좋을지 사서에게 묻기로 한다. 솔직히 며칠 전 이 도서관을 발견했을 때부터 사서를 꼭 만나보고 싶었다. 스티커 취향과 가고일을 배치한 방식만 봐도 내 기준으로는 멋진 사람이다.

실제로 가까이서 얼굴을 보니 정말 그렇다.

키가 큰 미인이고 구릿빛 피부가 반짝거린다. 긴 검은 머리를 핼러윈 장식으로 쓰고 남은 듯한 주황색과 은색의 반짝이는 줄과 함께 땋았고 하늘하늘한 긴 소매 원피스와 부츠까지 완전히 히피처럼 옷을 입었다. 게다가 내가 다가가자 얼굴에 환한 미소를 짓는다. 아주 어둡고 아주 고딕적인 캐트미어 아카데미에서 별로 보지 못한 웃음이다.

"로이스 선생님이세요?" 데스크 앞에 도착해 내가 묻는다.

"앰카라고 불러도 돼. 다른 애들도 그러니까." 미소가 더 친절해진다. "네가 그레이스구나. 소란의 중심에 있는 전학생."

뺨이 화끈거린다. "저라면 그렇게 표현하지 않겠지만, 네. 그런 것 같아요."

"만나서 반가워. 정체 상태인 이곳을 뒤흔드는 소녀를 만나게 되어 기쁘다. 걔들도 익숙해져야지."

"걔들이라고요?"

앰카가 쿡쿡 웃더니 몸을 조금 앞으로 기울인다. 그리고 연극의 독백처럼 큰 소리로 말한다. "괴물들."

그 묘사에 내 눈이 휘둥그레진다. 문득 삼촌이 했던 말이 생각나며 안도감이 밀려든다. "선생님도 인간이세요?"

"우리 대부분이 인간이야, 그레이스. 어쩌다 보니 추가적인 능력을 조금 더 가졌을 뿐이지."

"아, 네." 싸가지 없는 애가 된 기분이다. "기분 상하셨다면 죄송해요. 그런 의도는 아니었어요."

"아니야." 앰카가 한 손을 내민다. 잠시 후, 도서관에 살랑거리는 바람이 불어 내 머리카락을 흐트러뜨리고 뒤쪽 진열대에 놓인 잡지들을 펄럭이게 한다.

"아! 마녀시군요!" 나는 고개를 들고 바람을 얼굴에 맞는다.

"맞아. 이누피아트족 출신이야." 앰카가 대답한다. "원소들을 다룰 수 있지."

"원소들이라고요?" 내가 '들'을 강조하며 따라 한다. "바람만이 아니에요?"

"바람만이 아니야." 앰카가 손을 바로 하자 곧바로 바람이 멎는다. 잠시 후, 손가락을 튕기거나 하지도 않았는데 벽등의 촛불이 타오르기 시작한다. "이건 불. 물도 보여주고 싶지만 눈은 이미 충분히 봤지?"

"맞아요." 내가 동의한다. "하지만…… 실례가 안 된다면 그래도 보고 싶어요."

앰카가 고개를 끄덕이고 조금 있으니 머리 위의 천장에서 눈송이가 떨어진다.

본능적으로 혀를 내밀어 하나를 맛본다. 그러고는 앰카에게 말한다. "이렇게 멋진 건 태어나서 처음 봐요."

"눈을 잘 뜨고 있어." 앰카가 대답한다. "캐트미어에서는 멋진 것들을 많이 보게 될 거야."

"기대하고 있어요." 진심으로 하는 말이다. 앰카가 원소를 다루는 모습을 보니 마음이 편안해지기 때문이다. 걱정만큼 무섭지 않을 수도 있다는 확신이 생긴다.

"좋아." 앰카가 윙크를 하며 말한다. "자, 오늘은 어쩐 일로 내도서관에 왔을까?"

"사실 그냥 조금 더 둘러보고 싶었어요. 며칠 전에 왔다가 사랑에 빠졌거든요. 너무 잘해놓으셨어요."

"책은 매력적이고 재미있는 물건이지. 책을 보관하는 공간도 그래야 한다고 생각했어."

"제대로 해내셨네요." 내가 뒤쪽을 돌아본다. "스티커만 봐도 굉장하잖아요. 하루 종일 다 읽고 다닐 수도 있겠더라고요. 가고일들도요. 공포 영화 쿠션은 어떻고요? 다 최고예요."

"약간의 재미를 볼 수 없다면 이런 학교에서 일하는 장점이 뭐가 있나 그런 생각을 했지."

"그거예요!" 내가 웃으며 말한다. "사실 여기 온 것도 두 번째 이유 때문이에요. 이 학교에 다니는 다양한 사람들에 대해 알려줄 책을 찾고 싶어서요."

앰카가 내게 처음으로 가르쳐준 교훈을 어설프게 인용하며 부탁하자 그녀가 미소를 짓는다. 이곳의 사람들도 인간이고 조금 다를 뿐이라는 교훈 말이다. "열린 마음이 존경스러운걸. 배운 걸 기꺼이 받아들이려는 태도도 그렇고."

"노력하고 있어요. 배울 게 많겠죠."

"시간은 많아." 앰카가 손을 내밀고 두 손으로 내 양손을 감싸 쥔다.

놀랍지만 불쾌하지는 않아 손을 가만히 둔다. 앰카의 눈이 이상하게 빙글빙글 돌아가기 시작했을 때는 손을 뺄 걸 그랬다고 후회하지만.

별것 아니야. 나는 속으로 생각한다. 메이시도 마법을 부렸지만 괜찮았잖아. 이것도 똑같아.

하지만 느낌이 다르다. 앰카가 내 안을 깊숙이 들여다보는 느낌이다. 내가 앰카든 누구에게든 보여주고 싶지 않을 것까지 볼 수 있는 것 같은 느낌.

그럴 리가 없잖아. 마녀라고 독심술사는 아니니까. 하지만 이상한 일은 없었다고 확신한 그 순간, 앰카가 속삭인다. "두려워하지 마."

"안 그래요" 내가 대답한다. 무슨 말을 하겠는가? 선생님, 눈이 조금 무서워요?

"너는 네가 생각하는 것 이상이야." 앰카가 말을 잇는다.

"저는…… 무슨 뜻인지 모르겠어요."

앰카가 웃으며 눈을 정상으로 되돌린다. "때가 되면 알 거야. 그게 중요하지."

"감사합니다." 내가 말한다. 이럴 때 무슨 말을 해야 하지? 이 학교에 오래 다닐 거면 아무래도 몇 가지 반응을 준비해야 할 것 같다.

"여기." 앰카는 책상에 있는 공책을 한 장 찢어 뭐라고 메모를 하고는 종이를 반으로 접어 내게 내민다. "저쪽으로 몇 칸 더 가서 끝을 확인하면 찾는 게 나올 거야."

"어떤 코너예요?" 온몸이 흥분으로 고동치며 방금 전까지 존재하던 불안감을 내쫓는다.

"용." 앰카의 보조개가 쏙 들어간다. "언제나 거기서 시작해야지."

"맞아요." 나는 플린트와 플린트에게 묻고 싶은 질문들을 생각한다. "감사합니다!"

"감사하기는. 찾는 걸 발견하면 어떻게 쓰는지 알게 될 거야." 그러면서 앰카는 내게 종이를 건네더니 책상 아래에서 물병 하나를 꺼낸다. "여기, 이것도 가져가서 마셔. 이런 고도에서는 물을 계속 마셔줘야 해."

"아, 네." 내가 물병을 받아 든다. "이것도 감사합니다."

앰카는 그냥 가라고 손짓한다.

나는 앰카가 가리킨 통로로 향한다. 저기 가면 용에 관한 어떤 책이 나올까? 나 지금 미스터리 코너에 있는 것 같은데? 하지만 통로 끝에 이르러 앰카의 미소가 무슨 뜻이었는지 이해한다. 왜 이쪽을 가리켰는지도. 원형 테이블에 앉아 이어폰을 꽂고 이상한 글씨가 적힌 고서적을 펼친 플린트가 있었기 때문이다.

용은 용이네.

내가 다가가자 플린트가 힐끗 고개를 든다. 잠깐은 플린트의 얼굴에 해석할 수 없는 표정이 스친다. 하지만 표정은 곧 환한 미소로 바뀌고 플린트는 에어팟 한쪽을 뽑는다. "어이, 전학생! 여기서 뭐 해?"

이런 미소를 보고 어떻게 마주 웃지 않을 수 있을까. "아마도 용에 관해 조사하려고?"

"그래?" 플린트가 자기 옆자리를 두드린다. "제대로 찾아왔네."

"그러게." 나는 플린트의 옆에 다가가 앉으며 앰카에게 받은 쪽지를 건넨다. "너 주라는 것 같아."

"정말?" 플린트는 미간을 조금 찌푸리며 종이에 손을 뻗는다. 플린트가 쪽지를 읽는 동안 나는 잭슨의 문자를 놓치지 않았는지 휴대폰을 확인한다.

안 놓쳤다.

"그래서." 플린트는 일부러 눈을 피하며 읽고 있던 책 옆에 쪽지를 내려놓는다. "용에 관해 뭘 알아야 하는데?"

"나중에 해도 돼." 내가 말한다. "너 하던 일 방해하고 싶지 않아."

"걱정하지 마. 별거 아니야." 내가 내용을 볼 새도 없이 플린트는 책을 덮고 옆으로 밀어낸다.

그래도 표지가 언뜻 보인다. "아! 저거 아카드 문자야?"

플린트의 눈이 커진다. "네가 아카드어를 어떻게 알아?"

"사실 며칠 전에 처음 알았어. 리아가 과제 때문에 자료 조사하고 있더라고. 둘이 같은 수업 들어?"

"어, 맞아." 대놓고 관심 없는 말투다. 서로를 그렇게 싫어하니 당연하겠지.

"수업 이름이 뭐야?" 내가 책에 손을 뻗는다. "나도 다음 학기에 듣고 싶어. 가능하다면."

"고대 마법 언어." 내가 책을 펼치기도 전에 플린트는 책을 가져가 자기 책가방에 넣는다. "그래, 너는 용에 관해 뭘 찾고 있는 거야?"

"아무거나. 전부 다." 나는 '나는 아무것도 몰라'라는 의미로 양손을 옆으로 들어 올린다. "'마법 생물은 실제로 존재한다'라는 것 자체가…… 기막혀."

"에이, 금방 익숙해질 거야."

"우리 서로 생각이 다른 것 같네."

플린트가 웃는다. "시작해. 첫 번째 질문을 던져주세요."

"아, 구체적인 질문은 생각 안 해봤는데. 그러면…… 메이시 말로는 날개가 있다며. 실제로 날 수 있다는 뜻이야?" 그 생각을 하니 머리가 아찔해진다.

"응, 날 수 있어." 플린트가 씩 웃는다. "다른 것들도 할 수 있고."

"예를 들어?" 관심이 생겨 내가 플린트에게 몸을 기울인다.

"글쎄, 흠, 이걸 본격적으로 시작하려면 영양 보충이 필요할 것 같은데." 플린트가 책가방으로 손을 뻗는다.

"아, 미안. 그런 생각은⋯⋯."

"괜찮아, 전학생." 플린트는 가방 앞주머니에서 반쯤 먹은 마시멜로 봉지를 꺼내 내민다. "먹을래? 내가 제일 좋아하는 간식이야."

"나도." 내가 마시멜로 하나를 꺼내며 말한다. "아니, 제일 좋아하는 건 라이스 크리스피지만 이것도 좋아."

내가 마시멜로를 입에 넣으려는데 플린트가 내 팔을 붙잡는다. "어이, 마시멜로를 그렇게 먹으면 안 되지."

"무슨 뜻이야?"

플린트는 눈썹만 꿈틀거린다. 그러더니 마시멜로를 허공에 던지고 입으로 불을 내뿜는다.

나는 꺅 소리를 내며 충격 반, 기쁨 반으로 입을 가린다. 허공에 있던 마시멜로는 완벽한 황금색으로 변한다. 잠시 후, 플린트가 입을 다물자 마시멜로가 플린트의 손 안에 떨어진다.

플린트는 마시멜로를 내게 내민다. "마시멜로는 이렇게 먹어야지."

"맞아!" 나는 마시멜로를 받아 들고 입에 쏙 털어 넣는다. "세상에, 뜨겁잖아!" 끈적거리는 과자를 씹으며 내가 말한다.

플린트는 '당연한 소리를 하네'라는 표정으로 나를 본다.

"구운 정도도 딱 적당해!" 너무 환상적이라 믿기지도 않는다.

"당연하지. 이걸 얼마나 오래 했는데." 플린트가 마시멜로 봉지를 내민다. "하나 더 먹을래?"

"장난쳐? 다 먹을래. 마시멜로는 언제나 환영이야."

플린트가 씩 웃는다. "너도 나와 같은 부류구나."

"내가 던져도 돼?" 내가 하나를 더 고른다.

"안 그러면 모욕으로 받아들였을 거야."

나는 킥킥 웃으며 마시멜로를 허공에 던진다. 이번에 플린트가 불길을 쐈을 때는 비명을 조금만 지른다.

마시멜로가 다 구워지자 플린트는 입을 다물고 마시멜로는 다시 내 손으로 떨어진다. 앗, 뜨거워. 너무 뜨거워서 식을 때까지 잠시 이 손에서 저 손으로 던졌다 받기를 반복한다. 그러고 나서 플린트에게 내민다. "이건 너 먹어."

플린트는 놀란 얼굴로 나와 마시멜로를 번갈아 본다. 그러다 "고마워"라고 말하고는 마시멜로를 입에 넣는다.

우리는 하나를 다 먹으면 또 하나를 굽고, 때로는 두세 개를 한 번에 구우며 봉지를 다 비웠고, 플린트는 쉴 새 없이 농담을 했다. 마시멜로를 다 먹고 나니 배가 아파 죽을 것 같다. 너무 많이 웃어서, 또 마시멜로를 미친 듯이 먹어서. 어느 쪽이든 이 곳에서 경험한 다른 고통들과 달리 기분 좋은 아픔이라 만족한다.

당분을 너무 많이 섭취해서인지 목이 너무 말라 앰카가 준 물병에 손을 뻗는다. 그러다 보니 이런 의문이 든다. 이렇게 필요해질 줄 알고 물을 줬나? 마녀의 선견지명인가? 조사할 게 하나 더 생겼다.

병을 따려고 하지만 포장을 뜯기도 전에 플린트가 물병을 낚아챈다. "여기서 미지근한 물은 평민들이나 마시는 거야." 플린트는 나를 놀리더니 입을 벌리고 물병을 향해 얼 것처럼 차가운 공기를 뿜어낸다.

잠시 후, 또 한 번 눈썹을 꿈틀거리며 얼음처럼 차가워진 물병을 건넨다.

"와, 그냥…… 와." 내가 흥분해서 고개를 젓는다. "다른 능력 또 없어?"

"뭐야? 비행, 불, 얼음으로 부족해?"

"아니! 당연히 충분하지." 완전히 재수 없는 애가 된 기분이다. "미안해. 나는 그냥……."

"진정해, 그냥 너 놀리려고 한 말이야." 플린트는 바람을 소환할 때의 앰카처럼 손을 내민다. 하지만 플린트가 부르는 것은 바람처럼 시시하지 않다.

나는 플린트의 손에서 연한 파란색 꽃이 한 다발 피어나는 모습을 놀란 눈으로 바라본다. "세상에." 은은한 향기를 맡으며 내가 속삭인다. "세상에. 어떻게 했어?"

플린트가 어깨를 으쓱한다. "운이 좋은 거지." 그러면서 꽃다발을 내밀고 나는 앞으로 손을 내밀어 여린 꽃잎 하나를 조심스럽게 쓰다듬는다. 비단처럼 부드럽다.

"물망초라고 해. 알래스카주를 상징하는 꽃이지."

"예쁘다." 내가 고개를 흔들며 말한다.

"예쁜 건 너지." 플린트는 몸을 앞으로 기울이고 내 왼쪽 귀 바로 위에서 꽃의 줄기와 구불거리는 머리카락을 함께 잡고 땋는다.

내 입술과 몇 센티미터 거리에 플린트의 입술이 다가오자 가슴이 철렁한다. '안 돼. 이건 아니야!'

본능에 이끌려 나는 의자로 등을 젖힌다. 눈은 커다래지고 호흡은 너무 빨라졌다.

하지만 플린트는 웃기만 한다. "걱정하지 마, 전학생. 수작 부리는 거 아니었어."

아, 다행이다. 안도감에 몸이 축 늘어진다. "그게 아니라…… 나는…… 그냥……."

"야, 그레이스." 플린트가 웃으며 고개를 절레절레 젓는다. "너는 뭔가 특별한 구석이 있어. 그거 알아?"

"나? 불과 얼음을 쏘고 허공에서 꽃을 만들어낼 수 있는 건 너야."

"좋은 지적이야." 플린트가 고개를 옆으로 기울이고 빛나는 호박색 눈으로 쳐다본다. "하지만 지금 약속 하나 할게. 알았지?"

"응?"

"나는 너도 그러기를 원할 때 남자로 다가갈 거야. 우리 사이에 어떤 감정이 있는지 우리 둘 다 알아챘을 때."

46

언젠가 너도, 네 강아지도
죽이고 말 테다

플린트의 그 약속에 뭐라고 대꾸해야 할지 모르겠다. 차라리 다행이다. 목구멍이 갑자기 사막처럼 말라 아예 말을 할 수 없으니까.

플린트가 내게 다가오기를 원하기 때문은 아니다. 절대로. 그 말에 불쾌하기 때문도 아니다. 절대로. 그보다는 웃음기 가득한 호박색 눈을 들여다보고 있으면, 전염성 강한 미소를 보고 있으면 충분히 상상할 수 있기 때문이다. 잭슨이 옆에 없었다면 이 용이 어떤 방법을 선택해 내게 다가오든 나는 두 팔 들고 환영했을 것이라고.

하지만 내 곁에는 잭슨이 있고, 플린트와 이렇게 앉아 있으니 백만 배는 더 어색하다.

물을 한참 마신다. 목구멍을 적시기 위해⋯⋯. 또 어떤 말로 긴장을 풀지 생각하며 시간을 끌기 위해. 하지만 내가 적당한 말을 떠올리기도 전에 플린트의 휴대폰에 연속으로 문자 메시지가 들어오며 윙윙거리는 소리가 난다.

플린트는 휴대폰을 집어 들고 메시지를 본다. 태도가 완전히 바뀐다. "일이 터졌어."

나는 곧바로 잭슨을 생각한다. "뭐야? 무슨 일이야?"

플린트는 대답 없이 책가방을 집어 들고 소지품을 쑤셔 넣기 시작한다. 그 바람에 앰카가 준 쪽지가 펼쳐진 채로 떨어져 나도 모르게 내용을 읽는다.

어딘가에 이르는 길은 천 가지가 있지만 모든 길이 정답은 아니다.

무슨 뜻인지 궁금해할 시간은 없다. 플린트가 쪽지를 줍고는 이렇게 외치기 때문이다. "빨리 와. 가자."

나도 가방을 들고 플린트를 따라나선다. 대체 무슨 일이 일어났기에 플린트가 이렇게 반응하지? 배 속에 두려움이 고인다. "무슨 일이야?" 내가 다시 묻는다.

"아직 모르겠어. 하지만 기사단이 출동 중이야."

"출동? 그게 무슨 뜻이야?" 긴 다리로 성큼성큼 걷는 플린트를 따라잡으려 나는 거의 달리고 있다.

"문제가 터질 거라는 뜻." 플린트는 그 말들을 씁쓸하게 뱉어낸다.

그럴 만도 하지. 나부터도 지난 며칠 동안 평생 겪을 문제를 다 겪었으니까. "무슨 문제?" 나는 도서관 문을 열고 복도를 달리기 시작하는 플린트의 뒤에 바짝 붙는다.

"나도 알아보는 중이야."

잭슨에게서 답을 알아낼 작정으로 주머니에서 휴대폰을 황급히 꺼낸다. 하지만 계단 옆에 있는 중앙 복도에 도착해 보니 그럴 필요는 없다. 기사단이 한 층 아래에 있었기 때문이다. 험악한 얼굴로 침묵을 지키며 일렬종대로 걷고 있다.

빠르게 움직인다. 등밖에 보이지 않지만 플린트 말이 맞다. 문제가 터졌다. 큰 문제가. 각진 어깨만 봐도, 한 명도 빠짐없이 전류가 흐르는 전선처럼 긴장한 태도만 봐도 알 수 있다.

잭슨을 부르지만 나를 무시하거나 내 목소리를 듣지 못하거나 둘 중 하나다. 어느 쪽이든 좋은 징조는 아니다. 보통은 자기 주변에서 일어나는 일을 틀림없이 아는 애인데.

잭슨이 문제에 휘말렸다는 생각에 나는 플린트를 따라 계단을 달려 올라간다. 끔찍한 사태가 벌어지기 전에 따라잡아야 한다.

하지만 잭슨도 빠르게 움직이고, 우리는 물리실과 몇 개의 교실을 지나며 복도에서 잭슨을 추격한다. 잭슨은 내가 아직 들어가보지 않은 공간의 문 앞에 잠시 멈춰 선다. 학생 휴게실인가? 나는 잭슨의 이름을 다시 부른다. 긴 복도의 끝에 있으니 내 목소리를 못 들어도 놀랄 일은 아니다.

하지만 바이런은 듣는다. 바이런이 고개를 돌리고 나를 똑바로 쳐다본다. 너무 멀어서 눈이 선명히 보이지는 않지만 바이런은 단순한 두려움이라고 하기에는 애매한 표정으로 나와 플린트를 빠르게 번갈아 본다. 그러고는 머리를 빠르게 움직이며 내게 고개를 젓는다.

내버려두라는 의미가 분명하다. 하지만 어떻게 그래. 저 안에서 무슨 일이 일어나고 있는지 알기 전까지는 안 된다. 그래서 나는 걸음을 빨리한다. 잭슨이…… 무슨 일을 하려는 결심인지 몰라도 그 전에 잭슨을 붙잡아야 한다.

나는 그 전에 도착하지 못하고, 플린트도 마찬가지다. 잭슨이 휴게실로 걸어 들어간 후 기사단 다섯 명도 뒤를 따른다. 다시는 내 쪽을 보지 않는 바이런까지도.

패닉에 휩싸여 나는 그 어느 때보다도 빠른 속도로 달린다. 목과 팔이 아프지만 무시한다. 머리가 어지럽지만 무시한다. 잭슨에게 가야 한다는 욕구를 제외한 모든 것을 무시한다. 나 때문에 돌이킬 수 없는 짓을 벌이지 않게 막아야 한다.

나와 무슨 관련이 있는지는 잘 모르겠지만, 틀림없이 관련이 있다.

도착하니 잭슨이 방 안의 모든 가구를 사방으로 날리고 있다.

내 옆에서 플린트가 욕설을 뱉는다. 하지만 나서서 막지 않는다. 콜이 분명한 남학생을 잭슨이 날려 보내는데도. 잭슨이 뒤집힌 테이블에 콜을 내리꽂자 그 힘에 의자도 뒤집힌다.

숨 막힌 비명이 목구멍에 걸린다. 잭슨이 강하다는 건 알았다. 위험하다는 것도 알았다. 이곳에 도착한 후로 다들 그런 얘기를 했으니까. 하지만 지금까지는 그 말의 의미를 몰랐다. 잭슨이 손가락을 튕겨 그 남학생을―아, 확실히 콜이다―벽에 던지고 정신력만으로 3미터 높이에 매달 때, 나는 그제야 그 말 뜻을 이해한다.

하지만 아무리 경고를 들었어도, 뱀파이어 전설을 알고 있었어도, 누가 뭐라고 했어도 나는 결코 다음 상황을 대비하지 못했을 것이다.

여럿이 잭슨에게 달려든다. 퀸과 마크도 있는 것으로 보아 변신수들인 것 같다. 하지만 카페테리아에서처럼 메키와 바이런, 다른 기사단원들이 잭슨의 주위를 에워싼다. 변신수들은 그래도 개의치 않고 아직도 잭슨이 3미터 높이에 매달아놓은 동료를 구하기 위해 곧장 달려간다. 바로 그때 대혼란이 벌어진다. 기사단원 다섯이 서너 배는 더 많은 변신수들과 전면전을 벌인다.

빠르고 잔인해 지켜보기 두렵다. 변신수 무리는 인간으로, 또 늑대로 싸운다. 이빨과 발톱을 세우고 루카의 등과 리엄의 팔을 할퀴고, 뱀파이어들은 늑대의 털을 움켜쥐고 땅바닥에 메다꽂는다. 하지만 염력은 오로지 잭슨의 능력인 듯 기사단은 전통적인 방식으로 싸움을 한다. 주먹과 발로, 내 짐작이 맞는다면 날카로운 이빨로.

플린트가 끼어들기를 바라며 돌아보지만 플린트는 주먹을 움켜쥐고 눈을 가늘게 뜬 채 싸움을 지켜볼 뿐이다.

하지만 신중한 플린트와 달리 다른 학생들은 난투극에 가담한다. 더 많은 변신수와 뱀파이어가 대체 어떻게 끝날지 막막한 싸움을 벌이려 한다. 하지만 바닥은 이미 털과 피로 범벅이 되었다. 금방 막지 않으면 사람들이 죽어 나갈 것이다.

잭슨도 같은 생각을 했는지 갑자기 콜을 떨어뜨린다. 바닥에 쿵 엉덩방아를 찧은 콜은 후다닥 몸을 일으킨다. 동시에 잭슨이 반대쪽 팔을 휘저어 큰 원을 그리고 모든 사람이 동작을 멈춘다. 완전히 날아가버린 애들도 있다.

잭슨이 발산한 힘은 아직 반대쪽 끝인 입구에 있는 나까지 때린다. 플린트도. 우리는 뒤로 비틀거리며 넘어지지 않으려고 쌍여닫이문의 문틀을 붙잡는다.

나야 평범한 인간이지만 플린트는 아니잖아. 그런 플린트까지 뒤로 밀려났다. 잭슨과 가까이 있는 사람들은 어떤 힘을 느꼈을지 상상도 못 하겠다. 그래서 바닥에 쓰러진 사람이 저렇게 많은 거였다.

다 끝났다고 생각한다. 싸움도, 잭슨이 저 변신수에게 하려고 계획했던 일도. 그래서 폭발했던 힘이 흩어지자 나는 한 걸음을 내디디며 외친다. "잭슨!" 잭슨의 관심을 불러일으키려 한다. 이 광풍 속에서 잭슨이 생각을 하기를 바란다.

잭슨은 1초, 2초 내 쪽을 쳐다본다. 잭슨에게서 완전히 처음 보는 눈빛이다. 공허하지 않다. 차갑지도 않다. 그보다는 뜨겁다. 잭슨의 시선에서는 화염이 휘몰아치고 있다.

"잭슨." 이번에는 더 부드러운 목소리로 다시 불러본다. 순간은 효과가 있었다고 생각한다.

잭슨이 고개를 돌리고 나를 외면하기 전까지는. 나를 차단하기 전까지는.

잠시 후, 잭슨이 손을 내밀고 콜이 다시 한번 일어난다. 하지만 이번에는 방 안에 있는 모든 사람이 숨을 죽이고 다음에 어떤 장면이 펼쳐질지 기다린다.

알아내기까지는 오래 걸리지 않는다.

콜이 발버둥을 치기 시작한다. 잭슨이 콜을 끌어당기자 그의 눈이 커지고 손가락으로 자기 목을 할퀸다. 잭슨은 콜이 다시금 바로 앞에 설 때까지 가까이 더 가까이 끌어당기고 있다. 콜의 눈이 튀어나오려 한다. 목이 할퀸 자국으로 붉게 물든다. 눈에 공포가 가득하다.

이제 충분하다. 충분하고도 남는다. 뭘 하려는지 몰라도, 어떤 주장을 하려는지 몰라도 잭슨은 해냈다. 이곳에 있는 모든 사람은 잭슨이 어디까지 할 수 있는지 이제 안다.

"잭슨, 제발." 내가 부드럽게 말한다. 내 목소리를 들을 수 있을지 모르겠지만 잭슨이 이 남자애를 죽이려 하는 상황에서는 침묵을 지킬 수는 없다. 한순간의 무분별한 분노로 잭슨은 그 변신수와 자신을 파괴하게 생겼다.

내 안의 모든 것이 잭슨에게 가라고 말한다. 돌이킬 수 없는 행동을 하기 전에 잭슨과 변신수 사이를 가로막으라고 한다. 하지만 잭슨을 향해 움직이려 할 때마다 벽으로 달려가는 느낌이 든다.

앞으로 달려 나갈 수 없다.

한 걸음도 내디딜 수가 없다.

내 문제는 아니다. 나는 얼마든지 원하는 대로 움직이거나 걸을 수 있다. 하지만 내 앞에 보이지 않는 벽이 있다. 돌처럼 단단하고 돌보다 두 배는 관통하기 힘든 벽.

플린트는 그래서 이 악몽을 저지하려 나서지 않았던 거다. 처음부터 벽의 존재를 알았겠지.

당연하게도 잭슨 짓이다. 이런 짓을 하다니 화가 난다. 자기에게 다가오지 못하게 하고 싸움에 끼지 못하게 나를 막아버리다니. "이제 됐어, 잭슨!" 나는 다른 방법이 없어 벽을 주먹으로 두드리며 외친다. "그만해. 그만둬야 해."

잭슨이 나를 무시하고 공포가 나를 뒤덮는다. 이럴 수는 없다. 이럴 수는······.

갑자기 몸이 앞으로 쏠리고 내 손과 팔은 잭슨이 염력으로 세운 장애물을 관통한다.

"뭐야, 이게?" 옆에서 플린트가 탄식하지만 지금은 잭슨의 주의를 끄느라 플린트에게 반응할 겨를이 없다. 뒤로 물러날 수도 없다.

"잭슨!" 이번에는 비명을 지르다시피 잭슨의 이름을 외친다. "멈춰. 제발."

뭐가 달라졌는지 모르겠다. 내가 장벽을 뚫었기 때문일까? 아니면 잭슨도 나와 같은 결론을 내린 걸까? 아무튼 콜을 염력으로 붙잡고 있던 힘이 사라진다. 이제 자기 힘으로만 서게 된 변신수는 무릎을 꿇고 쓰러지더니, 고통스럽게 큰 소리를 내며 혹사당한 목구멍으로 숨을 빨아들여 고갈된 폐에 공기를 집어넣는다.

안도감이 밀려든다. 휴게실 안에도 안도감이 퍼진다. 드디어 끝났다. 다들 살아남았다. 멀쩡한 상태라고 할 수 없는 애들도 있지만 이 정도면…….

잭슨이 너무 빠르게 공격을 개시해 하마터면 놓칠 뻔했다. 이빨을 번쩍인 잭슨이 콜의 어깨를 움켜쥐고 몸을 앞으로 기울이더니 왼쪽 목덜미에 이를 박는다.

누군가 비명을 지른다. 순간 나인가? 생각하지만 내 목구멍은 꽉 막혀서 소리를 낼 수 없다. 얼마인지 모를 시간이 흐르는 동안 잭슨은 피를 마시고 또 마시고 또 마신다. 결국 변신수는 저항을 멈추고 축 늘어진다.

그제야 잭슨도 고개를 들고 콜을 놓아준다. 콜은 축 늘어진 채로 바닥에 쓰러진다.

피부가 지독하게 창백하지만 겁먹은 눈을 크게 뜨고 아직 살아 있다. 목의 이빨 자국에서 피가 흐르고 있다. 잭슨이 방 안을 둘러보고 거칠게 말하는 것도 그때다. "이게 마지막 경고야."

그리고는 돌아서서 뒤를 보지도 않고 내게로 걸어온다.

그는 정중하지만 단호한 손길로 내 팔꿈치를 움켜쥐고, 나는 잭슨을 따라간다. 솔직히 내게 무슨 선택지가 있을까?

47

처음 물린 상처가
가장 깊지

잭슨은 나를 복도로 이끄는 동안 한마디도 하지 않는다. 나도 말하지 않는다. 방금 그 광경을 본 후로 정말⋯⋯ 모르겠다. '충격을 받았다'고 말하고 싶다. 하지만 그 표현은 적당하지 않다. '역겹다', '공포스럽다'처럼 외부인이 느꼈을 법한 감정으로도 표현할 수 없다.

그래, 잭슨이 그 남자의 피를 거의 다 빨아먹는 모습은 유쾌하지 않았다. 하지만 잭슨은 뱀파이어잖아. 사람 목을 물고 피를 마시는 게 당연하지 않나? 가까이서 직접 봤다고 겁을 먹는다면 위선이다. 잭슨이 그런 행동을 한 이유가 분명 있을 테니까. 이유 없이 그런 난리를 피울 리 없잖아? 아무 이유 없이 마지막 경고라고 전교생에게 선포할 리도 없고.

잭슨의 행동보다는 경고를 해야 한다고 느낀 이유가 더 궁금하다. 아무래도 나와 관련이 있다는 불안한 생각이 들거든. 누군가 나를 해치려 한다는 잭슨의 걱정과 관련이 있다.

나 때문에 잭슨이 문제를 일으키는 건 원하지 않는다. 잭슨이 나 때문에 누군가를 해치거나…… 더 심한 짓을 하는 건 절대로 원하지 않는다.

처음은 아니지만 나는 손으로 목의 흉터를 만지며 머리스가 멈추지 않았다면 어떻게 됐을지 생각한다. 나를 치료하기 위해서가 아니라 다른 목적으로 나를 물었다면 어떻게 됐을까. 나도 그런 식으로 죽을 뻔했다면 잭슨이 그 변신수에게 한 행동에 지금처럼 무덤덤할 수 있었을까?

모르겠다. 지금은 알지도 모르는 남자애보다는 잭슨의 정신 상태가 더 신경 쓰인다는 것밖에는. 잭슨 말이 사실이라면 내가 죽기를 원하는 남자애 말이다.

다른 것도 있다. 나를 포함해 휴게실에 있던 모든 사람을 절대적으로 통제했던 잭슨의 염력은? 손 한 번 휘둘러서 만들어 낸 어마어마한 힘은? 그것도 어떻게 생각해야 할지 모르겠다. 하지만 잭슨의 잔인한 행동처럼 그 힘도 생각만큼 두렵지는 않다.

잭슨에게 생각만큼 겁이 나지 않는다.

모퉁이를 돌 즈음 다친 발목이 조금 욱신거린다. 아까 그렇게 뛰었으니 당연하지. 꾹 참은 고통의 비명이 목구멍에 고인다. 잭슨은 빠르게 움직이고 있다. 방금 일어난 일의 결과를 피하기 위해서라기보다는 우리가 대화할 수 있는 장소로 나를 데려가기 위해서인 것 같다.

그래, 초자연적 학교니 이곳의 교칙은 내가 아는 교칙들과 다르겠지. 하지만 휴게실 한가운데서 한 종족이 다른 종족을 먹어치워도 괜찮나? 믿기 힘들다.

아무리 그래도 싼 놈이라고는 하지만.

그래서 뒤쪽 계단을 향해 무수한 복도를 지나는 동안 잭슨의 속도에 불만을 표하지 않는다. 계단을 오르면서야 잭슨이 나를 데려가는 장소를 깨닫는다. 내 방이 아닐까 예상했는데, 잭슨 방이다. 공허한 눈과 꽉 다문 턱과 일자로 굳게 닫은 입을 보니 잭슨은 내가 저항할 것으로 예상하는 듯하다.

하지만 나는 싸울 생각이 없다. 무슨 일로 싸워야 하는지도 모르는걸. 그리고 긍정적으로 보면 당분간은 누구도 잭슨을 거역하지 않을 테니 나도 마흔여덟 시간은 죽을 위기 없이 지낼 수 있을지도 모른다. 솔직히 그거면 만족이다. 그런 생각을 하는 것만으로도 권모술수의 화신이 된 느낌이지만.

탑의 계단을 다 오르자마자 잭슨은 내 팔꿈치를 놓고 비좁은 독서 공간 안에서 최대한으로 나와 거리를 둔다. 그렇게 하니…… 어찌할 바를 모르겠다.

몇 시간 전 왔을 때와 달라진 점은 없다. 여전히 창문은 나무 판자로 막혔고, 여전히 양탄자가 없고, 잭슨을 기다리는 동안 읽으려 했던 책도 여전히 같은 곳에 놓여 있다.

그럼에도 모든 것이 달라진 느낌이다.

정말로 달라졌기 때문일까. 모르겠다. 벽난로 앞에 서서 주머니에 손을 찌르고 내 시선을 피하는 잭슨이 입을 열고 말해주기 전까지는 알 턱이 없겠지.

내가 먼저 대화를 시작하고 싶다. 잭슨에게 말하고 싶다…….
뭘 말하고 싶은지는 모르겠다. 하지만 내 안의 모든 것이 그러
면 안 된다고 경고한다. 섣불리 입을 열고 다 망치기 전에 잭슨
의 생각부터 알아내야 지금 이 상황을 파악할 희망이 조금이
라도 생긴다.

그래서 기다린다. 후드티 주머니에 손을 넣고 오로지 잭슨만
을 본다. 잭슨이 드디어, 마침내 돌아서서 나를 볼 때까지.

"너를 해치지는 않을 거야." 잭슨이 말한다. 낮고 쉰 목소리
가 너무나 공허해 듣고 있으니 가슴이 아프다.

"알아."

"안다고?" 잭슨은 내 머리가 하나 더…… 아니, 세 개쯤 더 자
라난 것처럼 나를 본다.

"네가 나를 해친다는 생각, 해본 적 없어, 잭슨. 그랬으면 이
곳에 오지도 않았겠지."

잭슨은 내 말에 충격을 받은 것 같다. 아니, 충격이 아니다.
정신이 나갔다. 적절한 반응을 찾느라 물 밖으로 나온 물고기
처럼 입을 뻐끔뻐끔 움직인다. 마침내 찾은 반응은 전혀 감동
스럽지 않다.

"혹시 어디 문제 있어?" 잭슨이 묻는다. "아니면 죽고 싶어 환
장한 거야?"

이번에는 내가 잭슨의 특기처럼 한쪽 눈썹을 세운다. "과장
이 심하지 않아?"

"말도 안 돼." 잭슨은 목이 졸린 듯 소리를 내뱉는다.

"말도 안 되는 건 내가 아니야. 이……." 내가 말을 흐린다. 잭슨과 나 사이를 무슨 말로 표현해야 할지 모르기 때문이다. 연애? 우정? 재앙? 결국에는 '그것'으로 결정한다. 우리 사이에 존재하는 무언가를 묘사하는 표현으로는 최악 아닐까. "아무튼 '그것'에서 자꾸 도망치는 건 내가 아니라 너니까." 나는 장례식장 같은 분위기를 밝게 띄우려 해본다. 잭슨을 조금이라도 웃게 만들려 한다. 웃지는 않아도 지금처럼 험악한 인상을 쓰지는 않게.

효과는 없다. 아니, 잭슨은 몇 분 전보다 더 음울해 보인다.

"내가 한 행동 봤지?"

나는 고개를 끄덕인다. "봤어."

"그런데도 두렵지 않다고?" 잭슨은 믿지 못하는 표정이다. 의심스러운 표정. 그리고 황당하게 전세가 역전되어 조금은 역겹다는 표정을 짓는다. "공포스럽지 않아?"

"어느 부분이?" 손을 뻗어 잭슨을 만지고 싶은 마음이 간절하다. 하지만 지금은 분명 때가 아니다. 잭슨은 온몸으로 경계태세를 하고 있다. 아니, 더 정확하게 표현하면 무장을 하고 있다.

"어느…… 부분? 그게 무슨 뜻이야?"

"무슨 뜻이냐면, 방금 본 광경에서 어느 부분을 두려워해야 하느냐고. 네가 사람들을 죄다 방 저편으로 던진 부분? 아니면 누군가를 허공에 매달고 염력으로 숨을 못 쉬게 한 부분?" 그 기억을 떠올리자 불편한 전율이 등줄기를 타고 올라오지만 무시한다. "아니면 그냥 무는 부분에 집착해야 하나?"

"이게 선택의 문제인지 몰랐네." 잭슨이 거칠게 말하며 벽난로 앞을 서성인다. "내가 콜에게 한 행동을 봤잖아. 네가 경악할 거라 생각했어."

잭슨을 보고 있으니 우리 중에 경악한 사람은 내가 아니라는 생각이 든다. 그건 잭슨이다. 자기 능력에, 방금 자기가 한 행동에 경악했다. 그렇다면 역겨움을 느끼지 않는다고 설득하는 내 일은 상상을 초월하게 힘들어진다.

신중해야 한다는 뜻이기도 하다.

"그게 걔 이름이야? 콜?" 마침내 이렇게 묻기로 한다.

더 가까이 다가가고 싶다. 잭슨이 우리 사이에 만든 거리를 좁히고 싶다. 하지만 잔인하고 인정사정없는 잭슨은 내가 잘못된 수를 놓으면 즉시 뛰쳐나갈 것처럼 보인다.

"응." 또 나를 쳐다보지 않는다. 그래서 나는 가만히 기다리며 대화를 멈춘 채 기다린다. 잭슨이 마지못해 내게로 시선을 돌릴 때까지.

"왜 그런 눈으로 나를 보는 거야?" 잭슨이 속삭인다.

"어떻게?"

"이해하는 것처럼. 절대로 그럴 수가……."

"네가 한 행동을 당할 이유가 그 애한테 있었어?" 내가 말을 자른다.

잭슨의 온몸이 딱딱하게 굳는다. "그건 중요하지 않아."

"사실은 그게 제일 핵심이라고 생각해." 여기 서서 잭슨을 감정적으로 나무랄 생각 없다. 그 일은 이미 자기 혼자 말도 안 되게 잘하고 있으니까. "그럴 행동을 했어?" 내가 다시 묻는다.

"더 큰 벌을 받아야 해." 잭슨이 마침내 내뱉는다. "죽어도 싼 놈이야."

"하지만 너는 죽이지 않았지."

"그래, 그러지 않았어." 잭슨이 고개를 젓는다. "하지만 죽이고 싶었어."

"뭘 하고 싶었는지는 중요하지 않아." 내가 가르친다. "실제로 한 행동이 중요하지. 너는 콜을 공격할 때 자제력을 잃지 않았어. 아니, 나는 아까 휴게실에서 너만큼 자제력이 강한 사람을 보지 못했어. 네가 휘두른 힘은…… 깊이를 헤아릴 수 없었지."

잭슨이 나를 향해 눈썹 하나를 꿈틀하지만, 어깨는 다음에 올 충격을 대비하는 것처럼 긴장으로 뻣뻣해진다. "무섭고?"

"콜은 무서웠을 거야."

"콜 따위는 관심 없어. 네 얘기를 하는 거야." 잭슨이 답답해서 자기 머리카락을 움켜쥐지만 이번에는 한순간도 내게서 시선을 떼지 않는다.

나는 숨을 깊이 들이마시고 천천히 내쉰다. 그런 다음 잭슨이 간절히 듣고자 하는 진실을 말한다. "나는 네가 두렵지 않아, 잭슨."

"내가 두렵지 않다고." 한편으로는 비꼬는 듯, 한편으로는 의심하는 듯한 말투다.

내가 고개를 끄덕인다. "그래."

"그렇다고?"

"그래." 내가 다시 말한다. "그리고 지금 너, 꼭 앵무새 같아."
내가 인상을 쓰고 쳐다본다. "나쁜 남자라는 이미지를 지키고
싶으면 조심하는 게 좋을 거야."

잭슨이 나를 흘긴다. "걱정은 고맙지만 그 이미지는 흔들림
없는 상태야. 내가 걱정하는 건 너야."

"나? 나를 왜 걱정하는데?" 멀찍이 서서 잭슨이 진정하기를
기다리는 것도 질렸다. 우리에게 아무 도움도 되지 않고, 잭슨
을 만지고 안고 싶어 몸에서 고통이 솟구치고 있기 때문이다.

그 사실을 떠올리며 마침내 주머니에서 손을 빼고 잭슨에게
걸어간다. 천천히, 신중하게, 조심스럽게. 내가 걸음을 내디딜
때마다 잭슨의 눈이 커진다. 잠깐은 잭슨이 도망칠까 생각하는
중이라고 확신한다.

잭슨 베가가 나 때문에 겁을 먹다니. 솔직히 말해서, 이 세상
에 존재하는 모든 차원의 내가 황홀함을 느낄 것이다.

"지금 대체 어떻게 되고 있는 거야?" 우리 사이에 내려앉은
침묵이 너무 길어지자 잭슨이 묻는다.

나는 모른다. 휴게실에서 내게 다가올 때 잭슨의 눈빛이 싫
었다는 사실밖에는 알지 못한다. 나를 이 방으로 데려왔을 때
의 눈빛은 더더욱 싫다. 외롭고 경계하고 부끄러워하는 눈. 잭
슨은 부끄러워할 일을 하나도 하지 않았다.

"너는 지금 어떻게 되고 있다고 생각하는데?" 내가 묻는다.

"이제는 네가 앵무새야?" 잭슨은 양손으로 머리를 쥐어뜯으

며 답답함을 표출한다. "너 괜찮은 거야? 충격 상태 아니야?"

"나는 괜찮아. 내가 걱정하는 건 너야."

"나? 나는……." 잭슨이 말을 흐린다. 내가 의도적으로 자기 말을 따라 했다는 사실을 깨닫고 말문이 막혀 나를 쳐다보기만 한다. "나는 방금 학교 전체를 공포에 떨게 했어. 대체 무슨 이유로 네가 나를 걱정해?"

"그 일로 기뻐하는 얼굴이 아니니까."

"기쁠 일이 뭐가 있어."

그래, 그거다. 내가 잭슨을 두려워하지 않는 이유.

이제 몇 걸음밖에 남지 않았고 나는 경계심과 걱정이 담긴 잭슨의 시선을 받으며 천천히 걸음을 옮긴다. "방금 일어난 일에 대한 네 감정은 뭐야?" 내가 묻는다.

잭슨이 표정을 숨긴다. "감정 같은 거 없어."

"확실해?" 드디어 도전할 수 있을 만큼 가까워졌다. 나는 손을 뻗어 잭슨의 손을 꽉 움켜쥔다. 우리의 살이 맞닿은 순간, 잭슨은 감전된 것처럼 몸을 움찔한다. 하지만 손을 빼지는 않는다. 그냥 그 자리에 서서 내가 깍지를 끼는 모습을 바라본다. "왜냐하면 굉장히 많은 감정을 느끼는 것 같거든."

잭슨은 뒤로 물러나지만 내 손만은 꽉 잡는다. "그래야만 했어."

"알았어." 내가 한 걸음 다가간다. 이대로 계속하면 머지않아 책장에 잭슨을 밀어붙일 수 있겠다. 이곳에 온 첫날 잭슨이 나를 그 체스 테이블에 밀어붙였던 것처럼.

이런 걸 인과응보라고 하지.

"그만 가봐." 이번에는 두 걸음 물러난다. 게다가 내 손을 놓는다.

잭슨의 손을 놓치자 고통이 날카롭게 가슴을 찌른다. 하지만 나는 굴하지 않고 우리 사이의 거리를 메운다.

굴하지 않고 단단한 팔 근육에 손을 올린다.

용기를 내서 엄지로 팔 안쪽을 부드럽게 쓰다듬는다. "그랬으면 좋겠어?"

"응." 거의 목 졸린 소리로 말하지만 이번에는 내 손길을 피하지 않는다. 나를 피하지 않는다.

내가 이러고 있다니, 잭슨에게 내 몸을 던지고 있다니 믿을 수 없다. 하지만 한편으로는 잭슨이 받아들이기를 기다리는 마음도 있다.

그 마음은, 잭슨이 지금 말을 똑바로 하지 못한다는 사실에 힘을 얻는다.

또한 잭슨의 온몸을 통과하는 작은 떨림을 느끼며 기뻐한다.

다시 한번 잭슨의 입술을 느끼기를 간절히 바라고, 그 느낌을 알아내기 전까지 이곳을 떠나지 않겠다고 다짐한다.

"안 믿어." 내가 속삭인다. 나는 마지막 한 걸음으로 우리 사이에 남은 거리를 메우고, 떨리기 시작한 내 몸을 잭슨에게 밀착한다.

"너, 지금 네가 뭘 요구하고 있는지 몰라." 그가 낮고 고통스럽지만 결코 차갑지는 않은 목소리로 말한다.

맞다. 내가 잭슨에게 무엇을 요구하고 있는지 짐작도 하지 못한다. 하지만 내가 요구하지 않으면, 내가 강요하지 않으면 다시는 기회를 얻지 못할 것이다. 이 대화는 끝이다.

더 나아가 우리 관계도 끝이다.

아직은 그럴 준비가 되지 않았다. 우리에게 관계라는 것이 있는지, 내일이나 다음 주나 석 달 후 상황이 어떻게 될지도 모른다. 하지만 한 가지는 확실하다. 잭슨에게서, 이제 일어날 일에서 돌아설 준비가 되지 않았다는 것. 그래서 다시 잭슨에게 손을 뻗고 속삭인다. "그럼 보여줘."

몇 초, 어쩌면 몇 분이 흐르고 잭슨은 움직이지 않는다. 숨을 쉬기는 하나?

"잭슨." 기다리는 고통을 더는 견딜 수 없을 때 내가 마침내 속삭인다. "제발." 내 입은 거의 잭슨의 입술에 닿아 있다.

여전히 대답이 없다.

최고의 순간에도 불안정했던 내 자신감이 나를 완전히 떠나려 한다. 어쨌거나 남자에게 몸을 던졌는데 그 남자가 석상으로 변하는 반응만큼 여자의 자존감을 떨어뜨리는 것도 없으니까.

하지만 내게는 마지막 시도가 남아 있다. 휴게실에서 무엇을 했든 내가 너를 믿는다고, 네가 뱀파이어든 아니든 너를 원한다고 잭슨을 이해시킬 한 번의 기회가 남아 있다.

2개월 전의 나라면 돌아섰을 것이다. 아니, 내 침대 밑에 숨어 죽을 때까지 나오지 않을 각오를 하고 달아났을 것이다. 하지만 2개월 전 우리 부모님은 아직 살아 있었고 나는 삶이 얼마나 덧없고 약한지 깨닫지 못했다.

그래서 두려움과 부끄러움을 삼키고 잭슨의 팔부터 손까지 내 손을 미끄러뜨린다. 한 번 더 깍지를 끼고 우리 두 사람의 손을 올려 내 가슴에 댄다. 내 가슴에 잭슨의 손바닥을 꽉 누르고 중얼거린다. "너를 원해, 잭슨."

잭슨의 눈에서 무언가가 반짝인다. "내가 뭔지 알고도?"

내 안에서 혼란이 소용돌이친다. "나는 네가 누구인지 알아. 그거면 됐어."

"지금이야 그렇게 말하지. 하지만 너는 네가 뭘 요구하고 있는지 몰라."

"그러니까 보여줘." 내가 속삭인다. "내가 요구하는 걸 달란 말이야."

잭슨의 눈이 짙어지고 동공은 완전히 확장된다. "진심이 아니라면 그렇게 말하지 마."

"진심이야. 너를 원해, 잭슨. 네가 필요해."

잭슨이 이를 악물고 깍지 낀 손에 반사적으로 힘을 가한다. "정말이야?" 잭슨이 잇새로 말한다. "진심인지 알아야 해. 네가 겁먹는 건 원하지 않아, 그레이스."

강렬한 목소리와 눈빛에 중세 로맨스의 여주인공처럼 내 무릎의 힘이 풀린다. 하지만 이 기회를 날리지는 않을 작정이다. 원하는 것을 손에 넣기 직전인데 일을 그르치지는 않을 작정이다.

조금만 있으면 잭슨이 내 남자가 되는데.

그래서 무릎에 힘을 주고 잭슨의 눈을 본다. 그리고 내 인생에서 가장 크고 명료한 목소리로 말한다. "내가 두려운 건 네가 뱀파이어라서가 아니야, 잭슨. 내가 두려운 건 네가 떠나는 거고 너와 함께하는 게 어떤 느낌일지 평생 모르는 채로 살아가는 거야."

그렇게 잭슨은 덤벼든다. 나를 손으로 만지고, 송곳니를 번쩍이고, 너무도 빠른 속도로 나를 감싸 안아 처음에는 무슨 상황인지 이해하지도 못한다. 잭슨은 내 등이 자기 가슴에 닿도록 내 몸을 돌리고 내 머리카락을 움켜쥐며 뒤로 잡아당긴다.

그리고 턱 바로 아래의 목에 이를 박아 넣는다.

48

주머니에 든 거 나무 말뚝이야,
아니면 그냥 날 봐서 좋은 거야?

1초, 2초는 패닉에 휩싸여 움직이지 못한다. 느낄 수도 없고, 생각할 수도 없고, 숨을 쉴 수도 없는 상태로 기다릴 뿐이다. ……고통을, 공허를, 죽음을.

하지만 시간이 지나도 예상했던 고통이 찾아들지 않자 온천수처럼 솟구치던 아드레날린이 멎고 나는 깨닫는다. 뭔지 모르지만 잭슨이 내게 하고 있는 행위가 전혀 아프지 않다는 사실을. 아니, 정말, 정말로 기분이…… 좋다.

녹아내린 꿀처럼 쾌감이 내 혈관으로 쏟아지며 신경 말단을 밝히고 강렬함으로 나를 채운다. 내 안에 존재하리라고는 상상도 못 했던 욕구로 나를 뒤덮는다. 안 그래도 약해진 무릎에서 힘이 완전히 다 빠져 나는 잭슨에게로 축 늘어진다. 길고 늘씬한 몸과 단단한 팔로 나를 지탱하는 잭슨에게 몸을 기대고 그가 나를 더 잘 물 수 있도록 고개를 젖혀준다.

내 유혹에 잭슨이 동물적인 소리를 낸다. 거친 저음이 내 안 깊숙이 파고들고, 발밑의 땅이 조금씩 흔들린다. 더욱 커진 쾌감이 내게 불을 붙이고 안팎으로 나를 뒤집는다. 나는 몸을 떨며 숨 쉬는 법을 잊는다. 존재하는 법을 잊는다.

잭슨에게 몸을 더 밀착하고 머리 위로 팔을 들어 올려 잭슨의 머리카락에 손가락을 파묻는다. 잭슨의 턱을 손바닥으로 감싼다. 잭슨의 입에 내 피부를 더 가까이 가져다 대며 눈을 스르르 감는다.

갈망이 커진다. 잭슨을, 잭슨이 내게 주려는 것, 잭슨이 내게서 가져가려 하는 것을 더 간절히 원한다. 하지만 잭슨은 상상조차 할 수 없는 자제력의 소유자가 분명하다. 쾌락이 나를 압도하려는 그때 몸을 떼고 뒤로 물러났기 때문이다. 혀로 자신이 낸 이빨 자국을 부드럽게 쓰다듬는다. 그 애무로 내 몸 안에서 전혀 다른 차원의 감정이 폭발한다.

나는 제자리에 서서 잭슨에게 몸을 기대고 손 닿는 대로 잭슨을 매만지고 있다. 쓰러지지 않으려고 잭슨에게 온몸을 의지하는 동안 쾌감들이 내 안에서 작은 화살처럼 쌩쌩 날아다닌다. 이어 내 몸에 나른함이 스멀스멀 퍼지고 이제는 눈꺼풀도 들어 올릴 수가 없다. 잭슨에게서는 더더욱 떨어질 수 없다.

그러고 싶지도 않고.

"너 괜찮아?" 잭슨이 전에 들은 적 없이 부드럽고 따뜻한 목소리로 내 귀에 대고 중얼거린다.

"지금 장난쳐?" 나도 부드러운 목소리로 대답한다. "살면서 지금보다 괜찮은 적이 없었던 것 같은데…… 굉장했어. 너는 굉장해."

잭슨이 웃는다. "그래, 뭐, 뱀파이어로 살아서 좋은 점은 많지 않으니까, 하나라도 있으면 유용하게 써야지."

"맞아." 나는 여전히 눈을 감은 채로 고개를 돌린다. 고개를 들고 잭슨을 본다. 입술을 오므린다. 잭슨이 나를 피하지 않기를 기도한다.

잭슨은 피하지 않고 내 입술에 입을 맞추며 부드러운 키스를 한다. 숨이 다시 막히지만 아까와는 다른 이유다. 순간이 지나고 잭슨이 고개를 들지만 나는 계속 매달린다. 그를 조금이라도 더 갖고 싶어서.

너무도 강하고 너무도 부드러운 이 남자애를 조금이라도 더 갖고 싶어서.

잭슨은 내게 더 허락한다. 나와 맞닿은 입술을 움직이고 혀로 내 아랫입술을 어루만진다. 한참 후에야 나는 잭슨을 놓아줄 힘을 되찾는다.

몸을 떼고 천천히 눈을 뜨니 잭슨이 나를 내려다보고 있다. 짙은 눈이 무수한 감정으로 가득해 웃어야 할지 울어야 할지 모르겠다.

"다시는 누구도 너를 해치지 못할 거야, 그레이스." 잭슨이 속삭인다.

"알아." 나도 속삭이며 대답한다. "네 덕분에."

흑요석 같은 눈의 깊은 곳에서 놀라운 빛이 떠오른다. "네가 믿지 못할 거라 생각……." 우리 발밑에서 땅이 흔들리자 잭슨이 말을 흐린다.

"문 아래 숨어야 해." 내가 말하며 가장 가까운 문을 찾아 두리번거린다.

하지만 잭슨은 눈을 감고 심호흡을 할 뿐이다. 잠시 후 땅의 흔들림이 다시 멈춘다.

내 안에서 충격이 폭발한다. "너……." 갈라지는 목소리를 가다듬고 다시 말을 꺼낸다. "지진, 너야?"

잭슨은 조심스럽게 고개를 끄덕인다.

"심했던 것들도?" 내가 묻는다. 내 눈이 휘둥그레 커지는 느낌이 든다. "전부 다?"

"정말 미안해." 잭슨은 아직 반창고가 붙은 내 목을 어루만진다. "너를 다치게 할 생각은 아니었어."

"알아." 나는 고개를 돌리고 잭슨의 뺨에 키스를 한다. 충격은 아직도 내 안에서 로켓처럼 날아다닌다. 어떻게 그럴 수 있지. 실제로 땅을 움직일 만큼 강한 힘을 가진 사람이 있다고? 이해할 수 없다. 상상도 할 수 없다. "자주 그래?"

잭슨도 나만큼이나 당혹스러운 듯 고개를 젓고 어깨를 으쓱한다. "전에는…… 한 번도 없었어."

"전에?" 내가 묻는다.

"너 오기 전에." 그러면서 나를 더 세게 끌어당긴다. "나는 나와 내 능력을 통제하는 법을 일찍부터 배웠어. 그렇게 하지 않으면……."

"도시가 붕괴된다고?" 내가 농담조로 말한다.

"그렇게까지 표현할 건 아니고. 하지만 맹세해. 이제는 다스릴 수 있어. 네가 다치는 일은 없을 거야." 잭슨의 입술이 내 뺨을 따라 내려가 턱으로, 목으로 미끄러진다.

입술이 닿자마자 내 몸에 열기가 퍼진다. 나는 몸을 떤다. 욕구를 느낀다.

다시 잭슨의 입을 내 입으로 끌어 올리고 나를 사로잡는 욕구에, 쾌감에 몸을 맡긴다.

키스는 끝없이 이어진다. 우리 둘 다 숨을 헐떡일 때까지. 몸이 떨리고 갈망이 커진다.

잭슨에게 더 가까워지고 싶어 허리를 활처럼 휘고 잭슨의 팔, 어깨, 등을 손으로 쓸어내린다. 내 손가락이 머리카락에 엉키자 잭슨의 목구멍에서 낮은 신음이 난다. 잭슨은 내 입술을 다정하게 깨물고 아주 가볍게 빨아들인다. 내 몸 깊은 곳에서 독립기념일처럼 불꽃이 터진다.

내가 숨을 몰아쉬며 몸을 떨자 잭슨은 아직 힘없는 내 무릎을 핑계 삼아 뒤로 물러난다. 나는 잭슨을 그 자리에 붙들려 한다. 입술과 피부와 몸을 계속 맞대려 한다. 하지만 잭슨은 내 머리를 쓰다듬고 속삭일 뿐이다. "이리 와."

잭슨이 내 손을 잡고 침실 쪽으로 이끈다.

당연히 따라가야지. 하지만 앞장서는 잭슨의 뒤를 걷다 보니 한때 깔끔했던 독서 공간이 완전히 난장판으로 변한 모습이 눈에 들어온다.

바닥이 온통 책이다. 일부는 떨어졌고, 일부는 서 있고, 일부는 술 취한 사람처럼 옆의 가구에 몸을 기댔다. 소파는 뒤집혔고 그토록 내 마음에 들었던 아름다운 커피 테이블은 이제 쪼개진 나무 조각들에 불과하다.

"무슨…… 무슨 일이야?" 내가 숨을 헉 들이마시며 허리를 굽히고 길을 막은 책 몇 권을 집어 든다.

잭슨은 고개를 저으며 내 손에 들린 책을 가져가더니 뒤집혀 밑면이 위로 드러난 소파에 던진다. "다시는 지진을 일으키지 않는다고 약속은 했지만 너 때문에 느끼는 감정들을 통제하는 법을 익히려면 조금 더 걸릴 거야."

"통제하는 법을 이렇게 익혀?" 한때 책장이었을 나무 조각 더미를 넘으며 잭슨이 방금 한 말에 가슴 깊은 곳이 녹아내리지 않은 척 연기한다.

잭슨은 눈빛으로 나를 뒤집어놓고, 키스로 나를 파괴한다. 하지만 이 말은? 혹시, 어쩌면 내가 잭슨에게 느끼는 만큼의 감정을 잭슨도 느끼는 게 아닐까 하는 생각이 든다.

잭슨이 어깨를 으쓱한다. "이번에는 땅도 거의 안 흔들리고 창문도 안 깨졌잖아. 확실한 발전이지."

"그런 것 같네." 나는 잭슨이 내 안에 피어오르게 한 노글노글한 감정을 삼키고 여기저기 흩어진 나무 조각들을 바라보는 척한다. "저 커피 테이블 정말 마음에 들었는데."

"더 마음에 드는 테이블로 찾아줄게." 잭슨이 내 손을 잡아당긴다. "이리 와."

우리는 잭슨의 기숙사 방으로 들어간다. 쑥대밭이 된 독서 공간과 달리 이 방은 다행히도 피해를 입지 않은 듯하다. 저번에 왔을 때와 똑같아 보인다. 벽에 걸린 아름다운 그림부터 구석에 있는 악기들까지.

"네 방 너무 좋아." 잭슨에게 말하며 나는 한 손으로 서랍장을 쓸고 드럼 세트로 다가간다. 저번에는 만지고 싶은 마음을 참았다. 이번에도 참아야 한다. 오늘 일들로 해야 할 이야기가 아직 많이 남아 있으니까.

하지만 드럼 앞에 앉은 지 벌써 몇 주가 지났다. 몇 주째 드럼 스틱을 쥐지 못한 손은 드럼을 만져야만 한다. 드럼 스킨을 쓸어야만 한다.

"너도 쳐?" 내가 드럼의 탐에 손을 올리자 잭슨이 묻는다.

"쳤었어. 전에는……." 내가 말을 흐린다. 지금은 부모님 이야기를 하고 싶지 않다. 그…… 아무튼 잭슨과 그 일이 있고 나서 하는 첫 대화에 슬픔을 끌어들이고 싶지 않다.

잭슨은 내 마음을 이해하는지 더 캐묻지 않는다. 그 대신 웃는다. 진심 어린 미소가 얼굴 전체를 환히 밝힌다. 방 안을 밝힌다. 내가 너무도 오래 갇혀 있던 어둠과 슬픔의 공간에 확실한 빛을 밝힌다.

미소를 보고서야 나는 깨닫는다. 잭슨이 그 미소를 얼마나 오래 참고 있었는지. 언제부터인지 모를 시간 동안 얼마나 오래 안에 담아두고 있었는지.

"지금 쳐보고 싶어?" 잭슨이 묻는다.

"아니." 이번에는 내가 손을 내밀어 잭슨을 침대로 끌어당기고 잭슨이 한쪽에 앉을 때까지 기다렸다가 그 옆에 털썩 앉는다. "대화하고 싶어."

"무슨 대화?" 잭슨이 진지하게 말한다. 내 목을 문 이후 사라졌던 경계의 눈빛이 돌아온다.

"음, 글쎄. 날씨?" 내가 장난을 친다. 이 상황을 태연하게 대하려 노력하고 있기 때문이다. 나 자신을 설득하려 노력하는 중이다. 내가 좋아하기 시작한 남자애가 말 그대로 땅을 뒤흔들 수 있는 뱀파이어라는 사실을 알았다 해도 크게 달라지는 것은 없다고.

잭슨이 눈동자를 굴린다. 하지만 유심히 지켜보니 웃음을 참으려고 애쓰느라 입꼬리가 말려 올라가고 있다.

태연한 척 행동한 보람이 있군. 하지만 사실 나는 오늘 일어난 일들, 그리고 지난 엿새 사이에 일어난 일들을 이해하려고 허둥대고 있다. 뱀파이어에게 내 목을 허락했다는 사실에 질겁하는 마음이 조금은 남아 있기 때문이다. 아무리 그 뱀파이어가 잭슨이고, 상상 이상으로 그 경험을 즐겼다고 해도.

하지만 잭슨의 신경이 한껏 곤두선 지금은 질겁할 때가 아니다. 그래서 장난스럽게 '까불지 마' 하는 눈빛을 쏘며 잭슨의 침대 한쪽에 눕기로 한다.

편안하게 몸을 눕히는 나를 보고 한쪽 눈썹을 세우던 잭슨도 내 옆에 몸을 뻗고 눕는다. 나를 건드리지 않으려 조심하는 게 보인다.

그러면 안 되지. 나는 우리 사이의 거리를 넓히지 않고 좁히려 한다. 하지만 내가 겁먹지 않도록 잭슨이 노력하고 있다는 사실은 감사하다. 우리 중 겁먹은 사람이 나 하나가 아니라는 사실을 잭슨도 깨닫기를 바랄 뿐이다.

하지만 경계의 눈빛을 없애버리고 싶으니 그 주제는 나중에 다루자. 지금은 이렇게만 말한다. "지붕에 대한 농담 알아?"

"뭐?" 잭슨이 오만하게 눈썹 하나를 세운다. 저 표정을 볼 때마다 사랑에 빠진 눈빛을 감추기 위해 무진장 애를 써야 한다.

"아, 아니다." 내가 만화 캐릭터처럼 과장스레 연기한다. "이건 너한테 너무 어렵겠어."

잭슨은 잠시 어리벙벙한 얼굴로 나를 보기만 한다. 그러다 고개를 젓고 말한다. "어쩐지 갈수록 심해진다."

"상상도 못 할걸." 나는 몸을 굴려 엎드리고 내 오른쪽 몸이 잭슨의 왼쪽에 닿을 때까지 옆으로 이동한다. "배우와 불의 차이점이 뭐게?"

이번에는 양쪽 눈썹을 세우지만 그래도 대답은 한다. "알고 싶지 않은데."

나는 그 대답을 무시한다. "배우는 연기를 할 수 있지만 불은 연기를 할 수 없다."

잭슨은 우리 둘 다 놀라게 하는 큰 웃음을 터뜨린다. 그러고는 고개를 절레절레 젓고 말한다. "너 그거 병이지?"

"재미있잖아, 잭슨." 나는 최대한 얄미운 미소를 지어 보인다. "재미가 뭔지는 너도 알지?"

잭슨이 눈동자를 굴린다. "그런 느낌이 있다는 건 얼핏 기억 나는 것 같아."

"좋아. 공룡이……?"

잭슨이 입을 맞추며 나를 확 끌어당겨 내 말을 끊는다. 키스에 발가락이 꼬이지만 끌어당김은…… 그걸로는 온몸이 꼬인다. 잭슨이 나를 자기 위로 올린다. 나는 잭슨의 허리 양쪽에 무릎을 댄 자세로 잭슨의 위에 올라타고, 구불거리는 내 머리가 커튼처럼 우리를 감싼다.

잭슨은 내 머리카락을 손에 쥐고 그것들이 손가락에 빙글빙글 말리는 모습을 지켜본다. "네 머리카락 좋아." 잭슨이 말하며 머리카락을 당겼다 놓자 머리카락은 뿅 하고 제자리로 돌아간다.

"뭐, 나도 머리카락 마음에 들어." 그러면서 잭슨의 검은 머리카락을 손으로 쓸어 넘긴다.

그러다 내 손바닥이 흉터에 닿자 몸이 굳은 잭슨은 더 이상 만지지 못하게 고개를 돌린다.

"왜 그래?" 내가 묻는다.

"뭐가?"

나는 정확히 무슨 뜻인지 알지 않느냐는 눈빛을 보낸다. "내가 말했지. 태어나서 너처럼 섹시한 남자는 본 적도 없다고. 이건 샌디에이고의 서핑 신들도 포함해서 하는 얘기야. 그러니까 내가 흉터를 본다고 네가 신경 쓰는 게 나는 이해가 안 돼."

잭슨이 어깨를 으쓱한다. "네가 흉터를 본다고 신경 쓰지는 않아."

아니라고 생각하지만 넘어가줄 마음은 있다. 어느 정도까지는. "그래, 내가 보는 건 괜찮다고 해도 내가 만지는 건 확실히 신경 쓰이잖아."

"아니야." 잭슨이 고개를 젓는다. "그것도 신경 쓰이지는 않아."

"미안한데 헛소리 하지 마." 그 말을 증명하기 위해 나는 몸을 굽히고 입을 벌린 채로 잭슨의 턱에 키스를 퍼붓는다. 흉터를 일부러 건드리지는 않지만 피하지도 않는다. 역시나 몇 초도 되지 않아 잭슨은 내 머리카락에 손을 묻고 목과 어깨가 만나는 지점에 내 얼굴을 다정하게 누른다.

하지만 내가 무슨 말을 할 새도 없이 잭슨이 숨을 깊이 들이마시고 말한다. "네가 내 상처를 징그러워할 거라는 생각은 안 해. 너는 그렇게 겉모습만 보는 애가 아니니까."

"그러면서 왜 내가 가까이 가면 불편해하는 건데?"

잭슨은 곧바로 대답하지 않는다. 우리 사이에는 침묵이 흐른다. 결국은 대답을 하지 않을 생각인가? 하지만 내가 막 포기한 그때, 잭슨이 말한다. "그 흉터가 무슨 일 때문에 생겼는지 떠오르고 절대 너를 그 세계에 가까이 두고 싶지 않으니까. 나는 그 세계와 관련된 것들이 네 곁에 얼씬도 하지 않았으면 좋겠어."

49

결국에 세상은
모두를 파괴한다

고통에 찬 목소리를 듣자 내 심장이 느린 속도로 강하게 쿵쿵 뛴다.

그래, 잭슨이 말하는 세계가 어떤 세계인지 나는 상상할 수 없다. 지금 나는 환상의 생물과 비밀로 가득한 판타지 소설 속에 살고 있으니까. 하지만 그보다는 잭슨이 이야기하는 세계가 어떤 세계든, 그 세계에서 무슨 일이 일어났든, 나는 네 편이라고 잭슨에게 알려주고 싶은 마음이 더 크다.

나는 천천히 잭슨의 가슴을 손으로 쓸고 강한 목덜미에 입을 맞춘다. 오렌지와 깊은 바다의 향기가 다시 느껴진다. 나는 잭슨의 체취에, 너무도 좋은 맛과 느낌과 소리에 빠져든다.

내 허리로 손을 내린 잭슨이 나와 맞닿은 몸을 휘며 낮은 신음을 흘린다. 황홀한 기분이다. 잭슨은 황홀하다. 남자와 이런 식의 스킨십은 해본 적 없고, 그러고 싶었던 적도 없다. 하지만 잭슨과 있으면 전부를 원한다. 전부 느끼고, 전부 경험하고 싶다. 시간이 없는 지금은 안 되겠지만 조만간은.

하지만 무엇이 잭슨을 고통스럽게 하고 있는지는 알고 싶다. 고통을 없앨 수 없다는 것쯤은 나도 안다. 하지만 고통을 나누고 싶다. 이해하고 싶다. 그래서 나는 분위기가 정말로 무르익어가는 바로 그 순간에 잭슨에게서 내려온다.

당연히 잭슨은 나를 따라 몸을 굴리고 우리는 이제 옆으로 누워 서로를 마주 본다. 잭슨은 내 허리를 감싸 안고 내 골반에 손을 올리고 있다. 한편으로는 그대로 다시 파고들고 싶은 마음뿐이다. 어떻게 되든 이대로 흘러가게 두고 싶다.

하지만 잭슨에게 그럴 수는 없다. 내게도 마찬가지고.

그래서 손을 뻗어 흉터 없는 뺨을 감싸 쥐고 우리의 입이 가까워져 같은 공기를 마실 때까지 몸을 앞으로 숙인다. "네가 어떤 일을 겪었는지 얘기하고 싶지 않아도 충분히 이해해." 내가 속삭인다. "하지만 이건 알아줘. 그때 일을 내게 들려주고 싶은 날이 온다면, 나는 기쁜 마음으로 들을 거야."

섹시하지 않은 말이다. 능수능란하지도 않은 말이지만 진심이고 진실이다. 잭슨도 느꼈나 보다. 됐다고 무시할 거라는 내 예상과 달리 내가 상상할 수도 없이 많은 감정을 품은 눈으로 나를 바라본다.

그러고는 내게 키스한다. 천천히, 길게, 깊이. 그러다 몸을 굴리고 일으켜 무릎에 팔꿈치를 댄 채로 손에 얼굴을 묻는다. 나도 따라 일어난다. 어떻게 전개될지 모르겠지만 아무튼 이대로 잭슨을 홀로 둘 수는 없어 뒤에서 감싸 안고 어깨와 뒷목에 부드러운 입맞춤을 흩뿌린다.

내가 말한다. "들려줘." 잭슨이 속에서 불타고 있는 이야기를 내게 들려줘야 하는 것처럼 나도 그 이야기를 들어야 하기 때문이다.

어떤 식일지는 예상하지 못하겠다. 불쑥 말했다 멈췄다 할지, 한 번에 물 흐르듯 이어질지. 하지만 잭슨이 실제로 이야기를 하기 전까지는 어떤 말이 나올지 나는 결코 예상하지 못할 것이다.

"내가 허드슨을 죽였어."

충격이 내 몸을 찢고 지나간다. "허드슨? 네……."

"형. 맞아." 잭슨이 마른세수를 한다.

그 짧은 말에 백만 가지 감정이 스쳐 지나간다. 충격 같지 않은 충격, 공포, 슬픔, 걱정, 동정, 아픔. 수많은 감정이 끝도 없이 찾아든다. 하지만 모든 감정을 딛고 올라오는 것은 불신이다. 잭슨이 아무리 위험하다고 해도 아끼는 사람을 고의로 해칠 리 없잖아. 자신과 관계없는 사람은 마음껏 사냥할 수 있다 해도 자기가 보호한다고 생각하는 대상은 해치지 않는다. 지난 일주일 사이 다른 건 몰라도 그 사실만큼은 배웠다.

그렇다면 정말 끔찍한 사고가 있었다는 뜻이다. 그런 힘을 휘두르고 사는 느낌은 어떨까?

한순간 조심하지 않으면, 딱 한 번 절제력을 잃으면 모든 것을 잃을 수 있다. 매 순간을 그렇게 살면 대체 어떤 기분이 들까?

"어떻게 된 일이야?" 몇 분이 지나도 잭슨이 말을 하지 않자 내가 묻는다.

"그건 중요하지 않아."

"나는 중요해. 네가 형을 일부러 해쳤을 리 없으니까."

이제 신물이 날 것 같은 무심하고 공허한 검은 눈으로 잭슨이 나를 돌아본다. "네 상상력이 부족한 거야."

어두운 목소리를 듣자 두려움이 엄습한다. "잭슨." 내가 부드러운 손길로 잭슨의 팔을 만진다.

"의도적으로 죽이지는 않았어, 그레이스. 하지만 누군가 죽였을 때 의도가 중요할까? 그러고 싶지 않았다는 이유로 되살릴 수 있는 것도 아닌데."

"그 마음 나도 잘 알아." 부모님이 돌아가시기 전 두 분과 마지막으로 했던 것이 싸움이라는 현실에서 나는 아직도 헤어나지 못하고 있다.

"그래?" 잭슨이 묻는다. "손을 흔들어 이럴 수 있는 느낌을 안다고?" 잠시 후, 우리가 앉은 침대만 빼고 방에 있는 모든 물건이 공중에 떠오른다. "이건?" 전부 땅으로 쿵 떨어진다. 기타가 부서진다. 유리 액자 하나는 산산조각난다.

나는 잠시 가만히 앉아 적당한 말을 찾을 때까지 충격이 내 몸을 휩쓸고 지나가게 놔둔다.

"네 말이 맞을지도 몰라." 내가 한참 만에 대답한다. "네가 느끼는 감정을 나는 짐작도 못 할지도 모르지. 하지만 이건 알아. 네 형은 자기에게 일어난 일 때문에 동생이 두고두고 자책하기를 원하지는 않을 거야. 네가 스스로를 고문하는 걸 원하지 않을 거라고."

그 말에 잭슨은 정말 재미있다는 듯한 웃음을 내뱉는다. "허드슨을 모르네. 우리 부모님도. 리아도."

"허드슨이 죽었다고 리아가 널 원망해?" 내가 놀라서 묻는다.

"허드슨의 죽음으로 리아가 원망하지 않는 사람은 없어. 만약 나 같은 힘을 가졌다면 걔는 분노로 온 세상을 태워버렸을 걸." 이번 웃음에는 후회밖에 섞여 있지 않다.

"부모님은? 설마 어쩔 수 없었던 일로 너를 탓하지는 않을 거 아냐."

"어쩔 수 없었다고 누가 그래? 내게는 선택권이 있었어. 나는 선택을 하고 형을 죽인 거야, 그레이스. 고의로. 시간을 돌이켜도 다시 그렇게 할 거고."

잭슨의 고백과 그 고백을 하는 차가운 목소리에 내 속이 뒤집힌다. 하지만 나는 잭슨을 알 만큼 안다. 잭슨은 항상 본인에게 화살을 돌린다. 항상 악당으로 보이기를 자처한다. 자신이 피해자일 때도.

피해자라면 더더욱.

하지만 지금은 그런 지적을 해봐야 의미가 없기 때문에 나는 잭슨이 더 말해주기를 기다린다. 분명 할 말이 남았다. 그렇지 않고서야 왜 이렇게 자제력을 잃고 나를 해칠까 봐 걱정하겠어.

"허드슨은 첫째였어." 잭슨이 한참 만에 말을 잇는다. "왕의 후계자인 왕자. 완벽한 아들은 죽고 나서 더 완벽해지지."

씁쓸한 말투는 아니다. 너무나 담담해 행간에 숨은 의미가 훤히 보인다. 하지만 나는 이 질문을 참지 못한다. "너는?"

"전혀 아니지." 잭슨이 웃는다. "그래도 괜찮아. 오히려 좋아. 나는 한 번도 왕이 되고 싶었던 적 없으니까."

"왕이라고?" 내가 묻는다. 아까 그 말을 들었을 때 비유적인 표현이라고 생각했기 때문이다. 형이 왕자라고 했을 때. 하지만 잭슨이 왕이 된다는 지금의 말을 들으니 이 질문을 안 할 수가 없다.

"그래, 왕." 잭슨이 한쪽 눈썹을 세운다. "메이시가 말 안 해?"

"안 했어." '무슨 왕?'이라고 묻고 싶지만 지금은 그럴 때가 아닌 것 같다.

"아, 그래, 나를 소개하지." 잭슨이 가볍게 꾸벅 인사하는 시늉을 한다. "차기 뱀파이어 군주를 잘 부탁드립니다."

"그으으으래." 이 소식에 달리 어떻게 반응해야 할지 모른다. 다만……. "그게 허드슨이어야 했다는 거지? 하지만 이제 죽었으니……."

"바로 그거야." 잭슨이 혀로 '정답'이라는 뜻의 딱딱 소리를 낸다. "나는 대체자야. 외견상 새로운 후계자."

그리고 미래의 왕이 되겠지. 그 생각을 하니 정신이 아찔해진다. 뱀파이어 왕은 뭐 하는 자리야, 그나저나? 그래서 다들 잭슨을 대하는 태도가 다른 건가? 왕족이라서? 하지만 뱀파이어 왕족이 용과 무슨 상관이라고? 마법사는?

"물론 전 후계자를 죽인 살인자이기도 하지." 잭슨이 말을 잇는다. "다른 종족이라면 문제가 됐을 거야. 하지만 뱀파이어 세계는 달라. 방어하는 만큼…… 빼앗는 만큼 강해지지. 두려움과 존경심을 한 몸에 받는 뱀파이어가 되기 위해서는 형만 죽이면 되더라고."

잭슨은 이 상황이 얼마나 웃기냐는 듯, 자신은 개의치 않는다는 듯 어깨를 가볍게 으쓱한다.

내 눈을 속일 수는 없다.

"하지만 그래서 형을 죽이지는 않았잖아." 잭슨이 이 말을 들어야 할 것 같다는 생각에 내가 말한다.

"아까 말하지 않았나? 의도는 중요하지 않다고? 눈에 보이는 게 사실로 변해. 설령 그게 잘못 본 거라고 해도." 잭슨의 말투에는 아무 감정도 섞이지 않았지만, 마지막 그 말은 고통으로 얼룩졌다. "잘못 본 거면 더 심하지. 어찌 됐든 역사는 승자에 의해 쓰이니까."

나는 자그마한 위로의 의미로 잭슨의 어깨에 머리를 기댄다. "하지만 승자는 너야."

"내가?"

어떻게 답을 해야 할지 몰라 잠자코 있는다. 그러다 나는 진실을 묻는다. 잭슨의 진실을. "허드슨을 왜 죽였어?"

"죽여야 했으니까. 그걸 할 수 있는 건 나뿐이었어."

나는 공기 중에 걸린 그 말을 흡수하려고, 의미를 이해하려고 노력한다. "허드슨도 너만큼 강했겠구나, 그럼."

"나만큼 강한 자는 없어." 자랑이 아니다. 오히려 잭슨은 그 사실을 부끄러워하는 듯하다.

"왜 그런 거야?" 내가 묻는다.

잭슨이 어깨를 으쓱한다. "유전. 태생적 뱀파이어는 전 세대보다 더 강한 힘을 가지고 태어나는 편이야. 물론 예외도 있지. 하지만 대체로는 항상 그랬어. 수가 적은 것도 그래서고. 자연이 균형을 유지하는 방식이겠지. 부모님이 둘 다 힘 있는 가문 출신이고 당신들도 엄청난 힘을 휘둘렀으니 당연히 둘이 짝이 되어 낳은 자식은……."

"말 그대로 땅을 뒤흔들 수 있다."

잭슨이 반쯤 미소를 짓는다. 이 대화를 시작한 이후 처음 보는 웃음이다. "비슷해, 맞아."

"그렇다면 허드슨이 자기 힘을 제대로 다스리지 못했다는 내 추측이 맞을까?"

"대부분의 젊은 뱀파이어는 자기 힘을 다스리지 못해."

"그건 답이 아니야." 내가 한쪽 눈썹을 세우고 잭슨이 나를 볼 때까지 기다린다. 그러기까지는 생각보다 오래 걸린다. "그리고 너는 아주 잘 다스리는 것처럼 보여."

잭슨도 눈썹을 세우고 키스하면서 엉망이 된 방을 나 보란 듯이 둘러본다.

"내 말 무슨 뜻인지 알잖아."

"무슨 말인지는 알아. 허드슨은……." 잭슨이 한숨을 쉰다. "허드슨의 계획은 늘 대담했어. 언제나 뱀파이어에게 더 많은 힘, 더 많은 돈, 더 많은 통제력을 주려고 했지. 그 자체를 나쁘다고 할 수는 없어."

반대하고 싶다. 더 많은 힘, 돈, 통제력을 얻을 계획이라면 어딘가에서 빼앗아 와야 한다는 소리 아닌가? 역사만 봐도 알겠지만 세 가지 중 하나를 빼앗으려는 쪽은 빼앗기는 쪽을 자비롭게 대하지 않는다.

하지만 그 토론은 다음에 하자. 잭슨이 마침내 속마음을 털어놓는 지금은 안 된다.

"하지만 언제부터인가 자기 계획에 매몰됐어." 잭슨이 말을 잇는다. "무엇을 손에 넣을 수 있는지, 어떻게 손에 넣을 수 있는지에만 관심을 쏟아붓고, 그래야 하는지에 대해서는 한 치도 의문을 품지 않았던 거야.

"형을 말리려고 했어. 설득하려고도 해봤지만 리아와 어머니가 형의 귀에 대고 '선택받은 자' 같은 헛소리를 속닥이는 상황에서는 내 말이 형에게 들리지 않았지. 형의 세력확장론이…… 용납될 수 없다는 사실을 이해시킬 수 없었어. 더구나 형의 계획에는……." 잭슨이 말을 흐린다. 눈빛을 보니 잭슨의 정신은 지금 이 방에 없다. 그는 지금 먼 시간과 공간에 가 있다.

"뱀파이어와 변신수 사이는 늘 적대적이었어." 잭슨이 전에 들어본 적 없는 방어적인 목소리로 한참 만에 말을 잇는다. "원래 늑대나 용과 잘 지내지 못했지. 그쪽은 우리를 믿지 못했고, 우리도 놈들을 믿지 못했으니까. 그래서 허드슨이……." 잭슨은 손가락을 구부려 큰따옴표 표시를 하며 말한다. "'변신수들의 콧대를 꺾는다'라는 계획을 내놓았을 때 많이들 지지했지."

"너는 아니었고."

"변신수들을 공격한다는 게 편견처럼 보였고, 또 그런 냄새가 났거든. 그러다 점점 대량 학살 비슷해지더라고. 허드슨이 다른 종족들, 심지어 후천적 뱀파이어까지 리스트에 추가하며 상황은 지저분해졌어."

"얼마나 지저분해졌는데?" 내가 묻지만 정말로 대답을 알고 싶은지는 나도 모르겠다. 잭슨이 전에 없이 섬뜩한 표정을 짓고 있을 때는. '대량 학살' 같은 말들을 내뱉고 있을 때는.

"지저분했지." 잭슨은 자세히 설명하지 않는다. "특히나 그런 역사도 있으니."

정보가 부족한 나는 잭슨이 말하는 역사의 의미를 이해할 수 없다. 직접 묻는 대신, 나중에 도서관을 가거나 메이시에게 묻자고 머릿속으로 메모를 한다.

"허드슨을 설득하고, 비난도 해봤어. 어떻게든 할 수 없는지 왕과 왕비를 찾아가기도 했지."

자기 부모님을 엄마와 아빠가 아닌 왕과 왕비라고 부르네. 문득 잭슨을 만난 첫날의 기억이 되살아난다. 체스 테이블과 뱀파이어 여왕. 당시에는 잭슨의 이야기가 그냥 체스 말에 대한 것이라 생각했다.

이제야 조금 이해가 간다.

"그럴 수 없다고 했구나."

"그러지 않겠다고 했어." 잭슨이 정정한다. "그래서 다시 형을 설득하려고 했어. 바이런, 메키, 형 동창들 몇 명도. 들으려 하지를 않더군. 그러다 어느 날, 허드슨이 전 세계를 멸망시킬 싸움을 시작한 거야."

"그때 네가 개입했고."

"내가 해결할 수 있다고 생각했어. 말로 형을 달랠 수 있다고 생각했어. 그렇게 되지 않더라."

잭슨이 눈을 감는다. 그 모습을 보자 잭슨이 너무 멀게 느껴진다. 하지만 다시 눈을 떴을 때 나는 잭슨이 생각보다도 더 멀리 가 있음을 깨닫는다.

"네가 우러러보며 자란 형이 완전한 사이코패스라는 사실을 깨달았을 때 기분이 어떤 줄 알아?" 잭슨의 논리적인 목소리가 한층 섬뜩한 느낌을 준다. "어떤 기분인지 상상할 수 있어? 내가 영웅 숭배에 빠져 눈이 멀지 않았다면, 그 영웅의 정체를 조금만 더 일찍 파악했더라면 많은 사람은 아직 살아 있었을 거야. 그걸 깨달은 기분이 어떨 것 같아?

나는 형을 죽여야 했어, 그레이스. 다른 선택은 없었어. 솔직히 말하면, 지금도 후회하지 않아." 잭슨은 인정하기 부끄러운 듯 마지막 말을 속삭인다.

"나는 안 믿어." 내가 말한다. 잭슨은 온몸으로 죄책감을 뿜어내고 있다. 살면서 타인의 이야기를 듣고 이렇게 가슴 아팠던 적은 처음이다.

"그럴 수밖에 없었을 거야. 네가 해야 할 일을 했다고 믿어. 하지만 형을 죽이고 후회하지 않는다는 말은 조금도 믿지 않아." 그 말이 사실이라기엔 잭슨은 너무 오랜 시간 스스로를 고문했다.

잭슨은 금세 대답하지 않는다. 혹시 내가 잘못 말한 걸까? 내가 상황을 악화시켰을까?

"형이 죽을 수밖에 없었다는 건 나도 슬퍼." 한참이나 긴 침묵이 흐른 끝에 잭슨이 말한다. "부모님이 형을 괴물로 만들고 기른 것도 가슴 아프게 생각해. 하지만 이제 형이 죽어 없어졌다는 사실을 바꾸고 싶지는 않아. 형이 죽지 않았으면 전 세계가 위험했을 테니까."

그 말에 가슴이 철렁 내려앉는다. 본능은 부정하고 싶다. 하지만 나는 잭슨의 능력을 봤다. 힘을 통제할 때 잭슨이 무엇을 할 수 있는지, 힘을 통제하지 못할 때 그 힘이 어떻게 발휘되는지 똑똑히 목격했다. 허드슨의 힘도 비슷했다면, 잭슨처럼 그 힘을 억제하는 도덕성이 없었다면 어떻게 될지 감히 상상도 하기 힘들다.

"너도 같은 힘을 가졌어? 아니면……."

"허드슨은 누가 어떤 짓을 하도록 설득할 수 있었어." 잭슨의 말은 목소리만큼이나 단호하다. 눈빛도. "속일 수 있었다는 말은 아니야. 자기가 원하는 행동을 하도록 누구든 조종할 힘이 있었다는 거지. 다른 사람을 고문하게 만들 수 있었고, 남을 시켜 자기가 죽이기를 원하는 사람을 죽일 수도 있었어. 전쟁을 일으키고 폭탄을 터뜨릴 수도 있었지."

그 말을 듣자 등줄기에 전율이 흐르고 뒷목의 머리카락이 쭈뼛 선다. 그것도 모자라 잭슨은 나를 똑바로 보고 이렇게 말한다. "네가 자살하게 만들 수도 있었을 거야, 그레이스. 메이시도. 네 삼촌도. 나도. 뭐가 됐든 자기가 원하는 행동을 하게 만들 수 있었고, 그렇게 했어. 수도 없이.

누구도 막을 수 없었지. 누구도 거역할 수 없었어. 형도 그걸 알았고. 그렇게 원하는 걸 전부 가졌고, 더 많은 것을 갖기로 계획한 거야. 변신수들을 죽이기로 했을 때, 아예 존재를 말살하기로 했을 때, 나는 형이 거기서 멈추지 않을 걸 알았어. 다음 차례는 용이 될 테니까. 마법사도. 후천적 뱀파이어도. 인간도. ……형은 전부 파괴했을 거야. 그럴 수 있다는 이유만으로."

잭슨이 시선을 돌린다. 내게 얼굴을 보이고 싶지 않아 그러는 것 같다. 하지만 나는 잭슨의 눈을 보지 않아도 이 일로 잭슨이 얼마나 큰 상처를 받았는지 안다. 목소리로 듣고, 나와 닿은 몸의 긴장으로 느낄 수 있다. "형은 지지자가 많았어, 그레이스. 형을 보호하고, 형이 우리 종족을 위해 내세운 비전을 지키기 위해 기꺼이 나서는 사람도 많았고. 나는 형에게 가기 위해 그들을 죽여야 했어. 그런 다음 형을 죽였지."

잭슨이 다시 눈을 감았다 떴을 때, 아까의 거리감은 사라졌다. 그 대신 허드슨과 맞서고 또 허드슨을 꺾게 만든 결의가 떠올랐다. "그래서 나는 형을 죽인 걸 후회하지 않아. 더 일찍 하지 못한 게 후회스럽지."

드디어 고개를 돌리고 나를 보았을 때, 나는 잭슨의 공허한 눈 안에서 고통과 비탄을 본다. 지금껏 누구에게도, 부모님에게조차 이렇게 가슴 아파본 적이 없다. "오, 잭슨." 내가 다시 잭슴을 팔로 감싸지만 뻣뻣한 몸은 내게 쉽사리 안기지 않는다.

"형의 죽음으로 부모님은 무너졌어. 리아도 산산조각 났고 아마 다시는 정상으로 돌아오지 못할 거야. 이 일이 일어나기 전만 해도 리아는 내 절친이었어. 이제는 나를 쳐다도 안 보지만. 그때 허드슨의 군대와 싸웠던 형제를 잃은 후로 플린트도 달라졌어. 믿기 힘들겠지만 우리, 친구였거든."

잭슨은 깊고 떨리는 숨을 들이마시며 내게 몸을 기댄다. 나는 잭슨이 허락하는 한 오래 안고 있을 작정으로 그를 꽉 껴안는다. 하지만 오래가지 못한다. 내가 놓아줄 준비를 하기도 전에 잭슨이 몸을 떼어낸다.

"허드슨이 그런 짓을 벌인 이후로 모든 게 달라졌어. 지난 500년 사이 종족 간의 전쟁은 세 번 일어났어. 이번에 네 번째 전쟁이 터질 뻔했었지. 그나마 불이 붙기 전에 막았지만 수 세대 전부터 전해 내려온 뱀파이어에 대한 불신은 다시 코앞까지 와 있어. 수많은 사람이 가까이서 내 힘을 목격했고 유쾌해하지 않는다는 문제도 있지. 그들을 탓할 수 있을까? 내가 우리 형처럼 변하지 않는다는 걸 알 턱이 없는데?"

"너는 그렇게 되지 않을 거야." 내 안에서 확신이 타오른다.

"아마도." 잭슨이 동의한다. 하지만 단정이 아니라는 사실을 무시하기는 힘들다. "그래서 플린트와 가까이하지 말라고 경고한 거야. 그래서 휴게실에서 그런 행동을 할 수밖에 없었던 거고. 왜 시작됐는지는 나도 모르겠어. 네가 인간이기 때문인지, 아직 밝혀내지 못한 이유가 있는지. 하지만 계속될 거고, 더 심해질 거야. 네가 내 여자니까."

잭슨은 아까보다 더 고통스러운 목소리로 말한다. "네게 거리를 두려고 했던 것도 그래서고." 잭슨이 덧붙인다. "너도 알겠지만 계획대로 잘됐지."

"그게 다지?" 내가 속삭인다. 이곳에 온 이후로 잭슨이 했던 말과 행동을 이제야 대부분 이해할 것 같다. "그래서 그런 식으로 행동했어."

"무슨 말인지 모르겠어." 잭슨은 표정을 숨긴다. 하지만 눈빛의 경계심, 그리고 갈망은 내가 정곡을 찔렀다고 말하고 있다.

"내가 무슨 말을 하는지 너는 알아." 나는 잭슨의 뺨을 만지고, 흉터를 건드렸을 때 움찔하는 그의 반응을 무시한다. "너는 평화를 지킬 수 있는 유일한 방법이라고 믿었기 때문에 그렇게 행동했어."

"평화를 지키는 유일한 방법이야." 잭슨이 그 말들을 힘겹게 뱉어낸다. "우리는 지금 실낱같은 외줄에 서 있어. 매일, 매 순간 균형을 잡아야 해. 어느 쪽이든 한 발만 잘못 디디면 세상은 불바다가 돼. 우리 세계만이 아니라 그레이스 네 세계도. 나는 그렇게 둘 수 없어."

당연하지.

다른 사람이라면 돌아설 수 있다. 내 책임이 아니라고 말할 수 있다. 내가 할 수 있는 일은 없다고 자기 위안을 할 수 있다.

하지만 그것은 잭슨의 방식이 아니다. 잭슨은 그런 규칙으로 인생을 살지 않는다. 아니, 잭슨은 전부 자기 어깨에 짊어진다.

허드슨이 일으킨 혼란과 허드슨이 남기고 간 혼란뿐만 아니라 그 이전의 모든 일, 이후의 모든 일까지도.

"네게는 어떤 의미야?" 잭슨을 더 자극하고 싶지 않아 내가 부드럽게 묻는다. "다른 사람들의 평화를 위해 네 삶의 즐거움을 전부 포기하는 것 말이야."

"내가 포기하는 건 없어. 이게 그냥 내 삶이야." 잭슨이 주먹을 쥐고 돌아서려 한다.

하지만 나는 허락하지 않는다. 지금은 안 된다. 잭슨이 지금껏 허드슨의 죽음 때문에, 원하지 않지만 버릴 수도 없는 새로운 역할 때문에 자신을 어떻게 고문했는지 이제야 이해했는데.

"헛소리야." 내가 나직이 말한다. "네가 냉정함을 가면처럼 쓰는 건, 차가움을 무기처럼 휘두르는 건…… 감정이 없기 때문이 아니라, 감정이 너무 많기 때문이야. 사람들에게 네가 괴물이라는 믿음을 주려고 노력하다 너 스스로 그 믿음을 갖게 된 거지. 하지만 너는 괴물이 아니야, 잭슨. 절대 아니야."

이번에는 그냥 돌아서려 하지 않는다. 잭슨은 온몸에 전기선이 감긴 것처럼 나를 뿌리친다. "네가 무슨 말을 하는지 너는 몰라." 잭슨이 거칠게 말한다.

"너는 이렇게 생각하고 있어. 사람들이 너를 두려워하고 너를 미워하면 감히 경로를 이탈하지 않을 거라고. 감히 전쟁을 일으키기도 않겠지. 네가 자기들을 휩쓸어내고 끝장낼 테니까."

아아, 잭슨의 삶에 존재하는 고통과 외로움이 눈사태처럼 나를 덮친다. 그런 고독은 어떤 느낌일까? 대체 어떤……?

"그렇게 보지 마." 잭슨은 아까의 외줄처럼 가늘고 팽팽한 목소리로 명령한다.

"어떻게?" 내가 속삭인다.

"내가 피해자인 것처럼. 영웅이든. 나는 둘 다 아니야."

잭슨은 둘 다다. 그것만이 아니다. 하지만 말을 해도 믿지 않을 것이다. 지금은 어떤 위로를 해도 받아들이지 않을 것이다. 내가 우리 앞에 잭슨의 속마음을 다 펼쳐놓은 지금은.

그래서 지금 할 수 있는 유일한 행동을 한다.

잭슨의 머리카락을 움켜쥐고 잭슨의 입술을 내 입술로 끌어당긴다.

그리고 잭슨이 내게서 받아들일 유일한 것을 그에게 준다.

50

돌로 만든 탑에 사는 사람은
용을 던지지 말아야 한다

우리 입술이 닿는 순간, 모든 것이 사라진다. 잭슨이 해준 형 이야기도, 내가 위험하다는 말도, 전부 다. 잭슨 입술이 내 입술 위를 움직이며 혀로 내 입을 탐험하고 치아로 내 아랫입술을 부드럽게 공격하는 지금 이 순간, 나는 잭슨밖에 생각할 수 없다. 내가 원하고 느끼고 필요로 하는 것은 잭슨뿐이다.

잭슨도 같은지 목구멍 깊은 곳에서 소리를 내며 나를 팔로 감싸 안는다. 그러고는 굴곡진 내 몸이 일자로 단단하고 섹시한 잭슨의 몸과 완벽하게 맞닿을 때까지 아주 살짝 나를 안아든다. 위로의 키스는 곧 전혀 다른 무언가로 변한다.

잭슨의 손이 허리를 감싸고, 가슴과 배와 허벅지가 맞닿은 상태에서는 좋다는 생각밖에 들지 않는다. 더 원한다는 생각밖에 들지 않는다.

더, 더, 더. 머리가 어지럽고 심장이 말 그대로 튀어나올 듯

쿵쿵거리고 잭슨이 한 번만 더 손을 미끄러뜨리면, 한 번만 더 허리를 움직이면 온몸이 산산이 부서질 것 같다.

그 생각만으로도 내 입에서 욕망 섞인 저음이 흘러나온다. 그러자 잭슨은 손으로 내 허리를 섹시하게 움켜쥔다. 하지만 이내 몸과 입술을 떼고 천천히 나를 바닥으로 내려놓는다.

"싫어." 할 수 있을 때까지 잭슨에게 매달리며 내가 속삭인다. "제발." 내가 무엇을 부탁하는지도 모르겠다. 하지만 이 순간이 끝나지 않기를 원한다. 잭슨이 그토록 오랫동안 스스로를 고립시켰던 차갑고 황폐한 곳으로 돌아가지 않기를 원한다.

더는 어둠에 잭슨을 빼앗기고 싶지 않다.

하지만 잭슨은 내 뺨을, 내 머리카락을, 내 어깨를 입술로 스치며 부드럽게 속삭인다. 그러다 천천히, 서서히 조금 더 물러난다.

"곧 있으면 교장 올 거야. 그 전에 하고 싶은 얘기가 있어."

"그래, 알았어." 나는 한숨을 쉬고 잭슨의 가슴에 얼굴을 묻으며 몇 번 심호흡을 한다.

우리 둘 다 진정시키려는 행동으로 잭슨은 내 등을 위아래로 쓸어준 후 침대에서 자신과 조금 떨어진 곳에 나를 내려놓는다. "네 안전에 관해 의논하고 싶어."

그러시겠지. "잭슨……."

"나 진지해, 그레이스. 네가 원하든 원하지 않든 꼭 해야 하는 얘기야."

"대화를 피하려는 게 아니라. 내 말은, 아까 그런 일이 있었으니 나를 안 좋아하는 사람도 앞으로는 조심할 거 아니야. 너를 해치고 싶어도."

잭슨이 나를 쏘아본다. "내가 말했지. 나만의 문제가 아니라고. 그랬다면 네가 온 지 이틀 만에 플린트가 너를 죽이려 했을 리 없어. 그때는 우리가 아무 사이도 아니었으니까. 나를 공격하려는 의도일 수는 없어. 그 말은……."

내 안에서 날뛰는 충격을 겨우 잠재우고 내가 말을 자른다. "무슨 말을 하는 거야? 플린트가 나를 죽이려고 하다니. 나를 구해줬잖아. 플린트는 내 친구야."

"아니야."

"맞아. 네가 플린트 안 좋아하는 건 알지만……."

"샹들리에 아래로 걸어가라고 누가 그랬어, 그레이스?" 잭슨이 경계하는 눈으로 묻는다.

"플린트. 하지만 그런 게 아니라고." 그럼에도 배 속에 불편한 느낌이 감돈다. 누구인지도 모를 낯선 사람이 나를 죽이려 한다는 말은 믿을 수는 있다. 하지만 그 사람이 이곳에서 친구라 부를 수 있는 몇 명 중 하나라면…… "플린트가 그럴 리 없어. 나뭇가지에서 떨어졌을 때는 나를 구했으면서 왜 내 위로 샹들리에를 떨어뜨리려고 해?"

"내 말이 그 말이야. 플린트는 너를 구한 게 아니라고."

"말도 안 돼. 나랑 같은 나뭇가지에 있었던 것도 아닌데."

잭슨이 '장난하나'라고 말하는 듯한 눈으로 나를 흘긴다. "샹들리에 아래에도 같이 있지 않았지."

"그래서? 눈싸움 전에 변신수 친구 시켜서 가지를 반쯤 부러 뜨렸다는 거야? 바람이 불 걸 예상하고?"

"문제의 발단인 바람을 만들라고 자기 용 친구 하나에게 시 켰을 가능성이 더 크지. 내 말이 그 말이야, 그레이스. 용은 믿 을 수 없는 놈들이야. 플린트는 더 믿을 수 없고."

"말도 안 돼. 나를 죽이려 했다면 내가 땅에 떨어지지 않게 나무에서 뛰어내릴 이유가 뭐야?"

잭슨은 대답하지 않는다.

문득 드는 끔찍한 생각이 내 배를 긴장으로 조인다. "나 떨어 질 때 플린트가 구한 거 맞지?"

잭슨은 대답하지 않는다. 시선을 피하고 잠시 이를 악물더니 말한다. "샹들리에를 떨어뜨린 건 콜이었어. 하지만 플린트가 너를 그 방향으로 보낸 건 기가 막힌 우연인가? 나는 우연의 일치 따위 믿지 않아. 증거를 찾는 대로 너석도 처리할 거야."

불편한 느낌은 완전한 메스꺼움으로 변한다. 눈밭에 떨어지 지 않게 해줘서 고맙다고 인사했을 때 플린트의 표정이 떠올 랐기 때문이다. 추락 후 잭슨이 얼마나 빨리 도착했는지도. "아 직 질문에 대답 안 했어, 잭슨. 플린트가 나를 구하려고 나무에 서 뛰어내린 거야? 아니면 네가 플린트를 나무에서 떨어뜨린 거야?"

또다시 잭슨이 내 눈을 피한다. 그러더니 이렇게 말한다. "나 는 나무 옆에 없었어."

이번에는 내가 이를 꽉 다물 차례다. "그렇다고 네가……."

"나보고 어쩌라고?" 잭슨이 양손을 허공에 휘두르며 묻는다. 이렇게 감정을 표현하는 모습은 처음 본다. "네가 떨어지게 놔 둬? 떨어지는 중간에 추락을 막고 땅으로 천천히 내려놨으면 네가 더 겁먹을 거라 생각했어. 그랬다면 아무도 대답할 준비 가 안 된 질문들도 따라왔겠지."

"그래서 플린트가 나를 따라서 뛰게 만든 거야?"

"놈을 네 아래에 던졌어, 맞아. 시간을 돌려도 그렇게 할 거 야. 너를 안전하게 지키기 위해서라면 뭐든 할 거라고. 그게 이 곳의 변신수를 전부 다 상대해야 한다는 뜻이라고 해도 말이 야. 바람으로 나뭇가지를 부러뜨릴 정도의 힘이 있는 용이라면 특히 더."

이럴 수가. 플린트가 나를 구한 게 아니라니. 순간 토할 것 같 다. 내 편이라고 생각했는데. 우리가 친구라고 생각했는데.

"미안해." 잠시 후 잭슨이 말한다. "네게 상처 주고 싶지는 않 았어. 하지만 너를 해치려는 놈이나 다른 변신수들을 네가 믿 게 둘 수는 없어. 내가 아직 이유를 모를 때는 더 안 돼."

"변신수들이 다 그렇다고." 휴게실 사건을 다시 떠올리며 내 가 말한다. "알파까지도."

"알파까지도."

지금 잭슨에게 무슨 말을 해야 할지 모르겠다. 첫날부터 지 금까지 잭슨이 한 행동은 전부 나를 안전하게 지키기 위해서 였다. 그때는 우리가 서로에게 이만큼 소중해질지 몰랐을 텐 데도. 그 생각에 내가 잭슨의 목덜미에 얼굴을 묻고 속삭인다.

"고마워."

"나한테 고맙다고?" 내가 날카로운 턱선을 따라 입맞추자 바짝 긴장하며 잭슨이 묻는다. 나는 잭슨이 그토록 감추려 하는 흉터에 입을 맞춘다. "무슨 이유로?"

"날 구해줘서지, 당연히." 나는 잭슨을 더 가까이 끌어당기며 뺨 위로, 이 모든 대화의 시작점인 흉터 위로 입술을 움직인다. 1센티미터마다 키스를 뿌리고 있다. "누가 알아주든 말든 내가 괜찮은지 그것만 신경 써줘서."

잭슨은 이제 뻣뻣하게 앉아 있다. 내 행동, 내 말이 불편한 듯 척추를 일자로 꼿꼿하게 세운다. 그래도 괜찮아. 잭슨은 지금 내 품에 있기 때문이다. 잭슨에게 느끼는 감정들이 내 안에서 벅차오르고 있기 때문이다.

이런 감정들에 이끌려 나는 잭슨의 무릎으로 기어 올라간다. 잭슨의 허벅지 양옆에 무릎을 대고 앉아 목을 팔로 단단히 감싼다.

그리고 아까 잭슨이 멈추기 전으로 우리를 돌려놓는다. 내가 잭슨에게 키스하고, 키스하고, 키스하던 그때로. 잭슨의 눈썹, 뺨, 입꼬리에 입술을 대고 한참이나 천천히 입을 맞춘다. 몇 번이고 잭슨에게 키스를 한다. 맛본다. 만진다. 내가 그를 어떻게 좋아하고 존경하는지 수도 없이 속삭인다.

천천히, 처음에는 알아차리지도 못할 만큼 천천히 잭슨이 긴장을 푼다. 뻣뻣했던 척추의 힘이 풀어진다. 어깨가 조금은 앞으로 말린다. 침대를 움켜쥐던 주먹을 풀고 내 허리에 손을 올리고 감싸 안는다.

이제는 잭슨도 내게 키스를 한다. 진심으로 하는 키스다. 입을 벌리고 혀를 찾고 간절하고 애틋하게 손을 움직인다. 잭슨이 가까이 다가오고 나는 몸을 활처럼 휘며 입술을 더 강하게 밀착한다. 잭슨의 숨과 내 숨이 섞일 때까지, 잭슨의 욕구와 내욕구가 섞일 때까지.

셔츠 안으로 손을 넣고 매끈한 피부와 탄탄한 등 근육을 손가락으로 쓸어내린다. 잭슨이 작은 신음을 흘리며 내 손에 몸을 더 가까이 댄다. 바로 그때 내 휴대폰이 울리고 동시에 누군가 잭슨의 방 문을 쿵쿵 두드리고…….

그 소리는 우리 사이의 마법을 깨뜨리고 잭슨은 웃으며 몸을 뗀다. 아직 보낼 준비가 되지 않은 나는 잭슨을 붙잡는다. 끝낼 준비가 되지 않았다. 잭슨도 똑같은 감정을 느끼는 듯 내 허리를 더 꽉 감싸고 나와 이마를 맞댄다.

"휴대폰 확인해봐." 벨이 계속 울리자 잭슨이 말한다. "너 어디 갔는지 몰라서 교장이 난리 났을 거야."

노크 소리는 더 강해지고, 더 당당해진다. "아, 삼촌은 내가 어디 있는지 알아서 난리 치는 거야."

"그 말도 사실이고." 잭슨은 나를 보고 미소를 짓고 내가 무릎에서 내려오는 동안에도 잭슨의 손은 내 허리를 맴돈다. "네가 나가볼래? 아니면 내가 가?"

"내가 왜……?" 공포가 엄습한다. "설마 삼촌이 문을 두드린다고 생각하는 거야?"

"다른 사람은 생각나지 않는데. 사랑하는 조카와 마지막으로 목격된 게 학교의 모든 늑대변신수와 싸움을 벌인 놈이라면 말이야."

"세상에." 나는 지난 30분 동안 뱀파이어와 키스를 하지 않은 것처럼 보이게 머리카락을 정리하려고 거울을 찾아 두리번거린다. 그러다 놀라서 동작을 멈춘다. 이곳에는 거울 비슷한 것도 없다. "옛날이야기들이 사실이구나?" 손가락으로 머리를 빗고 잘 넘어가기를 기도하며 내가 묻는다. "뱀파이어는 정말 거울로 자기 모습을 못 보는 거야?"

"못 봐."

"어떻게 그럴 수 있어?" 나는 셔츠를 하의에 집어넣고 후드티가 허리까지 내려왔는지 확인한다. "그럼 네가 어떻게 생겼는지 어떻게 알아?"

잭슨이 자기 휴대폰을 들어 보인다. "셀카 몰라?" 그러고는 삼촌의 주먹이 내려치는 힘으로 흔들리고 있는 문으로 향한다. "지금 이 순간에도 그런 얘기를 하고 싶어?"

조금은 그런데. 뱀파이어에 대해 다 알게 되니 하고 싶은 질문이 백만 가지나 생겼다. 태생적 뱀파이어는 얼마나 오래 살지? 소설에 나오는 것처럼 영생의 존재인가? 그러다 보면 또 이런 게 궁금해진다. 만약 태생적 뱀파이어도 나이를 먹는다면 베이비 요다처럼 평범한 인간에 비해 늙는 속도가 느린 건가? 그렇다면 잭슨은 정확히 몇 살일까? 또 오늘 메키가 내 방에 들어오지 않은 건 사생활을 존중하기 때문이었을까? 아니면 초대받지 않고는 문을 넘지 못하기 때문이었을까?

더 많은 질문이 내 머리에서 윙윙대고 돌아다닌다. 묻고 싶은 게 너무나도 많다. 하지만 잭슨 말이 옳다. 지금은 이런 생각을 하고 있을 때가 아니다.

"당연히 아니지." 내가 문을 턱으로 가리킨다. "열어. 빨리 끝내버리자."

"괜찮을 거야." 잭슨이 짓궂은 미소를 슬쩍 지으며 약속한다. 저 웃음을 보니 전혀 안 괜찮을 것 같은데.

핀 삼촌이 우리 아빠와 비슷하다면 괜찮을 리 없다. 하지만 삼촌은 초자연적 존재들의 학교를 운영하는 마법사니까……. 아빠와 공통점이 많지 않을지도 모르겠다.

"어떻게든 되겠지." 내가 마음의 평정을 목표로 완전히 감정이 없는 목소리를 내며 잭슨에게 말한다. 하지만 진짜, 내가 미쳐 있는 남자애가 퇴학을 당할 상황에서는 흥분하지 않기가 어렵다.

잭슨은 윙크를 하고 손 키스까지 날린 후 얼굴에서 표정을 지우고 문을 활짝 연다.

"들여보내주다니 고맙구나." 삼촌이 건조하게 말한다. "나 때문에 서둘렀다면 미안하다."

"죄송해요, 교장 선생님. 그레이스가 옷을 다시 입어야 했거든요."

"잭슨!" 내가 숨 막힌 소리를 낸다. 내 뺨이 상상도 할 수 없이 붉게 물들고 있다. "저는 옷 다 입고 있었어요, 핀 삼촌. 맹세해요."

"그런 쇼를 벌이고 이런 걸 하고 싶었어?" 삼촌이 묻는다. 하지만 잭슨에게 대답할 기회도 주지 않고 삼촌은 나를 돌아본다. "네 방으로 돌아간다고 한 지 한 시간도 더 되지 않았니?"

"네. 그런데……."

"샛길로 빠졌다?" 삼촌이 한쪽 눈썹을 세우고 나 대신 말을 맺는다.

아마 지금쯤 홍조가 온몸으로 번졌을 거라는 확신이 든다. 속눈썹과 머리카락까지도. "네."

"여기 있을 만큼 멀쩡하다면 수업에도 들어갈 수 있겠지?"

"네. 그럴 거예요."

"좋아." 삼촌이 손목시계를 힐끗 본다. "1교시가 반 정도 진행됐을 거다. 점심시간 전에 수업을 하나는 끼워 넣어야 했어. 샹들리에 사건과…… 또 다른 사건 때문에." 삼촌이 잭슨을 노려본다. "너는 교실로 가보렴."

싫다고 할까 생각하지만 지금 삼촌의 표정은 우리 아빠를 한계까지 몰아붙였을 때의 표정과 똑같다. 잭슨 옆에 남아 잭슨이 어떻게 될지 알고 싶지만 괜히 소란을 피웠다가 삼촌의 화를 자극할까 두렵다. 삼촌이 곧 잭슨의 운명을 결정할 계획이라면 그래서는 안 된다.

남겠다고 조르고 싶지만 나는 고개만 끄덕이고 잭슨이 내 가방을 떨어뜨린 욕실로 향한다. "네, 핀 삼촌."

순간 삼촌의 눈에 놀란 빛이 번쩍였다고 생각한다. 하지만

너무 빠르게 사라져 확신은 없다. 내 상상이었나? 하기는, 메이
시도 말을 잘 듣는 타입으로 보이지는 않으니까. 삼촌도 내가
순순히 동의할 줄 몰랐겠지. 아니면 내 가방이 잭슨의 침실에
있어 놀랐을지도 모르고. 그건…… 그 생각은 하지 말자.

어느 쪽이든 이제 와서 싫다고 따질 수는 없기에 나는 잭슨
을 돌아본다. "나중에 봐?" 대답을 기다리는 동안에는 일부러
삼촌의 눈을 피한다.

"그래." 잭슨은 삼촌을 의식해 짤막하게 대답하지만 '당연하
지'라는 말투다. "문자할게."

내가 바라던 대답은 아니다. 하지만 이번에도 나는 따질 입
장이 아니다. 그래서 그저 작게 웃으며 문으로 향할 뿐이다.

그리고 핀 삼촌이 문을 쾅 닫기 전에 들린 말에 패닉하지 않
으려 한다. "네 놈을 프라하행 배에 태우지 않을 이유를 대, 베
가. 타당한 이유여야 할 거다."

51

용이 내리는
화염의 재판

영문학 수업 교실로 가기 위해 계단을 내려가며 휴대
폰을 꺼내 보니 문자 메시지가 거의 스무 통은 와 있다. 다섯
개는 헤더 문자다. 내가 없으니 학교가 재미없다고 불평하며
가을 연극용 코스튬을 입은 셀카를 여러 장 보냈다.

나는 체셔 고양이 의상을 입은 헤더가 멋지다는 문자 하나
와 학교가 재미없어서 안타깝다는 문자를 보낸다. 헤더에게 잭
슨 이야기도 하고 싶다. 뱀파이어 부분은 빼고, 그냥 귀여운 남
자라고만. 하지만 잭슨에 관해 절친에게 할 수 있는 말과 할 수
없는 말을 확실히 판단하기 전까지는 그 상자를 열면 안 된다.
헤더는 새로운 정보를 끈질기게 물고 늘어지며 추적하는 성격
이기 때문이다.

지금껏 내가 한 번도 거짓말을 한 적 없는 헤더에게 처음으
로 거짓말을 하고 싶지도 않다. 논리적으로는 그래, 잭슨과 사

귈 거면 때때로 거짓말을 해야 한다. 뱀파이어라고 떠벌리고 다녔다가는 나무 말뚝이나 마늘 세례를 피할 수 없을 것이다. 하지만 말을 하더라고 생각이 필요하다. 나는 평소에도 거짓말에 서툰 사람이다. 그런데 헤더와 대화 중에 거짓말을 한다? 10초도 안 되어 들통날 거고 그럴 수는 없다.

그래서 꼭 필요한 말 외에는 문자를 보내지 않는다. 한편으로는 헤더의 의견을 구하고 싶어 죽겠다. 뭐가 궁금하냐면, 글쎄, 섹시한 남자에 관한 모든 것?

다른 문자는 거의 다 메이시가 보냈다. 휴게실에서 일어난 일에 대한 문자가 일곱 통이다. 비록 현장에 없었지만 잭슨이 알파 늑대에게 어떤 행동을 했는지 소문이 금세 퍼졌나 보다. 당연한 결과겠지만. 잭슨도 이유가 있어 공개적인 장소에서 그랬을 거고. 핀 삼촌까지 탑에 나타난 걸 보면 소문은 아주 빠르게, 멀리까지 퍼졌다.

핀 삼촌 문자도 여러 통 와 있고, 대부분 어디 있느냐고 다그치는 내용이다. 굳이 답장하지는 않는다. 이미 삼촌이 나를 찾았으니까. 애석하게도.

마지막 문자 두 개를 보낸 사람은 플린트다. 너무 놀라고, 또 화가 나서 계단 하나를 잘못 딛고 얼굴로 넘어질 뻔했다. 그러다 기억을 해낸다. 이 빌어먹을 용은 내가 안다는 사실을 모르지. 나를 돕기는커녕 죽이려 하고 있었다는 사실을 내가 아는지 꿈에도 모른다.

그래도 화가 난다. 모든 상황이 짜증스럽다. 그래서 플린트에게는 답장하지 않는다. 어떤 해명을 지어내든, 어떤 핑계를 들먹이든 다시는 플린트에게 답장하지 않겠다고 다짐한다.

지금 당장 플린트를 찾아가 담판을 짓고 싶은 마음도 있다. 하지만 영문학 교실에 도착하고 나서야 교복으로 갈아입지 않았다는 사실이 생각난다. 나는 휴대폰을 후드티 앞주머니에 다시 넣고 방으로 올라가 재빨리 옷을 갈아입는다. 10분 후, 교실로 걸어 들어가지만 모두가 나를 발견한 순간 교실 전체가 으스스하리만큼 고요해진다. 일주일이 지났으니 익숙해질 법도 한데, 오늘 그런 일까지 있어서일까 백만 배는 더 어색하다.

솔직히 탓할 수는 없다. 나도 내가 아니었다면 똑같이 빤히 구경했을 테니까. 아니, 초자연적 존재든 아니든 얘들도 고등학생이다. 나는 역사상 가장 강력한 뱀파이어와 알파 늑대의 싸움을 일으킨 애고.

빤히 쳐다보지 않는 게 더 이상하지.

그 사실을 안다 해도 책상까지 걸어가는 길이 편치만은 않다. 아무리 메키가 힘내라는 미소를 짓고 있다고 해도.

"방금 4막 5장 시작했어." 내가 의자에 앉자 메키가 소곤소곤 말한다. "책 같이 보자."

"고마워." 내가 대답하며 핸드백에서 펜 한 자루와 작은 공책을 꺼낸다. 왜 방에서 다시 내려올 때 책가방을 들고 나오지 않았을까? 하지만 책가방이 없으니 지금은 이 방법뿐이다.

"오늘은 한 명씩 돌아가며 읽는 시간이야, 그레이스." 선생님이 교실 앞에서 알린다. "이번 장은 그레이스가 오필리아를 읽어볼까?"

"네." 내가 대답한다. 왜 대체 내가 비련의 여주인공 연기를 해야 하는지 궁금하다. 《햄릿》을 이미 다 읽었기 때문에 오필리아가 미쳐가는 장면이라는 걸 안다. 관객이 오필리아의 정신 이상 증세를 처음 보는 장면이다. 선생님은 이 역할에 내가 적합하다고 생각하는 것 같지만 너무 기분 나쁘게 받아들이지 않기로 한다.

메키가 내 오빠인 레어티즈를 연기한다. 그 덕에 막 아버지를 잃고 이 세상에 혼자 남았다고 느끼는 미친 여자의 대사를 읽기가 덜 힘들어진다. 그래도 쉽지는 않다. 특히 마지막 부분 대사는.

"저기 데이지가 있네요. 제비꽃을 드리고 싶지만 아버지가 돌아가셨을 때 전부 다 시들어버렸어요. 사람들은 아버지가 편안히 눈을 감으셨다고들 해요. 어여쁘고 사랑스러운 울새만이 내 기쁨."

메키가 나의 정신 건강을 걱정하는 레어티즈의 대사를 읽는다. 참고로 여기서 '나'는 오필리아를 말한다. 나는 속으로 그렇게 되뇌며 이 장면의 마지막 대사를 나직이 노래한다. "그분이 다시 오지 않을까? 그분이 다시 오지 않을까? 아니, 아니, 그분은 돌아가셨어. 죽을 때까지 기다린다 한들 다시는 돌아오지 않으리……."

대사를 끝마치기도 전에 종이 울린다. 다들 책을 재빠르게 가방에 쑤셔 넣기 시작해서 나도 낭독을 멈춘다. "고맙다, 그레이스. 내일은 오늘 끝난 부분부터 이어서 읽자."

나는 고개를 끄덕이고 가방에 소지품을 넣으며 방금 읽은 죽음의 장면을 생각하지 않으려 노력한다. 우리 부모님을 생각하지 않으려 한다. 허드슨도. 허드슨과 허드슨 때문에 해야 했던 행동으로 잭슨이 느끼는 고통도.

생각만큼 쉽지는 않다. 다음 수업이 '마녀 심판의 세계사'라는 것을 보고 나니 더더욱(그래, 초자연적 세계에 대해 알고 나니 이런 수업의 존재도 납득이 간다).

수업이 문제는 아니다. 섬뜩한 터널을 지나야 하기 때문이다. 이 생각을 하니 더 소름 끼친다. 만약 그때 리아가 나타나지 않았다면 플린트와 단둘이 터널로 내려갔을 때 어떤 일이 벌어졌을까?

하지만 교실로 가야 하고, 일어나지 않은 일에 집착해봐야 시간 낭비다. 또, 이제는 잭슨이 나를 감히 건드릴 수 없는 인물로 만들었으니까. 휴게실에서 일어난 사건은 보기만 해도 끔찍했지만 거짓말하지 않겠다. 머리 위로 샹들리에가 떨어질까, 웬 변신수가 나를 눈밭으로 떠밀까 두려워할 필요가 없다는 기분은 썩 나쁘지 않다.

다음 수업으로 달려가야 할 메키가 나와 함께 복도를 걷기 시작했을 때는 잭슨의 보호망이 생각보다 멀리까지 뻗었다는 사실을 깨닫는다. 협박까지 해놓고. 아무도 내게 가까이 다가오지 않는 것으로 봐서 협박은 틀림없이 접수되었다. 하지만 잭슨에게는 부족한 모양이다. 잭슨은 지금도 내가 안전한지 확인하기를 원한다. 나를 지키기 위해 다른 기사단원들까지 호출할 만큼.

불쾌해야 정상인데.

솔직히 평범한 학교나 평범한 상황이었다면 그렇게 감싸고 도는…… 남자친구가 거슬렸을 거다. 하지만 현재 나는 변신수, 뱀파이어, 마녀들에 둘러싸여 있고 이들은 내가 짐작도 하지 못하는 규칙에 따라 움직인다. 또 샹들리에가 나를 압사시킬 뻔한 사고가 일어난 지 세 시간도 되지 않았다. 이럴 때 잭슨과 메키의 보호를 거부하는 건 바보나 하는 짓이다. 적어도 소란이 가라앉을 때까지는 참아야 한다.

나는 같이 가줘서 고맙다고 메키에게 인사하려 몸을 틀었다가, 우리 사이를 비집고 들어오는 플린트를 보고 기겁한다. "안녕, 그레이스. 좀 어때?" 플린트는 다정한 목소리로 걱정스레 묻는다. "오늘 아침에 너 때문에 걱정 많이 했어."

"내 걱정을 한 거야? 아니면 샹들리에가 할 일을 못 해서 걱정한 거야?" 질문을 던진 내가 헛된 시도라는 걸 알면서도 플린트에게서 벗어나려 더 빨리 걷는다.

잭슨에게 들은 정보로 내가 따지자 플린트는 걸음을 멈추지는 않지만 온몸이 얼어붙는다. 들어야 할 대답은 충분히 들은 셈이다.

하지만 플린트는 거짓말로 넘어가려 한다. "무슨 소리야? 당연히 네 걱정했지."

"그만해, 플린트. 네 수작 알아."

'친구'가 된 이후 처음으로 플린트의 눈에 분노가 번쩍인다. "그 자식이 내 수작이라고 말한 걸 과연 안다고 할 수 있다면 말이지." 플린트가 조롱한다.

잭슨을 모욕하는 말에 흙빛이 된 메키가 갑자기 다시 우리 사이에 선다. "꺼져, 드래곤 보이."

플린트는 메키를 무시하고 계속 내게 말을 건다. "너는 지금 상황이 어떻게 돌아가는지 몰라, 그레이스. 잭슨을 믿으면 안……."

"왜? 네가 그렇다고 하니까? 여기 온 이후로 나를 죽이려던 건 너 아니었어?"

"네가 생각하는 그런 이유가 아니야." 플린트가 간절한 눈빛으로 나를 본다. "일단 나를 믿고……."

"내가 생각하는 그런 이유가 아니라고?" 내가 플린트의 말을 되풀이한다. "그러니까 나를 죽여야 하는 타당한 이유가 있다고 생각한다는 거네? 그런데도 나보고 너를 믿으라고?" 나는 '앞으로 나와' 하는 손짓으로 팔을 흔든다. "좋아. 그럼 눈싸움 중에 일어났던 일의 진실을 말해줘. 나를 잡으려고 나무에서 뛰어내린 거야? 아니면 잭슨이 너를 나무에서 떨어뜨린 거야?"

"나는…… 그게 아니라…… 잭슨이 과민 반응을 한 거야. 나는……."

나는 더듬거리는 플린트를 지켜보다가 말을 자른다. "그래, 그럴 줄 알았어. 나한테 접근하지 마, 플린트. 지금부터는 너랑 엮이고 싶지도 않아."

"안됐네. 나는 떨어지지 않을 거거든."

"저기, 자기 내버려두라는 여자를 계속 귀찮게 쫓아다니는 남자를 뜻하는 단어가 있거든?" 터널로 가는 복도로 방향을 틀고 나서 메키가 플린트에게 말한다.

플린트는 메키를 무시한다. "그레이스, 제발." 플린트가 내 팔을 붙잡는다. 내가 건드리지 말라고 하기도 전에 메키가 나선다. 메키는 날카로운 이빨을 드러내고 경고하듯 목구멍을 긁는 소리를 낸다.

"더러운 앞발 치워." 메키가 거칠게 말한다.

"안 해쳐!"

"당연히 안 되지. 물러나, 몽고메리."

플린트는 목구멍 깊은 곳에서 좌절한 소리를 내지만 결국에는 메키의 지시대로 한다. 안 그러면 복도에서 싸움이 일어날까 봐 그러는 것 같다. 메키가 자기를 갈기갈기 찢으려 할 수 있으니까.

"이러지 마, 그레이스." 플린트가 애원한다. "중요한 문제야. 잠깐만 내 말 들어줘."

나는 걸음을 멈춘다. 아무래도 포기할 생각이 없어 보인다. "좋아. 하고 싶은 말 있으면 해. 뭐가 그렇게 중요한데?" 나는 가슴 앞에 팔짱을 끼고 플린트의 말을 기다린다.

"지금 말하라고? 다들 보는 앞에서?" 플린트가 메키를 보며 으르렁거린다.

"뭐, 이제는 어디든 너와 단둘이 가는 일 없을 거라서. 내가 너희 세계를 모른다고 해도 바보는 아니거든."

"이럴 수는 없어. 나는……." 플린트가 말을 하다 말고 답답하다는 듯 머리카락을 쓸어 넘긴다. "뱀파이어 앞에서는 얘기 못해. 단둘이 할 얘기야."

"그럼 얘기를 안 하면 되겠네." 다시 한번 우리 사이에 선 메키가 말한다. "가자, 그레이스."

나는 점점 더 분노하는 플린트를 두고 나를 이끄는 메키를 따라간다. 생각하니 열받네. 샹들리에로 나를 죽이려 했으면서 왜 자기가 성질을 내? 논리는 어디다 팔아먹었지?

"젠장할, 메키, 부탁 하나만 하자. 그레이스 절대 혼자 두지 마, 알았지?" 플린트가 우리 뒤에 대고 외친다. "나 진지해, 그레이스. 어디든 혼자 가면 안 돼. 위험하다고."

52

나 없이는 살 수 없다며,
왜 아직 안 죽었어?

나는 그 말의 아이러니를 놓치지 않는다. 메키도 놓치지 않은 듯 플린트에게 빈정거리는 말을 날린다. "탐정 납셨군. 지금 내가 뭘 하고 있다고 생각해?"

플린트는 대답하지 않는다. 나도 굳이 돌아보지 않고 메키와 터널로 들어간다. 첫 번째 문으로 들어가는 동안 메키는 플린트나 다른 주제에 대해서 말을 아예 하지 않는다. 하지만 침묵은 조금 전의 대화를 더 끔찍하게 만들 뿐이다. 처음부터 플린트를 믿었다니. 잭슨이 그러지 말라고 경고했는데.

아무 잘못 없는 나를 해쳐서 플린트가 무엇을 얻었는지, 그거라도 알고 싶다. "나를 죽일 계략을 짜면서 내 친구 행세를 한 짓은 말할 것도 없고."

"용들을 어떻게 알겠어?" 메키의 말을 듣기 전까지는 내가 생각을 입 밖으로 내뱉은 것도 몰랐다. "아주 비밀스러운 놈들이거든. 꿍꿍이가 뭔지 아무도 몰라."

"그러게." 내가 애써 웃음을 짓는다. "다 미안해. 교실까지 데려다줘야 하는 것도 그렇고. 정말 고마워."

"신경 쓰지 마. 성질 더러운 용 한 마리가 내 하루를 망치지는 못하니까. 그리고 미적분 수업에 몇 분 지각해야 한다면 내가 그레이스 너한테 고마워해야지." 터널로 들어가는 통로를 걸으며 메키가 나를 내려다보고 씩 웃는다.

플린트와 왔을 때처럼 문을 지나고 멈춰 서서 비밀번호를 입력하고 있으니, 메키와 있을 때는 정말 느낌이 다르다는 생각이 든다. 플린트 옆에서는 온몸이 비명을 지르며 경고했었다. 플린트에게서 최대한 멀리 떨어지라고.

메키와 함께 터널을 지나는 기분은 정상적이다. 아니, 그 이상이다. 오랜 친구, 같이 있으면 더없이 편안한 친구와 산책을 하는 기분이다. 조심하라고 경고하는 목소리는 들리지 않는다. 등줄기를 타고 불편한 전율도 흐르지 않는다. 결국 불길한 예감은 처음부터 터널이 아니라 플린트 때문이었다는 뜻이다.

그럼에도 나는 터널 깊숙이 들어가며 그때의 목소리가 들리기를 기다린다. 경고가 아니라도 온갖 악조건 속에서 살아남은 것을 기념하는 자축의 춤을 추기를 기다린다. 내 안 깊은 곳으로부터 내게 무엇을 하라고 명령하는 목소리를 듣는 내가 미치지 않았다는 증거가 필요하다.

그래, 전에는 그런 목소리를 들어본 적 없었다. 평소 옳은 길과 잘못된 길 사이에서 고민하고 있을 때 나타나는 의식적인 갈등이야 경험해봤지. 하지만 지난번 이 터널에 왔을 때는 달랐다. 어째서인지 그 목소리에 지각 능력이 있는 느낌이었다. 내 의식과 잠재의식이 아닌 곳에 따로 존재하는 것처럼.

궁금해하지 않을 수 없다. 어떻게 된 일이지? 잭슨과 캐트미어 아카데미와 빌어먹을 알래스카가 내 안에 무언가를 깨웠나?

무언가가 존재한다면 말이지.

뭐가 됐든 파멸의 예감이라도 사라져서 기쁘다. 지금은 있는 그대로 받아들이자. 나머지 걱정은 조금 더 숨을 돌릴 기회가 있을 때 하고. 핀 삼촌이 원래부터 잭슨을 어떻게 하기로 했는지 확실히 알기 전까지는 그럴 수 없다.

잭슨은 퇴학을 당할까 봐 두려워하는 사람처럼 행동하지는 않았지만 그것으론 안심할 수 없다. 원래부터 잭슨은 전혀 두려울 게 없어 보이거든. 교장 선생님이 자기에게 내릴 조치 따위 두려울 리 없다. 하지만 잭슨이 걱정하지 않는다고 해서 핀 삼촌에게 잭슨을 일시적으로…… 혹은 영원히 학교에서 내쫓을 권한이 없다는 뜻은 아니다.

터널로 들어가는 마지막 문으로 걸어 들어가며 휴대폰을 확인한다. 아직 잭슨에게서 온 문자는 없다.

"잭슨이 연락했어?" 미술실로 가는 긴 복도를 걸으며 내가 묻는다.

"아니."

"정상이야? 내 말은, 평소에 연락을 잘해? 아니면……."

메키가 웃음을 터뜨리는 바람에 내가 말을 멈춘다. "잭슨은 아무한테도 연락 안 해. 너도 지금쯤 알 줄 알았는데."

"그래. 나는 그냥…… 너는 어떻게 될 것 같아?"

"교장이 가볍게 주의 주고 넘길 것 같아."

"가볍게 주의를 준다고?" 나는 충격을 감추려 하지도 않는다. "잭슨은 그 남자애를 죽일 뻔했어."

"이 학교에서 '죽일 뻔했다'와 '죽였다'는 아주 다른 말이야. 네가 모르나 본데." 메키가 의미심장한 눈으로 나를 본다. "우리 다 힘을 어떻게 다스리는지 배우는 중에 별별 실수를 하거든."

"하지만 그건 실수가 아니었어. 계산된 공격이었지."

"그럴지도 모르지." 메키가 어깨를 으쓱한다. "하지만 그래야만 했어. 너를 보호하려 했다고 교장이 잭슨을 꾸짖을 것 같지는 않아. 근시안적으로 잭슨을 쫓아내지도 않을 거고. 잭슨이 뭔지 모를 놈들이 네게 접근하지 못하게 막고 있잖아. 내가 봤을 때 퇴학 가능성은 잭슨보다 알파 늑대가 더 커."

"나를 기준 삼아 교칙을 결정하면 안 되지. 아무리 우리 삼촌이 교장이라도. 그리고 변신수들이 나를 노리는 이유가 잭슨 아니었어? 허드슨과 관련해서 복수하고 싶은 거 아니야?"

그것 말고는 없잖아? 나는 이 사람들에게 아무 잘못도 하지 않았다. 초자연적 능력 같은 걸 가지고 있지도 않다. 마법도, 변신 능력도, 사람의 목을 깨물고 싶은 욕구도 없다. '인간 위협하기 게임'을 벌이고 있다면 모를까, 변신수들이 나를 죽여서 무슨 이득을 볼지 상상도 할 수 없다.

"잭슨도 그렇게 추정하고 움직이는 중이야. 말이 되지. 잭슨이 소중한 존재를 찾을 때까지 기다리고 있었다고 생각하면. 잭슨에게서 빼앗을 무언가를 기다리고 있었던 거야."

메키의 말에, 잭슨이 나를 좋아한다는 사실을 모두가 안다는 전제에 심장이 조금 더 빠르게 뛴다. 그런 생각에 설렌다면 웃기는 얘기일 것이다. 그게 사실이라면 잭슨의 감정은 내 등짝에 커다란 빨간색 X자를 그리는 꼴이니까. 하지만 오늘 잭슨 방에서 그런 시간을 보낸 후로는 생각보다 아무렇지 않다. 잭슨과 함께하고 싶다.

"허드슨은 어땠어?" 터널 뒤쪽에 도착하며 내가 메키에게 묻는다. 무례한 질문일 수 있다. 하지만 이렇게 묻지 않으면 잭슨과 형의 관계를 어떻게 알아낼까? 잭슨이 말해줄 리도 없고.

나를 힐끗 내려다보는 메키의 표정이 뭔가 다르다. 걱정과 동시에 두려움이 있다. 잭슨이 허드슨 이야기를 할 때의 표정과 너무나 비슷하다. 잭슨의 얼굴에 뚜렷하던 번민만 빼고. 허드슨이 대체 어떤 남자인지 궁금해진다. 어떤 인물이기에 죽은 지 1년이 되었는데도 이런 존재감을 뿜어내는지.

"허드슨은…… 허드슨이었어." 메키가 한숨을 쉬며 말한다. "허드슨을 가장 잘 묘사하는 말은, '잭슨의 가벼운 버전'일 거야."

"가벼운 버전?" 그 말은 예상하지 못했다. 아까 잭슨이 허드슨에 대해 한 말도 있고. "나는 괴……." 내가 말을 흐린다. 뱀파이어 왕좌의 전 후계자를 괴물이라고 부르고 싶지는 않기 때문이다. 내 생각과 일치하는 단어기는 하지만.

"좋고 나쁨에 대한 얘기가 아니라." 터널의 중앙 홀에 이르며 메키가 자세히 설명한다. "잭슨의 아류라는 말이야. 허드슨은 형이었고 사실상 탕아였어. 부모님이 애지중지했지. 우리 종족의 여러 주요 인사들도.

하지만 자기가 어떤 인물이라고 다른 사람을 속일 수 있다고 해서 실제로 그 인물이 되지는 않아. 내가 다른 건 몰라도 한 가지는 확실히 알거든. 허드슨은 잭슨의 반의 반도 못 따라오는 놈이야. 지나친 이기주의자, 개인주의자, 기회주의자였지. 허드슨은 자기 자신밖에 몰랐어. 권력자들이 관심을 갖는 문제에 관심이 있는 척 연기를 잘했을 뿐이야."

그 말에 뭐라고 해야 할지 모르겠다. 그래서 아무 말도 하지 않는다. 어쨌든 나는 허드슨을 본 적도 없고 허드슨에게 눈곱만큼의 관심도 없다. 잭슨이 형의 죽음으로 스스로에게 벌을 내리고 있다는 사실만이 중요할 뿐이다.

하지만 메키의 설명이 잭슨의 말에서 유추한 내용과 무섭도록 비슷하다는 사실은 인정해야겠다. 잭슨은 형과의 일로 자신을 지옥에 넣었다 뺐다 하며 자책하지만, 이야기만 들으면 허드슨을 제거해 이 세상을 이롭게 한 것 아닌가? 잭슨 본인이 어떻게 생각하든.

뒤쪽에서 누군가의 기척이 들리고 갑자기 메키가 나를 자기 뒤로 밀어내고 몸을 돌리며 싸울 태세로 양손을 올린다. 그러다 리아가 낸 소리임을 깨닫고 손을 내린다. 리아가 우리를 향해 터널을 달려오고 있다.

여기서 '달린다'는 말은 '질주한다'는 뜻이다. 와, 마음만 먹으면 엄청 빠르게 움직일 수 있구나. 놀랄 일은 아니다. 잭슨이 움직이는 모습을 봤으니까. 잭슨이 내게 오고 싶을 때의 속도는 조금은 충격적이었다.

하지만 그 상황은 모두 내가 곤경에 빠졌을 때였다. 그때는 혹시 이러다 죽는 것 아닐까 하는 두려움 때문에 잭슨을 유심히 관찰할 새가 없었다.

하지만 내 안전을 걱정할 필요 없을 때 리아가 달리는 모습을 본다? 굉장하다. 우리가 5분 동안 걸어온 터널을 지나는 데 1분도 걸리지 않는다.

게다가 우리를 따라잡은 리아는 숨을 헐떡이지도 않는다.

"어이, 무슨 짓이야?" 우리 옆을 지나치는 리아에게 메키가 묻는다. 메키의 말투에 나는 깜짝 놀란다. 내게 말을 걸 때와 같은 다정함도 사라져 있다.

물론 대답하는 리아의 말투도 그리 친절하지는 않다. "아, 안녕. 미술관에서 쉬는 시간을 보내려고."

메키가 한쪽 눈썹을 세운다. "언제부터 쉬는 시간을 생산적인 일에 사용했어?"

리아가 이를 악물고 고개를 돌린다. 잠깐은 리아가 대답하지 않을 거라 생각한다. 하지만 리아는 어깨를 으쓱하고 말한다. "허드슨을 그리는 중이야."

"그게 허드슨이었구나." 어제 리아가 그리던 초상화를 떠올리며 내가 외친다. "정말 잘생겼던데."

"그걸로는 몰라." 리아가 입술을 말며 지금까지 본 중에 그나마 미소와 가까운 표정을 짓는다. "실물을 그대로 담기에는 내 능력이 부족하지."

"겸손한 척?" 메키가 비웃는다. "너답지 않다, 리아."

리아가 눈을 굴리며 대답한다. "덤비라고 말하고 싶은데 어디서 구르다 왔는지 몰라서 참는다."

"고맙지만 광견병이 무서워서 너는 못 물 것 같아." 메키도 지지 않고 조롱한다.

와우. 이 말밖에 안 나온다. 두 사람 사이에 악의적인 기운이 흘러넘친다. 이러다 오늘만 두 번째로 뱀파이어 공격을 목격하게 되는 것 아냐?

아무래도 리아가 잭슨과 틀어지며 다른 기사단원들과도 사이가 나빠진 것 같다. 지금 메키는 진심으로 리아의 목을 잡아 뜯고 싶은 표정이기 때문이다.

하지만 내가 어떻게 해야 사정거리에서 벗어날까 고민하던 그때, 리아가 메키에게 손가락 욕을 날린다. 그러더니 내게 팔짱을 끼고 말한다. "가자, 그레이스. 쟤는 상대할 가치가 없어."

"아, 사실, 메키가 교실까지 데려다주고 있었어." 두 사람의 갈등에 끼고 싶지는 않지만 기회가 생겼다고 냅다 메키를 버릴 수도 없다.

마침 그 순간 예비종이 울리고 메키는 어깨를 가볍게 으쓱하고 한 걸음 물러난다. "나머지는 리아가 안내해도 괜찮다면 나는 그만 미적분 교실로 갈게."

"내가 교실까지 안전하게 데려다드리지." 리아가 비꼬지만 나는 메키에게 고맙다고 미소를 짓는다.

메키는 '그레이스를 혼자 두면 안 된다'라는 문제를 쓸데없이 부풀리지 않아 좋다. 호들갑 떨지 않고 그냥 위험 요소가 없는지 확인할 뿐이다. 호들갑은 잭슨이 떨 만큼 떨었으니까.

"나는 괜찮아." 내가 메키에게 말한다. 진심이다. 잭슨이 믿는 사람들—비록 서로는 믿지 않을지라도—에 둘러싸여 있으니 다른 문제를 대하기도 훨씬 편해진다. "너는 수학 교실로 가야지."

"평범한 사람은 절대 듣고 싶지 않은 말이지." 메키가 한숨을 쉬며 대답한다. 하지만 뒤로 물러나고 가벼운 거수 경례로 작별 인사를 한다.

나는 충동적으로 다가가 메키를 껴안는다. "같이 와줘서 고마워. 진심이야."

지극히 인간적인 감정 표현에 메키가 조금 놀란 듯해 혹시 내가 잘못했나 싶어 포옹을 푼다. 하지만 올려다보니 메키는 히죽 웃고 있다. 개의치 않는다는 의미 같다. 심지어 내가 착한 일을 한 치와와라도 되는 것처럼 내 머리를 쓰다듬는다.

그래도 잭슨의 친구에게 인정을 받은 기분이 나쁘지 않아 그냥 메키에게 웃어 보이고 나도 우스꽝스러운 거수경례를 한다.

메키는 웃음을 터뜨리고 리아에게는 보란 듯이 으르렁거린 후 우리가 왔던 길로 돌아간다.

나는 잠시 메키를 지켜본다. 리아처럼 달려갈 줄 알았는데 여유를 부리네. 아빠가 즐겨 보던 옛날 서부영화의 한 장면처럼 어슬렁어슬렁 걷고 있다.

메키에게 고마운 마음이 더 커진다. 리아와 내 프라이버시를 지켜주면서도 나를 다른 사람과 단둘이 둔 채 서둘러 떠나지도 않는다. 설사 그게 다른 뱀파이어라 하더라도.

"너는 무슨 일이야?" 내가 휴대폰을 한 번 더 힐끗 보고 리아에게 묻는다. 아직 잭슨에게서 문자가 오지 않았고 우리는 2분 안에 교실에 도착해야 한다.

"오늘 휴게실에서 벌어진 일을 생각하면 내가 해야 할 대사 같은데." 리아가 뭐야, 하는 표정으로 양쪽 눈썹을 추켜세운다.

"아, 그거. 음, 잭슨이……" 내가 말을 흐린다. 그 일을 대체 어떻게 설명할 수 있을까.

리아가 웃는다. "일일이 설명할 필요 없어. 허드슨도 과잉보호가 심했거든. 나를 지킨다고 생각되는 일이면 뭐든지 했지. 나를 보호할 위험 같은 게 없어도 말이야."

리아의 말을 정정할까 고민한다. 지금 무슨 일이 일어나고 있는지 말해버리고 리아의 의견을 물어볼까? 하지만 미술실이 있는 별장에 거의 다 왔고 갑자기 주변에 사람들…… 뱀파이어, 마법사뿐만 아니라 변신수가 점점 늘어난다. 안 그래도 나를 둘러싼 소문이 많은데 불난 데 기름을 붓지는 말자고 판단한다.

그래서 리아에게 지난 며칠 동안의 일을 설명하는 대신 그냥 어깨를 으쓱하고 웃는다. "남자들이 그렇지."

"그러니까." 리아가 눈동자를 굴린다. "그래서 하는 말인데……
그런 남성성에서 잠시 벗어나고 싶지 않아? 오늘 여자들만의
밤 보낼까? 팩도 하고, 로맨틱코미디도 보면서 초콜릿이나 실
컷 먹자. 저번에 얘기했던 것처럼 매니큐어를 칠해도 좋고."

"아." 나는 휴대폰을 또 한 번 본다. 여전히 잭슨의 연락은 없
다. 삼촌이 정말 프라하로, 아니면 시베리아로 추방했나. "그래,
그러자."

"와." 리아는 감정이 상한 사람의 표정을 연기한다. "되게 의
욕적으로 들린다."

"미안. 잭슨이 오늘 밤 같이 있자고 하지 않을까 기대하고 있
었거든. 그런데……." 나는 한숨을 쉬며 휴대폰을 들어 보인다.
"아직까지 소식이 없네."

"그래, 뭐. 너무 기대하지는 마. 계획은 잭슨의 사전에 없는
말이라서." 리아가 잭슨에 대해 이야기할 때를 들어보면 빈정
대는 말투 아래에 슬픔이 깔려 있다. 리아가 표현과 다르게 친
구 잭슨을 그리워하고 있다는 생각이 든다. 잭슨이 친구 리아
를 그리워하듯이.

안타깝다. 두 사람이 서로에게 상처를 주고 있다는 걸 생각
하면 더더욱 안타깝다.

내가 참견할 주제는 아니다. 나는 허드슨을 모른다. 잭슨과
리아 사이가 틀어졌을 때 곁에 있지도 않았다. 하지만 삶이 얼
마나 덧없는지는 안다. 아무리 뱀파이어들이라도 끝은 순식간

에 다가올 수 있다. 아무런 경고도 없이, 모든 것을 바로잡을 기회도 없이.

잭슨이 리아 문제로 얼마나 괴로워하는지도 안다. 리아는 허드슨의 죽음에 잭슨 자신이 어떤 역할을 했는지 매일 일깨워주는 존재다. 그런 문제가 리아도 무겁게 짓누르고 있는지…… 두 사람이 마침내 자신을, 서로를 용서하고 상처를 치유할 수 있을지 궁금해진다.

뭐가 됐든 지금 같은 적의보다는 낫잖아. 리아는 망가졌고, 잭슨은 절망에 빠졌다. 둘 다 과거의 트라우마 때문에 미래를 향해 한 발짝도 나아가지 못한다.

그래서 결국 이 말을 참지 못한다. "있잖아, 너를 정말로 그리워해."

리아가 눈을 번쩍 뜬다. "너는 지금 네가 무슨 말을 하는지 몰라." 속삭이지만 화난 듯한 목소리다.

"알아. 무슨 일이 있었는지 들었어. 네 상처가 얼마나 클지 감히 상상할 수 없지만……"

"맞아. 너는 상상할 수 없어." 마지막 경사로가 나타나며 리아는 더 빠르게 걷기 시작한다. "그러니까 하지 마."

"그래. 미안해." 나는 리아를 따라잡기 위해 사실상 달리고 있다. "내 말은 그냥, 잭슨과 조금 더 가까워지면 마음이 편해질 것 같아서. 꼭 잭슨이 아니어도, 리아. 네가 슬프다는 거 알아. 그냥 혼자 있고 싶다는 것도 알아. 다른 문제는 생각하는 것만으로도 너무 고통스러우니까. 나를 믿어. 나도 알아." 아아,

알다마다.

"하지만 말이야." 내가 말을 잇는다. "그렇게는 절대로 괜찮아지지 않아. 슬픔에 허우적대며 제자리를 맴돌 뿐이야. 첫걸음을 내딛기로 결심할 때까지는 침몰할 수밖에 없어."

"내가 무슨 생각으로 같이 팩 하자고 너를 초대했을 것 같아?" 리아가 묻는다. 리아에게서 이렇게 작은 목소리는 처음 듣는다. "매일 밤 혼자 울다 잠드는 것도 지쳤어, 그레이스. 상처받는 것도 지쳤고. 그래서 너와의 만남을 계기로 새롭게 시작해보자고 생각한 거야. 너는 착하고 허드슨이나 과거의 나를 알지 못하니까. 우리가 친구가 될 수 있다고 생각했어. 진짜 친구."

리아가 고개를 돌린다. 하지만 울지 않으려고 입술을 깨물고 있는 게 보인다. 완전히 재수 없는 애가 되어버린 기분이다. "우리 친구 맞아, 리아." 나는 충동적으로 리아의 어깨를 한쪽 팔로 감싸 안는다.

처음에는 흠칫하던 리아도 긴장을 풀고 내게 기댄다. 나는 원래 먼저 포옹을 풀지 않는 사람이었다. 부모님이 돌아가시기 직전까지는. 그 후로는 선의를 베풀고 싶지만 달리 어떻게 해야 할지 모르는 사람들에게서 원치 않는 포옹을 너무 많이 받았다. 그래서 나 자신을 보호하기 위해 먼저 포옹을 풀었다.

리아는 다르다. 사고가 있기 전의 나로 돌아가 리아가 충분하다고 판단할 때까지 팔을 풀지 않는다. 생각보다 오래 지속되는 포옹은, 상대가 물러나기 전까지 계속 안고 있으라고 내게 말하는 것 같다. 그 사람이 어떤 일을 겪고 있고 어떤 위로가 필요한지 모르기 때문이다.

하필이면 리아를 안고 있을 때 휴대폰이 울린다. 휴대폰을 꺼내지 않으려고 온몸의 자제력을 쥐어짠다. 중요한 건 진정한 친구니까. 진정한 친구는 쉽게 찾을 수 없다. 그래서 끝날 때까지 기다린다. 리아가 마침내 뒤로 물러날 때까지 먼저 팔을 풀지 않는다.

내 휴대폰은 세 번 더 진동하다 멈추고 또다시 진동한다. 리아가 눈동자를 굴린다. 하지만 다정한 말투는 폭풍이 지나갔음을 알린다. "그거 받고 잭슨을 절망에서 구제해주지그래? 점심때 그렇게 요란하게 경고하고서도 변신수들이 널 바비큐로 만들진 않았을까 잔뜩 겁에 질려 있을 거야."

리아 말이 맞는 것 같다. 휴대폰을 꺼내기도 전에 문자 두 통이 더 도착했기 때문이다. 리아는 그냥 웃고 고개를 젓는다. "왕자님이 단단히 빠지셨네."

거짓말하지 않겠다. 단순히 희망 사항일까 두려운 마음도 있지만 리아의 그런 말을 들으니 심장이 한 번, 아니 다섯 번 엇박자로 뛴다. 어쨌든 잭슨이 연달아 보낸 문자들을 보고 웃지 않기는 힘들다.

걱정하지 말랬잖아

나는 내일 또 싸우기 위해 살아남았어

아니 내일 또 물기 위해 살아남았다고 해야 하나……

아무튼 오늘 밤 내 방으로 와

언제든 시간 날 때

보여주고 싶은 게 있어

잭슨은 핀 삼촌과 대화가 끝나자마자 내게 연락했다.

(무엇보다도) 오늘 밤 내게 데이트를 신청했다. 알래스카 한복판에서 그나마 데이트에 가까운 만남이라고 해야 하나.

미안, 리아와 대화 중

당연하지! 언제?

일이 잘돼서 다행이야

잠시 망설이다 내일 또 물기 위해 살아남았다는 잭슨의 말장난을 본 순간부터 하던 생각을 문자로 보낸다. 몇 시간 전 잭슨 방에서 나왔을 때 이후로 간간이 하던 생각이기도 하다.

네가 물 때 좋아

문자를 보내며 얼굴을 붉히지만 후회하지 않는다. 사실이니까. 나는 이미 이 남자애에게 나를 던졌다. 끝을 보는 것 말고 또 뭐가 남았나?

곧바로 휴대폰이 진동하지만 나는 두려워서 차마 확인하지 못한다.

내가 선을 넘었을까 봐.

내가 너무 급했을까 봐.

잘됐네, 난 네 맛이 마음에 들었으니까

진부하고 유치하다. 하지만 상관없다. 황홀하니까. 무자비한 겉모습을 위해 노력하는 남자치고 유혹하는 기술이 굉장한데. 아니, 정말로. 이런 문자를 보낸 남자를 거부할 여자가 있을까? 더구나 여자를 노리는 늑대와 용과 그 밖의 모든 것을 무찌르려는 남자를?

적어도 나는 그럴 수 없다.

반면 내 어깨너머로 문자를 읽던 리아가 작게 웩, 하는 소리를 낸다. "와우, 잭슨이 이렇게 감상적이야?"

"나는 좋아." 그러면서도 화면을 끄고 휴대폰을 다시 주머니에 넣는다. 잭슨이 어떤 말을 보낼지 모르는데 리아에게 보여줄 수는 없지.

그렇게 생각하니 조금 짜릿하다.

"그럼 오늘 밤 약속은 미뤄야 하나?" 리아가 미술실로 가는 문을 밀며 말한다. "팩은 내일 할까?"

마음에 든다. 하지만 아까 리아가 한 말도 있고, 이렇게 묻지 않을 수 없다. "괜찮겠어? 여자들의 밤을 보내고 나서 잭슨 보러 가도 돼."

"나보고 진정한 사랑을 가로막는 장애물이 되라고?" 리아가 빈정거린다. "됐네요."

"아니, 그런 게 아니야." 그 말에 한편으로는 녹아내리지만 내가 말한다. "우리는 그냥…… 가벼운 사이야."

"내기할래?" 리아가 코웃음을 치며 묻는다. "내가 평생을 알고 지낸 잭슨 베가는 그냥 '가벼운 사이'인 여자 때문에 전쟁을 일으키려는 애가 아니야."

53

이 키스가 전쟁을 일으킨다 해도, 그럴 가치가 있을 거야

리아의 말은 몇 시간 후 우리의…… 데이트를 위해 잭슨 방에 입고 갈 옷을 고르는 동안까지도 내 귀에서 맴돈다. 논리적으로 생각하면 잭슨은 내가 뭘 입든 신경 쓰지 않을 거다. 하지만 나는 신경이 쓰인다. 캐트미어에 도착한 후로 예쁜 모습을 한 적이 없었기 때문에 이번만큼은 잭슨을 깜짝 놀라게 해주고 싶다.

"빨간 원피스로 가." 내 침대에 다리를 꼬고 앉은 메이시가 입을 옷 후보를 두고 고민하는 나를 보며 말한다. "남자들 빨간색 좋아해. 그리고 내 입으로 이렇게 말하기는 좀 그렇지만 그 드레스 죽여줘."

메이시 말이 맞다. 빨간 드레스는 환상적으로 예쁘다. 하지만…… "너무 야하지 않아?"

"야한 게 뭐 어때서?" 메이시가 묻는다. "너 걔 미치게 좋아하잖아. 걔도 너한테 굉장히 많은 감정을 느끼는 게 분명하고. 안 그랬으면 오늘 휴게실에서 콜의 목을 다 뜯으려고 하지도 않았겠지. 너를 위해서 이렇게 차려입었다고 보여주는 게 뭐 어때?"

"나도 알아. 그냥⋯⋯." 나는 빨간 드레스를 천만 번째로 들어 올린다. "너무 과하게 차려입은 거라서."

"과하다고 하기에는 천이 부족한데." 메이시가 킬킬 웃는다.

"그래, 내 말이 그 말이야."

붉은 드레스는 틀림없이 아름답다. 메이시가 입으면 굉장히 잘 어울릴 거다. 하지만 천이 기하학적으로 파이고 잘려서 중요 부위를 다 가리지 못하는 이 드레스는 평소 내 스타일과 거리가 너무 멀다. 그것도 나쁘지는 않다. 하지만 나는 오늘 밤 잭슨과 무엇을 하든(혹은 하지 않든) 나다운 모습과 나다운 느낌일 때 경험하고 싶다.

"노란색으로 갈까 봐." 내가 결정을 내리며 다른 드레스로 손을 뻗는다. 이 드레스도 어깨끈이 얇지만 빨간 드레스보다는 네크라인이 조금 높고 실제로 입으면 무릎 아래까지 내려올 것이다. 허벅지를 반도 못 가리는 빨간 드레스와 다르게.

"진심이야? 이 중에서 제일 내 취향 아닌데." 메이시가 옷을 빼앗으려 하지만 나는 메이시의 손이 닿지 않게 뒤로 물러난다. "아니, 우리 아빠가 골라준 옷이라고."

"뭐, 나는 마음에 들어. 같이 알몸이 되고 싶다는 뜻을 팍팍 풍기지도 않고."

"오늘 그 방에서 온갖 야한 짓을 한 애 입에서 그런 말이 나오다니." 메이시가 피식 웃으며 말한다.

"내가 그 얘기를 왜 해서! 알몸이었던 것도 아니야. 그냥 키스만 했어." 내가 교복을 벗고 드레스를 입는다. "드레스는 핵심만 밝히는 법이지."

"핵심이 정확히 뭔데?" 메이시가 침대에서 일어나 지나치게 굴곡진 내 몸 위로 드레스를 끌어 올리는 일을 돕는다. "아, 맞다. 네가 잭슨의 섹시하고 또 섹시한 몸에 욕정을 느낀다는 게 핵심이지."

"너, 잭슨 싫어하지 않았어?" 내가 우쭐한 표정으로 메이시를 본다. "위험하니까 멀리, 멀리 떨어져야 한다고 말한 사람은 너 아니야?"

"그래서 네가 들었니?" 메이시는 자기 서랍장으로 가서 그 위에 놓인 보석함의 무수한 작은 문들을 열었다 닫았다 한다. "그리고 내가 걔를 무서워한다는 이유만으로 섹시한 남자라는 사실을 너한테 인정 못 할 건 없지." 메이시가 의도적으로 웃긴 저음을 내며 말한다. "걔가 네 몸에 남긴 아름다운 이빨 자국은 또 어떻고? 기절이지."

정말 기절할 것 같다. 거울로 자국을 볼 때마다 녹아내리고 싶다. "잭슨은 모든 게 아름다워." 한 쌍의 금색 귀걸이를 손에 달랑거리며 돌아오는 메이시에게 내가 말한다.

"드레스에 침 흘리지 말고." 메이시가 건조하게 말한다. "그건 옛날 사람들이나 하는 짓이야."

173

내가 메이시에게 메롱 혀를 내밀자 하자 메이시는 눈동자를 가운데로 모은다. "혀는 잭슨을 위해 아끼고."

"세상에! 걔 방에 가기도 전에 나 부끄러워 죽으라는 거야?"

"부끄러울 게 뭐가 있어? 너는 걔한테 홀딱 빠졌고, 걔는 너한테 홀딱 빠졌고…… 나는 찬성이야."

"제발 귀걸이 줄 수 없을까? 나 그만 나가게?" 내가 손을 내밀며 부탁한다.

"가만히 있으면 내가 해줄게. 끼우는 부분이 조금 까다로워." 메이시가 몸을 숙이고 내 귀에 귀걸이 한쪽을 끼운다. "와, 너 먹고 싶을 만큼 좋은 냄새 난다……. 아차. 내 말은 마시고 싶을 만큼."

"나 맹세하는데, 메이시……."

"알았어, 알았어, 그만 놀릴게." 메이시가 남은 귀걸이 한쪽을 끼우려고 움직인다. "너 얼굴 빨개지는 게 너무 재미있어서 그래."

"그래. 퍽이나 재밌다." 나는 메이시가 귀걸이를 채우려고 낑낑대는 동안 진지하게 말한다.

마침내 뒤 클러치를 끼운 메이시가 물러난다. "어쩜 그렇게 가만히 있을 수 있어?" 그러더니 내 원피스 치마의 주름을 펴며 묻는다. "너 완전히 석상인 줄 알았어. 귀걸이 끼우는 동안 숨 쉬는 느낌도 안 들더라."

"네 손이 미끄러져서 귀가 찢어질까 봐 겁이 났으니까. 눈이 찔리거나." 내가 놀린다.

메이시가 얼굴을 찌푸리는 동안 나는 집에서 가져온 제일 예쁜 구두를 신는다. 살구색에 스트랩이 있어 웬만한 옷에 다 잘 어울린다. 다행히 이 노란 드레스와도.

"나 어때?" 내가 방 중앙에서 가볍게 빙그르르 돌아 보인다.

"다 끝나고 나서도 잭슨이 피 한 번 더 빨아야 할 것 같다."

"메이시! 그만해!"

내가 문으로 가는 동안에 메이시는 그냥 웃는다. "진짜 예뻐. 그 뱀파이어의 가슴을 터지게 할 거야."

이번에는 설렘으로 내 뺨이 달아오른다. "정말 그렇게 생각해?"

"그렇게 믿어." 그러면서 다시 한번 돌아보라고 손짓하기에 나는 시키는 대로 빙그르르 돈다. "그리고 돌아왔을 때 드레스 단추가 몇 개는 뜯어져서 없다는 데 10달러 걸게."

"알았어, 그만해!" 나는 메이시를 노려보는 시늉을 하며 문으로 향한다.

하지만 메이시는 웃으며 장난스럽게 눈을 사시로 뜰 뿐이다. 그 모습에 내가 큰 소리로 웃음을 터뜨린다. 메이시의 의도대로 떨리는 마음도 가라앉는다.

참 이상하다. 일주일 전만 해도 10년 동안 메이시를 만나지 못했다. 우리는 사실상 남이었다. 이제는 메이시 없는 삶으로 돌아가는 건 상상도 할 수 없다.

"기다리지 마." 내가 문으로 나가며 말한다.

"그게 가능하겠니." 메이시가 코웃음을 치며 말한다. "참고로 나는 사소한 부분까지 몽땅 들을 거야. 전부 다. 그러니까 잘 기억할 수 있게 모든 상황에 정신을 바짝 집중하고 있어."

"당연하지." 메이시를 놀리려고 내가 장단을 맞춘다. "메모도 할게. 그렇게 하면 하나도 까먹지 않겠다."

"농담이라고 생각하나 본데 나 진지해. 메모는 큰 도움이 될 거야."

내가 눈알을 굴린다. "잘 있어, 메이시."

"그러지 말고, 그레이스! 나도 너 통해서 대리 만족 좀 하자, 응?"

"가서 캠을 찾지 그래? 대리 말고 직접 만족하면 되잖아?"

메이시가 그 말을 듣고 생각한다. "그럴까."

"그래. 그리고 꼭 빨간 드레스 입고 가. 남자들 야해야 좋아 한다면서."

메이시는 내게 손가락 욕을 하며 베개를 던지고 나는 베개를 가까스로 피한다.

"진정, 진정." 내가 놀린다. 그러다 메이시가 정말 아픈 걸 던지기로 결심하기 전에 황급히 밖으로 나간다. 혹은 내 머리카락이 우수수 떨어지는 주문을 외운다거나. 마녀와의 동거에는 위험이 따른다니까, 아무튼.

탑에 있는 방으로 향하는 동안 손바닥에서 땀이 나고 심장은 조금 빠르게 뛴다. 수업이 끝난 직후부터 오고 싶었는데, 그랬어야 하나? 머리를 손질하고 화장을 하고 드레스를 선택하는 데 시간이 너무 오래 걸렸다.

갑자기 긴장되기 시작한다.

말도 안 돼. 잭슨이잖아. 잭슨은 내가 나무에서 떨어진 모습도, 과다 출혈로 죽을 뻔한 모습도 봤다. 이 학교에 온 후로 수차례 내 목숨을 구했다. 내 최악의 모습을 봤다. 그런데 나는 왜 갑자기 최고의 모습을 보이겠다고 결심한 걸까? 내가 머리카락을 고데기로 펴고 하이힐을 신는다고 해도 잭슨은 신경을 쓰지도 않을 텐데.

나는 방으로 가며 스스로를 설득하고, 또 달랜다. 하지만 노크하는 손은 아직도 떨리고 있다. 무릎도 마찬가지.

잭슨은 섹시한 미소를 지으며 문을 열지만 나를 보자마자 얼굴이 완전히 멍해진다. 두 시간 동안 준비하며 기대했던 반응은 결코 아니다.

"내가 일찍 왔어?" 갑자기 불편해져 내가 묻는다. "원하면 이따가 다시 올 수……."

나는 말을 맺지 못한다. 잭슨이 내 손목을 붙잡고 자기 방으로, 품 안으로 나를 부드럽게 끌어당기기 때문이다. "너 근사하다." 잭슨이 나를 껴안으며 귓속말을 한다 "정말 아름다워."

배에 똘똘 말려 있던 긴장감은 잭슨에게 안기는 순간 녹아내린다.

오렌지와 상쾌한 바다의 섹시한 향기를 맡는 순간.

내 몸을 꽉 감싸 안은 그 몸의 힘과 능력을 느끼는 순간.

"너도 아주 근사해 보여." 내가 잭슨에게 말한다. 정말이다. 찢어진 청바지와 밝은 파란색 캐시미어 스웨터를 입고 있는 모습이 근사하다. "검은색이 아닌 옷은 처음 보는 것 같아."

"아, 그거, 우리만의 비밀로 해두자."

"당연하지." 나는 잭슨의 허리를 감싸 안은 팔을 풀지 않고 잭슨을 올려다보며 웃는다. "나쁜 남자라는 이미지를 망치고 싶지는 않으니까."

잭슨이 고개를 갸웃한다. "내 이미지에 왜 그렇게 집착하는 거야?"

"다들 너를 만나면 안 된다고 경고하려 드니까. 뻔하잖아. 너 같은 남자와는 데이트해본 적 없거든."

장난으로 한 말이지만 입 밖으로 내뱉은 순간 주워 담고 싶다. 나를 해칠까 걱정된다고 잭슨이 말을 한 게 오늘 아침이다. 잭슨은 항상 내게 다정했기 때문에 왜 그런 두려움을 느끼는지 나로서는 황당할 따름이지만 그렇다고 잭슨의 그런 두려움이 가볍다는 뜻은 절대, 절대 아니다.

역시나 잭슨이 몸을 뗀다. 붙잡으려 하지만 잭슨이 떠나기로 결심했을 때는 그를 붙잡을 방법이 없다.

"나 때문에 한 번 다쳤지, 그레이스." 잠시 후 말을 하는 잭슨의 목소리는 대단히 진지하다. "다시는 그런 일 없을 거야."

"우선 확실히 하자. 첫째, 나는 너 때문에 다친 게 아니야. 날아온 유리 조각에 다쳤지. 그리고 둘째, 나는 너와 있으면 안전하다는 걸 알아. 말했잖아. 아니라면 여기 오지도 않았을 거야."

잭슨은 내 말이 진심인지 판단하려는 듯 잠시 나를 뜯어본다. 그러다 진심이라고 결정을 내렸는지 고개를 끄덕이고 다시 내게 손을 뻗는다. 이번에 나를 끌어당겼을 때는 고개를 숙이고 내게 입을 맞춘다.

아까 나눴던 키스와는 다르다. 더 부드럽고, 더 정중하다. 하지만 똑같이 내 안에 닿는다. 나를 환히 밝힌다. 내가 잭슨에게 느끼는 감정과 잭슨이 내게 느꼈으면 하는 감정으로 나를 온통 뒤집어놓는다.

하지만 오늘 밤은 불확실한 미래를 바라는 시간이 아니다. 현재를 기념하는 시간이다. 그래서 나는 그런 생각을 깊숙이 가두고 온 힘을 다해 잭슨에게 매달린다.

키스는 영원토록 계속될 것 같다. 내 입술에 닿은 잭슨의 입술에서 나직한 속삭임이 흘러나오지만 잭슨은 너무 빠르게 몸을 뗀다. 그래도 나는 잭슨을 붙잡고 있다. 셔츠를 움켜쥐고 그에게 몸을 밀착하며 조금이라도 더 오래 안고 있으려고 필사적으로 노력한다.

하지만 마침내 잭슨을 놓고 눈을 떴을 때, 나를 내려다보는 잭슨은 평소 봤던 잭슨이 아니다. 검은 눈에 후회가 없다. 얼굴도 찡그리지 않는다. 이렇게 밝고 행복한 얼굴은 처음 본다.

잭슨에게 잘 어울리는 얼굴인 건 당연하고 수만 가지 이유로 나를 숨 막히게 한다. 잭슨도 내게 같은 감정을 느끼는 걸까? 한참 동안 우리 둘 다 움직이지 않는다. 시선과 손가락을 얽은 채 숨을 참으며 서로를 응시할 뿐이다.

내 안에서 보글보글 피어오르는 감정은 잭슨을 볼 때마다 커진다. 잭슨을 만질 때마다 커진다. 너무나 오랫동안 느껴보지 못한 감정이라 나는 조금 지난 후에야 그 감정이 행복이라는 걸 깨닫는다.

결국 잭슨이 돌아서자 상실감으로 몸에 고통이 느껴진다. "어디 가?" 옷장을 뒤지는 잭슨을 보며 내가 묻는다.

"그 드레스도 좋지만 너는 겉옷이 필요해." 그렇게 대답하며 잭슨이 꺼내는 것은 안감에 털을 댄 두툼한 노스페이스 패딩이다. 당연히 색깔은 블랙.

잭슨이 소매에 내 팔을 꿰고 지퍼를 올린다. 내 머리에 후드를 씌운다. 그러고는 자기 침대에서 빨간색 담요를 집어 들고 말한다. "가자."

나는 잭슨이 내민 손을 잡는다. 어떻게 잡지 않겠는가? 지금 이 순간은 이 남자를 따라 어디든 갈 수 있다.

잭슨이 창문을 덮은 커튼을 젖혀 연다. 우리를 기다리는 광경이 눈으로 쏟아져 들어온다.

54

나랑 키스하는 것보다 더 재밌는 일이 대체 뭔데?

"세상에!" 내가 창문으로 거의 달려가다시피 하며 탄성을 뱉는다. "미쳤다! 어떻게 알았어?"

"네가 말했잖아. 세 번이나." 잭슨은 창문을 밀어서 열고 흙벽으로 내려간 후 손을 내민다.

잭슨을 따라 나가는 동안에도 내 눈은 우리 앞에 펼쳐진 하늘에 고정되어 있다. 하늘은 하나의 거대한 무지개처럼 빛을 뿜고, 눈부시게 선명한 보라색을 배경으로 파란색과 초록색과 빨간색이 소용돌이치며 흐르고 있다.

"북극광이야." 무엇과도 비교할 수 없는 아름다움에 홀려 내가 숨을 내쉬듯 말한다. 추위도 느껴지지 않는다. 내게 따뜻하기 그지없는 담요를 둘러주는 잭슨의 손길마저도.

"기대한 보람이 있어?" 잭슨이 물으며 뒤에서 나를 감싸 안고, 나는 담요와 잭슨의 품에 파고든다.

"기대보다 더 좋아." 내가 말한다. 이렇게 강렬한 색깔이라니. 빛이 이렇게 빠르게 움직인다니 놀랍다. "전에는 사진밖에 못 봤거든. 이렇게 움직이는지 몰랐어."

"이건 아무것도 아니야." 잭슨이 나를 더 가까이 끌어당기며 대답한다. "아직은 일러. 본격적으로 시작할 때까지 기다려봐."

"더 있다는 얘기야?"

잭슨이 웃는다. "그럼. 태양풍이 대기에 진입하는 속력이 높아질수록 더 빠르게 춤을 추지."

"색깔들은 전부 원소지? 초록색과 붉은색은 산소고, 파란색과 보라색은 질소고."

잭슨은 감명받은 표정이다. "너 북극광에 대해 많이 안다."

"어릴 때부터 좋아했거든. 일곱 살 때 아빠가 내 침실에 벽화를 그려줬어. 언젠가는 이곳으로 데려와서 보여주겠다고." 아빠가 그 약속을 지키지 못했다는 생각을 하지 않을 수 없다. 아빠가 떠나며 깨진 다른 약속들도.

잭슨은 고개를 끄덕이고 나를 더 꽉 끌어안는다. 그러고는 자신을 마주 보도록 나를 빙글 돌린다. "나 믿어?"

"당연히 믿지." 본능적인 대답은 내 안에서도 가장 깊고 원초적인 부분에서 나온다.

잭슨도 안다. 커다래진 눈에서, 나와 맞닿은 채로 갑자기 쿵쿵 뛰는 심장에서 느낄 수 있다. "너는 생각할 필요도 없어." 잭슨이 경건하게 내 얼굴을 손가락으로 쓸어내리며 속삭인다.

"생각할 게 뭐가 있어?" 나는 잭슨의 목을 안고 키스를 위해 끌어당긴다. "네가 날 지켜줄 텐데."

잭슨이 눈을 감는다. 잠시 동안 나와 이마를 맞대더니 내 입술을 삼킨다.

내게 굶주린 것처럼 키스한다. 키스에 세상의 운명이 달린 것처럼. 오직 나만이 소중한 존재인 것처럼.

나는 똑같이 잭슨에게 키스를 한다. 숨을 쉴 수 없고 감은 눈으로 보이는 빛이 오로라 보레알리스보다도 밝아질 때까지. 하늘을 나는 느낌이 들 때까지.

"혹시 고소공포증 있냐고 물어봤어야 하나." 잠시 후 내 입술에서 자신의 입술을 떼지 않고 잭슨이 중얼거린다.

"높은 데? 별로 안 무서워." 나는 잭슨의 머리카락을 쓸어 넘기고 다시 키스하기 위해 목을 끌어당긴다.

"다행이다." 잭슨이 오른손을 목으로 올리고, 나를 감싼 담요가 떨어지지 않도록 담요의 양쪽 끝을 주먹으로 한꺼번에 움켜쥐라고 한다. "담요 꽉 잡아."

그러고는 내 왼손을 붙잡고 나를 빠르고 날카롭게 돌리기 시작한다. 마치 옛날 스윙 댄스처럼.

갑자기 빠르게 움직이는 바람에, 그리고 발밑에서 땅을 느낄 수 없다는 사실에 나는 숨을 헉 들이마신다. 잠시 후에는 잭슨이 내게 키스하고 나서 처음으로 하늘을 제대로 쳐다보며 비명을 지른다.

우리는 더 이상 흉벽에서 북극광을 올려다보고 있지 않다. 성 꼭대기에서 최소한 30미터는 떠 있고 어쩐지 오로라 보레알리스의 한가운데에 들어온 느낌이다.

"뭐 하는 거야?" 두려움으로 말문이 막혔던 내가 겨우 말을 꺼낸다. "우리 어떻게 날고 있는 거야?"

"지금 우리를 더 잘 묘사하는 말은 '떠 있다'겠지." 잭슨이 씩 웃으며 말한다.

"날다, 떠 있다, 그게 중요해?" 나는 온 힘으로 잭슨의 손을 움켜쥔다. "나 떨어뜨리면 안 돼."

잭슨이 웃음을 터뜨린다. "내 염력, 기억 안 나? 너 절대 안 떨어뜨려."

"아, 맞아." 그 말이 진실임을 이해하자 죽을힘을 다해 붙잡은 잭슨의 손에서 아주 조금 힘을 뺀다. 그리고 날기 시작한 후 처음으로 우리 주변의 하늘을 똑바로 바라본다.

"세상에." 내가 속삭인다. "이렇게 멋진 광경은 태어나서 처음 봐."

잭슨은 웃으며 나를 다시 끌어안을 뿐이다. 이번에는 내가 모든 광경을 눈에 담으면서도 잭슨을 느낄 수 있도록 내 등을 가슴에 댄다.

그 힘은 빛을 가로지르며 우리를 돌리고, 돌리고, 돌리고, 돌린다.

그 어떤 놀이기구도 따라올 수 없는 경험이다. 디즈니랜드나 식스플래그에서는 꿈도 꾸지 못할 즐거움이다. 나는 쉴 새 없이 웃으며 모든 순간을 만끽한다.

빛으로 반짝이는 하늘을 빙그르르 가로지르는 짜릿함을 만끽한다.

별들 사이로 춤을 추는 느낌을 만끽한다.

무엇보다도 그러는 내내 잭슨의 품에 안겨 있다는 사실을 만끽한다.

우리는 몇 시간이나 지상에 머물며 지구상에서 가장 화려한 불빛 쇼를 통과해 둥둥 떠서 춤을 추고 빙그르르 돈다. 패딩을 입었고 잭슨이 나를 감싸 안고 있는 데다 사방으로 오로라 보레알리스가 하늘을 뒤덮고 있지만, 어느 정도 춥다는 인식은 있다. 하지만 중요한 건 추위를 느끼지 않는다는 사실이다. 잭슨과 함께한다는 기쁨으로 넘치는 지금 이 순간, 어떻게 다른 문제에 집중할 수 있을까?

하지만 결국 우리는 흉벽으로 다시 내려간다. 반항하고 싶다. 조금만 더 위에 있자고 애원하고 싶다. 하지만 잭슨의 염력이 어떻게 작동하는지 나는 모르니까. 지금처럼 우리를 하늘로 오래 띄우는 동안 잭슨이 얼마나 많은 힘과 에너지를 소모했는지 모른다.

"뱀파이어는 깨무는 것만 잘한다고 생각했지?" 다시 단단한 땅을 밟게 되었을 때 잭슨이 내 귀에 대고 속삭인다.

"그런 말 한 적 없어." 나는 잭슨을 돌아보고 잭슨의 목에 입술을 댄다. 내 입술이 닿은 순간 그의 목에서 들리는 숨 막히는 소리가 좋다. "사실 나는 네가 굉장히 많은 걸 잘한다고 생각해."

"그래?" 잭슨은 나를 더 가까이 끌어당기고 내 눈에, 뺨에, 입술에 키스를 뿌린다.

"그래." 나는 잭슨의 청바지 뒷주머니에 손을 넣고 내 손길에 잭슨이 부르르 떠는 느낌을 즐긴다. "하지만 솔직히 말하면 무는 건 정말이지 감동적이야."

또 한 번 키스하려 입술을 위로 움직이지만 내가 입을 맞추기도 전에 잭슨이 물러난다. 내가 잭슨을 따라 앞으로 가지만 잭슨은 미소만 지으며 내 아랫입술을 엄지로 문지른다. "지금 네게 키스하면 멈추고 싶지 않을 거야."

"그래도 괜찮아." 우리 몸을 단단히 밀착하며 내가 대답한다.

"그렇다는 거 알아." 잭슨이 씩 웃는다. "하지만 먼저 하고 싶은 일이 있어."

"나랑 키스하는 것보다 더 재미있는 일이 대체 뭔데?" 내가 농담을 한다.

"그런 건 없지." 잭슨이 내게 짧은 입맞춤을 하고 뒤로 성큼 물러난다. "그래도 이게 아슬아슬하게 2위는 되기를 바라고 있어. 눈 감아봐."

"왜?"

잭슨이 무거운 한숨을 쉬는 연기를 한다. "내가 그래달라고 했으니까, 당연히."

"알았어. 눈 떴을 때 여기 없기만 해봐."

"너 지금 내 방에 있어. 내가 어디를 가겠어?"

"모르지. 하지만 위험을 감수하기는 싫어." 내가 잭슨을 흘겨본다. "너는 일이…… 재미있어질 때마다 사라지는 아주 안 좋은 습관이 있거든."

잭슨이 웃는다. "그거야 더 오래 있으면 너를 깨물까 봐 두려우니까. 이제는 네가 괜찮다는 걸 알았으니 전처럼 빨리 도망칠 필요는 없겠네."

"아예 도망치지 않는 건 어떨까." 나는 명백한 초대의 의미로 고개를 옆으로 기울인다.

평소 암흑과 같던 잭슨의 동공이 순수한 검은색으로 변하자 나는 기대감에 몸을 떤다. 하지만 잭슨은 이렇게 말한다. "샛길로 빠지게 하지 마, 그레이스. 우리 둘 다를 위해서 눈 감으라고."

"알았어." 나는 입을 조금 삐죽거리면서도 잭슨이 시키는 대로 한다. 뭐가 됐든 빨리 해치워야 빨리 다시 키스를 할 수 있을 테니까. "마음대로 해."

잭슨이 웃으며 내 귀에 따뜻한 숨을 분다. "잘하라고 안 하고?"

"네가 뭘 할지 내가 어떻게 알겠어." 나는 초조하게 기다린다. 잭슨이 내 등에 가슴을 대고 양옆으로 팔을 두르는 느낌이 날 때까지는. "무슨……?"

"이제 눈 떠도 돼." 잭슨이 말한다.

눈을 뜬 나는 충격으로 쓰러질 뻔한다. "이게……?"

"마음에 들어?" 그렇게 묻는 잭슨의 목소리는 다정하고 불안하다. 잭슨에게서 한 번도 들어본 적 없는 목소리다.

"이렇게 아름다운 건 태어나서 처음 봤어." 나는 잭슨이 눈앞에 들고 있는 목걸이로 떨리는 손을 들어 올리고, 내 손가락은 금색 체인 중앙에 걸려 있는 거대한 무지개색 보석 위를 스친다. "이게 뭐야?"

"미스틱 토파즈. 일부 보석 전문가들은 북극광석이라고도 부르지. 색깔들이 하나로 흐르는 모습 때문에."

"왜 그런지 알겠어." 그 안의 푸른색과 초록색과 보라색이 강조되도록 각각의 면을 깎은 보석의 컷은 환상적이다. 여러 색깔이 저마다 돋보이면서도 서로 스며들어 어우러진다. "예쁘다."

"네가 좋아하니 기뻐." 잭슨은 보석이 내 쇄골의 조금 아래쪽에 위치할 때까지 목걸이를 내리고 채운다. 그러고는 뒤로 물러나 확인한다. "잘 어울려."

"이걸 받을 수는 없어, 잭슨." 나는 그 말들을 억지로 끄집어낸다. 내 안의 모든 것은 목걸이를 꽉 붙잡고 절대 놓지 말라 소리를 지르고 있지만. "이건……." 거대하다. 값이 얼마일지 상상도 못 하겠다. 내 전 재산보다 비싸겠지. 분명 그럴 거다.

"너한테 완벽해." 잭슨이 말하며 코로 펜던트를 밀어내고 그 아래 살에 입을 맞춘다.

"따지고 보면 모든 여자에게 완벽하지." 내 의지와 상관없이 손이 위로 올라가 보석을 쥔다. 돌려주고 싶지 않다. "너무 예쁘다."

"뭐, 너랑 같네."

"미치겠다." 내가 투덜거린다. "말도 안 되게 유치했어."

"응." 잭슨은 '들켰네'라는 의미로 가볍게 어깨를 으쓱한다.

"너는 말도 안 되게 아름답고."

내가 웃는다. 하지만 다음 말을 하기도 전에 잭슨이 키스를 한다. 내가 하려던 말은 머리 밖으로 날아가버린다.

나는 잭슨에게 나를 열어 보이며 잭슨의 입술이 내 입술 위를 움직이는 느낌을 만끽한다. 혀가 내 입꼬리를 스치고 날카로운 송곳니가 내 아랫입술을 조심스럽게 긁는 느낌을 한없이 만끽한다.

잭슨이 입술로 턱과 목을 스치며 점점 더 아래로 내려가자 몸이 떨린다. 태어나서 이런 느낌은 처음이다. 내가 이런 걸 느낄 수 있을 줄이야. 단 한 번도 상상하지 못했다. 너무나 벅차다. 몸도, 마음도 감당할 수 없을 만큼 벅차오른다. 하지만 이런 가슴 벅참은 환영이다.

"춥지." 몸이 떨리는 이유를 잘못 해석하고 잭슨이 말한다. "안으로 가자."

들어가고 싶지 않다. 마법 같은 신비한 밤을 아직은 끝내고 싶지 않다. 하지만 잭슨이 몸을 떼자 추위가 나를 덮치고 나는 다시 몸을 떤다. 그 모습에 잭슨은 나를 안아 올리더니 거의 밀다시피 창문 안으로 집어넣는다.

뒤따라 안으로 들어온 잭슨이 창문을 닫는다. 나는 잭슨에게 손을 뻗는다. 하늘을 가로지르며 함께 춤을 추다 다시 현실 세계로 돌아오니 조금은 상실감이 든다. 하지만 내가 아는 잭슨은 한번 결심하면 절대 꺾지 않는다. 내 안전과 평안을 위해 결심했다면 더더욱 단념하지 않는다. 그래서 나는 평생 풀고 싶지 않은 목걸이의 펜던트를 손가락으로 감싸고 잭슨의 다음 행동을 기다린다.

잭슨이 새 담요를 내게 둘러주고 우리 손에는 찻잔이 하나씩 들려 있다. 나는 잭슨의 기분을 맞추려 차를 한 모금 홀짝였다가 또 한 모금 마신다. 차가 너무, 너무 맛있다.

"이게 뭐야?" 향기를 맡으려고 컵을 들어 올리며 내가 묻는다. 오렌지가 있다. 시나몬, 세이지도. 뭔지 알 수 없는 다른 몇 가지의 향기도 난다.

"내가 제일 좋아하는 리아 블렌드야. 아까 오후에 가져다줬어. 화해의 선물이라고 할까."

"리아가?" 나는 오늘 리아와 한 대화를 떠올리며 놀란 목소리를 숨기지 못한다. 차를 또 한 모금 마신다. 지난주 리아가 만들어줬던 차와는 맛이 다르다. 향은 더 강하지만 정말 맛있다.

"그러니까 말이야. 문을 열었는데 전혀 상상하지 못했던 사람이 문 앞에 서 있더라고." 잭슨이 어깨를 으쓱한다. "그런데 오늘 너와 대화를 한 후로 내 생각이 떠나지 않았다고 하더라. 오래 있지는 않았고. 그냥 차 주고, 나만 괜찮으면 자기도 예전처럼 돌아갈 마음 있다고 했어."

"너는 어때?" 내가 묻는다. 잭슨이 잃었던 작은 조각을 되찾을 수 있다고 생각하니 내 안에서 기쁨이 날뛴다.

"해보고 싶어." 잭슨이 내게 말한다. "어떤 모습일지, 어떤 의미일지도 모르겠지만 시도해보려고. 네 덕분이야."

"내가 뭘 했다고." 내가 말한다. "다 너희 두 사람 힘이지."

"나는 그렇게 생각 안 해."

"나는 그렇게 생각해. 사실⋯⋯." 내가 말을 흐린다. 잭슨이 차를 다 마시고 찻잔을 옆으로 치우고 있기 때문이다. 무언가를 원할 때처럼 눈이 빛나고 있고, 그 무언가가 나라는 사실을 깨닫자 가슴 속에서 너울이 인다.

나는 반쯤 마신 차를 내려놓고 잭슨에게 손을 뻗는다. 내 안의 모든 것이 잭슨과 가까워지고 싶어 애쓰고 있다.

거친 소리를 내며 나를 끌어당긴 잭슨이 내 목과 어깨가 만나는 굴곡에 얼굴을 파묻고 그곳의 여린 피부에 입을 맞춘다. 길게, 천천히, 오래도록. 나는 부르르 몸을 떨며 잭슨에게 몸을 밀착한다. 내 어깨를 스치고 팔꿈치가 접히는 부분까지 내려오는 입술의 느낌이 좋다. 드레스의 얇은 천 위로 등을 쓰다듬는 손길도 좋다.

보통은 잭슨과 있을 때는 스웨터, 후드티, 두툼한 플리스 바지처럼 옷을 여러 겹 입고 있었다. 하지만 지금은 얇은 드레스 너머로 따뜻한 손바닥을 느낄 수 있다. 내 어깨에서 미끄러지는 손가락의 부드러운 피부를 느낄 수 있다.

느낌이 정말, 정말 좋다. 너무 좋아서 잭슨에게 내 몸을 맡기고 어디든, 어떻게든, 원하는 대로 나를 만지게 놔둔다.

잭슨이 나를 만지고 키스하고 애무하며 얼마나 오래 서 있었을까.

내 안이 촛농처럼 녹아내릴 만큼 긴 시간이었다.

온몸의 세포에 불이 붙을 만큼 긴 시간이었다.

잭슨 베가에게 더 깊이 빠질 만큼, 그보다 더 긴 시간이었다.

잭슨의 냄새가 너무 좋다. 맛이 너무 좋고, 느낌이 너무 좋다. 나는 잭슨밖에 생각할 수 없다. 잭슨만을 원한다.

잭슨이 내 목덜미의 여린 살을 송곳니로 긁었을 때는 내 안의 모든 것이 기대감으로 멈춘다.

"해도 돼?" 잭슨이 내 피부에 따스한 숨을 불며 중얼거린다.

"부탁해." 내가 대답하며 더 잘 물 수 있게 목을 길게 뺀다.

잭슨은 송곳니를 이용해 내 심장 바로 위에 느긋하게 원을 그린다. "정말이야?" 잭슨이 다시 묻는다. 잭슨의 조심성, 잭슨의 배려는 잭슨을 원하는 마음을 더 커지게 만들 뿐이다.

이걸 원하는 마음이 더 커질 뿐이다.

"응." 나는 그 말을 겨우 뱉어내고 잭슨의 허리를 감싸고 더 가까이 끌어안는다. "응, 응, 응."

그런 확신이 필요했었나 보다. 잠시 후 잭슨은 내게 덤벼들어 내 안 깊숙이 송곳니를 찔러 넣는다.

나는 아까와 같은 쾌락에 휩싸인다. 따뜻하고, 느긋하고, 달콤하게. 그 느낌에, 잭슨에게 몸을 던진다. 그럴 수 있기 때문이다. 잭슨이 내 피를 지나치게 많이 마시지 않을 것을 알기 때문이다.

잭슨은 절대 나를 해칠 리 없다.

나는 양손으로 잭슨의 등을 지나 비단같이 부드럽고 차가운 머리카락을 움켜쥐고, 더 다가오라고 고개를 완전히 뒤로 젖힌다. 내 초대에 잭슨이 작게 목구멍을 긁는 소리를 내지만 곧이어 송곳니가 더 깊이 박히는 느낌이 난다. 빨아들이는 힘이 점점 세지고 강해지는 느낌이 난다.

잭슨이 피를 빨수록 나는 더 깊은 쾌락에 빠지고 잭슨에게 더 많은 것을 내어주고 싶다.

하지만 서서히 잭슨의 품에서 느꼈던 온기가 사라지고 뼈에서 흘러나온 한기가 나를 통째로 집어삼킨다. 스멀스멀 무기력이 뒤따르며 생각을 하기 힘들어진다. 움직이는 것도, 숨을 쉬는 것도 힘들어진다.

잠깐, 아주 잠깐, 자그마한 자기 보호 본능이 고개를 든다. 본능은 내게 잭슨의 이름을 부르라 한다. 잭슨에게 붙잡힌 몸을 뒤로 빼고 약해진 힘으로 저항하라 한다.

그때 잭슨이 동물적인 소리를 내며 나를 더 세게 꽉 움켜쥐고 자기 쪽으로 단호하게 끌어당긴다. 송곳니가 더 깊이 박히고 잭슨이 본격적으로 피를 빨기 시작하며 잠시 또렷했던 정신이 흐려진다.

나는 모든 시간 감각을 잃는다. 나 자신의 감각도 전부 잃고 몸을 떨며 잭슨을 감싼다. 잭슨에게, 잭슨의 욕망에 나를 온전히 맡긴다.

55

엎질러진 홍차 앞에서 울어봤자
아무 소용 없어

이후에는 모든 것이 흐려지고 얼마나 많은 시간이 지났는지 감이 오지 않는다. 그러다 잭슨이 나를 밀쳐낸다. 나는 침대로 나동그라진 채 잠시 멍하니 누워 있다.

잭슨이 거칠게 외칠 때까지. "일어나, 그레이스. 당장 나가!"

동물적인 목소리가 내 무감각을 조금 깨운다. 다급한 목소리에 눈을 뜨고 간절히 잭슨을 바라보려 한다.

이제 잭슨은 내 위에 우뚝 서 있다. 송곳니에서 피가 뚝뚝 떨어지고 분노로 얼굴이 일그러졌다. 주먹을 꽉 움켜쥐었고 목구멍 깊은 곳에서 낮고 험악한 으르렁 소리가 나온다.

'내 잭슨이 아니야.' 내 안의 목소리가 비명을 지른다. 이 세상 모든 B급 영화의 뱀파이어 영화를 합친 것 같은 이 모습은 내가 사랑하는 소년이 아니다. 괴물이다. 그것도 자제력을 잃기 일보 직전인 괴물.

"나가." 잭슨이 다시 거칠게 말하며 짙은 눈으로 나를 바라본다. 하지만 저건 잭슨의 눈이 아니다. 정말로. 영혼도, 바닥도 없는 깊은 눈빛에 내가 움츠러들고 내 안의 목소리는 잭슨의 말을 메아리처럼 되풀이한다. '나가, 나가, 나가!'

잭슨에게 문제가 생겼다. 정말로 큰 문제가. 잭슨이 걱정되지만 지금은 잭슨을 두려워하는 마음이 더 크다. 그 마음이 나를 지배하고 나는 침대에서 후다닥 내려온다. 잭슨이 공격이라고 해석할 여지가 있는 행동은 절대 하지 않으려 조심한다.

잭슨이 눈으로 나를 쫓는다. 내가 문으로 슬금슬금 다가가자 으르렁거리는 소리는 더 거칠어진다. 하지만 잭슨은 움직이지 않는다. 나를 막으려고 하지도 않는다. 눈을 가늘게 뜨고 송곳니를 번뜩이며 나를 지켜볼 뿐이다.

'도망쳐, 도망쳐, 도망쳐!' 내 안의 목소리가 이제 온 힘을 다해 외친다. 지금은 무엇보다도 그 목소리를 들을 생각이다.

잭슨이 잇새로 이런 말을 내뱉을 때는 더더욱. "나가."

잭슨의 두렵고 다급한 목소리가 느껴지고, 나는 잭슨 안의 살인마를 자극하든 말든 문으로 달려나간다. 살인마는 이미 깨어났고 내가 잭슨의 경고를 듣지 않는다면 나중에 나 말고 누구를 원망할까? 잭슨은 내게 탈출할 기회를 주기 위해 필사적으로 노력하고 있는데.

그 생각을 하며 나는 후들거리는 다리로 휘청거리면서도 최대한 빠르게 문으로 간다. 육중한 문을 양손으로 붙잡고 있는 힘껏 당긴다. 하지만 피를 잃으며 힘도 빠졌는지 문은 꿈쩍도

하지 않는다. 잭슨이 가까워지는 느낌이 난다. 잭슨이 내게 다가오는 느낌을 받으며 나는 문을 움직일 힘을 절박하게 끌어내려 한다.

"제발." 내가 애원한다. "제발, 제발, 제발." 이 시점에서는 애원의 대상이 잭슨인지, 문인지 나도 모르겠다.

잭슨도 모르는 듯하다. 갑자기 손잡이를 잡고 문을 당겨 활짝 연다. "가." 잭슨의 입술 사이로 뱀 같은 소리가 흘러나온다.

두 번 들을 필요는 없다. 나는 재빨리 문을 넘고 독서 공간을 지난다. 계단으로 가야 한다. 잭슨 안에 있는 악마의 화신으로부터 최대한 멀어져야 한다.

좁은 벽감이니 몇 발짝만 가면 자유다. 하지만 머리가 너무 어지러워 똑바로 서 있기도 힘들고 걸음을 내디딜 때마다 몸이 휘청거린다.

그럼에도 나는 계단까지 가기로 결심한다. 아끼는 사람을 또한 번 죽이는 고통에서 잭슨을 구해주기로 결심한다. 지금 이상황은 결코 잭슨의 잘못이 아니다. 내가 아무리 지금 엉망이어도 무언가 심각하게 잘못되었다는 사실쯤은 알 수 있다.

하지만 내게 무슨 일이 생긴다면 잭슨은 그 사실을 납득하지 못할 것이다. 이 일이, 대체 무엇인지도 모를 이 일이 자기 잘못이 아니라고 믿을 리 없다. 그래서 나는 마음을 강하게 먹고 그 전까지 한 번도 쓰지 않았던 강한 힘으로 나를 밀어붙인다. 나를 구하기 위해⋯⋯ 결과적으로 잭슨을 구하기 위해.

계단까지 가려면 내가 가진 에너지를 전부 끌어내야 하지만

어쨌든 성공한다. '기어서라도 내려가.' 내 안의 목소리가 외친다. '해야 한다면 뭐든지 해.'

나는 벽을 부여잡고 계단 난간에 몸을 기댄 채 떨리는 발로 첫 번째 계단을 내려갈 준비를 한다. 하지만 그 발을 딛기도 전에 리아와 부딪친다.

"어디 안 좋아, 그레이스?" 그렇게 묻는 리아의 목소리에는 전에 들어본 적 없는 날이 서 있다. "왜 그래?"

"리아, 다행이다! 도와줘, 제발. 잭슨이 이상해. 뭔지 모르겠지만 자제력을 잃고 있어. 지금……."

리아가 세차게 내 따귀를 때린다. 가장 가까운 벽으로 나를 날려 보낼 정도로 세차게. "이러고 싶은 걸 얼마나 참았는지." 리아가 말한다. "이제 입 닥치고 앉아. 안 그러면 잭슨에게 먹히게 할 거니까."

나는 충격으로 리아를 멍하니 본다. 굼뜬 뇌는 새롭게 전환된 국면을 쉽사리 이해하지 못한다. 하지만 잭슨이 거칠게 으르렁거리며 방에서 달려 나오는 순간, 공포에 휩싸이며 또렷한 감각이 발동된다.

평소에도 리아는 잭슨의 상대가 되지 않을 것이다. 리아가 아니라 그 누구라 해도. 하지만 잭슨에게 문제가 생긴 지금은 확신하지 못하겠다.

"잭슨, 멈춰!" 내가 외치지만 잭슨은 나와 리아 사이에 끼어드느라 내 말을 듣지 못한다.

"건드리지 마!" 잭슨이 명령하고 주위의 책장에서 물건들이 날아가기 시작한다.

리아는 한숨만 쉰다. "역시 차를 더 진하게 만들었어야 했어. 하지만 그랬다가는 네 애완동물을 죽일까 걱정했지. 그러면 안 되잖아. 아직은."

리아가 어깨를 으쓱하고는 노래를 부르는 듯한 목소리로 말한다. "걱정하지 마." 그러더니 주머니에서 총을 꺼내 잭슨의 심장을 망설임 없이 명중시킨다.

56

미쳐버린
뱀파이어 소녀

비명을 지르며 잭슨에게 가려 하지만 나는 고작 무릎을 꿇고 쓰러질 뿐이다. 힘이 없고 어지럽고 메스껍다. 너무 메스껍다. 방이 빙글빙글 돌고 파도처럼 나를 덮치는 추위가 온몸의 근육을 경직시켜 숨을 쉴 수도, 움직일 수도 없다.

그래도 잭슨에게 손을 뻗는다. 흐느껴 울고 비명을 지르며 바닥을 기어간다. 리아가 잭슨을 죽였으면 어쩌지? 뱀파이어를 죽이기가 쉽지 않다는 건 알지만, 다른 뱀파이어라면 뱀파이어를 죽이는 법도 알지 않을까?

"야, 입 닥치지 못해?" 리아가 내 배를 걷어차는 힘에 숨이 턱막힌다. "안 죽었어. 진정만 시킨 거야. 몇 시간 있으면 멀쩡해져. 하지만 네가 계속 질질 짜면 그런 행운 따위 못 얻는다는 거 알아둬."

협박에 내가 이성을 완전히 잃을 거라 기대하나? 하지만 딱히 충격적인 말은 아니다. 내가 아무리 약에 취했고 똑바로 생각할 수 없다지만 여기서 살아 나가지 못한다는 것쯤은 이해했다. 지금 이 순간 내 이름조차 기억하지 못하겠는데 그 정도면 의미 있는 깨달음 아닌가.

"차를 더 마시지 그랬어." 리아는 증오가 뚝뚝 떨어지는 목소리로 내게 말한다. "네가 할 일만 제대로 했으면 모든 게 쉬웠을 거야, 그레이스."

리아는 내가 사과하기를 바라는 눈빛으로 나를 본다. 말도 안 되지. 사과를 한다고 해도 어떻게 하겠어? '어머, 나를 죽이는 걸 더 복잡하게 만들어서 미안해'라고?

웃기고 있네.

리아가 계속 이야기를 하지만 무슨 말을 하는지 쫓아가기가 점점 버거워진다. 방이 빙글빙글 돌고 머리가 뒤죽박죽이고 잭슨밖에 생각할 수 없는 지금은.

오로라 보레알리스 속에서 나를 돌리는 잭슨.

지옥 불 같은 눈으로 나를 응시하는 잭슨.

내게 도망치라 말하는 잭슨. 약에 취해 이성을 잃는 상황에서도 잭슨은 나를 보호하려 했다.

그 생각에 나는 몸을 굴린다. 무릎을 딛고 일어날 힘도 없으면서 잭슨에게 기어간다.

"잭슨." 내가 잭슨을 부르지만 어눌하게 나온 말은 내 귀에도 똑바로 들리지 않는다. 그래도 다시 시도한다. 또다시. 내 안의 목소리가 외치고 있기 때문이다. 내가 곤경에 빠졌다는 사실을 알면 잭슨은 무슨 수를 써서라도 내게 올 거라고. 그것이 갑작스러운 마취총 공격에서 깨어나야 하는 상황일지라도.

리아도 그렇게 생각하는지 "그만해"라고 뱀처럼 속삭이며 내 옆에 우뚝 선다.

나는 더 힘을 낸다. "잭슨." 다시 불러본다. 이번에 나온 목소리는 속삭임이다. 다른 부분들처럼 내 목소리도 힘을 잃고 있다.

"복잡하게 하고 싶지는 않았는데." 리아가 마취총을 들고 나를 겨냥한다. "깨어났을 때 코끼리 떼에 머리통을 짓밟힌 것 같은 느낌이 든다면 네가 자초했다는 것만 기억해."

그러고는 방아쇠를 당긴다.

57

두 배로, 두 배로,
수고와 고생도, 골치 아픈 문제도

몸을 떨며 잠에서 깬다. 춥다…… . 너무 추워서 치아가 딱딱 부딪히고 온몸이, 정말 몸 전체가 다 아프다. 머리의 고통이 가장 심하지만 나머지도 상태가 좋지 않기는 마찬가지다. 누군가 내 근육을 어디에 걸어놓고 잡아당긴 느낌이고 뼛속까지 시리다. 무엇보다도 숨을 쉴 수 없다.

문제가 생겼다는 사실을 알 만큼 정신이 들었다. 심각한 문제가 터졌다. 하지만 지금의 정신으로는 그 문제의 정체까지 기억하지 못한다. 움직이고 싶다. 침대에서 이불을 가져와 덮고 싶지만 내 안 깊은 곳에 존재하던 목소리가 돌아왔다. 가만히 누워 있으라 명령하고 있다. 움직이지 말라고, 눈을 뜨지 말라고, 숨조차 깊이 쉬지 말라고 명령한다.

어려운 주문은 아니지만 20킬로그램이 넘는 듯한 무게가 가슴을 짓누르는 듯한 지금은 그러기가 쉽지 않다. 열네 살 때 폐

렴에 걸렸을 때와 비슷한 느낌이다. 백만 배 더 고통스러울 뿐.

그 목소리를 무시하고 싶다. 돌아눕고 다시 따뜻해질 방법을 찾고 싶다. 하지만 퍼뜩 기억이 돌아오기 시작하고, 무시무시한 기억에 나는 가만히 누워 움직이지 않는다.

잭슨이 지옥 불처럼 타는 눈으로 내게 도망치라고 소리쳤다.

리아가 총을 꺼내 들었다.

잭슨이 의식을 잃고 쓰러졌다.

리아가 전부 내 탓이라고 소리를 지르고……

안 돼! 잭슨을 쐈어! 어떡해어떡해어떡해.

패닉에 휩싸인 나는 생각이 들기도 전에 눈을 번쩍 뜬다. 잭슨에게 가려고 몸을 일으키지만 움직일 수 없다. 일어날 수 없다. 몸을 굴릴 수도 없다. 손가락과 발가락을 꼼지락거리고 고개를 조금 움직일 수 있을 뿐, 다른 행동은 불가능하다. 하지만 아직 명료하지 않은 정신은 그 이유를 알아내지 못한다.

그러다 고개를 돌리고 옆으로 쭉 뻗은 내 오른팔이 쇠고리에 묶여 있는 모습을 본다. 재빨리 반대쪽을 보니 왼팔도 같은 처지다.

아래쪽도 묶여 있다는 것쯤은 바보라도 추측할 수 있다. 머리를 덮은 안개가 흩어지며 나는 차가운 돌판 위에 팔다리를 벌리고 누워 있다는 사실을 깨닫는다. 입고 있는 옷도 얇은 면 가운이 전부다. 안 그래도 심하게 다친 사람에게 이런 모욕까지 주다니.

아니, 약을 먹이고 주사를 놓고 결박했으면 됐지. 나보고 얼어 죽기까지 하라고?

기억이 쏟아져 돌아오며 몸 안에서 아드레날린이 솟구친다. 억누르려 해본다. 스멀스멀 올라오는 불쾌한 패닉을 떨치고 생각해보려 한다. 하지만 추위와 약과 아드레날린으로 지금은 명료한 사고를 하기 힘들다.

그래도 잭슨에게 무슨 일이 일어났는지는 알아내야 한다. 살아 있는지, 리아가 죽였는지 알아야 한다. 리아는 아니라고 했지만 과연 리아 말을 믿을 수 있을까? 오늘 밤 같이 매니큐어를 칠하자고 했으면서 지금 내가 어디 있는지 보라고.

잭슨에게 무슨 일이 일어났다는 생각만으로 갈망이 텅 빈 가슴을 채운다. 패닉이 공포로 바뀐다. 잭슨에게 가야 해. 무슨 일이 일어났는지 알아내야 해. 뭐든 해야 해.

캐트미어 아카데미에 오고 나서 처음으로 내게도 초자연적인 능력이 있기를 기도한다. 밧줄을 푸는 능력이라거나. 염력이라거나. 하, 지금은 잭슨의 염력에서 떨어진 부스러기라도 받고 싶다. 나를 묶은 밧줄을 풀고 이 끔찍한 돌판에서 벗어날 수 있다면 뭐든 상관없다.

현기증을 떨치려고 고개를 가볍게 흔든다. 꼭 머리 안이 솜으로 가득한 느낌이다. 그리고 리아가 지금 가 있을 지옥에서 돌아오기 전 어떻게 하면 밧줄을 풀지 궁리한다.

내가 있는 곳은 어디인지 몰라도 캄캄하다. 칠흑 같은 암흑은 아니다. 내 손과 발, 내가 누워 있는 주변은 보이니까. 하지만 그게 전부다. 시야는 내 손발에서 1미터를 지나면 끝난다.

그 너머는 어둠이다. 정말로 완전한 어둠.

무섭지는 않다. 나는 지금 괴물들로 가득한 학교 안에 있는 걸. 나도 참 행운아지, 뭐야.

비명을 지를까? 하지만 쌀쌀한 공기로 보아 이곳은 학교 본관이 아니다. 즉, 주위에 내 목소리를 들을 사람이 없다는 의미이기도 하다. 리아를 제외하면. 리아가 언제 내게 관심을 돌릴지 모르겠지만 1초도 먼저 관심을 끌고 싶지는 않다.

그래서 이 상황에서 유일하게 할 수 있는 행동을 한다. 있는 힘껏 밧줄을 당기기. 그래, 밧줄을 풀 수는 없을 거다. 하지만 밧줄은 오랫동안 세게 당기면 늘어나는 성질이 있다. 손목 주위에 여유 공간만 만들면 그 사이로 손을 뺄 수 있다. 최소한 성공할 가능성은 생긴다.

아, 성공할 가능성은 아닌가. 작은 기회라면 몰라도. 하지만 지금은 뭘 가릴 입장이 아니다. 아무리 소소한 기회라도 가만히 누워 죽기를 기다리는 것보다는 낫다.

진짜로 죽는 것보다는.

밧줄을 얼마나 오래 팽팽하게 당겼는지 모르겠지만 평생 이러고 있었던 기분이다. 기껏해야 8분에서 10분 정도였을 텐데도 어둠 속에서 혼자 겁에 질려 있으니 실제보다 길게 느껴진다.

나는 눈앞의 임무에 집중하려고 노력한다. 오로지 탈출에 초점을 맞추려고 한다. 하지만 잭슨이 어디 있는지, 잭슨에게 무슨 일이 일어났는지, 살아 있기나 한 건지 모르는 상황에서는 쉽지 않다. 하지만 이곳에서 나가지 않으면 알 방법이 없다.

그 생각에 나는 밧줄을 더 세게 잡아당긴다. 태어나서 처음 느끼는 결의로 몸을 앞뒤로 비튼다. 이제 손목이 아프고—당연한 소리 하네—밧줄과 마찰된 피부가 벗겨진다. 통증은 내가 어떻게 할 수 없기 때문에 무시하고 더 빠르게 몸을 비틀며 리아가 돌아올 것을 대비해 청각을 곤두세운다.

지금은 손목의 살갗이 밧줄에 비벼지는 소리 말고는 아무 소리도 들리지 않는다. 하지만 얼마나 갈까.

'제발.' 나는 우주에 속삭인다. '제발, 조금만 도와주세요. 한쪽 팔만 조금 풀어주세요. 제발, 제발, 제발.'

기도는 통하지 않는다. 애초에 통하리라는 기대도 없었다. 부모님이 돌아가신 후에도 그랬으니까.

손목이 쓸려 벗겨지며 통증이 극도로 심해지고, 미끄럽고 축축한 이 느낌은 아무래도 피 같다. 그래도 물기 덕분에 손목을 돌리기가 수월해진다. 피를 흘리는 게 지금 상황에서는 최악의 전개가 아닌 듯하다. 뱀파이어들이 나타나 나를 끝장내기 전에 이곳에서 탈출하게 도와준다면.

어째서 덫에 걸린 동물이 탈출하기 위해 자기 발을 갉아먹는 행위까지 하는지 이제야 알 것 같다. 진심으로 알겠다. 나라도 가망이 있다고 생각했다면, 또 손목에 입이 닿았다면 그런 유혹이 생겼을 것이다. 아무리 잡아당겨도 소용이 없다면…….

왼손이 미끄러지며 밧줄에서 빠져나올 듯 움직인다. 나는 너무 놀라서 안도의 탄성을 내지를 뻔했다. 계획을 다 망칠 뻔했다. 소리를 냈나 하는 과대망상으로—지금 내 상황을 생각하면 과대망상이라고 할 수는 없지만—나는 흥분과 고통의 소리가 암흑처럼 캄캄한 이 공간에 새어나오지 않도록 이를 악문다.

고통을 무시하고, 패닉을 무시한다. 조금만 있으면 한 손이 자유로워진다는 사실만 빼고는 전부 무시한다. 온몸의 힘을 이용해 비틀고 잡아당긴다. 얼마나 오랫동안 세게 잡아당기고 있었는지, 마침내 손이 밧줄에서 쑥 빠져나왔을 때는 충격을 받는다.

아파서 미칠 것 같다. 손을 타고 흘러내린 피가 손가락 사이로 스며들어 손바닥까지 퍼지는 느낌이다. 하지만 개의치 않는다. 조금만 있으면 탈출할 방법을 찾을 거니까. 몸을 비틀고 반대쪽 손목으로 손을 뻗는다. 사지를 벌린 자세로는 결코 쉽지 않다. 다리가 꽉 묶여 몸을 조금밖에 비틀지 못하지만 그래도 오른손에 닿기는 충분하다.

완전히 자유의 몸이 될 가능성을 찾기에 충분하다.

밧줄과 오른쪽 손목 사이에 손가락을 찔러 넣고 최대한 강하게 당기기 시작한다. 이상한 각도로 몸이 비틀리며 또다시 새로운 고통이 찾아들지만 이번에도 무시한다. 지금 느끼는 고통은 리아가…… 하려고 계획하고 있는 일에서 느끼게 될 고통과는 비교도 되지 않을 게 분명하니까.

마침내 오른쪽 손목의 밧줄이 헐거워지고 오른손도 자유롭게 풀려난다. 조금의 자유를 찾았다는 희망이 생기자 왠지 모르게 공포가 더 강해진다. 나는 울지 않으려고 정말 온 정신을 집중하며 일어나 앉아 발목의 밧줄을 더듬더듬 풀기 시작한다.

1분 1초가 영원처럼 느껴지는 시간 동안 혹시라도 리아가 오는 소리가 들리지 않을까 하고 귀를 쫑긋 세운다. 그래봤자 아무 소용도 없을 텐데. 리아가 등장한다고 다시 누워 기절한 척 연기할 수 있는 것도 아니고. 내 몸의 피만 봐도 그건 불가능한 일이다.

안 그래도 열심히 밧줄을 풀고 있던 나는 그 생각에 두 배는 더 노력하며 밧줄을 당기고 잡아 뜯는다. 손목처럼 손가락과 발목의 피부도 벗겨지고 피투성이가 될 때까지.

드디어 발목의 밧줄이 조금 느슨해진다. 발을 꺼낼 만한 공간은 아직 만들어지지 않았지만 집중력은 충분하다.

1분 30초쯤 지났을까, 오른발이 자유로워지고 나는 남은 힘을 왼발에 집중한다. 째진 비명이 차가운 공기를 가르고 내 몸의 털이 전부 쭈뼛 설 때까지는. 그 비명은 내 주위에서 끊임없이 울려 퍼진다.

리아다. 확실하다. 피가 차갑게 식고 한동안은 두려움에 움직일 수도, 생각할 수도 없다. 하지만 내면의 목소리가 돌아와 두려움을 뚫고 내게 명령한다. *빨리, 빨리, 빨리.*

나는 밧줄을 쥐어뜯기 시작한다. 이제는 내 살갗이 벗겨져 깊이 패든 말든 신경 쓰지 않고 필사적으로 밧줄을 푼다. 필사적으로 탈출을 시도한다.

"제발, 제발, 제발." 나는 우주에 다시 기도한다. "제발."

내가 어디 있는지 모른다. 이 밧줄을 푸는 데 성공한다 한들 밖에 나가 얼어 죽지 않고 이곳을 탈출할 수 있을지는 모른다.

이 안에 갇혀 있다는 생각만으로 수면 아래에서 끓고 있던 공포가 다시 그 못생긴 얼굴을 들이민다.

한 번에 하나씩 해결하자. 나는 속으로 다짐한다. 일단 밧줄부터 풀고, 다음은 그때 가서 걱정하는 거야. 아무리 끔찍한 상황이 닥친다 해도, 이렇게 인간 제물처럼 돌판에 묶여 있는 상태에서는 그다음에 해결할 문제다.

그 생각을 하자 숨이 턱 막히고 흐느낌이 밀려든다. 하지만 눈물을 원래 자리로 돌려놓는다. 우는 건 나중에 할 수 있어.

다른 것들은 나중에 많이 하자.

지금은 이 빌어먹을 제단인지 뭔지 하는 곳에서 벗어나야 한다. 탈출해야 하고, 잭슨이 어떤 상황인지 알아내야 한다. 다른 건 전부 나중 일이다.

밧줄이 풀리고ㅡ감사합니다감사합니다감사합니다ㅡ피부를 많이 잃지 않고도 발을 흔들어 빼내는 데 성공한다.

자유를 찾자마자 탁자에서 뛰어내려…… 땅바닥에 거의 고꾸라진다. 서보니 아직도 얼마나 어지러운지 알겠다. 몸에 약 기운이 남아 있어도 아드레날린이 전부 태워버릴 줄 알았는데, 정말 강한 약이었나 보다. 내가 생각보다 저 판에 오래 누워 있지 않았던 걸 수도 있고…….

그래도 숨을 깊이 들이마시고 정신을 집중한다. 어지러운 머리로 답을 찾으려 한다. 내가 어디에 있는지…… 미치광이 리아가 돌아오기 전에 여기서 어떻게 탈출할지.

또 한 번 공기를 가르는 비명에 내가 얼어붙는다. 그리고 달린다. 어디로 달리는지는 모른다. 하지만 벽을 따라가다 보면 언젠가 문이 나오겠지. 운이 좋으면 그 언젠가가 금방 찾아올지 누가 알아.

하지만 한 걸음을 채 내딛기도 전에 비명에 이어 포효가 들린다. 이 소리는 깊고 강렬하고 아주 동물적이다. 잠깐은, 아주 잠깐은 잭슨일지도 모른다고 생각하자 전에 없던 공포가 나를 뒤덮는다.

그러다 논리가 주장을 펼친다. 잭슨의 소리를 여러 번 들었지만 저런 소리는 없었다. 인간성이라고는 하나도 없는 짐승 같은 소리는.

또 한 번 포효가 들리고 무언가가 벽을 때리는 소리가 뒤를 잇는다. 또 비명이 들리고 또 짐승처럼 으르렁거리는 소리가 난다. 무언가가 깨지고 무언가가 다시 벽에 부딪힌다.

리아가 싸우고 있는 게 틀림없으니 이 기회에 출구를 찾고 미친 듯이 도망쳐야 한다. 하지만 내가 틀렸다면? 짐승처럼 포효하는 목소리가 정말 잭슨이라면 어쩌지? 잭슨도 나처럼 어지러워서 리아와 싸워 이길 수 없다면? 만약에······.

벽으로 달려가니 와장창 부딪는 소리가 들린다. 정말 어리석은, 이 세상에서 제일 어리석은 행동이지만 나는 상대가 잭슨인지 알아야 한다. 잭슨이 괜찮은지, 리아가 내게 하려는 짓을 잭슨에게도 하고 있는지 확인해야 한다.

이제 보니 거대한 방인 듯한 공간에서 반대쪽으로 이동하던 중 내 무릎이 어딘가에 부딪힌다. 무엇인지 모를 물건이 넘어

지며 내 발에, 무슨 이유에서인지는 모르겠지만 리아가 내게
입힌 가운에 액체가 튄다.

물의 느낌이 역겹다. 발가락 사이에서 질척거리고 옷을 축축
하게 적시지만 나는 최대한 무시하고 다시 빠르게 달리기 시
작한다. 물론, 빠르게 달린다고 할 수는 없다. 아직 약에 취했고
피부가 벗겨진 발은 젖었으니까. 하지만 나는 최선을 다해 달
린다. 사방에서 천 개는 되는 촛불이 동시에 화르르 타오르기
전까지는.

촛불이 방 안을 환히 밝히고 나는 우뚝 멈춰 선다. 그리고 다
시 어둠 속에 돌아갔으면 하고 간절히 바란다.

58

날 수 있는 사람과는
절대로 신뢰 게임을 하지 말 것

그래도 이제는 어디 있는지 알겠다. 터널이다. 와본 쪽은 아니고, 아직 못 가본 터널과 이어지는 옆쪽 공간이다. 어쨌든 리아가 나를 데려온 곳은 터널이 맞다. 구조도 그렇고, 뼈로 된 샹들리에와 나뭇가지 형태의 촛대도 그렇고 쉽게 잊을 수 있는 장식은 아니니까.

사람 뼈로 만든 게 분명한 촛대가 그나마 덜 무섭다는 사실이 유감스러울 따름이다. 하지만 방 한가운데를 보고 나니 무섭지 않다는 말을 할 수 없다. 제단이라고밖에 할 수 없는 단상의 가장자리를 따라 피를 가득 채운 세 발 유리병이 최소한 스무 개는 놓여 있다. 제단 중앙에는 피 묻은 밧줄이 달린 돌판이 있다.

혹시 내가 인간 제물이 아닐까 하는 황당한 생각을 한 게 헛다리를 짚은 게 아니었다는 말이다. 미치겠군.

다리를 내려다보니 발가락 사이에서 질척거리는 '물'이 왜 그렇게 불쾌했는지 알겠다. 물이 아니기 때문이다. 피다.

나는 누군가의 피를 뒤집어썼다.

웃기지. 그제야 이 악몽 같은 지옥에서 벗어날 생각을 하다니. 하지만 진짜다. 목구멍을 할퀴어대는 비명을 삼키지만 아슬아슬했다. 비명을 간신히 참느라 작게 흐느끼는 소리까지는 막지 못한다.

하지만 뒤를 돌아본 순간, 거대한 초록색 용이 날개를 빠르게 퍼덕이며 발을 쭉 뻗은 채로 내게 날아오고 있다.

거짓말 아니고, 나는 이성을 잃는다. 완전히 정신줄을 놓아버린다. 당연히 비명도 지른다. 몸을 숙여 최대한 작게 만들고 문으로 달려가지만 너무 늦었다. 내 옆을 스쳐 지나간 불길이 오른쪽 돌벽을 때리기 전부터 이미 늦었다는 걸 알았다.

방향을 돌리려 뒤로 펄쩍 뛰지만 내가 멈칫한 순간을 이용해 용은 나를 포획한다. 발톱으로 위쪽 팔의 근육을 찌르며 움켜쥐고 나를 곧바로 들어 올리더니 왔던 길로 방을 가로지르기 시작한다.

나는 놓으라고 발버둥 친다. 너무 높이 올라가기 전에 떨어뜨리게 해야 한다. 하지만 내 살을 찌르기만 하던 발톱이 이제는 살갗을 꿰뚫는다. 새로운 통증에 숨이 턱 막히지만 나는 갈기갈기 찢길까 무서워 용이 원하던 대로 반항을 멈춘다.

하지만 나를 죽여버릴까 봐 너무 두렵다. 그래서 용의 발을 붙잡고 내 팔에서 발톱을 떼어내려, 뽑아내려 한다. 추락은 하겠지만 지금으로서는 그 이상의 계획이 떠오르지 않는다. 며칠 동안 지시를 내리던 내 안의 목소리가 하필 이럴 때 갑자기 사라졌다는 사실을 생각하면 더더욱 이럴 수밖에 없다.

하지만 떼어내려 할수록 용은 발톱을 더 깊이 박고, 잠시 온 세상이 암흑으로 변한다. 심호흡을 하자. 통증을 물리치는 데 집중해. 아니, 어떻게 하룻밤 사이에 뱀파이어와 용에 이중으로 납치를 당할 수가 있지?

지금처럼 샌디에이고가 아득하게 느껴지는 순간이 없었다.

별안간 용이 하강 비행을 한다. 내 발이 거의 땅에 닿을 만큼 고도가 낮아진다. 우리는 반대쪽에 있는 거대한 쌍여닫이문으로 직행한다. 아까 내가 엉뚱한 방향으로 달아나고 있었나 보다. 하지만 문제가 있다. 문은 닫혀 있고, 현재 용의…… 손? 발? 아무튼 그건 나를 옴짝달싹 못 하게 움켜쥐고 있다.

충돌할 각오를 하고 몸을 움츠린다. 이제 곧 죽겠구나. 하지만 충돌하기 직전에 문이 활짝 열리고 우리는 문을 통과해…… 분노의 비명을 지르는 리아 위를 날아간다.

용은 멈추지 않는다. 날개를 펼치고 더 빠르게 날며 아마도 거대한 뼈 샹들리에가 있던 중앙 회랑을 향해 긴 복도를 곧장 지나간다.

리아는 우리 아래에서 함께 달리고 있다. 얼마나 빠른지 단순히 쫓아온다고 말하기도 힘들다. 이제는 정말로 미쳐버릴 것 같다. 용과 뱀파이어 사이에 갇히고 나니 '고래 싸움에 새우등 터진다'라는 뻔한 표현이 완전히 새롭게 보이기 때문이다. 그래, 가운데 낀 새우는 결코 무사하지 못하겠지.

초자연적 존재들에 이리저리 끌려다니는 것도 이제는 질렸다. 플린트인지 다른 애인지 모르겠지만 이 용이 나를 구출하려 한다고 믿고 싶다. 하지만 지금 내 팔 근육을 찢고 있는 발톱을 생각하면 확신이 들지 않는다.

이 시점에서 내게 최선의 시나리오는 둘 중 하나다. 용에게 죽느냐, 뱀파이어에게 죽느냐. 어느 쪽이 덜 고통스러울지 모른다는 게 문제인데, 안다고 의미가 있나? 어차피 죽을 텐데?

미친 속도로 움직이고 있다 보니 우리는 몇 초 만에 터널 중앙에 도착한다. 한 가지 문제가 있다. 촛불 수백 개가 꽂힌 거대한 뼈 샹들리에로 날아가는 용이 속도를 늦출 기미가 보이지 않는다는 거다. 그래, 뭐. 자기는 용이니까 불에 타지 않는다 그거지. 하지만 나나 내가 입고 있는 면 가운은 사정이 다르단 말이다.

문득 뱀파이어에 물려 죽어도 괜찮겠다는 생각이 든다. 공중에서 산 채로 불타 죽는 것보다야 낫겠지.

하지만 마지막 순간에 용은 발톱으로 나를 움켜쥔 채 자기 발을 몸에 딱 붙이고 샹들리에 아래로 뛰어든다. 되도록 높이 붙어서 샹들리에를 빠르게 지나가려는 모양이다. 하지만 리아는 비행 고도가 내려가는 순간만을 기다리고 있었나 보다. 리아가 땅에서 뛰어올라 용의 꼬리를 붙잡는다.

용이 포효하며 꼬리로 쳐내려 하지만 리아는 손을 놓지 않는다. 잠시 후, 양팔로 꼬리를 완전히 감싼 채 있는 힘껏 우리를 땅에 강하게 내리꽂는다.

참고로, 엄청나게 강한 힘이다. 떨어지는 동안에도 용은 나를 붙잡고 있었으니까.

우리는 쿵 소리와 함께 땅으로 떨어진다. 긍정적인 부분은, 그 충격으로 용이 나를 놓쳤다는 것이다. 몇 분 만에 처음으로 내 팔을 파고들던 발톱이 사라졌다. 하지만 부정적인 부분은, 어깨부터 땅으로 떨어진 탓에 찌그러진 별들이 눈앞을 왔다 갔다 한다는 거다.

왼팔도 거의 움직이지 않는다. 손목, 발목, 손가락의 피도 아직 안 멎었는데 이제는 용에게 붙들려 있던 팔에서도 피가 흐른다. 아, 그리고 의식인지 살인인지 뭔지를 하겠다고 눈을 번뜩이는 또라이 뱀파이어가 나를 뒤쫓고 있다.

왜 알래스카가 따분할 거라고 생각했지?

뒤에서 고함과 비명이 들린다. 삔? 부러진? 탈구된? 어깨의 통증을 무시하고 무릎을 딛고 일어나 뒤를 보니 리아와 용이 전력으로 결투를 벌이는 중이다.

용이 발톱을 휘둘러 리아의 뺨을 찢자 리아가 분노하며 뛰어오른다. 잠시 후, 리아는 용의 등에 올라타 날개 하나를 뒤로 확 꺾는다. 용은 고통스럽게 비명을 지르면서도 몸을 비틀어 리아에게 불을 뿜어낸다.

용케 불길을 피하지만 리아의 몸 한쪽 부분이 거뭇거뭇 그을어 있다. 이 공격은 리아를 더욱 분노하게 만들 뿐이다. 용의 등에 납작 엎드린 리아가 반대쪽 어깨에 구멍을 뚫는다.

용이 다시 비명을 지르고, 몇 초 동안 무지개색으로 흐려진다. 흐릿하게 뒤섞인 색들이 사라진 자리엔 한 소년만이 남아 있다. 아는 소년이다. 플린트다. 플린트가 피를 흘리고 있다. 나만큼 상처가 심하지는 않지만 날개에 뚫린 구멍 때문에 고통을 느끼는 듯 몸을 웅크리고 있다가 어색한 몸짓으로 후다닥 일어나 선다.

원래 입고 있던 옷은 걸레처럼 찢어졌고 몸이 멍과 상처투성이로 변했다. 리아도 추락하며 꽤나 심하게 다친 것 같다. 그럼에도 동물적인 비명을 지르며 플린트에게 달려들고, 그 소리를 듣자 신경 말단까지 소름이 끼친다. 중간에서 리아와 격돌한 플린트는 팔 근육을 불끈거리며 송곳니로 피부를 뚫으려는 리아를 막아낸다. 리아를 확실하게 붙잡은 플린트가 아까 당했던 것처럼 리아를 바닥으로 내던진다. 그러고는 리아의 머리통을 붙잡고 돌바닥에 쉴 새 없이 내리친다.

리아는 맞서 싸우고 있다. 몸을 들썩이며 거친 소리로 위협하고 플린트에게서 벗어나려 안간힘을 쓰고 있다. 하지만 플린트는 리아를 꽉 쥐고 해석할 수 없는 말을 귓속말로 으르렁댄다. 나는 두 사람이 상대에게 집중하고 있는 지금이 최대한 멀리, 최대한 빠르게 도망칠 기회라고 판단한다.

비틀거리며 일어난다. 통증 때문에, 망가진 어깨 때문에 몸을 왼쪽으로 기울이지 않고는 움직일 수 없지만 무시한다. 이 세계에서도 전진 운동은 전진 운동 아닌가. 이곳에 남아 플린트와 리아가 서로를 죽이려 하는 광경을 1초라도 더 지켜볼 여유는 없다.

뒤쪽의 싸움에 한쪽 귀를 세운 채로 주랑 현관을 절뚝이며 달리기 시작한다. 학교 본관으로 가는 터널을 찾아야 한다. 캐 트미어로 나를 돌려보내줄 터널을.

나는 중앙을 지나 리아와 플린트의 결투 장소에서 반대편에 있는 쪽의 터널로 향한다. 하지만 터널을 달리기 시작하며 고민이 생겨 갈등한다. 도와달라고 외칠까? 아니면 조금이라도 더 도망쳐서 둘에게서 멀어져야 하나? 여기서 '조금'은 터널을 비틀거리며 지나 학교에 도착할 만큼의 시간을 말한다. 핀 삼촌은 분명 이 광란을 막아줄 것이다.

세계가 폭발하기 전에.

하지만 성으로 이어질 것 같은 터널의 입구에 도착하기도 전에 플린트가 앞에 와 있다. 플린트는 내 머리채를 붙잡고 가까운 벽에 내 얼굴을 박는다.

"플린트, 그만해. 제발." 다친 어깨의 통증이 온몸을 관통해 나는 간신히 헐떡이며 말한다.

"나도 그러고 싶어, 그레이스." 플린트는 우울한 패배자의 목소리다. "너를 이곳에서 탈출시킬 수 있다고 생각했어. 그런데 리아가 그렇게 두지를 않네. 자기들 뜻대로 너를 이용한 놈들이 처벌을 피하게 할 수는 없지."

"날 어디에 이용해? 무슨 말인지 모르겠어."

"리아는 처음부터 계획이 있었어. 그래서 너를 이곳으로 데려온 거야."

"리아가 어떻게 나를 데려왔다는 거야, 플린트. 나는 부모님이 돌아가셔서……."

"모르겠어? 너를 부르려고 네 부모님을 죽인 거라고. 네가 도착하고 늑대들이 가까이서 네 냄새를 맡는 순간부터 나는 확신했어. 이 지경이 되기 전에 끝낼 수 있다고 생각했는데, 너나 리아를 해결하는 건 문제가 아니지. 하지만 잭슨도 이 계획에 관여했다는 걸 알았을 때는 잭슨이 문제가 됐어."

현기증이 일어난다. 플린트의 말은 건물을 해체하는 쇳덩이처럼 그 말의 의미를 이해하려고 애쓰는 나를 강타한다. "너 무슨…… 우리 부모님이…… 잭슨이…… 어떻게……." 내가 말을 멈추고 숨을 들이마신다. 플린트의 말이 내 안에 일으킨 고통과 혼란과 공포를 뚫고 숨을 쉬려고 한다.

"네게 전부 말해줄 시간은 없어. 그럴 시간이 있다 해도 달라지는 건 없을 거고. 나도 너를 구하고 싶어, 그레이스. 하지만 리아를 이대로 둘 수는 없어. 그건 세상의 종말이야. 그래서 네가 죽어야 하는 거야. 네가 죽어야만 이걸 막을 수 있어." 플린트가 손을 내밀어 내 목을 움켜쥔다.

그리고 내 목을 조르기 시작한다.

59

죽음을
즐겨라

"그만해!" 내가 외치며 피 묻은 손톱으로 플린트의 손을 미친 듯이 긁는다. "플린트, 제발. 이러면 안 되잖아."

하지만 플린트는 듣지 않는다. 망가지고 눈물 가득한 눈으로 나를 응시하며 점점 더 세게 내 목을 조를 뿐이다.

이제 나는 공황 상태에 빠진다. 정말 그렇게 될까 두렵다. 플린트가 정말로 나를 죽일 것이라는…… 부모님과 관련된 사고의 진실을 알려주지도 않고 나를 죽일 것이라는 두려움이 든다.

"플린트, 하지 마" 나는 더 많은 말을 끌어내려 한다. 무슨 말인지 설명해달라고 애원하려 한다. 하지만 내 목을 조르는 힘이 너무 강해 더는 말을 할 수 없다. 숨을 쉴 수 없고, 생각을 할 수도 없다. 주변의 세상이 캄캄해진다.

"미안해, 그레이스." 괴롭고 비통한 목소리지만 내 목을 감싸고 움켜쥐는 힘은 조금도 약해지지 않는다. "이런 결과를 원하지는 않았는데. 너를 해치고 싶지 않았어. 절대 이런……."

플린트가 갑자기 비명을 지르더니 내 목을 압박하던 손이 사라진다. 플린트의 손가락은 부자연스러운 각도로 내 피부에서 떨어져 뒤로 꺾이고 있다.

나는 숨을 헐떡이며 혹사당한 목구멍을 통해 굶주린 폐로 공기를 빨아들인다. 아프다. 너무나. 하지만 지금은 고통 따위 중요하지 않다. 다시 숨을 쉴 수 있으면 그것으로 됐다.

몸속으로 산소를 충분히 넣고 어느 정도 정신이 맑아졌을 때 나는 리아를 찾아 주위를 두리번거린다. 리아는 바닥에 쓰러져 있다. 용이 가진 모든 힘을 발휘해 플린트가 리아의 머리를 바닥에 내리꽂았던 바로 그 위치다.

당분간은 리아가 나를 위협할 수 없다고 판단하고 지금은 무릎을 꿇고 앉은 플린트에게 집중한다. 얼굴에 고통의 가면을 쓰고 손가락을 부여잡는 모습에 잠깐은, 아주 잠깐은 안쓰러움을 느낀다. 말도 안 되지. 저 손가락으로 나를 목 졸라 죽이려 했던 게 불과 몇 분 전인데.

나는 동정을 거두고 한 걸음 뒤로 물러난다. 최대한 눈에 띄지 않는 움직임으로 벽을 따라 슬그머니 움직인다. 지금이 무슨 상황인지는 모르겠다. 우리 주변의 수많은 초자연적 존재들 중 누가 플린트에게 고통을 줬는지 모르겠지만 대충 짐작은 간다. 내 짐작이 옳다면 앞으로 백만 배는 더 위험해질 거다. 내 짐작이 옳다면 이제 플린트는 아주 큰…….

잭슨은 용을 노리는 미사일처럼 방으로 돌진해 들어온다. 상상도 할 수 없는 속도로 달려오는 동안 잭슨의 시선은 오로지 플린트에게만 향해 있다. 분노로 불타고 폭력으로 가득한 눈이 잠깐 내 눈과 마주치나 싶더니 내가 얼마나 다쳤는지 파악하려는 듯 나를 구석구석 훑는다. 잠시 후, 플린트에게 덤벼든 잭슨은 플린트의 머리카락을 붙잡고 맞은편 벽으로 날린다.

플린트는 벽이 흔들릴 만큼 세게 등부터 부딪힌다. 금세 플린트 앞에 선 잭슨이 분노하며 거칠게 으르렁거리고, 그 소리는 천장을 때리고 메아리친다. 한편으로는 잭슨에게 달려가 나를 안아달라고, 나를 보살펴달라고 애원하고 싶다. 하지만 한편으로는 플린트의 말을 잊을 수 없다. 잭슨도 리아의 계획에 관여했다고 아무렇지 않게 한 말이 잊히지 않는다.

말이 되지 않는다. 처음부터 잭슨이 리아의 계획에 있었다면 왜 잭슨에게 약을 탄 차를 주지? 마취총은 왜 쏘고?

아니, 플린트가 틀렸어. 나 자신을 타이른다. 입 밖으로 내보내지 않으려는 흐느낌이 내 가슴을 갈기갈기 찢어놓는 것 같다. 잭슨은 고의로 나를 해칠 리 없다. 우리 부모님의 죽음과도 아무 관련 없을 거다. 그럴 리 없다. 그럴 수 없다. 허드슨 일도 있었는데.

잭슨이 위협하자 갑자기 플린트가 포효하고 반격을 시작한다. 잭슨은 플린트를 한 번 더 날려보내 응수한다. 이번 공격으로 플린트는 아까와는 다른 쪽 벽에 머리부터 박는다.

다른 사람이 플린트처럼 강한 충격을 받았으면 죽고도 남았겠지만 용은 인간 형태를 하고 있어도 진짜 인간과는 설계부터 다른가 보다. 플린트가 충격을 떨치고 일어나더니 다시 한 번 잭슨을 돌아봤기 때문이다.

하지만 싸우려고 팔을 들어 올렸을 때 플린트의 손은 이제 인간의 손이 아니다. 플린트는 용의 손으로 용의 발톱을 세우고 잭슨의 심장을 향해 주먹을 날린다.

나는 숨 넘어가는 비명을 지르다가 주의를 끌지 않기 위해 피 묻은 오른손으로 입을 틀어막는다. 잭슨은 공격을 피하고 손을 뻗어, 플린트가 내게 그랬던 것처럼 플린트의 목을 움켜쥐려 한다. 하지만 잭슨이 목을 붙잡기도 전에 플린트가 변신을 시도한다.

잭슨은 변신을 막으려 한다. 아니, 그런 것 같다. 잭슨은 플린트가 형태를 바꿀 때마다 나타나는 마법의 무지개색 빛 안으로 손을 쑥 넣는다. 하지만 잭슨의 손은 빛을 통과하고 아무것도 쥐지 못한다. 우리는 새롭게 나타난 플린트의 괴물 형태가 어떤 전개로 흘러갈지 지켜보며 기다린다.

이윽고 완전한 용이 된 플린트가 시야의 중심에 들어온다. 크고 위풍당당하고 반짝이는 에메랄드색의 용은 모든 힘과 능력과 결의와 화염을 잭슨에게 집중한다.

잭슨은 움찔하지도 않는다. 그냥 발을 딛고 서서 도마뱀이라도 되는 양 용을 내려다보면서 공격할 기회인지, 먼저 움직일 기회인지 아무튼 기회를 기다릴 뿐이다.

하지만 플린트도 잭슨만큼이나 인내심이 강한 듯하다. 용의 형태인데도. 둘은 한참 동안 서로의 주위를 빙글빙글 돈다.

잭슨은 웬만큼 진정한 듯하다. 눈이 거의 평소처럼 돌아왔고 감정이 사라진 얼굴은 표정을 읽을 수 없다. 좋은 일이다. 왜냐하면……

　별안간 규모 8의 지진이 일어난 것처럼 터널 전체가 흔들린다. 아, 진정한 게 아니구나. 안 그래도 후들거리던 무릎의 힘이 완전히 빠져 땅으로 쾅 쓰러지며 나는 생각한다. 지진은 곧 멈출 것이다. 잭슨이 자제력을 되찾을 테니까. 하지만 잭슨은 그럴 생각이 없나 보다. 벽이 허물어지고 중앙의 거대한 샹들리에에서 뼈들이 떨어지기 시작했기 때문이다.

　플린트가 잭슨을 향해 쏜 불길을 잭슨은 한 손을 들어 가장 가까운 벽으로 튕겨낸다. 이 모습에 격노한 플린트는 또 한 번 화염을 내뿜는다. 얼마나 뜨거운지 방의 중간까지 떨어져 있는 내게도 열기가 느껴진다. 플린트는 포기하지 않는다. 잭슨이 계속해서 막아도 플린트가 쏘는 불길은 약해지지 않는다.

　다행히 잭슨이 화상을 입지 않기 위해 신경을 집중하는 사이 땅의 진동은 멈춘다. 한편 플린트는 잭슨에게 화상을 입히기 위해 온 힘을 집중한다. 처음에는 드디어 교착 상태에 빠졌다고 생각한다. 플린트는 불을 쏘고, 잭슨은 불을 막고. 하지만 시간이 흐르며 나는 새로운 사실을 깨닫는다. 잭슨은 단순히 불을 막고 있지 않았다. 불길을 휘게 하여 플린트에게 돌려보내는 중이었다. 염력을 이용해 천천히, 아주 천천히 불길을 플린트에게로 밀어내고 있었다.

　한편으로는 계속 남아서 어떻게 될지, 다 끝나고도 잭슨이 무사할지 보고 싶다. 하지만 내 안의 목소리가 돌아와 내게 도망치라고 다그친다. 여기서 나가라고, 플린트와 잭슨은 둘의 운명에 맡기고 나부터 구하라고 말한다.

평소라면 그 목소리를 무시했을 것이다. 잭슨을 도울 방법을 찾을 수 있을지도 모르니까. 하지만 플린트의 말이 자꾸만 머릿속을 돌아다닌다. 잭슨이 리아의 계획에 관여했다는 말, 리아가 우리 부모님을 죽게 했다는 말, 뭔지 모르지만 절대로 그 둘의 계획을 실행에 옮기게 둘 수 없다는 말.

플린트 말이 사실인지 아닌지 아직도 모르겠다. 하지만 사실이라면....... 사실이라면 나를 도와줄 사람으로 잭슨이든 누구든 믿을 수는 없다. 나는 탈출해야 한다. 오직 내 힘으로 해내야 한다.

그 생각이 가장 중요하다고 머리에 새기고 터널 출구로 움직이기 시작한다. 일어나. 달려가. 나 자신을 재촉한다. 하지만 너무 메스껍고 어지러워 기어가는 것 말고는 아무것도 할 수 없다. 그래서 그렇게 한다. 나는 터널을 향해 기어간다. 팔다리를 움직일 때마다 아프다고 비명을 지르는 어깨와 살갗이 벗겨져 쓰라린 손에 고통이 더해진다.

다행히 잭슨과 플린트는 싸움에 몰입하느라 느리고 은밀하게 앞으로 나아가는 나를 알아차리지 못한다. 이 상태가 계속되기를 바라며 나는 마침내 터널 앞에 도착한다.

조금만 더. 모퉁이를 돌며 생각한다.

조금만 더. 잠시 벽에 등을 기대고 고통이 사라지기를 기다

리며 기도문처럼 그 말을 반복한다.

조금만 더. 한 번 더 말하며 바닥에서 몸을 일으킨다.

내게 준비 시간을 조금 더 주기로 한다. 배가 울렁이고 무릎이 후들거리고 온몸이 쑤시니까. 그러다 집어치우라고 말한다. 다친 발목으로 움직일 수 있는 최대한 빠른 속도로, 비틀거리며 터널을 올라가기 시작한다.

겨우 스무 발짝쯤 갔을 때 나는 뒤에서 공격을 받고 앞으로 고꾸라지며 다시 땅에 쓰러진다. 어깨를 땅에 찧으며 고통이 내 몸을 가른다. 순간은 기절할 것이라고 확신한다.

하지만 조금 있으니 고통이 가라앉고, 벗어나기 위해 몸부림을 치던 중 이제는 어깨가 아프지 않다는 사실을 깨닫는다. 최소한 몇 분 전처럼 아프다고 비명을 지를 정도는 아니다. 추락하는 과정에서 탈구된 어깨가 제자리로 돌아간 모양이다. 아니, 더 정확하게 말하면 바닥에 어깨를 짓눌리면서.

그 생각을 하자 아드레날린이 솟구친다. 잭슨이 나를 찾아낸 걸까? 아니면 플린트일까. 잭슨이 리아와 한패라는 플린트의 말에도 불구하고 나는 그 사람이 잭슨이기를 바란다. 하지만 잭슨이었다면 나를 거칠게 떠밀었을 리 없다. 곧이어 내 옆구리를 발로 찰 리도 없고.

나는 이제 겁에 질렸다. 잭슨이 다쳤을까 봐…… 더 크게 잘못되었을까 봐 두렵다. 플린트 말이 거짓말이었다면 어쩌지? 잭슨은 리아의 미친 계획과 아무 관련이 없는데 내가 그곳에 잭슨을 버려두고 온 거라면?

나는 상대가 불을 뿜는 용이라 확신하고 홱 돌아보며 공격을 방어한답시고 양손을 들어 올린다. 하지만 나와 마주한 것은 미치고 넋이 나간 눈으로 나를 응시하는 리아였다. 광기가 깊어진 눈으로 리아는 이렇게 묻는다. "정말로 걸어 나갈 생각은 아니겠지?"

60

과대망상이라고?
별 악마 같은 게 나를 제물로 쓰려는데?

"주둥이 벌리지도 마." 내 머리카락을 움켜쥐고 터널로 나를 끌고 가며 리아가 말한다. 감당하기 힘들 만큼 괴롭고 미칠 것 같은 통증이 속에서 폭발해 나는 붙잡힌 내 머리를 부여잡는다. 타는 듯한, 찢기는 듯한 고통에서 벗어나기 위해 몸부림을 친다.

내 저항은 통하지 않았다. 너무 아파 잠깐은 아무 생각도 들지 않는다. 하지만 바보라도 알 수 있다. 리아는 나를 죽이기 위해 끌고 가는 중이다. 피와 제단이 있는 방으로 다시 끌려간다면 나는 죽고 말 것이다. 가장 끔찍하고, 가장 잔혹한 죽음이 될 것이다.

그래서 나는 리아의 경고도, 조용히 하라는 명령도 무시한다. 숨을 크게 허겁지겁 마시며 최대한 크고 신경질적인 비명을 내지르는 동시에 리아의 손에 피가 날 만큼 세게 손톱을 박아 넣는다.

리아가 욕을 뱉으며 내가 끌려가면서 기대다시피 하던 벽으로 내 머리를 내동댕이친다. 안 그래도 기능이 망가진 뇌가 어지러워지지만 나는 입을 다물지 않는다. 아무것도 내 입을 막지 못한다. 그렇게 다짐하며 리아의 강한 손아귀에서 머리카락을 떼어내려 애쓰는 동안 비명을 지르고, 지르고, 또 지른다.

하지만 리아는 참지 않는다. 이번에는 몸을 돌리고 내 얼굴을 발로 걷어찬다. 턱뼈가 부러질 정도는 아니지만 뒤로 비틀거리며 물러날 정도로 강한 힘이다. 사방이 암흑으로 변하고, 의지와 상관없이 나는 조용해진다.

"이년이, 그러면 안 되지." 리아가 나를 위협한다. 그리고 이번에는 날카롭게 따귀를 때린다. "다시 잠들기만 해. 우리가 왜 지금 이 난리를 벌이는 건데. 네가 깨어 있어야 하기 때문이야."

기절에 그런 장점이 있다니 마음에 든다. 하지만 불행히도 그런 일이 일어날 것 같지는 않다. 머리채를 잡혀 끌려가는 고통이 내 의식을 확실하게 깨우기 때문이다. 만약 내가 살아남는다면, 혹시 살아남지 못하더라도, 머리가 다 빠져 대머리는 되지 않기를 바란다.

터널을 절반쯤 지났을 때 리아가 걸음을 멈춘다. 처음에는 그냥 쉬는 줄 알았다. 그 대단하신 뱀파이어 체력으로는 나 때문에 힘이 들 리 없으니까. 하지만 평소 완벽했던 옷이 걸레가 되었고 피투성이 머리카락이 얼굴에 들러붙어 있는 리아도 상태가 괜찮아 보인다고는 할 수 없다. 즉, 내 생각보다 더 많이 다쳤거나 지쳤을지도 모르겠다.

그 생각을 하자 희망이 샘솟고 나는 다시 반항을 시작한다. 하지만 리아에게는 다른 계획이 있나 보다. 쉬려고 멈춰 선 게 아니었다. 그 대신 리아는 내 머리카락을 더 꽉 쥐어 나를 멈춰 세우고 반대쪽 손으로 벽 위쪽에 있는 돌 하나를 힘껏 누른다.

벽이 움직이고 삐걱거린다. 그러다 벽 전체가 열리고 이 미로에 숨어 있던 '비밀 통로의 비밀 통로'가 드러난다.

통로는 좁고 어둡다. 이렇게 답답하고 숨 막히는 복도에 절대 리아와 함께 들어가고 싶지는 않다. 하지만 주먹 한가득 내 머리카락을 쥔 리아가 나를 일으켜 세우는 상황에서는 달리 선택지가 없다. 나부터 안으로 떠민 리아는 새로운 복도로 들어선 나를 강제로 앞세운다.

몇 걸음 들어오지도 않았을 때 뒤에서 비밀 문이 닫힌다. 문이 쾅 하고 닫히는 순간, 나는 현실을 깨닫고 감당할 수 없는 고통을 느낀다. 이제 끝났구나. 내가 쓸 수 있는 방법은 다 사라졌고, 나는 말도 안 되는 이 터널의 미로에서 완전히 미치고 돌아버린 뱀파이어의 손에 죽음을 맞는다.

그리고 어떤 짓을 해도 막을 수가 없다.

그 깨달음이 머리를 때리며 내 사고는 절망을 초월하고 또 희망을 초월하는 곳으로 이동한다. 뭔가 빠르게 변하지 않는 이상, 짐작도 할 수 없는 다음 상황이 어서 끝나기를 기도하는 것 말고는 도리가 없기 때문이다. 아, 리아가 내게 무슨 짓을 하든 무너지는 모습으로 리아에게 만족감을 주지 않겠다는 다

짐은 한다.

불가능할 것이라는 역겨운 예감이 들지만 어쨌든 시도는 할 생각이다. 기껏 죽기 위해 이 머나먼 알래스카까지 왔다면 최소한 재 손에 의해서가 아니라 내 방식대로 죽고 싶으니까.

그것이 피로를 느끼면서도 한 발, 한 발 앞으로 나아가는 이유다. 내가 죽음을 맞이할 곳을 향해 계속해서 걸어간다. 걸음마다 가슴 깊은 곳의 절망은 화로 변하고 화는 분노로 변한다. 분노는 공허한 마음을, 쓰라린 가슴을 채우고 이제 내 배 속에는 뜨거운 불만이 자리한다. 작열하는 불꽃은 오직 복수를 원한다.

나를 위한 복수. 그리고 우리 부모님을 위한 복수.

내가 알래스카에 오게 된 것은 내가 이곳에 있기를 리아가 원했기 때문이다.

우리 부모님이 죽은 것은 리아가 둘의 죽음을 필요로 했기 때문이다.

너무도 많은 사람의 목숨을 신처럼 주물럭거린 리아는 벌을 받아야 마땅하다. 약하고 지치고 망가진 인간이라 해도 나는 그 사실을 안다. 리아가 계획한 광란을 이대로 둘 수도 없다. 그렇다면 내가 죽을 때 리아도 데리고 갈 행동을 해야 한다는 뜻이다.

그걸 어떻게 할지 알았으면 좋겠다.

영원과도 같은 시간 동안 복도를 걸으며 내 머리는 불안정한 계획을 대여섯 개 만들었다가 폐기 처분한다. 하지만 결국에는 목적지에 도착했는지 리아가 멈추라고 내 몸을 찌른다. 리아는 벽에 손을 대고, 잠시 후 이 통로의 시작 부분처럼 벽이 열린다.

리아는 기쁘다고 깔깔 웃으며 열린 문으로 나를 떠민다. 이제는 전생으로 느껴질 만큼 오랜 시간이 흐른 것 같은 조금 전에 내가 묶여 있던 그 방이다. 차가운 돌판 위에서 팔다리를 벌리고 깨어난 지 이제 겨우 한 시간 정도 지났다고 생각하니 기분이 묘하다.

그 모든 고통과 좌절을 경험하고 또다시 이곳에 묶이게 되었다고 생각하니 더 묘하다.

내 인생은 이제 끝이네. 리아 인생도.

"움직여!" 리아가 호통을 치며 촛불 수백 개를 밝힌 높은 단상이 있는 방 중앙으로 나를 떠민다. "시간이 다 됐으니까."

"시간이 다 됐다고?" 내가 묻는다. 리아에게 말을 걸다 보면 뭐라도 생각해낼 시간을 벌어줄 것이다. 잭슨이나 플린트가 나를 찾을 시간이라거나…… 이 상황에서 둘이 있어봤자 얼마나 도움이 될지는 모르겠지만.

플린트는 리아의 계획을 저지하기 위해, 그러니까 리아가 미친 짓을 벌이기 전에 나를 죽이는 방법을 선택했다. 한편 잭슨은 미친 계획의 공범일 수도 있다. 나를 구해줄 영웅 후보들이 평범하지는 않지만, 우리 엄마가 늘 하던 말이 있다. 얻어먹는 주제에 찬밥 더운밥 가리면 안 된다고. 지금 나는 캐트미어 아카데미의 첫 인간 제물이 되지 않을 수만 있다면 목숨을 구걸할 용의가 있다.

"12시 17분이 되면 별들이 일직선상에 놓여."

무슨 뜻인지. 하지만 리아와 제단으로 더 가까이 다가갈수록 나는 리아의 미친 짓을 막을 시간이 얼마 남지 않았다는 사실을 깨닫는다. 이번에 나를 제단에 묶는다면 게임 오버가 될 게 확실하기 때문이다.

떠오르는 아이디어도 없고 달리 선택할 방법도 없어 나는 다리의 힘을 푼다.

"걸어!" 리아가 째지는 목소리로 외치지만 나는 리아를 무시하고 고개를 뒤로 젖히며 온몸을 축 늘어뜨린다. 그런 다음 내 의지력을 전부 쥐어짜 눈을 감고 리아가 지금 당장 이 자리에서 나를 죽이지 않을 것이라는 도박을 한다. 그런 다음 바닥으로 쓰러진다. 머리카락이 한 움큼 뜯기며 고통이 두피를 지지지만 나는 개의치 않는다.

손에서 나를 놓친 리아가 분노로 악을 쓴다.

그 소리는 천장을 튕기고 나와 방 안에 메아리친다. 섬뜩한 경고에 몸의 모든 세포가 내게 달리라고, 기어서라도 리아에게서 최대한 멀리 떨어지라고 재촉한다. 내 안의 목소리도 일어나라고, 움직이라고 비명을 지르고 있다.

하지만 평소 내가 건강할 때도 리아는 나보다 열 배는 빠르고 스무 배는 강하다. 지금처럼 처량하고 한심하게 기어가는 것이 최선일 때는 이보다 빨리 움직일 수 있다 해도 리아를 따돌리지 못한다.

그래서 나는 달아나는 대신 기절한 척 연기한다. 리아가 일어나라고 악을 써도 도망치지 않고, 움직이지 않고, 숨조차 쉬지 않는다. 다그쳐도 소용이 없자 리아는 내 얼굴을 몇 차례 내리친다. 이 방법도 통하지 않자 나를 붙잡아 끌어 올려 자기 어깨에 걸친다. 등 중간에서 내 머리가 덜렁덜렁 흔들리도록 나를 들쳐 메고 비틀거리며 제단으로 다가간다.

그것만 봐도 알겠다. 리아는 보기보다 상태가 많이 안 좋다. 플린트가 내 생각과 달리 더 큰 타격을 입힌 모양이다. 잘했네.

이 자세로 있으니 다친 어깨가 아프다고 소리를 지르지만 나는 고통을 무시하며 잠깐 눈을 떠보기로 한다.

모든 것이 내가 도망쳤을 때와 똑같다. 피를 담았던 병도 여전히 옆으로 쓰러져 있다. 나를 안은 리아가 유리병을 넘고 돌로 만든 독서대를 지난다. 그 위에 책 한 권이 펼쳐져 있다. 잠깐 이런 생각이 든다. 저번에 도서관에서 읽고 있던 그 책인가? 하지만 리아가 나를 제단에 던지기 때문에 다시 눈을 감고 죽은 척, 최소한 기절한 척 연기해야 한다.

내가 자유롭게 벗어날 최선의 기회, 유일한 기회다. 그래서 나는 리아가 내게 등을 돌리고 손을 묶는 쇠고리 하나에서 매듭을 풀기 시작할 때까지 잠자코 기다린다. 때가 됐을 때 나는 리아의 머리카락을 움켜쥐고 뒤에서 온몸의 체중을 실어 리아를 앞으로 떠밀고 내가 낼 수 있는 최대한의 힘으로 리아의 머리를 제단 가장자리에 내리꽂는다.

리아가 귀신처럼 비명을 지른다.

곧바로 반격하지 않아 리아의 머리를 뒤로 당겼다가 다시 바닥에 내리친다. 이번에는 더 세게. 그런 다음 멍과 상처로 가득한 몸이 허락하는 한 멀리까지 뒤로 후다닥 물러난다.

내가 얼마 움직이지도 못했을 때 리아는 애니멀 플래닛[5]에 나오는 대왕 고양이처럼 악을 쓰며 나를 돌아본다. 그래도 나는 멈추지 않는다. 고통을 견디고 더 힘을 낼 뿐이다. 하지만 이번에는 문으로 달려가지 않는다. 내 목표는 독서대다. 리아가 그 위에 올려놓은 책과.

리아는 잠시 내 의도를 파악하지 못하지만 이내 눈치채고는 여태껏 한 번도 들어본 적 없는 비명을 지른다. 그러더니 내게 달려든다. 한 번의 도약으로 제단을 가로질러 독서대 바로 옆에 착지한다. 하지만 너무 늦었다.

내가 먼저 도착했으니까.

나는 책을 집어 들고 리아가 펼쳐둔 페이지를 찢는다. 만약을 대비해 앞뒤로 몇 쪽씩 더 찢는다. 정신이 나가 길길이 날뛰는 리아를 보자 안도감에 울음이 터질 것 같다.

리아가 비명을 지르며 내게 덤비지만 나는 몸에 남은 마지막 한 방울의 힘까지 쥐어짜 뒤로 뛰듯이 물러나며 종이 뭉치를 반으로 찢는다.

리아는 순식간에 내 옆에 와 있다. 고대 주문이 적혀 있는 게 분명한 종이를 빼앗으려고 난리를 치며 손톱과 송곳니로 내 살을 찢는다. "내놔!" 리아가 손톱으로 내 팔을 긁으며 비명을

---

5 미국의 동물 전문 방송국.

지른다. "당장 내놓으라고!"

팔에서 새로 터진 피가 흐르지만 종이를 꽉 붙잡고 놓지 않는다. 그리고 리아가 종이를 손에 넣지 못하게 할 수 있는 유일한 행동을 한다. 나는 리아와 내 몸을 함께 쓰러뜨려 제단에서 몇십 센티미터 아래의 돌바닥으로 함께 굴러 떨어진다.

우리는 쿵 떨어진다. 리아는 떨어진 것도 모르는 눈치지만 나는 아무래도 어깨가 다시 탈구된 것 같다. ……어쩌면 척추가 나갔을지도. 나를 최대한 고통스럽게 죽이는 것 말고 또 뭐가 있을지는 모르겠지만 리아의 이 계획을 망치려면 아직 한 가지가 남았다. 그래서 나는 되도록 고통을 무시하고 우리를 둘러싼 채 불타오르는 수백 개의 촛불 중 하나로 손을 뻗는다.

그리고 주문이 적힌 종이를 불길 속으로 던진다.

61

몽둥이와 돌멩이는
고작해야 네 뼈를 부러뜨리겠지만,
뱀파이어는 너를 죽여

건조하고 오래된 종이는 불에 닿자마자 타오른다. 그 모습을 보며 리아는 한 번도 들어본 적 없는 소리를 낸다. 광기와 절망으로 가득한 짐승 같은 그 소리를 듣자 뼛속까지 오싹해진다.

그리고 나는 처음부터 알고 있던 사실을 깨닫는다. 내게 남아 있던 짧은 시간이 이제 끝났다는 것. 나로서는 어떻게 할 수 없다는 것.

리아가 종이를 붙잡기 위해 몸을 던져 불꽃이 삼키고 있는 잔해를 움켜쥔다. 불에 닿은 피부가 지글지글 타지만 이미 늦었다. 쓸모 있는 부분은 타버리고 없다.

리아가 거친 소리를 내며 돌아본다. "네 뼈에서 살들을 뜯어내는 거, 참 재미있을 거야."

"그러겠지."

내 안의 목소리는 내게 일어나라고, 도망치라고 말한다. 하지만 아무것도 남아 있지 않다. 나는 무너지고 망가졌다. 내가 달려갈 수 있는 부모님도, 잭슨도 없다. 뭐 하러 이렇게 치열하게 맞서 싸우는지 이유를 찾을 수 없다. 나는 리아의 계획을 망쳤다. 뭔지 모르지만 우리 부모님을 살해해서 이루고자 했던 계획을 실행하지 못하게 저지했다.

그거면 충분하다.

순식간에 리아가 내 옆으로 다가오고, 나는 결정적인 공격을 기다린다. 새로운 고통의 파도가 나를 덮치기를 기다린다. 하지만 나를 갈기갈기 찢을 것이라는 예상과 달리, 리아는 나를 품에 안아 올린다. 제단으로 다시 던진다.

"내가 그 책이 필요할 것 같아?" 리아가 돌판 중앙으로 나를 끌고 가며 묻는다. "몇 달을 준비했어. 몇 달!" 리아가 악을 쓰며 내가 입고 있는 가운으로 손을 뻗어 긴 천 조각을 찢는다. "거기 적힌 단어 하나하나, 음절 하나하나 다 알아."

리아가 내 위에 올라타 왼팔을 붙잡고 머리 위로 젖혀 든다. 이번에는 내가 비명을 지를 차례다.

리아는 웃기만 하고 아까 그 쇠고리에 나를 묶으며 조롱한다. "복수는 잔인한 거야."

그러면서 내 가운에서 천 하나를 더 찢는다. 발길질을 시도하지만 소용없는 짓이라는 걸 피차 안다. 리아는 굳이 가만히 있으라고 나를 때리지도 않는다. 무게 중심을 옮기고 오른팔을 묶을 뿐이다.

"너를 찾는 데 몇 달이 걸렸어." 리아가 몸을 일으키며 말한다. "너를 찾은 후에는 네 부모의 사고를 계획하고 교장이 너를 이곳으로 데려오도록 씨를 뿌리는 데 몇 주가 걸렸지. 잭슨이 너를 맞을 준비가 되었는지 확인하면서 또 몇 주를 보냈어. 그런데 이제 와서 주문 조금 태웠다고 네가 망칠 수 있을 것 같아? 너는 아무것도 몰라."

리아는 비틀거리며 독서대로 돌아가 바닥으로 떨어진 책을 집어 든다. "너는 아무것도 모른다고!" 리아가 다시 비명을 지르며 무기처럼 책을 휘두른다. "그를 되살릴 내 유일한 기회, 하나뿐인 기회야. 네가 그걸 망치게 둘 것 같아? 네가? 한심하고 구질구질한 너 따위⋯⋯."

"인간이?" 내가 끼어들어 리아의 말을 끝맺는다. 하지만 리아의 말에 내 머리가 미친 듯이 돌아간다. 그를 되살린다고? 누구를? 허드슨을?

"네가 그렇다고 생각해? 인간이라고?" 리아가 웃는다. "와, 너 생각보다 더 한심하구나. 내가 인간을 손에 넣으려고 이 수고를 했을 것 같아? 마을로 한 번 내려가면 힘 하나 안 들이고 백 명도 구할 수 있어."

무슨 뜻인지, 저 말이 진실이기나 한지 모르겠다. 하지만 리아의 말은 번개처럼 나를 꿰뚫는다. 인식하지 못하지만 어쩐지 아주 조금은 익숙하다고 느끼는 무언가를 일깨운다. 핀 삼촌은 아니라고 했지만 내가 진짜로 마녀인가? 그래서 자꾸만 내 안에서 목소리가 들리는 건가?

사실이라 치자. 그게 뭐? 이 학교에만 마법사가 백 명이 넘는다. 내가 특별할 게 뭐야? 내가 잭슨의 짝이라고 생각해서? 아니면 다른 이유가 있나? 더 큰 이유?

지금은 이렇게 혼란스러운 문제를 따질 때가 아니다. 주문을 안다는 리아의 말이 진실이라면. 또 시계가 가차 없이 12시 17분을 향해 째깍째깍 가고 있을 때는. "진짜로 허드슨을 되살리려는 거야?" 내가 묻는다. 리아는 미쳤고 나를 죽일 생각이다. 그 사실을 알지만 내 안에는 아직도 아주 조금은 리아를 안쓰러워하는 마음이 있다. 아니, 안쓰러워했을 것이다. 리아가 우리 부모님을 살해하지 않았더라면.

리아는 허드슨의 죽음으로 이렇게 변했다. 허드슨의 죽음으로 정신이 나가고 망가져 허드슨을 되살린다는, 말도 안 되고 복잡한 계획을 세웠다. 이건…… 한심하고 동시에 애처롭다.

그렇다 하더라도, 리아는 절대 허드슨을 되살릴 수 없다. 잭슨이 허드슨에 대해 한 말 중 10분의 1이라도 진실이면 절대 그래서는 안 된다. 나는 잭슨 말이 진실임을 안다. 그래서 플린트와 변신수들도 리아를 막으려고 수단과 방법을 가리지 않았던 거다. 나를 죽여서라도. 하지만 정상적인 사고라면 이 계획에 잭슨이 가담했다고 생각할 수 없다. 잭슨이 형을 되살리려 할 리는 없다. 말도 안 된다.

이 사실을 알고 나니 미칠 것 같다. 잭슨을 의심했었다니.

"그러면 안 돼, 리아."

"돼. 나는 허드슨을 되돌아오게 할 거야." 리아가 대답한다. "너는 나를 도울 거고."

"그건 불가능해, 리아. 너는 원하는 대로 몇 명이든 사람을 죽이고, 필요하다고 생각하면 몇 개든 주문을 찾을 수 있어. 하지만 사랑하는 남자를 되살리지는 못해. 세상은 그렇게 돌아가지 않아."

"내가 뭘 할 수 있는지 뭘 할 수 없는지 잔소리하지 마." 리아가 나를 위협하며 자기 휴대폰을 꺼내 내 앞에 들어 보인다. "5분 후면 너도 진실을 알게 되겠지. 모두 다."

정말로 진실이 아니기를 바란다. 작년에 《프랑켄슈타인》을 읽었다. 리아의 계획이 성공한다 해도 죽음에서 되살린 괴물이 얼마나 혐오스러울지 상상도 하기 힘들다.

하지만 내가 무슨 말을 할 새도 없이 출입문의 경첩이 흔들린다. 잠시 후 벽 전체가 흔들린다. 하지만 돌은 움직이지 않는다. 문도.

"가까워지고 있어." 그렇게 말하며 기어간 리아가 제단의 가장자리에 일어나 선다.

"누가? 허드슨?" 내가 묻는다. 부활한 뱀파이어가 저 문을 부수고 있다고 생각하니 등줄기를 타고 공포의 전율이 흘러내린다. 무슨 짓을 할지 누가 알까? 리아가 나를 특별한 존재라고 생각한다는 이유로 내 피를 빨아먹을까?

"잭슨." 리아가 내 질문에 대답한다. "아까 전부터 문 뒤에서 네게 올 방법을 찾고 있었어."

잭슨. 잭슨이 저 밖에 있다. 빌어먹을 제단에 묶인 채 깨어난 이후 처음으로 리아를 막을 수 있겠다는, 내 목숨을 구할 수 있겠다는 예감이 든다. "네가 어떻게 알아?" 내 의식을 거치지도 않고 그 질문이 터져 나온다.

"느낄 수 있으니까. 네게 오려고 필사적이야. 하지만 뱀파이어는 초대받지 않으면 어떤 공간이든 들어갈 수 없지. 역사상 가장 강한 뱀파이어라고 해도 말이야. 이 안에 오고 싶으면 자기가 가진 것보다 더 큰 힘을 써야 할 거야." 이번에는 광기를 숨길 생각도 하지 않고 리아가 깔깔 웃는다.

"고통스러웠으면 좋겠네. 이 안에서 네게 무슨 일이 일어나는지 알면서도 들어오지 못해 죽을 것 같은 느낌을 받았으면 좋겠어. 빨리 너를 써먹어야겠다. 그래야 네가 죽고, 쟤도 짝을 잃는 기분이 얼마나 고통스러운지 느낄 수 있지."

이 지경에서도 충격받을 일이 아직 남아 있더라. "잘못 안 거야, 리아. 아니야⋯⋯. 나는 잭슨의 짝이 아니야. 그게 무슨 뜻인지도 모르겠지만, 만약 그랬다면 잭슨이나 메이시가 말해줬겠지."

"그렇게 믿는다니 귀엽네. 하지만 지금 네 생각은 중요하지 않아. 있는 그대로의 사실이 중요하지. 잭슨이 그렇게 믿는다는 것도." 리아가 어깨를 으쓱한다. "하기는, 쟤는 수천 년 역사를 지닌 보호막을 통과해 문을 부수고 네게 올 수 있다고도 믿고 있지. 잭슨도 망상을 할 수 있었구나. 전혀 몰랐네?" 리아가 어깨를 으쓱한다. "그리고 무슨 상관이야? 네가 죽어서 고통스러워하기만 하면, 쟤가 무슨 망상을 하든 나는 관심 없어."

신호처럼 문이 덜컹거리고 잭슨의 위력으로 경첩이 비명을 지른다. "잭슨!" 내가 잭슨의 이름을 외친다. 제발 내 목소리를 들어줘.

덜컹거리던 문이 잠깐 조용해진다. "그레이스! 기다려! 거의 다 왔어!" 문이 흔들리며 주변의 돌벽이 허물어지기 시작한다.

"들어와! 초대받았어! 제발! 들어와, 들어와, 들어와!" 나는 잭슨이 들을 수 있게 큰 소리로 외친다.

리아는 웃기만 한다. "네 방이 아니야, 그레이스. 너는 초대할 자격이 없단다. 환상을 깨뜨려 미안하지만."

내가 뭐라 반응하기도 전에 휴대폰의 알람이 울리고 리아는 당장 일을 개시한다. "시간 됐어." 리아가 팔을 머리 위로 올리고 주문을 외우기 시작한다. 낮은 목소리는 리드미컬하고 강렬하다. 너무나 강렬하다.

리아는 조금도 더듬지 않는다. 주문이 적힌 종이는 사라진 지 오래지만 리아는 주춤하지조차 않는다. 몇 달 전부터 연습했다는 말이 거짓말은 아니었나 보다. 내가 아무 의미도 없이 제단 밖으로 몸을 던졌다는 뜻이기도 하다.

내 어깨만 불쌍하지.

아니, 논리적으로 나는 안다. 성공할 리 없다. 죽은 허드슨을 어떻게 되살린다는 거야. 삶은 그렇게 돌아가지 않는다. 그 사실은 누구보다 내가 잘 안다.

하지만 갑자기 나타난 바람이 내 머리카락을 헝클어뜨리고 피부를 스치고 지나갈 때, 그러더니 갑자기 공기 중에 전기가 흐를 때, 솔직히 말하면 뼛속까지 한기가 스민다.

내 몸의 털들이 다 쭈뼛 선다. 거기다 리아가 주문을 외우는 기이한 소리는 점점 더 기이해지고 나는 개떼들에게 쫓기라도 하듯 비명을 지르며 잭슨을 부르고 만다.

잭슨도 울부짖는다. 깊은 곳에서 끌어낸 원초적인 소리에 나는 손목에 묶인 끈을 있는 힘껏 잡아당긴다. 아프다. 너무 아프지만 고통은 중요하지 않다. 지금, 리아를 막고 잭슨에게 가는 것 말고는 아무것도 중요하지 않다.

이제는 잭슨의 힘과 능력으로 벽 전체가 흔들린다. 나는 문을 등지고 있지만 헐거워진 돌이 마찰음을 내며 뽑히는 소리, 바닥으로 쿵 떨어지는 소리가 들린다. 잭슨은 이제 가까워졌다. 얼마 남지 않았다. 내 안의 모든 것이 잭슨에게 가려고, 리아의 광기에서 벗어나려고 안간힘을 쓴다.

플린트 말에 속아 넘어갔었다니 믿을 수 없다. 잠시나마 리아와 잭슨이 한패라고 생각했었다니. 내가 지금껏 사랑한 유일한 남자를 두고 도망쳤다는 사실은 더더욱 믿을 수 없다. 잭슨이 이런 계획에 가담할 리 없잖아. 더구나 나를 해치려는 일인데. 이제는 알겠다.

그리고 리아가 잭슨을 얼마나 증오하는지 어떻게 잊을 수 있었을까? 리아가 자신의 '부활 프로젝트'에 잭슨을 끌어들였을 리는 없다.

나는 정말 바보다. 그래서 죽고 말 거다.

리아가 주문을 외는 소리가 더 커지며 동굴 같은 방 안 전체에 메아리친다. 리아가 독서대 안에서 긴 의식용 칼을 집어 든다. 리아가 손목을 긋고 제단에 자기 피를 떨어뜨리는 모습을 나는 경악하며 바라본다.

돌에 떨어진 리아의 피는 지글지글 끓더니 섬뜩한 검은 연기로 변한다. 바람이 강해지며 연기가 작은 토네이도처럼 소용돌이치기 시작한다. 그 모습에 나는 잭슨을 목 놓아 부르고 끈을 젖 먹던 힘을 다해 당겨본다.

이제는 정말로 허드슨을 죽음에서 되살리는 무언가가 있을지도 모른다는 생각이 들기 시작한다. 만약 그렇다면 절대로 요만큼의 도움도 주고 싶지 않다. 모든 계획을 완성하는 촉매제만큼은 더더욱 되고 싶지 않다.

하지만 리아는 다른 계획이 있는지 칼을 들고 내게 걸어온다. 칼날에서 아직 반짝이는 리아의 피를 보자 나는 잠깐 기도한다. *하느님, 쟤가 저 칼을 제 몸에 대기 전에 부디 깨끗하게 닦게 해주세요.* 생각하고 나니 황당하다. 첫째, 칼을 들고 내 옆에 오지 않게 해달라고 기도해야 하지 않나? 둘째, 이미 내 피, 리아의 피, 모르는 사람의 피로 뒤덮여 있는데 무슨 상관이지? 조금 더 묻는다고 뭐가 달라지나?

그래도 나는 움츠리고 다리를 끌어 올려 몸을 최대한 작은 공처럼 말려고 한다. 그 자세가 나를 크게 보호해주지는 않겠지만, 아무것도 보호해주지 않겠지만 잭슨이 고대의 방어막을 뚫을 때까지는 그 방법밖에 없다.

리아가 다가오자마자 칼로 내 몸을 난도질하리라 예상하지 만 리아는 양팔을 벌리고 칼로 내 복부를 겨냥한 채 선다.

난도질은 아닌가 보네. 찌를 건가 봐. 환상적이군.

더 큰 고통을 각오하지만 칼은 나를 찌르지 않는다. 그 대신 검은 연기가 우리를 감싼다. 바람이 거세지자 연기가 우리를 더 똘똘 휘감고 리아가 마침내 주문 외기를 그친다.

"입 벌려!" 리아가 외치고 검은 연기는 내 위에 자리 잡는다.

웃기시네. 원한다면 나를 죽일 수 있다. 아니, 이 시점에서는 원하면 나를 죽여도 된다. 내가 입을 벌리고 잭슨의 형일 수도 있고 아닐 수도 있는 섬뜩하고 무시무시한 연기를 빨아들일 줄 알아? 그런 일은 일어나지 않을 거란다.

"그레이스!" 잭슨이 문 반대편에서 외친다. "그레이스, 너 괜 찮아? 버텨! 나를 위해서 조금만 더 버텨줘!"

나는 대답하지 않는다. 그러려면 입을 열어야 하니까. 지금 은 팔에 얼굴을 묻고 최대한 강하게 이를 악무는 방법뿐이다. 리아의 생각대로 흘러가게 둘 수는 없다.

"벌려! 안 벌리면 죽인다!" 리아가 째지는 소리로 외친다. "지 금 당장."

그런다고 내가 겁먹을 것 같아? 나는 조금 전 이미 죽음을 받 아들였다. 그러니 죽이겠다는 협박은 지금 내게 큰 의미가 없 다. 또 어차피 목적을 달성하고 나면 나를 죽일 것 아닌가? 그 런데 내가 왜 말을 들어야 해? 무슨 고대 뱀파이어 의식의 기 괴한 제물로 나를 만들려고 하는데?

리아가 협박을 포기하고 내 위로 몸을 날리더니 손가락으로 내 입을 벌리려 한다.

지지 마. 내 안의 목소리가 경고한다. *계속 지켜.*

나는 '누가 그걸 모르나'라고 대답하고 싶지만 지금은 리아를 떼어내기 위해 몸부림을 치느라 정신이 없다.

소용이 없다. 당연하지. 리아는 몹시 열 받은 데다 초인적인 힘까지 가진 뱀파이어고, 나는 상태가 정말로 안 좋은 일개 인간인걸. 그렇다고 포기한다는 의미는 아니다. 그렇다고…….

갑자기 엄청난 고통의 소리가 공기를 채운다. 내 위에서 리아가 얼어붙고 사방에서 돌들이 날아다닌다. 그리고 잭슨이 걸어 들어온다.

"안 돼!" 리아가 비명을 지르며 우리 옆에 떨어진 돌 하나를 집어 든 다음 있는 힘껏 잭슨에게 돌을 던진다. "네가 왜 여기 있어! 초대받지 않았잖아!"

잭슨은 보지도 않고 돌을 피한다. "벽이 없으니 초대는 필요 없어." 그러더니 한 번의 도약으로 방을 가로지른다. 우리 옆의 제단에 착지한 잭슨은 내게서 리아를 떼어내고 방 저편으로 날려 보낸다.

쾅 소리와 함께 벽을 친 리아는 지체 없이 잭슨에게 돌격한다. 그러는 사이 잭슨은 "미안해, 그레이스"라고 속삭이며 한 손을 흔든다. 내 손목의 결박이 너무나 간단히 풀어진다. 잭슨은 내 옆에 쭈그리고 앉아 얼굴을 쓰다듬어준다. "정말 미안해."

"아니야……." 내 몸을 감싸는 안도감에 목소리가 갈라진다.

"네 잘못이 아니야."

잭슨이 씁쓸한 목소리로 말한다. "누구 잘못인데, 그럼?"

내가 대답할 기회는 없다. 역시나 리아는 싸워보지도 않고 굴복할 애가 아니다. "조심해!" 제단을 가로질러 잭슨에게 달려드는 리아를 보고 내가 비명을 지른다. 잭슨은 리아가 가까이 오기를 기다렸다가 그녀의 추진력을 이용해 제단에서 방 저편으로 날려 보낸다.

리아는 뼈가 부러지는 것 같은 섬뜩한 소리를 내며 떨어지지만 그래도 굴하지 않는다. 비틀거리며 일어나 양팔을 들고 끔찍한 주문을 다시 외우기 시작한다. 검은 연기가 반응해 잭슨 주변을 돌고 내 주변을 돌며 우리의 시야를 서서히 차단한다.

"무슨 일이야?" 잭슨이 묻는다.

연기가 다시 옆에 나타나 나는 대답하지 않는다. 소리를 내기는커녕 입을 벌리기도 두렵다.

잭슨이 능력을 사용해 연기를 우리에게서 쫓아내려 하지만 검은 연기는 이 세상에서 유일하게 잭슨의 통제를 받지 않는 존재인 듯하다. 사라지는 대신 우리를 더 단단히 감싸오기 때문이다. 이제 내 눈에는 방은 고사하고 잭슨도 보이지 않는다.

리아의 계획이었던 것 같다. 탈출할 방법을 찾아 잭슨이 등을 돌리자마자 리아가 잭슨에게 달려드는 걸 보면. 리아는 원초적인 함성을 지르며 잭슨의 가슴에 칼을 꽂는다.

이번에는 내가 비명을 지른다. 아니, 꽉 다문 입으로 그나마 비명에 가까운 소리를 낸다. 잭슨에게 다가가려 하지만 잭슨은 한 손을 휘둘러 염력으로 나를 막는다. 그런 다음 손을 내려 가슴에 꽂힌 칼을 뽑아낸다.

칼은 챙 소리를 내며 땅으로 떨어진다.

상처에서 계속 피가 흐르지만 잭슨은 알아차리지도 못하는 것 같다. 잭슨의 관심은 온통 리아에게 가 있다. 뒤로 손을 뻗어 리아의 옷깃을 붙잡고 리아를 머리 위로 끌어당겨 발밑의 땅에 메다꽂는다.

리아에게 염력을 사용하리라 예상하지만 잭슨은 리아의 가슴을 겨냥해 손을 내리친다. 마지막 순간에 리아가 몸을 굴리고 잭슨의 얼굴에 발차기를 날린다. 하지만 잭슨은 리아의 다리를 붙잡고 비튼다. 빠르고 세게.

우드득 하는 섬뜩한 소리가 공기를 채우고 뒤이어 리아가 고통스럽게 울부짖는다. 이제 잭슨은 리아의 머리카락을 움켜쥐고 그녀의 목을 부러뜨려 우리를 이 고통에서 벗어나게 할 준비를 한다. 하지만 그럴 틈도 없이 검은 연기가 잭슨의 목을 감싸고 숨통을 조이기 시작한다.

잭슨이 목을 긁으며 목덜미에서 연기를 떼어내려 하지만 아무리 강하게 몸부림을 쳐도 연기는 잭슨을 놓아주지 않는다.

어떻게 했는지 리아가 다시 일어난다. 왼쪽 다리가 부자연스러운 각도로 꺾였지만 일어나 있다. 양팔을 들어 올리고 끔찍한 주문을 다시 외기 시작한다. 어쩐지 주문은 잭슨의 목을 조르는 연기를 더 강하게 만드는 것 같다.

잭슨이 새하얘진 얼굴로 무릎을 꿇고 쓰러져 붙잡을 수 없는 무언가와 몸싸움을 벌인다. 가슴의 상처에서는 계속 피가 흐르고 있다. 내가 무슨 조치를 취하지 않으면 잭슨은 내 눈 앞에서 죽을 것이다.

그렇게 둘 수는 없다.

나는 앞으로 기어간다. 무언가를 찾아 앞으로 손을 뻗고⋯⋯ 리아가 의식에 사용한 차가운 칼이 손끝에 닿는다. 나는 몸에서 빠져나가고 있는 힘을 전부 이용해 칼을 움켜쥔다.

날카로운 칼날이 나를 베지만 나는 통증을 거의 느끼지 못하고 바닥에서 몸을 일으킨다. 그리고 내 몸에 남아 있는 모든 힘을 쥐어짜 리아의 가슴을 향해 칼을 휘두른다.

양팔을 옆으로 활짝 벌린 무방비 상태이기에 내 공격은 통한다. 칼이 피부와 살과 그 아래의 장기를 뚫으며 소름 끼치게 질펙한 소리를 낸다.

이번에 리아는 비명을 지르지 않는다. 컥컥대며 이상한 소리로 숨을 쉬고 뒤로 고꾸라져 바닥에 쓰러진다.

리아의 가슴에서 턱턱 섬뜩한 소리가 난다. 심장이 아닌 폐를 찔렀다는 뜻이지만 이제는 상관없다. 리아가 움직이지 못한다면 그것으로 나는 만족한다. 아니, 잭슨에게서 저 지저분한 검은 연기를 떼어놓을 방법을 알아내기만 한다면 즉시 만족할 거다. 솔직히 말해서 지금 잭슨은 리아보다 상태가 그다지 나아 보이지 않는다.

아무리 염력이 있어도 힘이 부족하다면 잭슨은 연기를 뜯어낼 수 없다. 그래서 나는 생각나는 유일한 행동을 한다. 잭슨에게서 연기를 확실히 떨어뜨려줄 유일한 방법을 선택한다.

나는 입을 벌리고 천천히 긴 숨을 들이마신다.

62

아니 땐 굴뚝에
뱀파이어 있으랴

몇 초가 지난 뒤 연기는, 뭔지 모르지만 아무튼 그것은 내 의도를 마침내 이해한다. 붙잡고 있던 잭슨을 놓고 내게 곧바로 다가온다.

와, 정말, 살면서 이렇게 무시무시하고 소름 끼치는 경험은 처음이지 않을까.

하지만 사랑하는 사람이 죽어가는 모습을 가만히 서서 지켜봐야 한다면 내게 대안은 없다. 그래서 나는 팔을 벌리고 연기를 내 쪽으로 모은다. 연기가 나를 감싼 후에는 심호흡을 하고 연기를 빨아들이기 시작한다.

"안 돼!" 잭슨이 외친다.

갑자기 나는 뒤로 넘어지며 제단에서 방 저편으로 날아가버리고 만다. 잭슨은 비틀거리며 일어난다. 비록 연기 때문에 거의 회색의 형체가 되었지만 잭슨은 똑바로 서는 데 성공하고 양손을 앞으로 내민다. 그러다 천천히, 천천히, 지켜보는 사람이 심장마비로 쓰러지겠다고 생각할 만큼 천천히 두 손 사이의 공기를 구체로 모으기 시작한다.

그러자 방 안이, 터널 전체가 흔들린다. 우리 주위에서 무너지기 시작한다.

그럼에도 잭슨은 멈추지 않는다. 계속 구체를 모으고 원을 그리듯 천천히 손을 돌리며 더 많은 에너지를, 더 많은 물질을 구체로 끌어당긴다.

연기가 몸을 납작하게 만들고 다른 쪽으로 흐르기 시작하지만 잭슨은 가만히 두지 않는다. 더 세게 당기자 돌과 촛대와 피로 가득한 유리병이 방을 가로질러 잭슨에게 날아가기 시작한다. 잭슨은 모든 것을 구체로 빨아들이고 범위를 더 넓힌다. 방 안의 공기마저 토네이도와 비슷한 소름 끼치는 모습으로 잭슨에게 쏟아질 때까지. 공기를 따라 연기도 끌려 온다. 잭슨의 힘을 거부하려 몸부림을 치고 있지만 소용이 없다.

잭슨이 방 안의 산소를 흡수하며 점점 숨을 쉬기가 힘들어지지만 나는 개의치 않는다. 학교에서 배운 화재 안전 수칙에 따라 바닥에 납작 엎드려 어느 정도 남았을지 모를 아래의 산소로 호흡을 하면서, 나는 잭슨이 연기를 가차 없이 자기 쪽으로 끌어당기는 모습을 바라본다. 가까이, 가까이, 더 가까이.

곧 에너지를 흡수하는 범위가 리아와 나에게까지 미치고, 우리는 잭슨의 능력과 불굴의 의지에 이끌려 바닥에서 질질 끌려간다. 나는 저항하지 않는다. 잭슨을 힘들게 할 행동은 무엇도 하지 않는다. 잭슨에게 나를 맡기고 어떻게든 잭슨이 나를 안전하게 지켜줄 것이라 믿는다. 상대가 그 자신이라 해도.

언제나 그렇듯이.

잭슨은 이제 연기를 손에 넣고 손 사이에 떠 있는 연기를 압축하려 한다. 소용돌이인지 뭔지 잭슨이 만든 힘이 빨아들일 수 있도록 연기를 분해하려 한다.

하지만 연기는 호락호락하게 끌려 들어가지 않는다. 잭슨이 다 잡은 것처럼 보일 때마다 작은 줄기가 빠져나오고 그러면 잭슨은 처음부터 다시 시작해야 했다. 하지만 잭슨은 강철의 의지를 가졌고 내가 상상도 할 수 없을 만큼 커다란 힘을 지녔다. 절대 포기하지 않을 것이다.

잭슨은 손바닥 사이의 구체를 점점 빠르게 돌린다. 천장이 무너지고 벽이 산산조각 나고 바닥의 돌덩이들마저 부서지기 시작한다. 그럼에도 잭슨은 손에 구속하고 있는 것을 놓치지 않는다. 여전히, 계속해서 당기고 있다.

방 안의 산소가 희박해지며 이제 나는 심각한 호흡 곤란 상태가 되었다. 잭슨도 마찬가지일 텐데. 하지만 이 공간에 있는 모든 것을 하나도 놓치지 않고 계속 조종하는 모습만 놓고 보면 전혀 그런 티가 나지 않는다.

연기가 한 번 더 탈출하려고 몸부림치지만 잭슨은 포효와 함께 구체 안으로 그것을 완전히 끌어당긴다. 그러고는 그냥 차단해버린다. 전달인지 에너지 흡수인지 아무튼 그냥 통로를 닫아버린다. 그러자 사방이 잠잠해진다.

더 이상 방이 흔들리지 않고, 벽과 천장과 바닥에도 금이 가지 않는다. 남은 초들은 바닥으로 떨어지고 산소도 서서히 되돌아온다. 나는 바닥에 주저앉아 몇 초 동안 호흡만 하며 잭슨이 손 사이의 구체를 테니스공보다 조금 더 크고 반짝이는 공으로 압축하는 모습을 지켜본다.

잭슨은 손을 뒤로 뺐다가 공을 리아에게 던진다.

공이 리아의 배를 때리고 리아의 온몸이 바닥에서 떠오르며 활처럼 휜다. 에너지, 물질, 연기를 흡수한 리아가 마지막으로 섬뜩한 숨을 들이마신다. 그러다 잭슨을 똑바로 보고 속삭인다. "그래. 이제 끝났네. 고마워."

잠시 후 리아가 폭발하고 자욱한 먼지가 서서히 땅으로 내려앉는다.

나는 다 끝났다는 생각밖에 들지 않는다. 세상에, 이제 다 끝났다.

"잭슨!" 나는 뒤돌아 내가 태어나서 유일하게 사랑한 그 애를 향해 기어가려 한다. 하지만 힘이 없다. 힘이 하나도 없고 제단은 너무 멀리 떨어져 있다. 그래서 나는 손을 내밀고 몇 번이고 반복해 잭슨의 이름을 부른다.

잭슨이 비틀거리며 내 쪽으로 제단을 가로지르고 쓰러지다시피 아래쪽의 땅으로 뛰어내린다. 내가 잭슨을 기다리는 그곳으로.

잭슨은 내 손을 잡고 입술로 가져간다. 그리고 속삭인다. "정말 미안해." 그러더니 내 발밑에 쓰러져 기절한다.

"잭슨!" 나는 미친 사람처럼 그 이름을 부른다. "잭슨, 정신 차려! 잭슨!" 잭슨은 움직이지 않고 두렵게도 잭슨이 숨을 쉬고 있다는 확신이 흔들린다.

나는 겨우 힘을 짜내서 잭슨의 몸을 굴린다. 잭슨의 가슴에 손을 대고 얕게 오르락내리락하는 움직임을 느끼자 안도감에 흐느껴 울 것만 같다. 하지만 그럴 시간이 없다. 리아가 낸 가슴의 상처에서 아직도 피가 흐르고 있기 때문이다. 잭슨의 얼굴이 창백하게 질리고 있기 때문이다.

"나를 믿어." 나는 잭슨에게 속삭이며 리아가 내 가운에서 뜯어내 너덜거리는 부분의 천을 붙잡고 뜯어낸다. 천을 둥글게 말아 잭슨의 상처에 단단히 대고 지혈을 시도한다. "내가 구해 줄게."

하지만 나는 잭슨을 구할 수 없다. 정말로. 잭슨은 당장이라도 죽을 수 있다. 피를 너무나 많이 흘렸다. 지금으로서는 나보다 더 많은 피를 흘렸다. 뭘 어떻게 해야 할지 모르겠다. 이대로 잭슨을 두고 도움을 청하러 간다면 내가 간 사이에 잭슨의 몸에서 피가 다 빠져나갈 것이다. 하지만 내가 가지 않는다 해도 잭슨은 과다 출혈을 일으킨다. 내가 지혈을 할 수 있는 것도 아니니까.

절박한 마음에 주위를 둘러본다. 아까 리아가 제단에 세워놓았던 유리병 중에 아직 멀쩡히 피가 담긴 병이 있을까? 하지만 전부 사라지고 없다. 잭슨의 소용돌이에 빨려 들어갔든, 우리 주위의 바닥에 쏟아졌든.

"어떡하지? 어떡하지? 어떡하지?" 나는 패닉 상태에 빠져 혼잣말로 중얼거리며 고통으로 쑥대밭이 된 내 머리를 굴려본다. 잭슨의 심장박동이 느려지고 있다. 호흡수도 줄어들고 있다. 잭슨을 구하기 위해 뭐라도 할 시간이 얼마 남지 않았다.

결국 나는 지금 내가 생각할 수 있는 유일한 행동을 한다. 이 상황에서 내가 할 수 있는 유일한 행동. 손목의 상처 하나를 긁어서 다시 피가 뚝뚝 흐를 때까지 열어젖힌다. 그런 다음 잭슨의 입에 내 손목을 대고 속삭인다. "마셔."

처음에는 내 피가 잭슨의 입술로 흘러내려도 아무 반응이 없다. 시간이 흐른다. 1분을 꽉 채우고 나는 절박해지기 시작한다. 피를 마시지 않으면 잭슨은 죽는다. 잭슨이 피를 마시지 않으면 우리 둘 다…….

잭슨이 울부짖으며 의식을 되찾는다. 내 팔을 강하게 움켜쥐고 내 혈관 바로 위를 깨문다. 그리고 피를 빨아들이고, 빨아들이고, 빨아들인다.

평소 내 피를 빨아먹을 때와 느낌이 완전히 다르다. 그래, 지금도 쾌감은 있다. 하지만 잭슨이 최대한 많은 피를 빨아들여 삼키려 하는 동안에는 엄청난 고통이 느껴진다. 고통을 느끼는 와중에도 안도감이 나를 덮치고 사방이 캄캄해진다.

이번에는 싸우지 않는다. 싸울 필요가 없다. 혼자가 아니기 때문이다. 잭슨이 나와 이곳에 있고, 그거면 충분하다. 그래서 암흑의 파도가 다시 솟아올라 나를 덮쳤을 때도 나는 저항하지 않는다.

그 대신 암흑에, 잭슨에게 나를 맡긴다. 어쩐지 다 괜찮아질 것이라는 믿음이 있다.

어쩐지 잭슨이 그렇게 해낼 것이라는 믿음이 있다.

63

잊지 못할
깨물림

깨어나서 가장 먼저 느낀 것은 온기다. 정말 따뜻하네. 어쩐지 이상하지만 왜 이상한지는 꼬집어 말할 수 없다. 잠든 상태와 깨어난 상태 사이를 서서히 왔다 갔다 하는 중에는 많은 것들을 이해하기 힘들다.

내 귀에 들리는 이상한 삑삑 소리처럼.

왜 내 오른팔이 으스러지는 느낌이 날까.

왜 내 방에서 사과와 시나몬 냄새가 나지.

두 번째 질문이 내 의식을 완벽하게 깨워, 나는 눈을 뜨고 통증을 떨치려 팔을 흔든다.

눈을 떴을 때 처음 본 여자는 검은색과 보라색 카프탄 차림이고 클립보드를 들고 내 침대 옆의 작은 기계 화면을 읽고 있다. 저 기계에서 삑삑 소리가 나는 거였군. 저 기계 때문에 팔이 아픈 거였나 보다. 여자가 버튼을 누르자마자 압력이 사라졌기 때문이다.

혈압은 실재하는 것들 중 하나가 확실해 보인다. 내 손등에 꽂힌 주삿바늘과 튜브를 보면, 정맥주사 또한 그러하다.

그러자 모든 것이 빠르게 밀려든다. 플린트, 리아, 싸움.

"잭슨." 내가 몸을 일으키며 방 안을 허둥지둥 둘러본다. "잭슨! 잭슨은 괜찮아요? 잭슨은……."

"잭슨은 무사해, 그레이스." 여자는 내 어깨를 토닥이며 말한다. "너도 무사하고. 잠깐은 아슬아슬한 고비가 있었지만, 너희 둘 다."

이 기시감은 뭐지. 오늘 아침이 통째로 데자뷔 같다. 내가 겪은 일들을 생각하면 상상하기 힘들다. 뱀파이어의 존재를 알게 된 지 며칠도 되지 않았다니. 그리고 그 뱀파이어 중 하나를 죽이게 도왔다.

그리고—하느님, 제발—뱀파이어 하나를 살리게 도왔다. 나는 그렇게 되뇌며 윗부분을 세워놓은 병원 침대에서 아래로 미끄러진다. 침대 옆으로 다리를 걸쳐야 하는데 위에는 안전대가 있으니까. "어디 있어요?" 침대 옆에 서 있는 짧은 머리 여자에게 내가 묻는다. "괜찮은지 확인해야……." 그러다 내가 말을 멈춘다. 말이 큰 소리로 나오지 않잖아.

"잭슨은 정말 괜찮아." 간호사가 침착한 말투로 나를 안심시킨다. "안 그래도 네 방 앞에서 기다리고 있어. 내가 바이탈 수치 확인할 동안 나가 있어달라고 했거든. 하지만 우리가 그래 달라고 했을 때만 빼고는 너를 데려온 후로 쭉 옆에 있었어."

"들어오라고 전해주실 수 있어요?" 메마른 입술을 핥고 내가 묻는다. "잠깐 봐야겠어요."

내가 여기 있다면 잭슨도 지옥 같은 지하실에서 빠져나왔다는 뜻이다. 하지만 지금은 감정이 논리를 압도하고 있다. 잭슨을 봐야 한다. 목소리를 듣고, 나와 맞닿은 손과 몸을 느껴야 한다. 그래야 잭슨이 정말로 탈출했다는 사실을 믿을 수 있다.

그래야 이 악몽이 마침내 끝났다는 사실을 믿을 수 있다.

"불러올게." 간호사가 말한다. "단, 네가 침대에 다시 눕는다면. 네 맥박 수가 치솟고 있단 말이야. 방금 다 안정시켜놨으니, 제발."

패닉 상태라서 맥박 수가 치솟는 거라고요. 그렇게 악을 쓰고 싶다. 마지막으로 봤을 때 잭슨은 거의 죽어가고 있었다고.

하지만 악을 쓰지 않는다. 그 대신 속삭이는 소리로 답을 한다. "감사합니다." 그러면서 들려 있는 침대 머리 부분에 등을 기댄다. 떨리는 손을 이불 아래에 감춘다. 아드레날린이 잠깐 한 번 솟구쳤다고 벌써 진이 다 빠졌다는 사실을 광고할 필요는 없으니까.

"좋아." 간호사가 대답한다. "상황을 설명하자면, 너는 지금 이틀째 캐트미어 아카데미 양호실에 있단다. 나는 간호사 앨마고, 머리스 선생님과 너를 치료하고 있어. 아까도 말했지만 부상이 심하고 피도 많이 흘린 상태야. 어깨 탈구도 있지. 이제 일어나서 움직일 수 있으니 아마 머리스 선생님이 한동안 부목을 대주실 거야. 그래도 전체적인 건강은 양호해. 출혈로 영구적인 손상을 입기 전에 잭슨이 이곳으로 데려왔거든. 며칠만 있으면 괜찮아질 거야."

설명을 귀담아들어야 한다는 건 안다. 귀담아들을 것이다. 이따가. "잭슨은요?" 내가 초조하게 묻는다. "칼에 찔렸어요. 잭슨도 피를 많이 흘렸어요. 또⋯⋯."

"네가 아주 잘 처치했던데. 어쨌든 불러올게. 그래야 네가 진정할 테니. 잭슨에게 얘기 듣고 있어. 그사이 나는 너 깨어났다고 교장 선생님께 알려야겠다."

나는 문을 지나 복도로 걸어가는 앨마의 모습을 초조하게 지켜본다. 말소리가 작아 무슨 말을 하는지는 들리지 않지만 잠시 후 잭슨이 문으로 뛰어 들어온다. 살아 있고, 무척 건강한 모습으로.

안도감이 밀려든다. 이제야 숨을 쉴 수 있을 것 같다. 아, 물론 잭슨도 생지옥을 지나온 것처럼 보인다. 사람에게서 볼 수 있는 생지옥과 가까운 모습이다. 하지만 살아 있다. 두 다리로 걷고 있다. 그것만으로 대단하지 않나?

잭슨이 더 가까이 오고 보니 얼굴이 아직도 조금 창백해 뺨의 흉터가 극명하게 두드러져 보인다. 또 내가 이틀 잠든 사이에 최소 2킬로그램은 빠진 것 같다. 그래, 불가능한 일이지. 하지만 그만큼 피곤하고 마르고 지쳐 보인다는 얘기다. 평소 보이던 힘은 전혀 느껴지지 않는다.

"깨어났구나." 잭슨이 말한다. 잠시 그 짙은 눈에서 눈물을 봤다고 맹세한다. 하지만 눈을 깜빡이자 그 안에는 강렬함밖에 존재하지 않는다. ······내가 해독할 수 없는 어떤 감정도. 머리가 빙글빙글 돌고 눈을 똑바로 뜨고 있기 힘들어 그게 무엇인지는 모르겠다.

"이리 와." 내가 잭슨에게 두 팔을 내밀며 말한다. 팔을 내려다보니 내 손목이 거즈로 싸였고 손과 팔의 무수한 상처는 반짝이는 연고로 덮였다. 나는 만신창이지만, 적어도 소독이 된 만신창이다.

잭슨이 더 가까이 오지만 침대에 앉지는 않는다. 나를 만지지도 않는다. "네 어깨 건드리면 안······."

"내 어깨 괜찮아." 내가 말한다. 딱히 거짓말도 아니다. 약인지 약초인지, 아니면 앨마가 내게 건 주문인지 아무튼 그 덕분에. "그러니까 이리 와. 안 그러면 내가 간다."

정말 그렇게 하려고 이불을 걷어차지만, 그 동작에 살갗이 벗겨진 발목이 자극되어 나는 인상을 찌푸린다. 발목도 붕대에 싸여 있다. 역시나.

솔직히 말하면 미라가 된 기분이 들기 시작한다. 그것도 매력 없는 미라. 나를 보는 잭슨의 반응만 보면 그렇다.

"꼼짝 말고 있어." 잭슨이 야단치며 몇 걸음 다가온다.

"그럼 네가 와서 상황 설명을 해줘." 내가 말한다. "나 무슨 전염병 환자가 된 것 같은 느낌이란 말이야."

"그래, 그게 문제야. 너 전염병 걸렸어." 말은 그렇게 하면서도 이번에는 내가 내민 손을 잡고 침대 가장자리에 조심스럽게 몸을 앉힌다.

"빈정거리지 말고." 내가 잭슨의 어깨에 이마를 기대며 말한다. "어쨌거나 내가 네 목숨을 구해줬잖아. 나한테 친절해야지."

"그래, 나는 그 친절에 대한 보답으로 널 거의 죽일 뻔했고. 제정신이라면 내가 최대한 가까이 오지 않기를 바라야 해."

피로감이 온몸을 덮치려 하지만 그 와중에도 내가 눈을 흘긴다. "너 언제나 그렇게 비련의 여주인공처럼 굴어? 아니면 특별한 경우에만 그렇게 연기하는 거야?"

잭슨의 충격받은 표정은 재미있다. 약이 올라 대답하는 말투도. "너를 걱정하는 사람이 비련의 여주인공은 아닐 텐데."

"그래, 하지만 리아의 거창한 환각 체험을 전부 자기 책임으로 돌리고 있잖아." 내가 잭슨의 목에 입을 쪽쪽 맞춘다. 내 입술이 피부에 닿자마자 부르르 떨리는 느낌이 좋다. "그러니까 걱정은 내려놔, 응? 나 피곤하다고."

잭슨이 놀란 표정을 짓는다. 눈썹이 마구 헝클어진 앞머리 아래로 사라진다. 그러고 보니 잭슨을 만난 이후로 머리 스타일이 완벽하지 않은 모습은 처음 본다. "걱정을 내려놓으라고?" 잭슨이 내 말을 따라 한다.

"그래." 잭슨 자리를 만들어주려고 옆으로 이동하다 다친 어깨를 잘못 움직인 나는 비명을 지르지 않으려 뺨의 안쪽 살을 깨문다. "이제 올라와." 내가 옆자리를 두드린다.

잭슨은 내 얼굴과 침대를 번갈아 볼 뿐 움직이지 않는다. 어쩔 수 없이 나는 한숨을 쉬고 이렇게 말한다. "빨리. 너도 원한다는 거 알아."

"내가 원하는 많은 것들은 네게 해가 돼."

"신기한 우연의 일치네. 나도 그렇거든. 뭐가 내게 해가 되는지 아닌지에 대해서는 우리 의견이 다른 것 같지만."

잭슨이 한숨을 쉰다. "그레이스⋯⋯."

"하지 마." 내가 말을 자른다. "제발, 잭슨. 그냥 하지 마. 지금은 아니야. 지금은 너무 지쳐서 너랑 말싸움 못 하겠어. 꼭 말로 설명해줘야 해? 나 안아달라는 얘기야."

그렇게 잭슨은 반항을 포기한다. 말싸움을 하지 않고 나와 같은 베개를 베고 내 어깨를 건드리지 않으려 조심하며 나를 안아준다.

침대에 기댄 우리는 몇 분간 침묵을 지키지만 긴장이 완벽하게 풀리지는 않는다. 잭슨이 내 정수리에 뺨을 기대고 머리카락에 입을 맞추기 전까지는.

"우리가 무사해서 기뻐."

"응." 잭슨이 씁쓸하게 웃는다. "나도."

"그런 식으로 말하지 마." 내가 말한다. "우리는 행운아야."

"지금 별로 행운아로 안 보이는데."

"그러는 너는. 하지만 우리 행운아 맞아." 나는 숨을 깊이 들이마셨다가 천천히 내쉰다. "자칫하면 우리도⋯⋯." 차마 그 말을 할 수 없어 내가 말을 흐린다.

"죽을 수 있었다고? 리아와 허드슨처럼?" 잭슨이 나 대신 공백을 채운다.

265

"응. 우리는 안 죽었으니까 이겼다고 칠 거야."

잭슨은 잠시 가만히 있다 고개를 끄덕인다. 한숨을 내쉰다. "그래, 나도."

"플린트는?" 잠깐 뜸을 들였다가 내가 묻는다.

"지금 네 입에서 그 용 얘기는 듣고 싶지 않아."

"알아." 내가 잭슨의 팔을 아래위로 쓸며 달랜다.

"살아 있냐고 묻는 거라면 살아 있어. 지금 우리보다 괜찮은 상태고. 애석하지만."

"걔도 자기 딴에는 옳은 행동이라고 생각했던 거야."

"장난쳐?" 잭슨이 몸을 떼고 믿을 수 없다는 표정으로 나를 본다. "놈과 친구들은 수도 없이 너를 죽이려고 했어. 그것도 모자라 터널에서 그 짓을 벌여 사태를 악화시켰는데, 그게 옳은 행동이라고 생각했다는 거야?"

"그래. 이상하게 들리겠지만. 물론, 나도 걔한테 감정이 좋지는 않아. 그래도 죽지 않았다니 다행이지."

"그래, 뭐, 우리 서로 생각이 다르네." 잭슨은 중얼거리며 다시 내 옆에 눕는다. "기회가 있을 때 놈을 죽였어야 했어."

나는 다친 어깨가 허락하는 한 잭슨을 최대한 꽉 껴안는다. "지금도 우리 손에 피를 너무 많이 묻혔어."

"내 손에 피를 많이 묻혔다는 뜻이지?"

"그런 말 아니잖아." 이번에는 내가 잭슨을 밀어낸다. 하지만 이 말을 할 때 잭슨의 눈을 보고 싶기 때문이다. "이번 일은 네 잘못이 아니야. 내 잘못도 아니야. 플린트나 나머지 변신수들의 잘못도 아니고. 리아 잘못이지. 이 계획을 구상한 것도 리아고, 모든 걸 일으킨 것도 리아니까." 목구멍이 막혀 목소리가 나오지 않는다. "변신수들이 얘기했어? 우리 부모님 일?"

"플린트가. 플린트와 콜이 교장과 내게 다 설명했어. 자기들이 아는 정보를 마법사나 뱀파이어에게 믿고 넘기지 못한 이유도."

"어떤 이유로 네가 공모했을지도 모른다고 생각했으니 뱀파이어에게는 말을 못 했겠지." 내가 추측한다. "그런데 마법사는 왜?"

"너는 아니라도 네 가족이 마법사잖아. 자기 조카를 캐트미어에 데려오면 여기 있는 모두가 위험해진다는 사실 그 이상을 교장이 못 볼 거라 생각한 거지."

내가 잭슨을 향해 눈알을 굴린다. "참 나, 캐트미어에서 일어난 위험은 전부 다 내가 피해자로 아는데? 가해자가 아니라."

"내가 더 일찍 알아냈어야 해." 잭슨은 고통스러워 보인다.

"그 메시아 콤플렉스 좀 어떻게 해결할 계획 없어?" 내가 비꼰다. "아니면 우리, 평생 안고 살아야 해?"

"와, 15분 전에 정신을 차려놓고 아까는 비련의 여주인공이라고 하더니 이제는 메시아 콤플렉스라고 나를 욕하네." 잭슨이 양쪽 눈썹을 추켜세운다. "정말 나한테 화 안 났어?"

"안 났어." 내가 말하며 키스할 수 있게 잭슨의 얼굴을 내게로 끌어당긴다.

하지만 내 손이 흉터를 건드리자 언제나처럼 잭슨이 움찔한다. 됐다그래. 매번 이러기에 우리는 너무 많은 일을 겪었다. 입술이 스치기 직전에 내가 몸을 뗀다.

"왜 그래?" 잭슨은 걱정스러운 눈치다.

나는 한숨을 쉬며 잭슨의 턱을 손가락으로 쓰다듬는다. "네 감정에 이래라저래라 할 자격 없다는 거 알아. 하지만 너도 내가 보는 네 모습을 봤으면 좋겠어. 내 눈에 네가 얼마나 아름다운지 볼 수 있었으면 좋겠어. 얼마나 강하고 굳세고 감탄스러운지."

"그레이스." 잭슨이 고개를 돌리고 내 손바닥에 입을 맞춘다. "그런 말 안 해도 돼. 내가 어떻게 생겼는지는 나도 알아."

"하지만 그것뿐이잖아. 너는 몰라!" 내가 손을 뻗고 팔을 찌르는 통증을 무시하며 잭슨을 꽉 붙잡는다. "네 그 흉터를 싫어한다는 거 알아. 인생에서 가장 끔찍했던 순간에 허드슨이 입혔으니……."

"틀렸어." 잭슨이 말을 가로막는다.

나는 잭슨을 빤히 쳐다본다. "뭐가?"

"전부 다. 나는 내 흉터를 싫어하지 않아. 흉터가 생기게 돼 됐다는 사실이 치욕스러울 뿐이야. 흉터를 낸 건 허드슨이 아니라 뱀파이어 여왕이지. 내 인생 최악의 순간이 허드슨을 죽였을 때도 아니고. 그건 제단에서 겨우 의식을 차리고 내가 네 피를 너무 많이 빼앗았다는 걸 깨달은 순간이었어. 그 순간…… 그리고 너를 이렇게 만들기까지의 모든 순간. 언제까지나 내 인생 최악의 순간, 최악의 시간은 그때가 될 거야."

잭슨이 방금 한 말에 중요한 정보가 너무 많아 어디서부터 시작해야 할지 모르겠다. 다만…… "네 어머니? 네 어머니가 너한테 이랬다고?" 스멀스멀 올라오는 공포감에 내가 속삭인다.

잭슨이 어깨를 으쓱한다. "허드슨을 죽이면서 나는 그분의 계획을 방해했어. 벌을 받아야 했지."

"네 얼굴을 찢어서?"

"뱀파이어에게 상처를 남기기는 어려워. 치유 속도가 빠르니까. 하지만 이렇게 내가 치유하지 못하게 함으로써 온 세계가 볼 수 있도록 내게 약점을 남긴 거지."

"하지만 너라면 언제든 막을 수 있었잖아. 왜 가만히 있었어?"

"어머니와 싸울 생각 없었어. 그 이상으로 상처를 줄 생각도 없었고." 잭슨이 어깨를 또 한 번 으쓱한다. "그분도 그 일로 처벌할 사람이 필요했으니까. 누구든 해쳐서 분풀이를 해야 했어. 아무 책임이 없는 자들보다는 내가 낫지."

나는 겁먹은 표정을 숨길 수 없지만 잭슨은 그냥 가볍게 웃는다. "걱정하지 마, 그레이스. 이제 다 괜찮아."

"다 괜찮지 않아." 내 안에서 부풀어 오르는 분노를 억지로 삼킨다. "그 여자는 괴물이야. 악마야. 그리고……."

"뱀파이어 여왕이지." 잭슨이 나 대신 말을 맺는다. "거기에 우리가 할 수 있는 일은 없어. 그래도 고마워." 이번에는 잭슨이 머리카락에 스치듯 입을 맞추며 속삭인다.

"뭐가?" 나는 그 말을 겨우 뱉어낸다.

"마음 써줘서." 잭슨이 키스하려고 내게 고개를 숙인다.

하지만 입술이 닿기 전 열려 있는 문에서 노크 소리가 난다. "방해해서 미안." 머리스가 문가에서 고개를 내밀고 말한다. "이제 의식도 돌아왔겠다, 내가 제일 아끼는 환자를 확인하고 싶어서."

나는 빈 병동을 둘러본다. "유일한 환자 아니에요?"

"뭐, 네 덕분에 할 일이 많거든. 최소 하루는 잭슨과 플린트도 여기 있었고. 아무래도 넌 특별히 더 신경 써야 할 환자잖아." 머리스가 나를 보고 웃는다.

"네, 뭐, 여기서 인간으로 산다는 것 자체가 물어뜯기는 기분이기는 해요." 내 안 깊은 곳에서 그 목소리가 깨어난다. 섣불리 나를 인간이라 칭하지 말아야 한다고 속삭인다. 웃기는 소리지. 하지만…… 하지만 리아의 말이 내 머리를 떠나지 않는다. 리아는 나를 찾아 이곳으로 데려오기 위해 자기가 귀찮은 수고를 했다고 말했다.

내가 특별할 이유가 뭐지? 내가 마녀라도―마녀가 아니라고 확신하지만―설령 내가 마녀라도 이 학교에는 다른 마녀도 많으니 그중에서 고를 수 있다. 정말로 내가 잭슨의 짝이라서? 사실이라면 잭슨에게는 그게 어떤 의미일까? 하지만 리아가 어떻게 알고? 그리고 그게 왜 중요하지? 잭슨이 사랑하는 사람이 허드슨의 부활과 무슨 상관이라고?

리아는 죽고 리아의 계획은 수포로 돌아갔지만 지금 내게는 리아가 죽기 전보다 더 많은 의문이 생겼다. 혹시 답을 아는지 잭슨에게 묻고 싶지만 지금은 그럴 생각을 할 때가 아니다. 머리스가 송곳니를 번뜩이며 이렇게 농담하니까. "여기서는 다른 식으로도 물어뜯길 수 있지."

"저도 경험해서 알아요." 내가 씩 웃으며 대답한다.

머리스는 몇 분 정도 짧게 나를 살펴보고 앨마가 했던 말과 거의 비슷한 진단을 내린다. 멍과 상처가 많았는데 치유 마녀인 앨마가 굉장히 공을 들여서 최소한으로 줄여놓았다는 것 같다. 탈구된 어깨는 반쯤 나았고 앨마가 시작한 처치를 마무리하기 위해 앞으로 몇 주간 부목을 대야 한단다.

수혈을 조금 해야 하는 문제도 있다. 2리터 정도? 잭슨 앞에서는 그 얘기를 하지 않았으면 더 좋았겠지만 말이다. 아무튼 대체로 건강하고 바이탈 수치가 지금처럼 안정세를 보이면 며칠 내로 퇴원해 방으로 돌아갈 수 있다.

작게 손을 흔들며 양호실에서 나가는 머리스의 말에 따르면 그렇다고 한다.

"네 잘못이 아니야!" 머리스가 나가자마자 내가 잭슨에게 말한다.

"전적으로 내 잘못이야." 잭슨이 대답한다. "네 피를 거의 다 뽑을 뻔했어."

"2리터 가지고는 피를 다 뽑는다고 말할 수 없지."

"죽을 정도의 출혈과 비슷한 양이잖아. 내 기준으로는 다 뽑는 거나 마찬가지야." 잭슨이 고개를 젓는다. "정말 미안해, 그레이스. 너를 다치게 한 것도. 네 부모님 일도. 전부 다."

271

"나를 다치게 했다니. 너는 나를 구했어. 간호사 선생님이 그 랬어. 영구적인 손상을 입기 전에 네가 나를 이곳으로 데려왔 다고."

잭슨은 대답 없이 턱만 움찔거리며 고개를 흔든다.

"나는 내 피를 네게 준 거야. 안 그러면 네가 죽었을 테니까." 나는 잭슨의 얼굴을 손으로 감싸고 내 말의 의미를 전할 수 있 도록 눈을 똑바로 바라본다. "그리고 솔직히 말하면 희생도 아 니었어. 아주 이기적인 행동이었지. 왜냐하면 너를 발견한 이 상 네가 없는 세상에서 살고 싶지 않으니까."

한참 동안 잭슨은 아무 말도 하지 않는다. 그러다 고개를 젓 고 욕을 내뱉는다. "내가 그 말에 뭐라고 해야 해, 그레이스?"

"나를 믿는다고 해. 네 잘못이 아니라고 해. 또……."

"너를 사랑해."

나는 숨을 헉 들이마신다. 차오르는 눈물을 숨기려 하지도 않고 천천히 떨리는 숨을 내쉰다. "그렇게 말할 수도 있고. 당 연히 그렇게 말해도 돼."

"사실이야." 잭슨이 속삭인다. "너를 사랑하게 됐어."

"좋아. 나도 너를 사랑하게 됐거든. 이제 리아의 악마 같은 계획도 영원히 사라졌으니 우리를 죽이려 하는 사람이 없는 세상에서 서로 사랑할 수 있는 거야."

잭슨이 흠칫 굳더니 시선을 피한다. 겨우 없앴다고 생각한 한기가 다시 등줄기를 타고 내려온다.

"왜 그래, 잭슨?"

"나는 그럴……." 잭슨이 말을 끊고 고개를 흔든다. "우리 이러면 안 될 것 같아, 그레이스."

잭슨의 그 말에 한기가 냉기로 변해 내 몸을 얼어붙게 만든다. "무슨 뜻이야?" 내가 속삭인다. "방금 나를 사랑한다고 했잖아."

"너를 사랑해." 잭슨이 단호하게 대답한다. "하지만 사랑만으로는 안 될 때도 있어."

"무슨 뜻인지 모르겠어." 이번에는 내가 시선을 피하고 잭슨이 아닌 다른 곳만 바라본다.

"아니, 너는 알아."

더 말해주기를 기다리지만 잭슨은 얘기하지 않는다. 그냥 내 옆에 앉아 내 어깨를 팔로 감싸고 나와 포근하게 몸을 맞대고 있다. 내 가슴을 찢어발기고 심장을 뽑고 있으면서.

"항상 이러지는 않을 거 아냐." 내가 마침내 속삭인다.

"그 부분이 틀렸어. 항상 이럴 거야. 내가 너를 사랑하기 때문에 너는 언제나 표적이 될 거야. 항상 위험해질 거라고."

"이번 일은 그게 아니잖아." 내가 옆으로 몸을 틀고 잭슨의 스웨터를 절박하게 움켜쥐며 말한다. "알잖아. 너는 그냥 부수적인 문제였어. 리아는 나를 원한다고 말했어. 나 때문에 이런 짓을 벌였다고. 변신수들이 나를 공격한 것도 리아가 나를 노린다는 사실을 알았기 때문이랬어. 리아가 나를 이용해서……." 잭슨 앞에서 허드슨의 이름을 꺼내고 싶지는 않아 내가 말을 흐린다.

"변신수들이 포기할 것 같아? 리아가 사라졌으니 지금 당장은 너를 죽이지 않으려고 할 수야 있겠지. 하지만 나나 우리 가족이 놈들을 열 받게 했을 때 가장 먼저 너를 다시 떠올리지 않는다는 말은 아니야. 네가 내게 얼마나 소중한지 이제 알았으니 너는 전보다 더 위험해졌어."

잭슨의 두려움은 말이 되는 것도 같고, 되지 않는 것도 같다. 하지만 내 마음은, "상관없어."

"나는 있어, 그레이스." 잭슨이 눈빛에서 감정을 차단한다. 하지만 공허하지는 않다. 그 안 깊은 곳에 존재하는 고통이 내 눈에는 보인다. 이런 말이 나만큼 잭슨에게도 상처를 주고 있다는 게 보인다.

그래서 나는 잭슨의 얼굴로 손을 올린다. 손바닥으로 잭슨의 뺨을 감싸고 처음 만난 순간부터 나를 홀렸던 그 눈을 깊이 들여다본다.

"뭐, 이 관계에 너 하나만 있는 건 아니니까." 나는 몸을 기울이고 잭슨의 이마에, 입가에, 입술에 부드럽고 간절하게 입을 맞춘다. "너 혼자 우리 문제를 결정하게 두지 않는다는 뜻이지."

"제발 문제를 더 복잡하게 만들지 마." 아직도 자신의 뺨을 감싼 내 손을 붙잡은 잭슨이 상처를 건드리지 않으려고 조심하며 나와 깍지를 낀다. "네가 문제를 어렵게 만들면 나는 돌아설 수가 없어."

"그럼 돌아서지 마." 내가 애원한다. 입술이 너무 가까워 내 피부에 닿은 잭슨의 뜨거운 숨이 느껴진다. 너무 가까워 잭슨의 눈 안에서 소용돌이치는 은빛 점들이 보인다. "이대로 나를 두고 돌아서지 마. 시도는 해봐야지."

잭슨은 나와 이마를 맞대고 괴로운 신음을 흘리며 눈을 감는 다. "너를 다치게 하고 싶지 않아, 그레이스."

"안 그러면 되지."

"그렇게 간단하지 않……."

"아니, 간단해. 정말 간단한 문제야. 나와 있고 싶은지, 나와 있기 싫은지 둘 중 하나라고."

잭슨의 웃음소리는 음울하고 고통스럽다. "당연히 같이 있고 싶지."

"그럼 같이 있어, 잭슨." 나는 내 팔과 링거 줄로 잭슨을 감싸 안고 두들겨 맞은, 간절함으로 가득한 심장이 허락하는 한 잭 슨을 꽉 껴안는다. "내 곁에 있어. 나를 사랑해줘. 내가 너를 사 랑하게 해줘."

오랫동안 내 안에서 절망과 희망이 사투를 벌이는 동안 잭슨 은 움직이지 않고, 대답하지 않고, 숨조차 쉬지 않는다. 하지만 내가 포기하려던 그때, 잭슨이 깊은 숨을 들이마시고 나와 맞 댄 몸을 떤다.

그러고는 내 얼굴을 감싸고 내게 키스를 한다. 내가 이 세상 에서 가장 소중한 존재인 것처럼.

나도 잭슨에게 똑같이 키스한다. 이런 기분은 태어나 처음 느껴본다. 지금은, 이 순간만큼은 모든 것이 제자리를 찾았기 때문이다.

64

마시멜로로 끝나면
'알 이즈 웰'[6]

"제발?"

"안 돼." 잭슨은 내가 다른 행성에서 오기라도 한 것처럼 나를 쳐다본다.

나는 잭슨의 품으로 더 파고들며 돌아가는 풍차처럼 빠르게 속눈썹을 깜박인다. "제바아아아아아아알?"

잭슨이 한쪽 눈썹을 세운다. "눈에 뭐 들어갔어? 아니면 너 발작 일으킨다고 간호사 부를까?"

"으으. 못됐어." 내가 가슴 앞에 팔짱을 끼고 토라진 연기를 한다. 하지만 회복한다고 사흘이나 침실 밖으로 한 발짝도 못 나온 사람으로서 전부 연기라고만은 할 수 없다. 평생 방에 갇

---

6 영화 〈세 얼간이Three idiots〉의 수록곡 〈알 이즈 웰All is well〉. '모든 것이 다 잘될 거야'라는 뜻.

혀 있지는 않겠지만 너무하잖아. "제발, 잭슨? 이 벽만 보고 살다가는 나 미쳐버릴 거야."

잭슨이 한숨을 쉰다. 하지만 고민하는 눈치라 모험을 해보기로 한다. "우리 어디 가면 안 돼? 잠깐만이라도? 내가 지쳐서 못 움직이면 네가 안고 가." 나는 속눈썹 깜빡이기를 다시 시도한다. 이번에는 겁에 질린 새보다는 팜므파탈처럼. 최소한 내 의도는 그렇다.

"그래, 그 말에 내가 잘도 넘어가겠다." 잭슨이 코웃음을 치며 말한다.

그래, 알았다고. 잭슨 말도 일리가 있다. 잭슨이 나를 안아서 옮기는 건 나도 별로니까. 더구나 이제 겨우 주변이 잠잠해졌는데. 하지만 너무 따분하다고……. 시간이 갈수록 점점 심해지고 있다. "그러지 말고, 잭슨. 너는 그냥 하라는 대로 하는 거 알아. 며칠간 쉬어야 한다고 머리스가 말했으니까. 그런데 내가 개썰매 경주에 참가한다는 것도 아니잖아. 그냥 잠깐 산책만 하고 싶다고. 그게 뭐 어때."

잭슨은 내 얼굴을 잠시 뜯어본다. 내 결심이 얼마나 단호한지 판단하려는 거겠지. 내가 자기 없이도 나갈 계획인지. 잭슨은 내키지 않는 표정이지만 고개를 끄덕인다. 그리고 우리가 지난 두 시간 동안 누워 있던 내 침대에서 몸을 일으킨다.

"상용박명 시간 됐으니까 잠깐 너 데리고 밖으로 나갈게." 잭슨이 한참 만에 말한다. "성에서 너무 먼 곳까지는 말고. 그리고 피곤해지면 곧바로 얘기해준다고 약속해."

"그렇게. 맹세해!" 밀려드는 흥분에 내가 잭슨을 따라 벌떡 일어났다가 후회한다. 아직도 온몸이 아프다. 최근 탈구되었던 어깨는 더. 다시 끼워 넣어 전보다는 통증이 많이 줄었지만 아직도 심하게 쑤신다. 잭슨에게 말할 생각은 없다. 그랬다가는 안 나간다고 마음을 바꿀 텐데. 더구나 잭슨은 리아 사건으로 아직도 자책하고 있다.

말도 안 되지. 하지만 잭슨은 어깨에 온 세상을 짊어지고, 자신이 원하지도 않았던 그 책임을 진지하게 받아들이는 남자다. 그런 잭슨에게 내가 얼마나 아프고 힘든지 말할 수 있겠냐고. 잭슨이 또 자책할 이유만 줄 뿐이다.

"그래서 너는 뭘 하고 싶어?" 내가 꽤 많이 절뚝인다는 사실을 숨기기 위해 묻는다.

잭슨은 눈을 가늘게 뜨고 나를 본다. 안 속는다는 표정이네. 하지만 잭슨은 이 말만 한다. "몇 가지 생각한 게 있어. 너는 옷을 좀 갈아입지 그래? 그사이에 나는 몇 가지 챙겨올게. 15분이면 돌아올 거야."

"아래층에서 만나도 되는⋯⋯." 말을 꺼내던 내가 양쪽 눈썹을 세우는 잭슨을 보고 말을 흐린다. "아아아니면 여기서 만나도 되고." 내가 말을 맺는다.

"그래, 그렇게 해." 잭슨이 몸을 기울여 내 입술에 키스한다.

짧게 끝낼 생각이겠지만 나는 참지 못하고 성한 팔로 잭슨의 목을 감싸며 잭슨에게 몸을 밀착하고 더 깊게 입을 맞춘다.

잭슨이 얼어붙는다. 하지만 헉하는 숨소리로 보아 내 작전이

통한 모양이다. 잭슨은 내 허리로 손을 미끄러뜨리고 나를 더 가까이 끌어당긴다. 그러고는 송곳니로 내 아랫입술을 긁는다. 그렇게 하면 내 온몸의 근육이 흐물흐물해진다는 걸 알고 하는 행동이다.

나는 숨을 몰아쉬며 잭슨에게 나를 더 열어 보인다. 더 가까이 몸을 가져간다. 잭슨에게 몸을 맡기자 키스만으로 내 안에서 열기와 기쁨과 빛이 폭발한다. 손길만으로. 눈빛만으로.

얼마나 키스를 했는지는 모르겠다.

내 호흡이 거칠어질 만큼 긴 시간이었다.

잭슨이 손가락으로 내 골반을 쓰다듬을 때마다 무릎이 후들거릴 만큼 긴 시간이었다.

방 안에서 보내는 시간이 훨씬 더 흥미로워져 산책을 나가지 말까 고민이 들 만큼, 그 이상으로 긴 시간이었다.

하지만 잭슨은 신음과 함께 몸을 뗀다. 우리는 이마를 맞대고 잠시 숨만 몰아쉰다. 그러다 뒤로 물러난 잭슨이 아까보다 깊어지고 거칠어지고 섹시해진 목소리로 말한다. "옷 입고 있어. 금방 돌아올게."

그리고 언제나처럼 눈 깜짝할 사이에 사라진다.

회복하기까지는 시간이 조금 걸린다. 꼬박 1분이 흐른 후에야 심장박동이 진정되고 후들후들 떨리던 무릎이 몸을 지탱할 힘을 되찾는다. 나는 결국 정신을 차리고 알래스카 실외에서 한 시간 동안 생존하기 위해 옷들을 껴입기 시작한다. 그러는 동안에도 입술의 간질간질한 느낌은 사라지지 않는다.

안 서둘렀으면 큰일 날 뻔했다. 잭슨이 벌써 돌아왔기 때문이다. 문에 노크를 하고 내가 양말을 신기도 전에 안으로 들어온다. 물론 탈구된 어깨로 양말을 신으려니 시간이 더 걸리지만, 아무리 그래도. 부상에서 완전히 다 회복했어도 잭슨과의 속도 경쟁은 불가능할 거다.

가방을 들고 있던 잭슨은 낑낑대며 양말을 신는 나를 보고 가방을 문가에 내려놓는다.

"여기, 줘봐." 잭슨이 말하며 내 앞에 무릎을 꿇고 내 발목을 자기 허벅지에 조심스럽게 얹는다.

그렇게 내 숨은 목구멍에 다시 턱 걸린다. 이곳에 와서 한 가지는 확실히 배웠다. 잭슨 베가는 누구 앞에서든 무릎을 꿇지 않는다는 것을. 그런데 지금 뭐지? 이 세상에서 가장 자연스러운 일인 것처럼 내 앞에 무릎을 꿇고 있다.

"뭐가?" 잭슨이 내 발에 양말을 신기고 발목 위로 올리며 묻는다.

나는 고개만 젓는다. 무슨 말을 할 수 있을까? 더구나 지금 잭슨의 손끝이 내 종아리를 맴돌며 갑자기 과도하게 민감해진 피부에 패턴을 그리고 있는데.

당황한 감정이 얼굴에도 드러났는지 잭슨은 내게 미소를 지어 보이고 반대쪽 발에도 두 번째 양말을 신긴다.

나는 고개를 저으며 시선을 피한다. 이러다 녹아버려 물웅덩이가 되어버릴 것 같아서.

잠시 후 내 발에 부츠까지 신겨준 잭슨은 일어나서 내 손을 잡고 나를 일으켜 세운다.

"어디로 갈지 결정했어?" 함께 문으로 향하며 내가 묻는다.

잭슨은 한 번도 들고 다니는 모습을 본 적 없는 책가방을 집어 들고 말한다. "응."

더 자세히 설명해주기를 기다리지만 잭슨은 잭슨이다. 필요 이상으로 뭘 공유하는 법이 없다. 하지만 잭슨의 짓궂은 미소를 보고 있으니 왠지 별로 신경이 안 쓰인다. 잭슨이 깜짝 선물을 해주겠다는데 싫다고 할 수 있나? 또 평소 잭슨의 깜짝 선물은 다 환상적이었으니까.

우리는 손을 잡고 복도를 지나 정문이 있는 3층 아래로 내려간다. 땡땡이를 치는 잭슨과 달리 대부분 오늘의 마지막 수업을 듣고 있는 탓에 복도는 거의 텅 비어 있다. 내 입장에서는 고마운 일이다. 그런 일이 일어난 후에 아직은 다른 애들과 마주할 준비가 되지 않았다.

"괜찮아?" 추운 바깥으로 나가며 잭슨이 묻는다. 여기에 계단이 더 있다. 뭐, 괜찮다. 온몸의 근육이 쑤시는 것도 아니고…….

하지만 나는 고개를 끄덕인다. 잭슨에게 아픈 티를 내고 싶지도 않지만 살을 에는 추위에 깜짝 놀랐기 때문이다. 놀랄 게 뭐가 있다고. 이곳은 알래스카다. 바깥이 얼마나 추운지 나도 안다. 하지만 여전히 내 몸은 추위를 경험할 때마다 충격을 받는다.

내가 생각만큼 감정을 숨기지 못했는지 잭슨이 내 얼굴을 한 번 더 보고 말한다. "다시 들어가도 돼."

"아니야. 너랑 같이하고 싶어. 우리 둘만."

내 말에 잭슨이 눈을 크게 뜨고 경계하는 눈빛을 거둔다. 잠깐은, 아주 잠깐은 진짜 잭슨이 보인다. 조금은 어색해하고, 조금은 불안해하고, 나를 많이 사랑하는 잭슨이. 또다시 내 숨이 막힌다. 나도 잭슨 옆에서 그렇게, 그 이상으로 느끼고 있기 때문이다.

"그럼 가자."

우리는 내가 첫날 운동장에서 산책을 했던 코스와 반대 방향으로 출발한다. 교실 별관 쪽으로 가지 않고 새하얀 눈밭을 가로질러 캠퍼스의 대부분을 차지하는 숲으로 향한다.

천천히 걷는다. 한편으로는 몸을 움직이니 추위가 참을 만하기 때문이고, 한편으로는 눈 위를 걷기가 쉽지 않기 때문이다. 아무래도 죽기 직전까지 두들겨 맞은 지 일주일도 안 됐으니까. 그래도 결국에는 숲속의 작은 공터에 도착한다. 그리 넓지는 않다. 나와 메이시가 쓰는 기숙사 방 크기 정도? 하지만 옆에 벤치가 몇 개 놓여 있다.

잭슨은 벤치 하나에 가방을 내려놓고 긴 검은색 보온병을 꺼낸다. 뚜껑의 컵을 벗기고 보온병을 연 후 컵에 내용물을 쏟는다. 그러고는 웃으며 내게 컵을 내민다.

"핫초코야?" 내가 흥분해서 외친다.

"응, 당분간 차라면 질렸을 것 같아서."

내가 웃는다. "좋은 지적이야." 내가 한 모금 마시려 하는데, 잭슨이 나를 막는다. 그러더니 가방에서 작은 마시멜로 봉지를 꺼낸다.

"핫초코 마시는 방법에 대해 잘은 모르지만 보통 마시멜로가 필요하다는 건 알아." 잭슨이 홈메이드 마시멜로로 보이는 자그마한 네모 덩어리 몇 개를 꺼내 내 컵에 뿌린다.

정말이지 심장이 터질 것 같다. 주위에 어둠이 서서히 내려앉는 이 시간에 나무들에 둘러싸여 죽음을 맞이할 수도 있을 것 같다. 함께 별별 일을 겪었지만, 잭슨이 항상 내 생각을 한다는 사실에 여전히 가슴이 벅차기 때문이다. 내 취향과 기쁨과 행복을 생각하고 있다. 그리고 잭슨의 선택은 항상 언제나 옳다.

핫초코를 쭉 마셔본다. 당연하게도 내가 태어나서 마셔본 가장 맛있는 핫초코다. "만들어달라고 누구 설득했어?" 내가 컵 가장자리를 쳐다보며 묻는다.

잭슨은 멍한 표정으로 나를 본다. "무슨 말인지 모르겠는데." 하지만 눈 깊은 곳에 재미있다는 그림자가 보여 내가 웃음을 터뜨린다.

"그래, 누군지 몰라도 정말 맛있다고 전해줘."

잭슨이 피식 웃는다. "그럴게."

나는 한 모금 더 마시고 잭슨에게 컵을 내민다. "좀 마실래?"

"고맙지만 내 취향 아니야." 이제는 싱글싱글 웃고 있다.

"아, 맞다." 며칠 동안 쌓여 있던 백만 가지 질문이 내 머리로 우르르 쏟아진다. "그나저나, 어떻게 되는 거야?"

잭슨이 한쪽 눈썹을 세운다. "뭐가 어떻게 돼?"

"차를 마시는 건 봤어. 그런데 핫초코는 안 마시고. 파티에서 딸기를 먹었지만 다른 걸 먹는 모습은 못 봤네. 그……." 내가 얼굴을 붉히며 말을 흐린다.

"네 피만 빼고?" 잭슨이 재미있다는 듯 묻는다.

"뭐, 그래."

"뱀파이어도 지구상의 다른 포유류들처럼 물을 마셔. 차도 기본적으로는 뜨거운 물이잖아. 우유와 초콜릿을 첨가하면 이야기가 달라지지."

"아, 그러네." 듣고 보니 말이 된다. "딸기는?"

"아, 그건 완전히 쇼였어. 그거 먹고 밤새 배탈 났잖아." 이번에는 잭슨이 민망한 표정을 짓는다.

"진짜? 그런데 왜 그랬어?"

"솔직히?" 잭슨이 고개를 저으며 눈을 피한다. "나도 몰라."

예상한 대답은 아니다. 하지만 잭슨을 보면 그 말은 진실이 분명하다. 그래서 넘어가기로 하고 대신 이렇게 말한다. "질문 하나 더."

"피 얘기야?" 잭슨은 걱정스러우면서도 재밌다는 얼굴이다.

"당연히 피 얘기지! 해가 뜰 때 밖으로 나가는 것도. 나는 뱀파이어가 밤에만 외출할 수 있다고 생각했어."

잭슨은 잠시 불편한 기색이다. 그러다 어깨를 펴고 말한다. "때에 따라 달라."

"어떻게?"

"그때 마신 피. 학교에서 교장이 주는 건 동물 피야. 동물 피만 마시면 해가 있어도 밖에 나갈 수 있어. 만약 우리가…… 인간 피로 보충하기로 한다면, 날이 어두워질 때까지 기다려야 하지."

내 방에서 잭슨이 했던 말을 떠올린다. 상용박명 시간이 되었으니 나갈 수 있다고 했지. "그럼 내가 왔을 때는 동물 피만 마셔서 내가 밖에서 볼 수 있었던 거네. 하지만 지금은……." 내가 얼굴을 붉힌다. 이번에는 내가 고개를 돌릴 차례다. 잭슨과 한 행동이 부끄럽지는 않지만 이런 말을 한다는 것 자체가 은밀하게 느껴진다. 잭슨이 내…….

"내가 네 피를 주기적으로 마신다고?"

얼굴이 아까보다 더 빨개진다. "응."

"맞아. 네 피를 마셨지. 콜 피도. 터널에서 다시 네 피를 마셨고. 그래서 나는 빛을 받을 수 없어."

"얼마나 오래?" 내가 묻는다. 터널 사건 이후로 며칠이 지났고, 그때 이후로 잭슨은 내 피를 마시지 않았다. 내 바람과 달리. 하지만 내가 과다 출혈로 죽을 뻔했기 때문에 당분간은 잭슨도 내 목에 송곳니를 박을 마음이 없는 듯하다.

"인간 피의 신진대사로 급증한 호르몬이 가라앉을 때까지." 내가 혼란스러운 표정을 짓자 잭슨이 말을 잇는다. "인간의 인슐린 같은 거야. 고탄수 음식을 먹으면 인슐린이 튀었다가 시간이 지나면 내려오잖아. 내가 인간의 피를 마실 때 내 몸에서는 태양 아래 있을 수 없게 만드는 호르몬을 분비해. 그 호르몬이 다 사라지기까지 일주일쯤 걸려. 동물 피로는 그 호르몬이 분비되지 않고."

나는 머릿속으로 숫자를 거꾸로 센다. "터널 이후 6일이 지났어. 그러니까 내일이면 햇빛으로 나갈 수 있겠네."

잭슨이 어깨를 으쓱한다. "안전하게 다음 날까지 기다려야지. 그것도……."

"나를 다시 물지 않는다면 말이지." 내 안에서 갑자기 열기가 솟구친다.

이번에는 잭슨이 불편해 보인다. "비슷해, 응."

"비슷하다고?" 나는 벤치에 컵을 내려놓고 성한 팔로 잭슨의 허리를 감싼다. "아니면 정확히 그거야?"

잭슨이 나를 내려다본다. 눈은 검고, 아주 조금 더 위험하다. "정확히 그거야." 잭슨이 중얼거린다. 지금 내가 머리부터 발끝까지 옷 무더기에 싸여 있지 않았더라면 잭슨은 지금 당장 나를 물었을 것이다. 그 생각을 하자 짜릿해지고 나는 흥분을 숨기려 하지도 않는다.

"그런 눈으로 보지 마." 잭슨이 경고한다. "안 그러면 방으로 데리고 올라갈 거니까. 여기서 하려고 했던 거 못 하고."

거짓말하지 않겠다. 문득 방으로 돌아가도 좋을 것 같다. 하지만…… "여기서 뭐 하는데?"

"당연한 거 아니야?" 잭슨이 자기 가방에 손을 넣고 기다란 당근 하나와 모자를 꺼낸다. "눈사람 만들어야지."

"눈사람?" 내가 탄성을 뱉는다. "정말?"

"눈으로 노는 법을 아는 건 플린트만이 아니야." 잭슨의 얼

굴은 무표정에 가깝지만 신랄한 말투를 들으니 온갖 궁금증이
든다. 잭슨이 질투를 할 수도 있을까……. 에이, 플린트는 세 번
이나 나를 죽이려고 했다. 질투할 거리가 뭐 있어야지.

"안 와?" 잭슨이 몸을 굽히고 거대한 공 형태로 눈을 퍼 올리
기 시작한다. "구경만 하고 있을 거야?"

"여기가 눈이 즐겁거든." 나보다 적게 껴입은 아주 탱탱한 엉
덩이를 노골적으로 감상하며 내가 말한다. "하지만 도와줄게."

잭슨은 나를 흘긴다. 하지만 그러면서도 엉덩이를 살짝 실룩
거린다. 내 입에서 웃음이 나온다. 한참이나.

잠시 후 우리는 세계 최고로 기울어진 눈사람을 바라보며 배
를 잡고 웃는다. 나야 그럴 수 있다. 샌디에이고 출신이니까. 하
지만 잭슨은 오래전부터 알래스카에 살았다. 당연히 눈사람을
만들어본 적이 있을 텐데?

그렇게 묻고 싶지만 우리가 만든 눈사람을 빤히 바라보는 잭
슨을 보니 입이 다물어진다. 잭슨은 노는 시간을 많이 경험해
보지 못한 걸까. 문득 그런 생각이 든다. 왕좌를 물려받을 후계
자가 아니었을 때도.

눈사람의 눈으로 쓸 돌멩이를 찾아 두리번거리는 잭슨을 보
며 그 생각을 하니 슬퍼진다. 잭슨은 인생의 쓴 경험을 너무 많
이 했다. 어떻게 그런 시련을 겪고도 극복하고 다시 일어설 수
있는지 놀라울 따름이다. 감수성이 풍부한 소년으로. 배려심이
넘치는 소년으로. 이 소년은 나를 위해 기꺼이 함께 놀아주려
한다.

감사하면서도 가슴이 아프다.

사흘 전 양호실에서 깨어난 이후 때때로 내 신경을 건드리던 질문이 떠오르자 아픔은 더 강해진다. "잭슨?"

"응?" 내 목소리에서 무슨 느낌을 받았는지 잭슨이 미소를 흐리고 걱정스러운 표정을 짓는다. "왜 그래?"

"물어보고 싶은 게 있는데⋯⋯." 나는 심호흡을 하고 그토록 무시하려 했던 질문을 툭 던진다. "허드슨은 어디로 갔어? 내 말은, 우리 리아가 죽는 건 봤잖아. 하지만 검은 연기는 어디로 간 거야? 같이 죽었어? 아니면⋯⋯." 나는 말을 맺지 못한다. 그 러기에는 너무 끔찍한 생각이다.

하지만 잭슨은 문제를 포장하거나 회피하는 성격이 아니다. 잭슨은 음울해진 얼굴로 대답한다. "나도 아직은 몰라. 하지만 알아낼 거야. 허드슨이 세상에 두 번째로 풀려나는 위험은 무 슨 일이 있어도 막을 거니까."

울화에 찬 말을 들으니 가슴이 아프다. 잭슨이 자기 형 때문 에 얼마나 큰 고통을 받았는지 아니까. 잭슨이 그런 고통을 겪 어야 했다는 게 싫다. 우리가 평생 허드슨이 돌아올 수 있다는 위협에서 벗어나지 못한다는 건 더 싫다.

어떻게 긴장을 풀 수 있을까. 사이코패스 살인자가 나를⋯⋯ 나머지 세계를 망가뜨리려 하는데.

잭슨은 나보다 두려움을 잘 다스리는 듯하다. 그런 위협을 너무 오랜 세월 안고 살았기 때문일 수도 있고. 어쨌든 잭슨은 마침내 찾은 돌멩이와 코로 쓰기 위해 준비한 당근으로 눈사람의 얼굴을 완성했을 때 진심 어린 미소를 짓는다. "자." 잭슨이 말한다. "제일 중요한 건 네가 해." 그러면서 내게 모자를 건넨다.

그 순간 잭슨이 가져온 모자를 처음 보고 내가 웃음을 터뜨린다. 웃고 또 웃는다.

아까 내가 헛다리를 짚은 게 아니었나 보다. 잭슨이 정말로 플린트를 질투하는지도 모르겠다.

잭슨은 나를 보고 고개를 까딱거리며 묻는다. "모자 안 씌울 거야?"

"아니, 씌워야지." 나는 앞으로 걸어 나가 눈사람에게 모자를 씌운 후 잭슨이 서 있는 곳으로 돌아와 함께 감상한다.

"어떻게 생각해?" 잠시 후 잭슨이 묻는다. 얼마든지 농담을 할 준비가 된 것 같지만 잭슨의 목소리에는 약간의 불안감이 배어 있다. 조금은 내 인정이 필요하다는 걸까. 전혀 예상하지 못했다.

그래서 나는 우리의 허접한, 초라한, 한쪽으로 기울어진 눈사람을 돌아본다. 날씨는 춥지만 다시 녹아내릴 것 같은 기분이 든다. 내가 보는 눈사람은 완벽하기 때문이다. 이보다 완벽할 수는 없다.

하지만 말로 표현하지는 않는다. 내가 상상 이상으로 많은 것을 보고 있다는 사실을 숨기고 있는 지금으로서는 불가능하다. 그래서 내게 허락된 유일한 진실을 말한다. "뱀파이어 모자가 신의 한 수네."

잭슨이 환하게 미소를 짓는다. "어, 내 생각도 그래."

내가 잭슨의 손을 잡는 동시에 잭슨이 내 손을 잡는다. 좋은 느낌이다. 환상적인 느낌이다.

옳은 느낌이다.

나는 리아가 죽기 전 했던 말을 처음으로 곰곰이 생각해본다. 내가 잭슨의 짝이라는 그 말을. 무슨 뜻인지는 모른다. 하지만 잭슨이 나를 가까이 끌어당기고 내 몸에 잭슨의 온기가 퍼지는 지금, 그게 사실인지 알아봐야겠다는 생각을 지울 수 없다.

65

요즘 소녀들에게는 왜
평범한 해피엔딩이 허락되지 않는 거야?

사흘 후, 드디어 나는 학교로 돌아간다. 이번에는 제대로다. 영문학 숙제를 해야 하고, 세일럼 마녀 재판의 원인을 주제로 리포트를 써야 하고, 웨인라이트 박사님과의 대망의 첫번째 카운슬링에 참석해야 한다. 사이코패스 뱀파이어에게 살해당할 뻔하느라 놓친 과목의 보충 수업까지. 그건 조금 불공평하지 않나 싶지만 괜찮다. 매일 아침, 매일 점심, 거의 매일저녁을 잭슨과 보내니까. 잭슨도 아주 기특하게 현재에 충실하며 쓸데없는 걱정을 하지 않고 있다.

지금도 우리는 같이 있다. 카페테리아에서 가벼운 아침을 먹으며 최근 실패로 끝난 루카의 데이트 이야기로 농담을 주고받는 중이다. 데이트는 내가 들어도 평범하지는 않더라.

나는 흑설탕 팝타르트를 먹고—못된 메이시가 마지막 남은체리 맛을 홀랑 가져갔기 때문에—잭슨과 기사단은 학교에서 아침으로 제공하는 엘크 피를 마시고 있다.

캠은 아직 우리와 합석할 용기를 내지 못했지만 메이시는 언젠가 그날이 올 것이라 한껏 기대한다. 내 생각에는 글쎄. 리아 사건이 알려지며 잭슨의 이미지는 더 무시무시하게 변했고, 다들 평소보다 잭슨에게서 멀찍이 떨어지려 한다. 조금 더 웃으면 다른 애들도 긴장을 풀 거라고 내가 누누이 말하지만 아직까지는 내 조언이 접수되지 않았다. 개인적으로는 다른 애들이 자기를 무서워할수록 내가 안전하다고 믿기 때문인 것 같다.

딱히 동의하지는 않지만 최근 들어 학교가 충격적으로 조용한 건 사실이다. 지난 아흔여섯 시간 사이 나를 독살하려는 사람도, 인간 제물로 바치려는 사람도 없었다. 신기록이 틀림없기에 가능하면 이대로 쭉 갔으면 하는 바람이다.

한 모금 남은 차를 마시려는데 예비종이 울린다. 고개를 드니 잭슨이 입에 (아주) 희미한 미소를 띠고 나를 내려다보고 있다. "왜?" 팝타르트 포장지와 머그잔을 집어 들며 내가 묻는다.

"그냥 너 보고 있었어." 잭슨이 몸을 기울이고 내 입가에 키스를 한다. "네가 무슨 생각하는지 궁금해하면서."

"너." 내가 대답한다. "언제나처럼."

라파엘이 토하는 시늉을 한다. "미안한데 우리 혈당 쇼크로 보내려는 거 아니면 너희 두 사람 자제 좀 할 수 없어?"

"뱀파이어는 평범한 인간처럼 당분을 대사시키지 않아." 내가 웃으며 알려준다. "그러니 혈당 쇼크도 없지."

"너 어떡할 거야?" 메키가 끼어든다. "네가 얘를 조사 괴물로 만들었어. 미쳤다고."

"그건 앰카 책임일걸." 잭슨이 건조하게 대답한다. "그레이스가 대출할 책을 매일 다섯 권은 준비해주거든."

"왜 이래, 뱀파이어와 살 거라면 뱀파이어에 대한 정보를 최대한 많이 알아야지." 내가 말하며 의자를 집어넣는다. "자신의 주변 환경을 알고 싶어 하는 마음은 지극히 정상이야."

"또 뭐가 정상인지 알아?" 잭슨은 입술이 나와 불과 몇 센티미터 거리가 될 때까지 허리를 굽힌다.

"짐작이 가." 내가 대답하며 고개를 들어 입술을 맞댄다.

"우리 좀 봐." 몇 초 후 잭슨의 입술에 대고 속삭인다. "정상이지."

잭슨이 송곳니로 내 아랫입술을 긁고 내 안을 달콤하게 녹이는 섹시한 표정으로 나를 본다. "거의 정상."

"그건 인정할게."

잭슨이 씩 웃는다. "좋았어."

그리고 움직여 또 한 번의 키스를 하고, 이번 키스는 내 머리를 어지럽게 휘젓고 내 무릎을 후들거리게 만든다. 나는 잭슨에게 몸을 기댄 채 녹아내린다. 공개적인 애정 표현을 좋아하지 않는 편이었지만 잭슨은 내 규칙을 전부 깨뜨리고 있다. 나도 잭슨의 규칙을 깨뜨리고 있을 거고. 리아 말처럼 우리가 정말 짝이라면 말이다.

아직 잭슨에게 말하지는 않았다. 안 그래도 나와 사귀는 문제로 겁을 잔뜩 먹은 애다. '짝' 같은 단어—무슨 뜻인지 메이

시가 며칠 전 한참 설명해줬다—를 꺼냈다가는 잭슨은 지진을
일으켜 이 학교를 붕괴시키고 말 거다.

이번에는 메키가 빈정거린다. 누구들 때문에 수업에 지각하
는 것 좀 그만하고 싶다고. 잭슨은 메키에게 손가락 욕을 날리
지만 그 말뜻을 알아들었는지 내게서 몸을 떼고 내 책가방을
든다.

"가자. 교실까지 데려다줄게."

"안 그래도 돼." 내가 시계를 본다. "너 그러면 물리학에 지각
이야."

잭슨은 내게 '적당히 해'라는 눈빛을 쏜다. "다들 나 없어도
5분은 살아남을 거야."

미심쩍지만 따질 때와 포기할 때쯤은 나도 이제 구분할 수
있다. 잭슨이 어떤 애인지, 갑자기 턱을 꽉 다문 저 표정이 어
떤 의미인지 아니까. 그리고 교실까지 잭슨이 같이 가주면 나
야 좋지. 잭슨이 옆에 있으면 아직 아픈 어깨나 그 외의 다친
부위를 치고 지나갈 사람도 없기 때문이다.

서로에게 윈윈이라고 할까.

하지만 카페테리아에서 나오는 길에 우리는 용 몇 명을 지나
친다. 잭슨처럼 나도 무시하려 하지만 중앙에 플린트가 있다.
나와 눈을 맞추려 한다.

무시하고 싶다. 정말로. 며칠 전 잭슨에게 말했듯, 한편으로
는 플린트가 그런 행동을 한 이유를 이해한다. 전처럼 플린트
와 마시멜로를 구워 먹을 계획은 아직 없지만 플린트를 미워

할 수는 없다.

무시할 수도 없다.

무시하는 대신 나는 플린트와 잠시 눈을 맞춘다. 플린트는 눈을 휘둥그레 뜨더니 캐트미어에 온 첫날부터 나를 웃게 만들었던 그 미소를 보낸다. 지금의 나는 웃지 않는다. 옆을 지나며 살짝 미소를 지을 뿐이다. 지금은 그것만으로 충분하다.

나는 복도를 오가는 사람들을 뚫고 지나며 방금 그 일에 대해 잭슨이 무슨 말을 하리라 예상한다. 하지만 잭슨은 한마디도 하지 않는다. 타협하는 법을 나만 배우지는 않았나 보다. 내가 무언의 인사로 잭슨의 손을 더 꽉 쥐지만 잭슨은 대답으로 고개만 절레절레 젓는다.

전부 정상인 느낌이고, 옳은 느낌이다.

잭슨이 아직도 걱정한다는 것쯤은 나도 안다. 잭슨과 있으면 내가 표적이 된다는 걱정은 금방 사라지지 않을 것이다. 나도 한편으로는 잭슨이 옳다고 생각한다. 잭슨과 함께라면 내가 안전해지는 날은 오지 않을 것이다.

하지만 잭슨 생각이 어떻든 잭슨은 내 보호자가 아니다. 나는 이곳에 온 첫날부터 잭슨이 내 이야기의 영웅이 될 수 없는 운명임을 알았다. 그래도 아무렇지 않다.

잭슨이 지금 한 번도 본 적 없는 미소를 짓고 있으니까. 잭슨은 웃는다. 가끔씩 정말 형편없는 농담도 들려준다. 안전하지 않더라도 이 삶을 택할 것이다. 안전한 삶은 당장이라도 덧없이 빼앗길 수 있기에.

그러고 보니 생각나는데…… "맞다, 너 저번에 했던 농담의 펀치 라인이 뭔지 아직 안 들려줬어."

우리는 교실을 몇 걸음 앞두고 멈춰 선다. 텅 빈 복도를 활용할 겸, 영문학 같이 듣는 애들이 놀라지 않게 배려할 겸.

"무슨 농담?" 잭슨이 어리둥절해 묻는다.

"왜 있잖아. 해적 농담. 기억 안 나? 후크 선장 집이 어디게?"

"아, 맞다." 잭슨이 웃는다. "어디냐면……."

나는 펀치 라인을 듣지 못한다. 잭슨의 어깨너머에서 반짝이는 빛이 눈에 띈다. 곧이어 불쾌하고 으스스하고 익숙한 검은 연기가 나타난다. 내가 뒤로 비틀거리며 잭슨을 끌고 간다. 하지만 너무 늦었다. 연기가 걷히고 허드슨 베가가 분명한 사람이 그 자리에 서 있었기 때문이다. 날이 넓은 검을 들고 잭슨의 머리를 겨누고 있다.

경악한 내 표정에서 위험을 느꼈는지 잭슨이 뒤를 힐끗 보려한다. 하지만 검은 이미 휘둘러졌다. 잭슨이 공격에 반응할 시간은 고사하고 공격을 볼 시간조차 없다.

나는 공포를 느끼며 잭슨의 팔을 붙잡고 내 쪽으로 끌어당긴다. 잭슨이 앞으로 딸려 오지만 나는 소용없음을 안다. 잭슨이 아직 칼의 공격 범위 안에 있으니까. 잠깐, 아주 잠깐 나는 어젯밤 잭슨의 침대에 함께 누워 있을 때의 잭슨 모습을 떠올린다. 팔꿈치로 몸을 세우고 위에서 나를 내려다보고 있었다. 나른한 미소, 욕망으로 흐려진 눈.

머리카락이 얼굴로 쏟아져 내가 잭슨의 눈이 보이게 머리카락을 쓸어 넘겼고…… 처음으로, 내 손이 흙 진 뺨을 스쳤어도 잭슨은 움찔하지 않았다. 미소가 흐트러지지 않았고, 고개를 숙이지도 않았다. 시선을 피하지 않았다. 바로 그 자리에 나와 함께 있었다. 바로 그 순간에.

편안하게.

행복하게.

온전하게.

그때 나는 깨닫는다. 잭슨은 내 이야기의 영웅이 될 운명이 아니었다는 걸……. 왜냐하면 처음부터 내가 잭슨의 영웅이 될 운명이었기 때문이다.

그래서 나는 할 수 있는 유일한 행동을 한다. 잭슨을 감싸 안고 검이 내 등으로 향하도록 우리 두 사람의 몸을 빙글 돌린다. 그런 다음 눈을 감고 항상 예감하고 있던 일격을 기다린다.

0

그녀는 끈질겼다

"대체 언제 돌아오는 거냐고요?"

"나도 모르······."

"그 말 좀 하지 마요. 모른다는 말 듣기 싫다고." 나는 교장에게 다그치고 교장의 책상 앞에 앉아 있는 생물학 교사와 사서를 돌아본다. "두 사람 정도면 이게 어떻게 돌아가는지 알아야 하는 거 아닙니까? 이렇게 간단한 질문에도 답을 못 하면 당신 같은 사람들이 학교 책임자로 앉아 있는 이유가 뭔데?"

"이건 간단한 질문이 아니야, 잭슨." 교장이 엄지와 검지로 자신의 콧대를 꼬집는다.

"뭐가 복잡한데요. 그레이스는 내 품에서 허드슨 공격을 막고 있었어요." 정신없던 광란의 순간을 떠올리자 목이 멘다. 그레이스는 나를 끌고 가려 했다. 그 방법이 통하지 않자 자기 몸을 던져서······.

나와 이 대화 전체가 탈선하기 전에 그 생각을 차단한다. 지금 그 생각을 하면, 그레이스의 행동을 생각하면…… 발밑의 땅이 흔들리기 시작한다. 젠장할. 내가 이 개 같은 학교를 무너뜨리지 않는 이유는 하나다. 그러다 그레이스도 다친다는 사실을 알기 때문에.

숨을 깊이 들이마시고 말을 잇는다. "그때만 해도 그곳에 있었다고요. 그런데 지금 그레이스는…… 그레이스가……." 차마 말할 수 없다. 그레이스가 죽었다는 말은 도저히 할 수가 없다. 소리 내어 말하면 되돌릴 수 없을 테니까.

소리 내어 말하면 사실이 될 테니까.

"거기 있었다고요, 포스터." 내가 교장에게 다시 말한다. "따뜻하고 살아 있는 그레이스가 바로 저기 있었어요. 그러다 갑자기……." 땅이 다시 흔들리고 이번에는 굳이 힘을 통제하지도 않는다.

그 대신 구석으로 걸어간다. 그레이스의, 내 그레이스의 잔해가 서 있는 곳으로. "그냥 돌아올 수 없는 이유가 뭐죠?" 나는 백만 번째로 느껴지는 질문을 다시 한다. "왜 돌아오게 할 수 없는 거예요?"

"힘들 거야, 잭슨." 베라크루즈 박사가 처음으로 입을 연다. "우리도 힘들어. 하지만 나도 이런 건 수천 년 만에 처음 본다. 뭐가 문제인지 알아내려면 시간이 걸릴 거야."

"나흘이 있었잖아요! 나흘이나. 그런데 아직도 그 얘기밖에 못 해요? 뭐가 문제인지도 모르면 내가 그레이스를 어떻게 데려와요?"

"내가 보기에는 그레이스를 데려올 수 없다는 사실을 네가 인정해야 할 것 같다." 교장이 말한다. 지금 보니 나만큼이나 괴로운 얼굴과 목소리다. "본인이 원하기 전까지는 그레이스가 돌아오지 않는다는 사실을 우리가 받아들여야 할 것 같아."

"안 믿어요." 내가 쉰 목소리로 말하며 이성을 잃지 않으려고 주먹을 꽉 쥔다. "그레이스가 자발적으로 나를 떠날 리 없어요. 그레이스는 나를 안 떠나요."

"내가 지난 나흘 동안 읽은 책들에 따르면 그레이스는 스스로 돌아올 수 있어야 해." 사서 앰카가 말한다. "그렇다면 가능성은 두 가지야."

"말하지 마요." 내가 경고한다.

"잭슨……."

"나 진심이에요, 포스터. 말하기만 해. 그레이스는 안 죽었어. 죽었을 리 없어."

사실이라면 내가 어떻게 될지 모르니까.

사실이라면 내가 이 학교를 파괴해 잿더미로 만들어버린다. 만약 허드슨이 그레이스를 납치했다면…… 그레이스를 건드리고 있다면……. 허드슨의 능력과, 그로 인해 그레이스가 겪고 있을 시련을 생각만 해도 공포가 번개처럼 내 등줄기를 타고 내려가 배 속을 뒤집어놓는다. 혹시라도 그레이스를 해쳤다면 놈을 찾아내고 말 것이다. 놈에게 불을 지르고 타 죽는 모습을 지켜볼 것이다.

"안 죽었어요." 나는 다시 말하며 그레이스의 아름다운 얼굴을 바라본다. 복도에서 본 마지막 순간처럼 눈을 감고 있지만 그래도 상관없어. 눈을 보지 않아도 그레이스가 내게 어떤 감정을 느끼는지 알기 때문이다. 얼굴에 전부 다 쓰여 있다. 그레이스는 나를 사랑한다. 내가 그레이스를 사랑하는 만큼이나.

"그레이스가 안 죽었다면, 나도 안 죽었다는 네 말에 동의한다." 베라크루즈 박사가 말한다. "그렇다면 남는 가능성은 그레이스가 선택해서 돌아오지 않는 것 하나뿐이야."

"그걸 어떻게 알아요. 갇혀 있을 수도……."

"우리는 알아." 앰카가 단호하게 지적한다. "가고일이 자신의 석상 형태에 갇혀 있을 수는 없어. 인간으로 변신하지 않는다면 본인이 원하지 않는다는 뜻이야."

"사실이 아니에요. 분명 허드슨이 무슨 짓을 하는 거예요. 놈이……."

"잭슨." 현실을 부정하는 내 말을 교장이 자른다. "너는 그레이스가 다시 돌아올 거라 생각하니? 자기 때문에 캐트미어가 위험해진다고 생각하는데?" 교장이 나와 눈을 맞춘다. 근엄하고 동시에 매서운 눈을 보며 나는 교장이 그의 생각을, 나도 하는 그 생각을 입 밖으로 꺼내지 않기를 바란다. "혹은 네가 위험해지는데?"

공포감이 나를 난도질하고 파괴한다. 내가 서 있는 이곳에서 내 창자를 쥐어뜯는다. 고통스러워 생각을 할 수도 없고, 숨도 쉴 수 없다. 교장 말이 옳다. 그레이스는 이 순간에도 고통을 견디고 있을 것이다. 나를 구하기 위해.

나는 허드슨에 대해, 우리 어머니에 대해 말했다. 허드슨을 죽여 내가 얼마나 괴로웠는지 그레이스도 안다. 돌아올 때 허드슨도 같이 데리고 나와야 한다면, 그래서 내가 형을 다시 죽여야 한다면 그레이스는 돌아오지 않을 것이다. 무슨 수를 써서라도 그 상황을 막을 것이다.

"나를 구하고 있는 거죠?" 내 귀에만 겨우 들릴 목소리로 내가 속삭인다.

하지만 교장은 내 말을 듣고 내 어깨에 손을 올린다. "그럴지도 몰라."

모른다는 말은 틀렸다. 그레이스는 나를 사랑하기 때문이다. 이미 나를 한 번 구해주었다. 그래야 한다고 생각하면 언제까지나 돌에서 나오지 않을 것이다. 캐트미어에서 자기가 아끼는 사람들을 안전하게 지키기 위해서라면 언제까지나 돌에서 나오지 않을 것이다.

그렇게 해서 나를 구할 수 있다면 저 돌 안에 영원히 갇혀 있을 것이다.

그 사실을 깨닫자 심장이 빠르게 뛰기 시작한다. 손이 떨리고 숨이 거칠어진다. 그저 똑바로 서 있기 위해 온몸의 힘을 쥐어짜야 한다.

그렇게 둘 수는 없다. 그레이스 없는 나흘을 겨우 버텼다. 그레이스 없이 영원을 살 수 없다.

내가 사랑하는 그레이스의 사소한 부분들을 잠시 떠올려본다. 기억을 하나씩 떠올릴 때마다 내가 파괴되는 것 같지만 상관없다.

나를 만질 때면 한없이 부드러워지는 눈빛.

내 말이 헛소리라고 따지며 가늘게 뜨는 눈.

끔찍한 농담을 말하며 웃는 소리.

로마 제국은 어떻게 녹게?

카이사르르.

지독한 농담이었다. 하나같이 다 끔찍했다. 하지만 그레이스가 스스로 뿌듯해 키득댈 때는 그런 것 따위 중요하지 않았다.

미치도록 보고 싶다.

설탕 과자와 딸기가 연상되던 향기가 그립다.

부드러운 몸이 그립다. 혼이 빠질 만큼 섹시한 몸의 굴곡은 언제나 나와 완벽하게 맞아떨어졌다.

구불거리는 머리카락이 그립다.

이번에 손을 뻗었을 때는 머리카락을 쓰다듬지 않는다. 그레이스가 언제나 내게 그랬던 것처럼 차가운 돌의 뺨을 손바닥으로 감싼다.

그리고 교장에게 말한다. 부디 그레이스도 이 말을 듣기를 바란다. "그레이스를 허드슨과 떼어놓을 방법을 찾을 거예요. 허드슨을 가두든 죽이든 제가 할 일을 할 겁니다. 다시는 누구도 위협하지 못하도록."

"그걸로는 충분하지 않을 거야, 잭슨." 앰카가 말한다. "그레이스의 선택이……."

"충분해요." 내가 말한다. 그레이스는 나를 사랑하기 때문이다. 자기 없이 내가 오래 버틸 수 없다는 사실을 알고 있기 때문이다.

나는 몸을 기울여 그레이스와 잠시 이마를 맞댄다. 그리고 속삭인다. "놈을 막을 방법을 찾을게, 그레이스. 맹세해. 그러면 내게 돌아와. 네가 필요해. 나를 위해서 돌아와줘."

눈을 감고 내가 하고 싶었던 다른 말들은 모조리 삼킨다. 지금은 중요하지 않기 때문이다. 그레이스 없이는 무엇도 중요하지 않다.

그레이스는 돌아와야 한다. 돌아오지 않으면 나는 산산이 부서져 사라질 테니까. 그럴 때 이 세상도 함께 데리고 가지 않을 만큼 내 정신력이 강할지 이번에는 나도 자신이 없다.

잠깐, 끝이 아니에요!

잭슨 시점으로 본
세 개의 챕터를
여러분에게만 공개합니다.

모든 것이 달라질 이야기를…….

성이 없는 녀석이나
자기가 왕자라고 생각하지

교장이 이런 짓을 벌이다니. 정말 믿을 수가 없다. 나는 상황이 개판으로 번지는 걸 막으려고 단 하루도, 한 시간도 못 쉬고 뛰어다니는데 교장이 돼서 이런 짓거리를 저질러버리네. 정말 기가 막히는군.

"쟤야?" 내 뒤의 소파에서 메키가 묻는다.

학교 앞에 도착해 스노모빌에서 내리는 여자애를 내려다본다. "응."

"어때 보여?" 루카가 끼어든다. "좋은 미끼가 될 것 같아?"

"내 눈에는……." 지쳐 보인다. 헬멧을 벗고 고개를 숙이는 모습이. 어깨를 축 늘어뜨리는 모습이. 태어나서 처음 마주한 거대한 장애물인 양 계단을 보는 모습이. 피곤하고…… 기가 꺾여 보인다.

"뭐라고?" 뒤로 다가온 바이런이 내 어깨너머로 창밖을 내다본다. "아, 무방비 상태다." 잠시 후 바이런이 중얼거린다.

그래, 내가 찾던 단어다. 저 여자애는 '무방비 상태'로 보인다. 훌륭한 미끼의 자질이지. 갑자기 내가 재수 없는 개새끼가 된 느낌이다. 인생에 열 번도 넘게 걷어차인 것처럼 보이는 애를 어떻게 이용하라는 거지?

하지만 안 그럴 수가 있나? 조짐이 심상치 않다. 사건이 일어 나려 한다. 대혼란이 일어나려 한다. 나도 느끼고, 기사단원들 도 느낀다. 며칠째 정체를 밝혀내려 했지만 아무도 이야기를 하지 않는다. 적어도 우리에게는. 추궁부터 하고 싶지는 않다. 엄청난 재앙을 가져오려는 놈들이 눈치를 채고 숨어버릴 테니 까. 추적할 미끼를 찾지 못하면 우리는 끝장이다.

"무방비면 좋은 거지?" 리엄이 전형적인 나쁜 남자 스타일로 묻는다.

나는 내 책장 아래에 있는 미니 냉장고에서 피가 든 보냉병 을 꺼내는 리엄을 쏘아본다. 리엄은 사과의 의미로 한 손을 들 고 해명한다. "아니, 내 말은, 누구인지 모르지만 이 뭔지 모를 일의 배후 세력이 자기들은 안전하다고 착각해서 안심할 거 아냐."

"그쪽에서 저 여자애를 죽이기가 쉬워지겠지." 라파엘이 대 답한다. 관심 없는 듯 말하지만 말투는 내용과 다르다. 놀랍지 도 않다. 원래 비련의 여주인공에 약한 놈이니. 이 계획에 처음 부터 반대한 것도 라파엘뿐이다.

하지만 나보고 어쩌라고. 수면 아래에서 무엇이 끓고 있는지 모르지만 무시할 여유는 없다. 또 다른 전쟁…… 아니, 더 큰 위험을 막고 싶다면.

다시 돌아보니 그 애는 뒤로 쓰러질 것처럼 비척대며 계단을 이제 다 올라왔다. 얼굴을 보고 싶은데, 뒤집어쓴 게 너무 많아 핫핑크색 모자 아래로 삐져나와 코르크스크루같이 구불거리는 머리카락 말고는 아무것도 안 보인다.

"그래서 어떻게 할 거야?" 메키가 묻는다. "쟤한테 뭐라고 할 거야?"

그걸 내가 어떻게 알아. 아니, 하려고 계획했던 말은 안다. 내가 해야 하는 말은 안다. 하지만 '해야 하는 것'이 현실에서는 달라질 때도 있다. 허드슨이 가르쳐줬지……. 우리 어머니도.

그래서 대답하는 대신 이렇게 되묻는다. "또 내가 알아야 할 게 뭐야?"

"잭슨……." 라파엘이 말을 꺼내지만 나는 눈빛으로 제압한다.

"뭐냐니까?"

"용들이 터널에 돌아왔어." 루카가 나서서 혀를 굴리는 스페인어 억양으로 말한다. 저 말투를 들으면 모든 일이 심각하지 않게 들린단 말이지. "놈들이 뭘 하는지는 아직 모르지만 알아내고 말 거야."

"늑대들은?"

리엄이 빈정거리는 웃음을 짓는다. "매일 똑같은 새끼들이지."

"걔들이 변하겠냐?" 메키가 동감한다는 의미로 리엄과 주먹을 맞대며 묻는다.

"절대 안 변하지." 내가 동의한다. "다 아는 얘기 말고, 놈들에 대해 내가 조심할 건 없어?"

"범죄자 무리처럼 달을 보고 하울링을 한다는 것 말고는 없어." 바이런은 아직 창밖을 내다보고 있다. 보나 마나 비비언 생각을 하고 있겠지. "놈들은 언제 해결할 거야?"

"놈들은 늑대야, 바이. 달을 보고 하울링을 하는 게 일이라고." 내가 말한다.

"내 말뜻 알잖아."

안다. "비비언한테 그런 것처럼 다른 애들을 해치지는 않을 거야. 그 문제에 있어서는 콜 약속을 받았어."

"그래." 바이런이 코웃음을 친다. "잘도 콜을 믿겠다. 놈의 더러운 털복숭이 떼나."

5년이 지났지만 뱀파이어의 시간으로 5년은 아무것도 아니다. 더구나 짝을 잃은 뱀파이어에게는.

"안으로 들어간다." 바이런이 중얼거리는 말에 학교 앞을 내다보니 정말이다. 분홍색 모자와 모자의 주인은 어디에도 보이지 않는다.

"갔다 올게." 나는 하루 종일 입고 있던 캐트미어 아카데미의 빨간 후드티를 벗어 가장 가까운 의자 등받이에 던진다. 학교 스웨터처럼 위협적인 분위기에 방해가 되는 것도 없으니까……

한 번에 세 칸씩 계단을 내려간다. 지금 뭘 해야 할지 하나도 모르겠지만 전학생을 한 번은 보고 싶다. 어떤 골칫거리일지 보고 싶다. 다른 건 몰라도 온갖 골치 아픈 문제를 일으킬 인물은 확실하기 때문이다.

계단을 등지고 혼자 서 있는 모습을 보자 그 느낌은 더 강해진다. 자기에게 몰래 접근할 수도 있는 모든 사람을 등지고 계단 아래 벽감에 반쯤 가려진 체스 테이블을 보고 있다.

무슨 정신이지? 메이시와 교장은? 온 지 2분 만에 그냥 여기 혼자 내버려둔다고? 아무나 접근할 수 있는 곳에?

'접근한다'는 곧 괴롭힌다는 뜻이다. 더한 짓을 할 수도 있고.

계단을 다 내려가기도 전에 뒤로 슬그머니 다가가는 백스터를 발견한다. 이글이글 타오르는 눈으로 송곳니를 약간 반짝거리며.

녀석의 시선을 끌고 꺼지라는 눈빛을 보낸다. 160센티미터도 될까 말까 한 작은 인간의 피를 마시든 말든 내 알 바 아니지만, 규칙은 규칙이다. 그리고 규칙 중에는 교장의 조카를 먹으면 안 된다는 규칙도 있다. 아쉽지만. 정말 좋은 냄새가 나거든. 장시간 여행으로 약한 알싸한 냄새가 나지만 그 아래 바닐라와 허니서클 향이 섞여 있다.

어떤 맛이 날지 궁금해진다.

하지만 조금이든 전부든 저 애의 피를 마시는 것은 금기다. 그 생각을 깊숙이 밀어 넣고 절반쯤 남은 계단을 한 번에 뛰어내린다.

아직도 눈치를 채지 못한다. 왜지? 죽고 싶어 환장했나? 아니면 조심성이 심각하게 없을 뿐인가?

후자이기를 바란다. 전자라면 상황을 복잡하게 만들 테니까. 캐트미어에서는 더더욱. 지금은 모두가 터지려는 폭탄을 아슬아슬하게 붙잡고 있는 느낌이다. 당연히 나도 마찬가지다.

나는 체스 말을 집어 들고 그게 이 세상에서 제일 흥미로운 물건이라도 되는 양 이리저리 돌려 보는 그녀의 뒤로 다가간다. 이러면 안 되지만 호기심에 어깨너머로 훔쳐본다. 뭐가 그렇게 흥미롭다는 거야? 하지만 그녀가 보고 있는 말은, 사랑하는 우리 어머니의 가장 아름다운 모습이다. 퀸. 나도 모르게 조금 더 다가가 경고한다. "나라면 조심할 거야. 물리면 아프거든."

내가 위험을 경고만 한 게 아니라 실제로 물기라도 한 듯 그녀가 놀라서 펄쩍 뛴다. 그렇다면 조심성만 없다는 뜻이다. 죽고 싶어 환장한 게 아니라. 그나마 다행이군.

나는 이곳에서는 절대 등을 보이지 말라 경고하려 한다. 하지만 말을 꺼내기도 전에 그녀가 돌아선다. 시선이 얽힌 순간, 내가 하려던 말이 모든 감각을 떠난다.

망했다. 빌어먹을.

내 예상과 너무나 똑같고, 너무나 다르다.

다른 인간들처럼 약하다. 쉽게 부러지는 몸이다. 내가 손을 한 번 휘두르거나 송곳니로 한 번만 그어도 쉽게 죽을 수 있다. 그 문제는 해결됐다. 교장이 벌여놓을 난장판은 아직이지만.

하지만 놀라서 진한 밀크 초콜릿 같은 눈을 크게 뜨고 나를 올려다보는 그녀를 보는 지금, 나는 죽인다는 생각을 하지 않는다. 그 대신 피부가 얼마나 부드러울지, 그 생각을 하고 있다.

하트형 얼굴과 구불거리는 머리카락이 잘 어울린다.

왼쪽 뺨에 뭉친 주근깨는 꽃 모양일까, 별자리 모양일까.

그리고…… 나는 지금 이런 생각을 하고 있다. 귀 바로 아래에 이를 박으면 어떤 기분일까.

그렇게 해달라고 부탁할 때 어떤 목소리를 낼까.

내게 몸을 맡길 때 어떤 느낌이 들까.

내 혀끝에서 어떤 맛이 날까……. 맛이 이 냄새와 비슷하다면 아무래도 멈출 수 없을 것 같다. 멈추지 못한 적이 한 번도 없는 나인데도.

불편한 깨달음이다. 어떤 인물인지 살펴보고 이미 개판인 이 학교에 문제를 일으키지 않게 경고하기 위해 여기까지 내려오지 않았던가? 그런데 난 왜 갑자기 이런 생각을…….

"누가 아프게 문다고?" 그녀의 떨리는 목소리에 생각을 멈추고 뒤에 있는 체스 테이블을…… 나 때문에 놀라 떨어뜨린 말을 본다.

그녀 옆으로 손을 뻗어 평소라면 만지고 싶지도 않을 뱀파이어 여왕을 집어 든다. 그리고 교장의 조카 그레이스에게 들어 보인다. "성격이 별로 안 좋아."

그녀는 멍한 얼굴로 나를 본다. "이건 체스 말이야."

혼란스러운 표정이 재미있다. 내가 두렵지 않은 척 연기하는 결의도. 저런 허세가 다른 인간에게는 통하겠지만 나는 못 속인다. 두려움의 냄새……. 나는 내 레이더망에 걸리는 냄새를 맡을 수 있거든. "그래서?" 내가 묻는다. 인간을 놀리는 건 정말 재미있다.

"그래서라니, 체스 할 때 쓰는 말이라고." 그녀가 처음으로 용감하게 내 눈을 쳐다보며 대답한다. 그러면 안 되지만 마음에 든다. "대리석으로 만든." 그러더니 잠시 후 말을 잇는다. "사람을 물 수 없단 말이야."

나는 '네가 뭘 알겠냐'는 뜻으로 고개를 기울인다. "천국과 지옥 사이에는 자네의 철학이 상상할 수 없는 일이 더 많다네, 호레이쇼." 현재 우리를 에워싼 아수라장을 생각하면 《햄릿》을 조금 인용해도 좋을 것 같다.

"하늘과 땅." 그녀가 반응한다.

그 말에 내가 한쪽 눈썹을 세운다. 원래 문장을 아네. 게다가 두려워하지 않고 내 실수를 지적하다니.

"원래 문장은 '하늘과 땅 사이에는 자네의 철학이 상상할 수 없는 일이 더 많다네, 호레이쇼'야."

"그래? 내 버전이 더 좋은데."

"틀렸는데도?"

"틀렸으면 더 좋지." 그녀는 믿지 못하겠다는 목소리와 표정이다. 재미있지만 한편으로는 걱정스럽다. 내 첫인상이 정확하다는 뜻이기 때문이다. 이 여자애는 무모하다. 또 이 세계에 대해 정말 아무것도 알지 못한다. 그렇다면 이곳에서 도륙을 당하게 될 것이다. 아니면 전쟁을 일으킬 것이다. 둘 다일 수도.

모두를 위해서라도 나는 가만히 보고 있을 수 없다. 그걸 막으려고 얼마나 노력했는데. 얼마나 많은 것을 포기했는데.

"나는 이만 가볼게." 눈을 크게 뜨고 조금은 째지는 고음으로 말한다.

더는 못 참겠다. 내가 최대한 예의를 갖춰서 하는 기본적인 대화도 감당하지 못하면서 무슨 수로 이곳에서 하루 이상 버틴단 말인가?

"그래, 가." 나는 뒤로 물러나 휴게실을 턱으로 가리킨다. 학교 입구가 있는 방향이다. "문은 저쪽이야."

그녀는 충격을 받은 얼굴로 따진다. "뭐야, 온 데로 *꺼지라*고?"

나는 어깨를 으쓱하고 이 말을 들으면 당장 도망칠 대답을 한다. 내가 완전히 재수 없는 놈으로 보인다면 유감이지만 그녀는 이유를 알지 못할 것이다. "이 학교를 떠나기만 한다면 네가 어디로 나가든 상관없어. 여기 있으면 네가 위험하다고 네 삼촌한테 분명 경고했는데 말이지. 조카를 별로 아끼지 않나 봐."

얼굴에 떠오른 불안감이 사라지고 분노가 번쩍인다. "아니, 네가 뭔데? 캐트미어의 '신입생 타도단' 단장이라도 돼?"

"'신입생 타도단' 단장?" 내가 되묻는다. "장담하는데, 나 정도면 너를 반갑게 맞아주는 거야."

"이게?" 그녀가 눈을 동그랗게 뜨고 두 팔을 활짝 벌린다. "이게 '알래스카에 오신 것을 환영합니다'야?"

빈정거리는 말투가 놀랍고 또 흥미롭다. 용납할 수 없지…….

절대로. 그 생각에 내가 거칠게 으르렁거린다. "지옥이겠지. 알아들었으면 이제 꺼져." 겁을 주려는 말이지만 나 자신에게 경고하는 말이기도 하다.

아쉽게도 실패한다. 두 가지 목적 모두. 그녀는 내 경고에 눈도 깜짝하지 않고 달아나지도 않는다. 그 대신 아주 깜찍한 코를 치켜들고 묻는다. "뭘 잘못 먹어서 재수 없게 구는 거야? 아니면 원래 성격이 그렇게 매력적이야?"

충격이 밀려든다. 아무도 내게 이런 식으로 말하지 않는다. 절대로. 그런데 내가 생각만으로도 가볍게 죽일 수 있는 인간 여자가? 답답함이 빠르게 밀려든다. 자기 목숨을 구해주려고 이러는 건데 눈치가 없어서 모르네.

바꿔놓아야 한다. 빠르게. 나는 그녀를 흘기며 쏘아붙인다. "기껏 한다는 말이 그거라면 한 시간쯤 걸리겠군."

이번에는 그녀가 눈썹을 세운다. "뭘 하기까지?"

"무언가에 잡아먹히기까지." 당연한 소리를.

"진짜로? 그런 말을 한다고?" 그녀가 눈을 굴린다. "먹어보든가, 그럼."

그러고 싶어서 내가 얼마나 몸이 달았는지 아나 몰라…… 분노할수록 냄새는 더 좋아진다. 뺨이 새빨갛게 달아오르고 목의 움푹한 부분에서 맥박이 두 배는 빠르게 뛰는 모습도 장관이다.

"나는 별로." 입안에 침이 돌고 그녀의 심장이 빠르게 뛸 때마다 내 송곳니가 길어지려 하지만 나는 그렇게 말한다.

맛보고 싶다. 피를 빨아먹는 동안 내 몸에 기대는 부드러운 몸을 느끼고 싶다. 마시고 또 마시는 동안…… 나는 생각을 차단한다. 일부러 경멸하듯 위아래로 훑어보다가 대답한다. "애피타이저도 안 될 게 뻔한데."

위협하겠다고 결심하고 한 발 가까이 다가간다. 대혼란이 벌어져 다치기 전에 이곳에서 쫓아내기로 결심한다. "한입 거리 간식이라면 모를까." 내가 이를 빠르게 딱딱 부딪친다. 그 소리에 그녀의 몸이 부르르 떨리는 모습을 무시하려고 안간힘을 쓴다.

예상보다 더 힘들다. 다른 사람, 아니 모든 사람과 달리 물러나기를 거부하고 있기에 더더욱. 물러나는 대신 그녀는 묻는다. "너는 뭐가 문제야?"

빌어먹을. 나는 그 말에 웃을 뻔했다. 왜냐하면. "너 목숨이 한 세 개쯤 돼?" 그 정도 세월을 살았다면 내 질문의 뜻을 파악할 수 있겠지.

"그거 알아? 그렇게 안 해도 너는……."

우리 뒤에 있는 사람들이 주위를 맴돌며 대화를 엿들으려 귀를 기울인다. 가까이 서성일 만큼 바보는 없지만 사방에 흩어져 있는 느낌이 난다. 듣고 있다. 기다리고 있다. 전략을 짜고 있다.

시간을 필요 이상으로 낭비했다는 말이다. 이제는 진지하게 겁을 줘서 쫓아버릴 시간이다. "나에 대해서 아는 척하지 마." 내가 으르렁거린다. "아무것도 모르고 여기 들어온 주제에."

"어머!" 그녀는 가짜로 겁먹는 표정을 짓고 묻는다. "혹시 이런 얘기 할 차례인가? 황량한 알래스카 벌판에 크고 무시무시한 괴물들이 있다고?"

하, 대단하군. 그래, 뭐 하나 진지하게 받아들이지 않아 미치도록 답답하다. 하지만 내게 들은 정보 말고는 아무것도 모를 테니 그녀를 탓할 수는 없다. 솔직히 말하면, 기죽지 않고 잘 버텨서 감동받았다. 나를 상대로 이럴 수 있는 사람은 많지 않은데.

그래서 이렇게 대답한다. "아니, 이 성 안에 사는 크고 무시무시한 괴물들을 보여줄 차례지." 나는 앞으로 다가가 그녀가 우리 사이에 겨우 만들어낸 좁은 공간을 메운다.

이곳에서 그런 식으로 사람을 도발하면 대가를 치른다는 사실을 배워야 한다. 발톱 먼저, 질문 나중인 변신수보다는 내가 가르쳐주는 편이 낫지.

내 얼굴에서 의도를 읽었는지 떨리는 다리로 한 걸음 물러난다. 한 걸음 더. 한 걸음 더.

하지만 나도 따라간다. 뒤로 걸음을 내디딜 때마다 한 걸음씩 가까이 다가간다. 체스 테이블 가장자리에 붙어 도망칠 곳이 없을 때까지.

겁을 줘야 한다. 최대한 멀리, 최대한 빠르게 이곳에서 달아나게 해야 한다. 하지만 가까이 갈수록, 몸을 더 기울일수록 겁을 줘서 떠나보내고 싶지 않아진다.

몸에 닿은 느낌이 너무 좋고 냄새가 너무 좋아 최후의 수단에 집중하기가 어렵다. 그녀가 움직이며 계속해서 몸이 부딪칠 때마다 최후의 수단이 뭐였는지 기억이 희미해진다.

"지금 뭐……." 그녀의 숨이 목구멍에 걸린다. "지금 뭐 하는 거야?"

나는 곧바로 대답하지 않는다. 이것 말고는 생각나는 대답이 없기 때문이다. *하면 안 되는 일. 나는 하면 안 되는 일을 하고 있어.* 하지만 그렇다는 걸 알아도 소용이 없다. 이 애가 내 앞에 있고, 갈색 눈 안에 살아 있는 무수한 감정들이 오래전 죽었던 내 안의 감정들을 깨우니까.

하지만 지금은 그런 대답을 할 때가 아니다. 그런 생각 자체를 하지 말아야 한다. 그래서 나는 하고 싶은 말을 하는 대신, 용 체스 말을 하나 집어 든다. 용을 그녀에게 들어 보이며 대답한다. "네가 그랬잖아. 괴물 보고 싶다고."

그녀는 말을 쳐다보지도 않고 비웃는다. "10센티미터도 안 되는 용 따위 무섭지 않아."

멍청하기는. "흠, 어쩌나, 무서워해야 할 텐데."

"흠, 어쩌나, 안 무서워서." 긴장한 목소리다. 내 작전이 통하는 건가? 하지만 지금은 두려움의 냄새를 풍기지 않는다. 아니, 이 냄새는……. 망할, 안 된다. 갑자기 그런 마음이 든다 해도 그쪽으로 빠지면 안 된다.

그 대신 나는 뒤로 물러나 우리 사이에 거리를 만든다. 침묵이 길어지며 그 애가 당혹스러워하는 모습을 지켜본다.

한참이 지난 후에야 나는 침묵과 우리 사이에 쌓이는 긴장을 깨뜨린다. 저 애가 먼저 깨지는 않을 것 같아서. "괴물이 무섭

지 않다. 그럼 너는 뭐가 무서워?" 그렇게 묻고는 네 대답은 중
요하지 않다는 듯 최선을 다해 연기한다.

이 말을 듣기 전까지는, "그런 거 없어. 소중한 걸 이미 다 잃
은 사람이 뭐가 무섭겠어."

나는 얼어붙는다. 그 말은 수중 폭뢰처럼 내게 날아들고 깊
이 잠수해 빠르고 강력하게 폭발한다. 그 애의 앞에서 나 자신
이 산산조각 날까 두렵다. 오래전에 극복한 고통이 나를 할퀴
고 찢는다. 내가 잃을 수밖에 없었던 모든 것들로부터 피를 다
흘렸다고 생각했는데, 새롭게 피가 흐른다.

다시 아래로, 안으로 밀어 넣는다. 그런데도 왜 아직도 내 앞
에 있지? 그러다 깨닫는다. 내 눈앞에 있는 고통은 그 애의 것
이었다.

끔찍하고도 두렵다. 오랜 흉터는 아닐지라도 나와 같은 상처
를 안고 있을 줄이야. 그 사실을 알고 인식하자 뒤로 물러나기
가 너무도 어려워진다. 내가 해야 하는 일을 하기가 불가능해
진다.

그 대신 나는 손을 뻗고 구불거리는 머리카락 한 가닥을 조
심스럽게 쥔다. 마음에 든다. 그 안에 너무나 많은 생명력, 너무
나 많은 에너지, 너무나 많은 기쁨이 있어서. 한 가닥을 만졌을
뿐인데 나는 그녀를 이곳에 둘 수 없는 이유를 전부 망각한다.

머리카락을 잡아당기고 내 손가락에 감기는 모습을 지켜본
다. 비단처럼 매끈하고 차갑고 조금은 꺼끌꺼끌하다. 하지만
내가 오래도록 느껴보지 못했던 온기를 준다. 그녀가 손을 올

리고 내 어깨를 밀어내기 전까지는.

그럼에도 나는 물러나지 않았다. 그녀가 속삭이기 전까지는.

"부탁이야."

1초─어쩌면 2, 3초─가 지난 후에야 나는 비켜설 의지를 되찾는다. 구불거리는 머리카락 한 가닥, 단 하나의 연결을 놓아줄 힘을 찾는다.

내가, 이 애가, 이 모든 개 같은 상황이 답답해 내 머리카락을 움켜쥔다. 그러지 말았어야 했는데. 그녀의 눈이 즉각 내 흉터로 올라간다. 빌어먹을 흉터 같으니. 그 존재가 싫다. 흉터가 생긴 이유도 싫고, 흉터가 상징하는 건 더더욱 싫다.

나는 시선을 피하고 고개를 숙여 머리카락으로 얼른 흉터를 덮는다.

하지만 너무 늦었다. 표정과 눈빛으로 알 수 있다.

목구멍에 헉하고 걸린 숨소리로 들을 수 있다.

더는 물러나지 않고 내게 다가오는 몸짓으로 느낄 수 있다.

그리고 손을 뻗었을 때, 흉터가 진 뺨을 차갑고 부드러운 손으로 감쌌을 때, 나는 그녀를 밀어내지 못한다. 최대한 멀리, 최대한 빠르게 달아나지 못한다.

나를 제자리에 겨우 붙잡아준 건 다름 아닌 아이러니다. 이 애를 안전하게 지키기 위해 쫓아내려고 내려왔는데 이제는 내가 도망칠 생각을 하다니.

하지만 우리의 시선이 마주친 순간, 나는 그녀에게 사로잡힌다. 수도 없이 내 뺨을 엄지로 쓰다듬는 동안, 그 눈에 담긴 부드러움과 강함에 완전히 홀렸다.

그리 길지 않은 내 인생에서 이런 느낌은 처음이다. 무엇도, 그 무엇도 지금의 연결을 끊을 수 없다.

그녀가 속삭이기 전까지는. "어떡해. 많이 아팠지."

내 살을 엄지로 문지르며 말하는 목소리는 내게 전기를 일으킨다. 모든 신경 말단이 고통과 희열로 뒤섞여 비명을 지르고, 하나의 단어가 몇 번이고 내게 덮친다.

짝.

이 여자, 입을 쩍 벌린 구덩이 위의 절벽 끝에 아슬아슬하게 서 있는 이 약한 인간 여자는 내 짝이다.

잠시 나는 이 사실에, 그녀에게 빠져든다. 눈을 감고, 그녀의 손바닥에 뺨을 대고 흐느끼는 듯한 숨을 한 번 길게 들이마시고, 그런 사랑을 받으면 어떤 기분일지 상상한다. 완전한, 무조건적인, 돌이킬 수 없는 사랑. 이 영리하고 변덕스럽고 용감하고, 상처 입은 여자와 삶을 꾸리면 어떨까 상상한다.

태어나서 처음 느끼는 행복이다.

하지만 주변의 모든 사람이 우리를, 나를 지켜보고 있기에 계속 이러고 있을 수는 없다. 그래서 나는 하기 싫은 단 한 가지 행동, 온몸의 세포가 그러지 말라고 소리를 지르는 행동을 한다. 뒤로 물러나고 계단에서 내려온 이후 처음으로 우리 사이에 거리라 할 수 있는 거리를 둔다. 불과 몇 분 전인데, 전생의 기억처럼 느껴진다.

"너를 이해하지 못하겠어." 꼭 필요한 말은 아니지만 하지 않을 수 없는 말이다.

"천국과 지옥 사이에는 자네의 철학으로 상상할 수 없는 일이 더 많다네, 호레이쇼." 그녀는 내가 아까 잘못 인용했던 문장을 일부러 사용하며 나를 날카롭게 찌르는 미소를 지어 보인다.

나는 생각을 정리하기 위해 헛되이 머리를 흔든다. 한 번 더 숨을 깊이 들이마시고 천천히 내쉰다. "네가 안 떠나겠다면……."

"나는 떠날 수 없는 거야." 그녀가 말을 자른다. "여기 말고는 갈 곳이 없어. 부모님이……."

"죽었지. 나도 알아." 내 안에서 분노가 타오른다. 그녀를 대신해, 그녀가 겪은 고통을 대신해, 내가 해주고 싶지만 할 수 없는 모든 일들을 대신해. "좋아. 안 떠나겠다 그거지. 그렇다면 내 말 똑바로 잘 들어."

그녀의 눈이 혼란스럽게 커진다. "대체 무슨……?"

"눈에 띄지 마. 사람이든 뭐든 자세히 쳐다보지 말고." 나는 내 입술이 그녀의 귀에 거의 닿을 때까지 몸을 기울인다. 우리의 숨이 섞일 때마다 내 안에서 살아 솟구치는 본능과 싸우고 있다. "그리고 항상, 언제나 뒤를 조심해."

하지만 그녀가 뭐라 대답하기도 전에 교장과 메이시가 우리를 향해 오고 있다. 그녀가 고개를 돌렸을 때 나는 그녀를 안전하게 지키기 위해 해야 하는 행동을 한다. 이 말도 안 되는 상황에서 내가 할 수 있는 유일한 행동을 한다. 계단으로 빠르게 사라지는 것. 그 기술의 속도 덕분에 나는 그녀에게서 한 걸음씩 멀어질 때마다 깨진 유리에 베이는 고통을 느끼지 않는 척 연기할 수 있다.

내 방으로 돌아갈 계획이지만 그렇게 멀리 가지 못한다. 그 대신 모퉁이를 돌자마자 멈춰 서서 그녀가 교장과 대화하는 소리를 듣는다. 말이 아닌 목소리를 귀에 담는다. 그녀에게서 떨어질 수 없기 때문이다. 지금은 안 된다. 아직은 아니다.

하지만 곧 포기해야 한다.

곧 그녀와 최대한 멀리 떨어져야 한다. 나는 그녀가 미끼로 이용되는 게 안됐다고 생각했었다. 하지만 미끼는 뱀파이어와 짝이 된 인간으로 사는 위험과 비교하면 아무것도 아니다. 상대가 그냥 뱀파이어도 아니고 이 세상의 운명을 손에 쥔 뱀파이어라면.

눈싸움에서 승리하기 위해서는
섹시한 뱀파이어 한 명으로 충분하다

그레이스가 플린트, 메이시와 문밖으로 나가는 모습을 보고 나 자신에게 돌아서자고 말한다. 걱정할 필요 없어. 그레이스는 괜찮을 거야. 이런 생각을 하면서도 어차피 셋을 따라갈 나를 안다.

어차피 나는 그레이스를 따라 나간다.

이제 눈밭으로 나간 셋은 천천히 움직이고 있다. 사냥 욕심 없이 느긋하게 오후 산책을 나온 포식 동물이 거꾸로 걸으면서도 따라잡을 수 있을 속도다. 나는 플린트가 속도를 내기를, 그레이스의 걸음을 재촉하기를 기대하지만 놈은 그러지 않는다. 그레이스와 나란히 걸으며 그레이스가 하는 말에 웃고, 또 그레이스를 웃게 한다.

피가 끓기 충분한 광경이다. 내 짝을 홀리려고 해? 자기가 죽이려고 하는 내 짝을? 그 생각을 하자 피만 끓는 것이 아니다. 온몸이 얼어붙고, 내 몸의 모든 신경이 공포에 떨며 기능을 멈춘다. 차가운 분노는 얼음처럼 타오른다.

눈에 띄지 않겠다고 결심했지만 그들에게 다가간다. 내 안에서 비상벨이 울리고 나는 지난 1년 동은 스스로 충실히 지켰던 규칙들을 전부 깨뜨린다. 평소라면 고려조차 하지 않았을 행동을 한다.

물론 작년의 나도 감히 상상하지 못했던 행동들을 했다. 누구에게도, 나 같은 괴물에게도 바라지 못했을 행동들을 했다. 그런데 지금 나를 보라. 플린트의 속셈을 파악하겠다고 눈밭에서, 한때 친구였던 놈을 뒤쫓고 있다.

플린트를 무조건적으로 신뢰했던 게 불과 얼마전이었다. 플린트도 나를 믿었던 때가 있었다. 하지만 많은 시간이 흘렀다. 절대적인 시간은 얼마 지나지 않았을지라도 그사이 너무도 많은 일들이 일어났다. 이제는…… 나는 간단한 눈싸움에서도 너석을 믿지 못한다.

절대로 내 짝을 믿고 맡길 수 없다.

드디어 세 사람은 모두가 기다리는 공터에 도착한다. 나는 숲에 남아 군중의 한가운데로 이동하는 플린트를 본다. 몇 가지 농담으로 분위기를 풀고 이 세상에서 가장 유치한 규칙들을 설명한다. 내가 모를 리가. 오래전 우리가 함께 만든 규칙인데. 내가 다른 애들과 똑같다고 연기라도 할 수 있었던 그때.

그레이스는 그러는 내내 플린트를 지켜본다. 거슬려……. 내가 무슨 스토커가 된 기분이다. 내가 이곳까지 온 이유는 내 모든 본능이 무언가 잘못됐다고, 내 짝이 위험하다고 소리를 지르고 있기 때문이다. 그렇다고 지금 변태처럼 나무 뒤에서 훔쳐보는 짓을 정당화하기는 어렵다. 내 짝이 다른 남자에게 푹 빠진 듯 보일 때는 더더욱.

잠깐은 학교로 돌아갈까 생각한다. 하지만 플린트가 규칙 설명을 끝내고 왕자라도 되는 것처럼 그레이스와 메이시에게 이리 오라 손짓한다. 당연히 둘은 플린트에게 가고, 그레이스는 손을 올려 그 멍청한 용 모자를 당긴다. 플린트가 웃으며 그레이스가 더 편하게 만질 수 있도록 고개까지 숙여줄 때는 내 눈앞에 붉은빛이 터진다.

정확히 말하면 핏빛이다.

내 자리에 그대로 머물기 위해 주먹을 움켜쥐고 이를 악문 채 내가 가진 모든 자제력을 발휘한다. 플린트 녀석은 대체 어떤 게임을 하려는 걸까. 게임이기는 한가.

플린트가 몸을 숙이고 그레이스에게 뭐라 말한다. 감각을 최대로 세워도 멀리 떨어진 내 귀에는 들리지 않는 말을 그레이스의 귀에 속삭인다. 놈의 입술이 모자와 목도리 사이에 조금 드러난 맨살을 스칠 만큼 가까이 다가가자, 내 입안에서 송곳니가 길게 자라난다.

의식적인 결정도 없이 나는 어느새 그들과 가까워졌다. 살의와 폭력으로 물든 생각들이 내 뇌에 새로운 길을 뚫고 있다.

그 생각들을 잠재우고 아래로 깊이 밀어낸다. 먹잇감을 덮치려는 포식자처럼 플린트의 모든 행동을 추적하지 않는다고 나 자신을 속인다.

"진정해." 몇 미터 떨어진 뒤편의 나무에서 메키가 말한다. 메키와 다른 애들이 나를 혼자 보내지 않았다는 사실이 처음으로 기껍다. 표면상으로는 나를 보호한다는 이유였지만―그것이 애들 방식이다―문득 다른 애들을 보호하기 위해서였나 하는 궁금증이 든다.

빌어먹을. 눈을 감고 한 손으로 얼굴을 문지른다. 그레이스 문제에서 나는 정신을 차려야 한다…… 당장. 우주가 그레이스를 내 짝으로 공표했을지 몰라도 그레이스가 동의하지 않는다면 아무 의미 없다. 게다가 플린트는 나보다 훨씬 덜 부담스러운 상대다. 그러니 그레이스도 저렇게 쉽게 같이 웃고 있는 것 아닌가?

물러나야 한다. 그들에게 공간을 줘야 하고, 어쩌면 피에 굶주린 이놈의 충동을 통제해야 할지도 모른다.

하지만 곧 눈싸움이 시작되고 그레이스, 메이시, 플린트는 공터 반대편의 숲으로 달려 나간다. 나는 이곳에서 지켜보기로 하고 그 애들을 내버려둔다. 하지만 그레이스 문제라면 내 자제력은 존재하지 않는다. 그래서 5초 만에 결심을 깨뜨리고 셋을 향해 혼자 은밀히 다가가기 시작한다. 나도 내가 여기서 뭘 하는지 모르는데 다른 이들에게까지 해명할 일을 만들 필요는 없다.

눈덩이를 만들 생각도 하지 않고 서로에게 눈을 뿌리는 마녀들을 피해 지나간다. 의미는 없지만 참 재미있어 보이는 헛수고네. 하지만 바이올렛이라는 마녀가 눈을 한 아름 집어 들고 적들을 파묻어버릴 때 내 생각은 바뀐다.

그들이 째지는 비명을 지르며 눈을 뚫고 나오려는 동안 나는 웃으며 들키지 않고 옆을 지나간다. 눈 마법이 그렇게 헛수고는 아니었군.

이제 나무 몇 그루를 사이에 두고 그레이스가 앞에 보인다. 내 조언대로 눈덩이 무기고를 만들고 있다. 큰 소리로 웃으면서. 이곳에 도착한 후로 그레이스의 웃음소리를 처음 듣는다는 사실을 깨닫는다. 듣기 좋다. 행복하게 들린다. 비록 드래곤 보이 때문에 터진 웃음이지만 나는 미소를 짓는다. 그레이스가 행복해하는 소리가 좋으니까.

나뭇가지를 붙잡고 정상적인 방법으로 내 몸을 위로 날린다. 염력으로 하는 공중 부양보다 더 빠르고 재미있다. 나뭇가지 몇 개를 더 밟고 꼭대기로 올라가자 내 눈앞에 액션 쇼가 펼쳐진다.

몇몇 늑대는 아직도 공터에서 초능력으로 눈덩이를 연사하며 적을 쓰러뜨리고 있다. 마녀들은 나뭇가지 아래를 지나가는 근처의 모든 멍청이에게 눈과 고드름을 떨어뜨린다. 용들은 무기를 비축하는 중이다. 일단은 참전하지 않고 학교 아래 터널에 보석을 모으듯 눈덩이를 모으고 있다. 확실히 실용적인 방식이다. 조금만 있으면 근처에 오는 적들을 다 쓸어버릴 만큼 무기가 쌓일 것이다. 하지만 솔직히 말하면 마녀들에게 제일 감탄했다. 지나가는 사람의 머리 위로 눈을 뿌려 기습하는 방법이야말로 천재적이고, 또 구경하기에도 즐겁다.

근처에서 들리는 익숙한 비명에 나는 레이저처럼 정밀하게 그레이스를 향해 관심을 집중한다. 그러다 얼굴을 뒤덮은 눈을 벅벅 닦는 그레이스를 보며 바보처럼 실실 웃는다. 하지만 플린트가 다가가 그레이스의 목도리를 벗겨주자 내 웃음은 사라진다. 플린트의 손이 꽃잎처럼 부드러운 뺨과 너무 가깝다. 그레이스가 손으로 내 턱을 감싼 순간부터 나는 그곳의 살을 만지는 꿈을 꾸고 있다.

그레이스가 웃으며 플린트를 올려다보고 머리카락을ー핫 핑크색 모자까지ー뒤로 넘길 때 내 목구멍에서는 낮은 으르렁 소리가 통제 불능으로 흘러나온다. 통제하지 못한 낮은 으르렁 소리가 내 목구멍에서 나온다. 그때 플린트 놈이 빌어먹을 용 모자를 그레이스에게 건네고 함께 그 안을 눈덩이로 채운다.

내 으르렁거리는 소리는 더 거칠어진다. 플린트가 그레이스에게 손을 올리고, 그레이스를 들어 올려 당연하다는 듯 자기 어깨 위로 던졌기 때문이다. 그레이스를 못 움직이게 하려고 허벅지 위쪽을 팔로 감쌀 때는 실제로 내 송곳니 아래로 놈의 턱이 느껴졌다.

그레이스 떨어뜨리기만 해봐. 머리카락 하나라도 다치면 내가 저 새끼 죽이고 만다. 떨어뜨리지 않으면…… 그래도 죽인다. 5초 안에 그레이스에게서 손을 떼지 않는다면.

놈이 낮은 가지에 그레이스를 안전하게 내려놓는다. 내 몸에 안도감이 퍼지고, 나는 체감상 몇 시간 만에 처음으로 제대로 된 숨을 들이마신다.

이후에는 그레이스가 지나가는 모든 사람에게 눈덩이를 연사하는 쇼를 편하게 앉아 감상한다. 눈싸움을 처음 해보는 초짜치고는 실력이 대단하다.

하지만 난데없이 세찬 바람이 불어닥친다. 그레이스가 조금 휘청하고, 그레이스가 몸을 지지하려 나무 몸통을 붙잡았을 때 내 가슴이 철렁 내려앉는다. 또 한 번 돌풍이 일어나 나무를 더 세게 흔들 무렵 나는 이미 움직이고 있다. 내가 있던 나무에서 미끄러져 내려와 바람이 자연적인 것인지 어떤 생물이 만든 것인지 확인하기 위해 주변을 훑어본다.

기사단원들이 내 뒤를 바짝 따른다.

나무에서 내려와 그레이스에게 절반쯤 다가간 내가 아까의 바람이 기이한 우연이지만 자연적인 것이라고 판단하려던 바로 그 순간, 몇 미터 거리에서 바유를 발견한다. 아직 인간 형태이지만 그 용은 그레이스의 나무를 마주 보고 입을 떡 벌리고 있다. 놈과 그레이스 사이에 있는 모든 것—눈, 나무, 사람들—이 강한 바람에 뒤흔들린다.

분노가 나를 휩쓴다. 나는 손날을 내리치며 염력을 쏴 바유를 땅에서 몇 미터 들어 올리고 가장 가까운 나무로 날려버린다.

기절할 만큼 세게 충돌하지만 그 이상은 관심 없다. 그레이스를 위협할 생각을 했다는 것만으로도 그 자리에서 피를 다 뽑아버리고 싶지만 지금은 더 큰 걱정거리가 있다. 현재 정상적으로 움직이지 못하는 용과 달리 놈이 뿜어낸 바람은 멀쩡히 움직이고 있기 때문이다. 내 짝에게로 직행한다.

그레이스를 향해 달려가지만 아무리 빨리 달려도 시간이 부족하다. 바람은 나무를, 또 그레이스를 너무 오래 흔든다. 그레이스가 밟은 나뭇가지가 부러지는 소리가 여기까지 들린다. 플린트라는 새끼는 그레이스를 돕지 않고 가만히 있다.

순간 내 머리에 무수한 생각이 스친다. 그레이스를 가지에서 띄워 땅으로 안전하게 내려보낼까. 염력으로 배신자 플린트의 목을 쥐고 눈알이 튀어나올 때까지 조를까. 내가 가서 그레이스를 받을 수 있을 때까지 나뭇가지를 붙잡을까.

하지만 나뭇가지가 한 번 더 불길하게 꺾이고 나는 가장 빠른 해결책, 또 용과 뱀파이어를 모르는 사람에게 가장 쉽게 설명할 수 있는 해결책을 선택한다. 그레이스가 추락하는 순간 플린트를 나무에서 떨어뜨린다.

용들이 대부분 그렇듯 놈도 덩치가 크기에, 그레이스를 추락으로부터 보호하는 착지점으로 손색이 없다.

당연히 플린트는 자기를 나무에서 떨어뜨린 게 나라는 사실을 알고, 알아도 나는 상관하지 않는다. 땅에 떨어지자마자 플린트가 고개를 들고 나를 찾아 주위를 두리번거린다. 하지만 허드슨을 상대하며 배운 것이 있다면 게릴라전의 가치다. 적이 죽기 전까지는 절대 모습을 보이지 말 것.

오늘도 예외는 아니다. 나는 배신자 플린트의 목에서 그 더러운 머리를 잡아 뜯는 즐거운 환상에 빠진다. 하지만 그것은 황급히 플린트에게서 내려온 내 짝이 놈의 허리 양옆에 무릎을 대고 놈의 위에 올라타기 전 이야기다.

방금 자기를 살해하려 한 놈이 괜찮은지 확인하려 한다.

이 상황의 아이러니가 내게 고통을 준다. 놈은 괜찮다고 그레이스를 안심시킨다. 놈이 감히 그레이스의 허리에 손을 놀린다. 그 손짓을 본 내 온몸의 세포는 파괴를 꿈꾼다. 후다닥 플린트에게서 내려온 그레이스가 자신을 구하기 위해 나무에서 뛰어내렸다고 플린트에게 고함을 질렀다가 감사 인사를 했다가 하는 동안에도 그 갈망은 쉽게 사라지지 않는다.

그레이스가 앞으로 나와 놈이 정말 괜찮은지 가까이서 두 눈으로 확인하고 싶은 듯 보일 때는, 나는 침착하게 있기 위해 했던 모든 노력을 포기한다.

형식적인 예의는 집어치운다. 기습의 기술도 집어치운다. 다 집어치운다. 내 짝이 한 번 더 손으로, 아니 몸의 어떤 부분으로도 놈을 만지게 둘 수는 없다. 최소한 저 나무에서 곤두박질친 사고에 플린트가 어떤 역할을 했는지 모르는 동안에는.

나는 대략 축구장 세 개를 합쳐놓은 크기의 공간을 빠르게 가로지른다. 그레이스와 플린트 주변을 서성거리는 사람들이 있지만 내가 이곳에 있다는 사실을 깨닫자 꽁무니 빠지게 물러난다. 빠르게.

나는 그곳에서 존재만으로 모든 것을 바꿔놓은, 내가 지금이 아닌 1년 전에 만났기를 간절히 소원하는 여자를 내려다본다. 내 인생과 우리 주변의 세계가 완전히 미쳐 돌아가기 전에 만났다면 얼마나 좋을까.

너무도 간절한 열망에 잠깐은 플린트의 존재도 인식하지 못한다.

명백한 단결의 표시로 갑자기 내 뒤에 주르륵 서는 내 친구들도.

탐욕스러운 눈으로 이 드라마의 모든 순간을 지켜보는 군중도. 내 눈과 귀와 머리는 오로지 그레이스가 차지하고 있다.

하지만 플린트가 움직인다. 사과하려는지, 나를 쫓아내려는지 모르지만 관심 없다. 놈은 바유가 그레이스를 나무에서 떨어뜨릴 수 있게 일부러 나무 위로 데리고 올라갔다. 그러고도 무사할 거라 생각했다면 현실 감각이 심각하게 망가진 놈이다.

행동에는 대가가 따르는 법이고 살인 미수의 대가는 어마어마하다. 얼마나 어마어마할지는 아직 모르겠다. 하지만 우리가 이 자리를 뜨기 전 이 추락 사고에 대해 어떤 답이라도 내놓아야 할 것이다. 안 그러면 저 빌어먹을 사지를 지금 이 자리에서 하나하나 뜯어낼 테니까.

"너 이 새끼, 무슨 생각으로 이러는 거야?" 마침내 내 눈을 쳐다볼 용기를 낸 플린트를 내가 윽박지른다.

겁쟁이 놈이 곧바로 대답하지 않아 나는 더 강력하게 다시 묻기 시작한다. 하지만 그러기도 전에 그레이스가 우리 사이에 서서 속삭인다. "내가 떨어졌어, 잭슨. 플린트는 나를 구한 거야."

그 말이 내 안에 로켓을 발사한다. 그녀의 입에서 나오는 내 이름은 날아갈 만큼 듣기 좋지만, 플린트를 변호하는 말을 들으니 머리가 폭발할 것 같다. "그래?" 내가 묻는다. 빈정거리기라도 해야 플린트를 갈기갈기 찢고 싶은 마음을 참을 수 있다.

"그래! 바람이 갑자기 세게 불어서 내가 균형을 잃었어." 그레이스가 간곡히 말한다. "내가 나무에서 떨어지니까 플린트가 나를 잡으려고 따라서 뛴 거야."

그 발언의 진실성에 의문을 제기하려 한다. 최소한 플린트의 관점에서는. 그때 그레이스가 손을 뻗고 자신을 구한 거대하고 용감한 영웅을 대하듯 플린트의 어깨를 만진다. "왜 그래?" 그레이스가 묻는 소리를 듣자 열이 오른다. "다친 거야?"

하고 싶은 말이 많지만 할 수 없다. 여기서는, 지금은 안 된다. 그래서 다시 한번 아래쪽 깊은 곳에 봉인하고 존재하지 않는 척한다.

잠시 후, 땅에 작은 진동이 퍼진다.

뒤에서 바이런이 내 이름을 나직이 부르고 나는 빌어먹을 흔들림을 재빨리 통제한다. 생각만큼 쉽지는 않다. 지난해에 내가 한 모든 짓을 참고 견딘 유일한 방법은 감정을 억누르는 것이었으니까. 내게 감정이라는 것이 있는지 잊고 살았다.

아무도 지진을 느끼지 못했는지 말을 하는 사람이 없다. 그 대신 플린트가 그레이스의 손을 뿌리치고 말한다. "나는 괜찮아, 그레이스." 그 말은 놈이 보기보다 똑똑하다는 뜻이다.

하지만 그레이스는 속아 넘어가지 않는다. "그럼 뭐가 문제야?" 그레이스가 우리를 번갈아 보며 묻는다. "지금 무슨 상황인지 나는 이해가 안 돼."

할 말이 없어 나는 대답하지 않는다. 플린트도 아마 같은 이유로 대답을 하지 않을 것이다. 그레이스는 혼란스러워 보이고, 우리를 에워싼 모든 이들은 두 손만 비비지 않을 뿐 기대감으로 가득 차 있다. 그 와중에 용들은 플린트의 뒤로 움직여 자신들이 플린트의 편이라는 사실을 나와 기사단에게 보여준다.

그게 무슨 의미가 있나. 내가 놈을 파괴하기로 결심하면 끝인 것을.

점점 커져가는 위험을 감지했는지 메이시도 불쑥 말을 꺼낸다. "우리는 그만 방으로 가자, 그레이스. 너 안 다쳤는지 확인하게." 이렇게 높은 메이시의 목소리는 처음 듣는다.

"나는 괜찮아." 그레이스가 안심시키며 다시 한번 용과 나를 번갈아 쳐다본다. 내가 무슨 멍청한 짓을 할 거라고 생각하는 것처럼. 솔직히 말해서 우리가 당장 이곳을 떠나지 않으면 정말 그렇게 할 수도 있다. 그러다 그레이스가 말을 잇는다. "나는 아무 데도 안 가."

그래, 내가 그렇게 둘 것 같아? 지금은 안 된다. 주위에 그레이스를 해치고 싶은, 더한 짓을 하고 싶은 놈들이 몇 명이나 되는지 모를 때는.

나는 그레이스 바로 뒤에 설 때까지 몇 걸음 더 다가간다. 너무나 가까워 따뜻한 시나몬과 바닐라 향을 맡을 수 있다. "아니, 오늘 오후에 들은 것 중 제일 좋은 생각이야. 내가 방까지 데려다줄게."

절대로 어디든 혼자 가게 두지 않는다.

모여든 사람들이 내 말에 움찔한다. 눈을 뜨게 뜨고 입을 벌리고 충격으로 멍해진 얼굴로 물러나는 게 보인다. 그럴 만도 하지. 내가 평소와 완전히 다르게 행동하고 있으니까. 다들 구경하고 싶지만 나를 방해하기는 두려운 눈치다.

현명한 움직임이다. 내 지금 기분 상태로는 내게 처음 도전한 사람을 죽이게 될 가능성이 다분하다. 최소한 목에 아주 뚜렷한 자국 두 개를 남기거나.

그 느낌은 그레이스의 다음 말 덕분에 더 강해진다. "나는 플린트 옆에 있을게. 정말로 괜찮은지……."

"나는 괜찮아, 그레이스." 플린트가 이를 악물고 말들을 뱉어낸다. "그냥 가."

"정말이야?" 그레이스가 그 자식의 어깨에 다시 손을 올리려 한다. 하지만 이번에는 손이 닿지 않도록 내가 그 사이로 이동한다. 그러고는 앞으로 다가가 그레이스를 천천히 플린트에게서 떨어뜨리고 학교로 돌아가게 한다.

그레이스는 거부하지 않는다. 얼굴에 떠오른 표정에는 열 개가 넘는 질문이 담겨 있지만. 그보다 더 많을 수도 있다.

"메이시, 자." 그레이스가 결국에는 사촌의 손을 잡는다. "가자."

메이시가 고개를 끄덕이고 우리는 성으로 걸어가기 시작한다. 메이시, 그레이스, 그리고 나. 나는 군중이 흩어질 때까지 그곳에 남아 있으라고 기사단에게 고갯짓을 하고, 내 친구들은 시키는 대로 한다.

그레이스와 나는 잠시 침묵을 지키며 걷는다. 그러다 그레이스가 나를 돌아보며 묻는다. "그나저나 너는 밖에 왜 나와 있었어? 같이 눈싸움 안 한다며."

마땅한 대답이 없어 이 말로 얼버무린다. "내가 밖에 나와 있었던 걸 다행으로 생각해. 플린트가 너를 이 지경으로 만들었으니 말이야." 나는 어리석을 말실수를 하지 않으려고 일부러 그레이스 쪽은 보지 않는다.

"진짜로 별일 아니야." 그레이스가 나를 안심시키고 말을 잇지만 어쩐지 말투가 이상하다. "플린트가 잡아줬어. 플린트가……."

"플린트가 잡아주긴 뭘 잡아줘." 내가 쏘아붙인다. 그 빌어먹을 용을 변호하는 소리를 듣고 있으니 내 안에서 오랫동안 느껴보지 못한 분노가 터진다. 나는 말을 멈추고 이해시킬 결심을 하고서 그레이스의 얼굴을 똑바로 본다. "사실……." 나는 말을 맺지 못한다. 그레이스의 얼굴을 스치고 지나가는 고통에 눈을 가늘게 뜬다. "뭐가 문제지?"

"네가 왜 그렇게 화가 났는지 모르겠다는 것 말고?" 그레이스는 내 걱정을 대수롭지 않게 넘긴다.

그래도 나는 그레이스를 머리끝에서 발끝까지 살핀다. "어디가 아픈 거야?"

"나는 괜찮아." 그레이스가 주장한다.

"너 다쳤어, 그레이스?" 메이시가 처음으로 대화에 끼어든다. 민망하지만 여태 우리와 있었다는 사실조차 잊고 있었다. 하기는, 그레이스 옆에 있으면 모두가 존재감을 잃으니까.

"아무것도 아니야." 그레이스가 또 말하지만 그리 설득력 있지는 않다. 심지어 다시 걷기 시작한 그레이스는 발을 디딜 때마다 얼굴을 찌푸린다.

나는 이를 악물고 고집 참 세다고 한마디 하고 싶은 마음을 꾹 참는다. 그 대신 묻는다. "어디 아프냐고?" 그리고 솔직하게 말할 때까지 이 문제를 포기하지 않겠다는 눈빛을 보낸다.

그레이스는 나를 똑바로 보며 지지 않는 눈빛을 쏜다. 하지만 결국에는 불만스러운 한숨과 함께 물러난다. "발목. 땅에 떨어질 때 삐끗했나 봐."

그레이스에게 무슨 문제가 생겼다는 것을 안 순간, 나는 무릎을 꿇고 부츠 위로 최대로 조심스럽게 그레이스의 발과 발목을 살핀다. 그레이스는 조금 놀란 소리를 내고, 아무리 실수라도 내가 그레이스를 아프게 하고 있다는 사실이 더 강력한 전류처럼 내 몸을 훑고 지나간다. "동상 때문에 밖에서는 이걸 벗길 수 없어. 이렇게 하면 아파?"

그레이스가 헉 소리를 내고, 나 때문에 그레이스가 고통을 느낀다는 데 열이 올라서 나는 손을 뗀다. 애초에 그레이스를 다치게 놔뒀다는 데 더 열이 받는다.

"내가 먼저 가서 스노모빌 가지고 올까?" 메이시가 묻는다. "금방 올 수 있어."

"나 걸을 수 있어. 진짜야. 괜찮다니까." 그레이스가 말하지만 모습만큼이나 애처로운 목소리다.

나는 믿을 수 없다는 눈으로 그레이스를 보며 손을 내밀고 그녀가 일어나게 돕는다. 그러다 마음을 바꾼다. 걸을 수 없을 게 뻔하기 때문에 그레이스를 내 품에 안아 올린다. 그리고 그 레이스를 안은 느낌이 내가 존재했던 몇백 년의 인생에서 가 장 안락하다는 사실을 무시하려 애쓴다.

위로가 필요한 사람이 명심해야 할 것,
절대로 사악한 뱀파이어에게
질문하지 말지어다

　나는 그레이스가 첫 번째 계단을 내려오기도 전에 정
문을 나선다.

　학교에 남아야 하지만 그럴 수 없다. 지금은 안 된다. 그레이
스가 목에, 또 팔과 뺨에 반창고를 붙이고 있을 때는. 그녀에게
그 짓을 한 개새끼가 나일 때는.

　잠시 눈을 감자 모든 기억이 섬광처럼 되돌아온다. 지진. 내
능력 때문에 폭발한 창문. 유리가 그레이스의 목을 벤 순간.

　살면서 이렇게 두려운 적이 없었다. 두려움은 내가 자주 경
험하는 감각이 아니다. 나 자신이 가장 무시무시한 존재일 때
는 다른 괴물에 대해 크게 걱정할 일이 없다. 하지만 유리가 그
레이스를 때리고, 방 안에 그레이스의 피가 흩뿌려지고, 유리
가 그레이스의 동맥을 베었다는 사실을 깨달았을 때……. 그래,
겨우 두려움으로는 그때 내가 느꼈던 감정을 표현할 수 없다.

　이후 5분은 흐릿하다. 지혈하기 위해 그레이스의 목을 핥아

서 상처를 막은 기억은 난다. 그레이스를 내 품에 안았던 기억, 움직임 하나 없이 내 품에 창백하게 쓰러진 그레이스를 안고 머리스를 찾아 전속력으로 이동하는 능력을 쓴 기억은 조각조각 떠오른다.

나는 스스로를 통제하지 못하고 그레이스를 죽일 뻔했다.

그레이스와 가까이 있었다는 이유만으로 너무도 많은 감정을 느꼈고 그 감정을 억제하지 못해 그레이스를 죽일 뻔했다.

그레이스 앞에서는 약해지기 때문에 그레이스를 죽일 뻔했다. 너무도 약해서 나도 모르게 에너지를 쌓이게 두고, 허락도 없이 그녀와 결합하려 했다.

초라하고…… 또 끔찍한 깨달음이다. 가족의 무시무시한 힘과 걷잡을 수 없는 이기심으로부터 사람들을 구하며 평생을 살았던 나다. 그런 내가 짝과 사흘을 보냈다고 갑자기 창문을 터뜨리고 땅을 흔들다니? 그녀에게 어떤 상황인지 알려주지도 않고 짝을 지으려 했다고?

대체 무슨 생각으로?

하지만 그게 전부다. 나는 생각이라는 것을 하지 않았다. 첫날 저녁에 계단을 내려와 체스 테이블 옆에 서 있는 그레이스를 본 이후로는. 그 순간부터 내게는 그레이스를 내 여자로 만들어야 한다는 생각뿐이었다. 그리고 그레이스는 두 번이나 죽을 뻔했다. 전부 다 내가 정신을 차리지 못하고 그녀를 보살피지 못했기 때문이다. 그녀를 지키는 의무를 다하지 못했기 때문이다.

하지만 우리가 함께하지 못한다면 대안은 뭐가 있지? 당장 캐트미어 아카데미를 떠나? 전 세계에서 가장 영향력이 있는 괴물들의 아이들이 다니는 학교를? 또 한 번의 전쟁을 앞두고 있는 지금? 그 전쟁을 일으키는 게 내 가족인데?

아니면 그레이스를 내보내야 할까? 이미 첫날에 시도했다. 이곳에서 꺼지라고 명령했다. 그 무엇보다도 내가 그레이스를 원했기 때문이다. 날이 갈수록 그 느낌은 점점 더 강해지고 있다. 내가 떠나라고 했을 때 그레이스는 떠나지 않았다. 그럴 수 없었으니까. 갈 곳이 없었으니까.

캐트미어 아카데미에 속하니까. 내 안에서 동물적인 목소리가 거칠게 으르렁댄다. *그리고 내게 속하지.*

그레이스는 내 짝이기 때문이다. 내 짝.

닷새가 지났지만 그 단어가 내 안에 불러일으키는 경탄과 공포를 아직은 극복할 수 없다.

모든 뱀파이어에게는 짝이 있지만 200년 안에 짝을 찾기란 사실상 상상하기 힘들다. 바이런은 비비언을 일찍 찾았지만 그건 그들이 프랑스의 작은 마을에 함께 태어났기 때문이다. 서로 짝이라는 사실을 알기 전부터 친구로서 함께 자랐기 때문에. 나머지는 그냥 이 사람, 저 사람을 만나다 짝을 찾는다. 그것도 운이 좋을 때 이야기다.

그레이스에 대해서는 아무에게도 말을 하지 않았다. 메키나 바이런에게도. 그런 딱지를 붙인다면 그레이스가 지금보다 더 큰 위험에 빠지기 때문이다. 그건 심각한 문제다. 짝이라는 놈도 그녀를 보호하지 못한다고 생각하면 더 심각해진다.

오늘 그레이스 방에 가지 말았어야 했다. 그냥 내버려뒀어야 했다. 하지만 나는 이기적이고 약한 놈이다. 그레이스를 보지 않을 수 없었다. 그레이스를 확인하지 않을 수 없었다. 상황을 더 엉망으로 만들든 말든 그레이스가 괜찮은지 확인해야 했다.

하지만 메이시의 어깨너머로 그레이스를 보고 말았다. 그레이스는 온몸이 날아든 유리 조각에 베인 상처와 멍 투성이였다. 야위고 망가진 몸에 붕대를 두르고 있었다. 그리고 나는 깨달았다. 짝이든 아니든 그레이스를 내버려두는 것만이 내가 그레이스를 위해 할 수 있는 최선이라고.

그 생각을 하자 내 몸이 움츠러든다. 내 안의 깊은 곳에 있는 괴물이 분노의 비명을 지른다. 하지만 그럴수록 나는 더 빠르게 움직일 뿐이다. 그레이스에게서 최대한 멀리 떨어져야 한다는 마음이 간절해진다.

이제 우리 사이에는 수 킬로미터가 있지만 이 정도로는 충분하지 않다. 아직도 그레이스의 피가 나를 부른다. 그 맛은 한 번도 경험해보지 못한 감각이었다. 첫날 내 엄지에 묻은 작은 핏방울을 핥았을 때 하마터면 무릎을 꿇을 뻔했다. 어젯밤은 더했다. 출혈을 방치하면 그레이스가 죽을 상황에서 나는 지혈하려고 필사적으로 노력하면서도 내 위로 쏟아진 그레이스의 피를 원했다.

내가 괴물이라는 걸 안다. 하지만 생사가 걸린 위기 속에서도 느낀 그 욕구, 갈망은 나를 무엇으로 만들지? 한심한 놈? 악마 같은 놈? 구제할 수 없는 놈?

언제 그렇게 됐을까? 허드슨을 죽였을 때? 아니면 수년 전? 수십 년 전?

나는 어디로 가는지도 모르면서 눈 위를 계속해서 질주하고 있다. 하지만 목적지는 정말로 중요하지 않다. 캐트미어에서…… 그레이스에게서 멀리 떨어진 곳이라면 어디든 좋다. 그레이스가 가까이 있을 때는, 그녀의 피가 나를 부르고 있을 때는 생각을 할 수 없다. 그 유혹에는 굴복하면 안 된다.

그녀를 안전하게 지키고 싶다면.

그녀를 온전하게 지키고 싶다면.

그러고 싶다. 그레이스를 내 여자로 만들고 싶은 마음보다도 그 마음이 더 크다.

결국에는 그 생각이 내게 길을 알려준다. 휴대폰 GPS를 확인하니 새로 결정한 목적지와 얼마나 가까운지 보인다. 내 잠재의식이 처음부터 이곳으로 나를 이끌었나 하는 의문이 들 정도로 가까운 거리다.

열두 살 때 훈련으로 30미터를 들어 올렸던 산의 기슭에서 재빨리 왼쪽으로 향한다. 눈 속에서 30킬로미터를 더 간다. 얼음 동굴이 있는 곳으로. 동굴 입구는 둘러싼 산기슭의 눈에 거의 다 가로막혔다.

동굴 앞에 도착해 걸음을 멈추고 잠시 생각과 그 밖의 모든 것을 통제하고 정리한다. 블러드레터는 내가 아는 것을 거의 다 가르쳐준 스승일지 모르지만, 그렇다고 이 안에 들어가는 게 쉬워지지는 않는다. 현존하는 가장 사악하고 강력한 뱀파이어인 블러드레터는 능수능란하게 상대의 약점을 간파한다. 그런 다음 말없이 그 약점을 이용해 상대를 파괴한다.

나는 여왕의 고집으로 인생의 25년을 바로 이 동굴에서 보내며 내 능력을 이용하는 법, 그 능력으로 왕좌에 위협이 되는 적들을 파괴하는 법을 배웠다. 블러드레터는 내가 그 모든 것을…… 더 많은 것들도 해낼 수 있도록 만들었다. 그것은 축복이자 저주였다.

마침내 방어 태세를 갖추고 그레이스의 생각들을 다 내 안 깊숙한 곳에 눌러 담는다. 나는 몇 차례 길게 호흡을 한다. 그러고 나서 얼음 속으로 내려가기 시작한다.

입구에는 블러드레터만큼이나 오래된 공기와 바위와 얼음으로 짠 보호막이 있다. 오래전 배운 대로 기계적으로 보호막을 깨뜨린다. 더 정확하게는 아주 고통스러운 시행착오를 겪으며 알아낸 대로.

땅이 가파른 내리막길로 변하고 얼음과 화성암 사이로 좁은 길이 나 있다. 나는 기억에 의지해 아름답고 치명적인 얼음층 사이의 구불구불한 길을 빠르게 지나간다. 갈림길에 도착해 오른쪽 길을 선택한다. 오른쪽 길에 발을 딛자마자 두려움이 나를 압도하지만 그 길로 향한다.

보호막을 더 풀고 다시 제자리에 짜놓으며 계속해서 동굴 안으로 깊숙이 들어간다. 평소에는 암흑처럼 캄캄한 길인데 오늘은 양쪽에 줄 지어 놓인 초들이 불을 밝히고 있다. 누군가 올 것이라고 블러드레터가 예상한 걸까……. 아니면 블러드레터가 인색하게 나눠주고 있는 지식을 구하려는 사람이 누군가를 제물로 삼은 걸까.

길이 한 번 더 구부러지고 갈림길이 또 한 번 나온다. 이번에는 왼쪽으로 가자 보호막이 또 하나 나온다. 그렇게 나는 블러드레터의 방 앞에 있는 대기실에 도착한다. 방은 거대하고, 벽과 천장에 줄을 지은 환상적인 얼음과 돌 조각들을 촛불이 비추고 있다.

방의 정중앙에는 작은 얼음 강이 흐른다. 지금은 꽁꽁 얼어붙었지만 나는 물이 흐르는 모습도 본 적 있다. 한여름에. 물론 블러드레터가 손가락을 튕겼을 때도. 어릴 때는 이 강이 스틱스강이라고 생각했다. 배의 도움 없이도 블러드레터의 심판을 통과하지 못한 모든 이의 영혼을 곧바로 지옥으로 나르는 강 말이다.

혹시 지옥으로의 편도 여행이 내 고통을 끝내주지 않을까 하는 기대감에 몇 번이나 그 강에 내 몸을 던진 적이 있다. 잘못된 기대였다.

주위를 둘러보고 다시 한번 마음을 가다듬는다. 그리고 구석에 거꾸로 매달려 바닥의 커다란 양동이 몇 개에 피를 흘리고 있는 인간 시체들을 무시하려고 최선을 다한다. 이 또한 아무것도 변하지 않았다는 증거다. 블러드레터는 사냥을 하러 나가는 대신 인간들을 동굴로 유혹한다. 일부는 산 채로 먹히고 일부는…… 날씨가 좋지 않아 사람들이 이 지역에 잘 돌아다니지 않을 때를 대비해 저장된다. 서로의 시간을 더 효율적으로 사용하는 방법이라고 들었다.

피해자들의 피를 죽을 때까지 빼앗지는 않았다고…… 또 그들을 살려두었다고, 처벌을 받기 직전에 항상 내게 그런 말을 했다.

나는 피비린내 나는 학살의 현장에서 고개를 돌리고 한 번 더 심호흡을 한다. 그리고 얼음의 아치 입구를 지나 블러드레터의 거실로 들어간다.

내 기억과 정확히 똑같다. 벽은 아늑한 청보라색이고 옆쪽 벽 하나를 차지하는 석조 벽난로에서 불꽃이 탁탁 튄다. 초판본으로 가득한 책장들은 두 개의 다른 벽에 늘어서 있고 얼음 바닥에는 일출과 같은 색인 추상적인 디자인의 양탄자가 펼쳐져 있다.

벽난로를 등진 방의 중앙에는 갈색 가죽으로 된 고풍스러운 의자가 두 개 놓여 있다. 네모난 유리 탁자를 사이에 두고 그 맞은편에 있는 것은 진보라색 벨벳 소파다.

그 소파에 블러드레터가 샛노란 카프탄을 입고 한쪽 발을 엉덩이 아래로 꺾은 자세로 앉아 있다. 겨울 모자인 듯한 뜨개질 감은, 송곳니를 완전히 드러낸 뱀파이어 형태를 띠고 있다.

"보호막을 통과하는 데 참 오래도 걸렸구나." 블러드레터가 반달 모양의 안경테 너머로 나를 본다. "하루 종일 거기 서 있을 작정이니? 아니면 와서 앉을 거니?"

"모르겠어요." 살면서 이보다 정직한 대답은 없었다.

블러드레터는 미소를 짓고 뜨개질을 멈춘다. 짧고 구불거리는 회색 머리를 몇 번 쓸어 넘기고는 내게 와서 앉으라 손짓한다. "이리 와. 너 주려고 선물 만들고 있어."

모자는 거의 완성된 상태다. 내가 오기로 결심하기도 전에 뜨기 시작했다는 의미인데…… 지금 생각하니 놀랍지는 않다.

"그 모자로 뭘 하라고요?" 나는 시키는 대로 앉으면서도 묻는다.

블러드레터는 따스한 갈색 피부 위로 밝은 초록색 눈을 반짝거리며 웃음을 짓고는 이렇게 대답한다. "아, 너라면 용도를 생각해낼 거야."

그 말에 뭐라고 해야 할지 모르겠다. 그래서 고개만 끄덕이고 다음 말을 기다린다. 블러드레터는 다른 사람이 먼저 이야기하는 것을 용납하지 않는다.

하지만 지금 블러드레터는 대화에 아무 관심이 없는 듯하다. 그래서 나는 거의 한 시간 동안 가죽 의자에 앉아 내가 쓸 생각도 없는 뱀파이어 모자를 마무리하는 모습을 지켜보고 있다.

드디어 모자가 완성되자 블러드레터는 털실을 묶고 뜨개질거리를 소파 옆에 모두 내려놓는다. "목마르지 않니?" 블러드레터가 구석에 있는 바를 턱으로 가리키며 묻는다.

목이 마르긴 하지만 방 바로 앞에서 피를 뽑히고 있는 인간들이 떠올라 고개를 젓는다. "아니요, 괜찮습니다."

"마음대로 하려무나." 블러드레터는 보일 듯 말 듯 작게 어깨를 으쓱하고 일어난다. "그래, 가자, 그럼. 산책이나 할까."

나는 일어나 방 뒤쪽에 있는 두 번째 아치 통로로 블러드레터를 따라간다. 내 훈련실이었던 것 같은 공간의 얼음 바닥과 벽이, 아치를 지나는 순간 야생화와 따스하게 내리쬐는 태양까지 완벽하게 갖춘 여름의 목초지로 변한다.

"그래." 침묵 속에서 몇 분간 걸은 후에 블러드레터가 말한다. "뭐가 그렇게 신경 쓰이는지 말해줄 거니?"

"이미 아실 텐데요."

블러드레터는 인정하며, '그럴 수도 있지'라는 표정을 짓는다. 하지만 더 이상의 정보를 내주지는 않는다.

"어떻게 지내세요?" 내가 잠시 후 묻는다. "한동안 못 들러 죄송해요."

블러드레터가 손을 내젓는다. "오, 얘야, 그건 걱정하지 않아도 된다. 너는 해야 할 더 중요한 일들이 있잖아."

나는 허드슨과 어머니와 각기 다른 종족들이 일으키려는 내전을 막는 악몽을 생각한다. "네, 그렇게 말할 수도 있겠네요."

"나는 그렇게 말하고 있어." 블러드레터가 손을 뻗어 내 어깨에 한 손을 올린다. "네가 자랑스럽다. 기특한 것."

그런 말은 전혀 예상하지 못했다. 그 말을 듣자 내 목에서 갑자기 응어리가 솟아올라 성대를 막고, 나는 몇 차례나 헛기침을 하고 목소리를 되찾는다. "저랑은 생각이 다르네요."

"그러지 마." 내 어깨를 위로하던 손이 순식간에 내 뒤통수를 후려갈긴다. "너는 우리 종족의 수천 년 역사에서 그 누구보다 많은 공을 세웠어. 자랑스러워해야지. 네가 짝을 찾았다는 사실도 자랑스러워하고."

"그럼 제가 왜 여기 왔는지 아시는 거네요."

"네가 왜 여기 왔다고 생각하는지 알지."

나는 시선을 피하려다 선명한 분홍색인 야생화밭을 응시한다. 눈을 감는 날까지도 그레이스를 연상할 광경이다. "어떻게 하면 돼요?" 내가 묻는다. 아까 목이 조인다고 생각했던 느낌은 지금과 비교하면 아무것도 아니다.

숨조차 쉴 수 없다.

"그 아이를 짝으로 받아들이는 것 말이니?" 블러드레터가 눈썹을 세운다.

"그런 뜻 아닌 거 아시잖아요." 나는 주먹을 움켜쥐고 이 대화로 인해 무언가를 때려 화풀이하고 싶은 충동이 들지 않는 척 연기한다. 토하고 싶은 충동이나. 둘 다일 수도 있고.

블러드레터가 무거운 한숨을 쉰다. "방법이 있지."

"알려주세요."

"정말이니, 잭슨? 그걸 하고 나면 돌이킬 수 없다. 한번 갈기갈기 찢긴 건 다시 고칠 수 없어."

"고치고 싶을 리 없어요." 나는 꽉 다문 잇새로 그 말들을 토해낸다.

"그건 모르는 일이지." 블러드레터가 손을 흔들자 풀밭이 그레이스의 기숙사 방으로 바뀐다. 메이시가 옆을 돌아다니는 동안 그레이스는 침대에 웅크리고 누워 휴대폰으로 뭔가를 읽고 있다. 아름답고 연약해 보여 당장 가서 품에 안고 싶다. 모든 위험에서 보호해주고 싶다. ……그 위험에 내가 포함된다고 해도. 그 위험이 나라면 더더욱.

"짝을 찾는 것은 소중한 일이지." 블러드레터가 말을 잇는다. "어린 나이에 찾는 것은 더욱 특별해. 그럴 필요가 없는데 왜 굳이 포기하려고?"

"이미 그 애를 노리고 있어요. 이유는 아직 모르겠지만 어떤 계획에 체스 말처럼 쓰이고 있다고요. 뱀파이어들을 타도하려는 걸까요? 내가 막으려고 그토록 노력했던 내전을 일으키려고? 허드슨이 한 짓 때문에 복수를 하려고? 모르겠어요. 제가 아는 건 그 애와는 아무 상관 없이 제가 내린 결정들 때문에 그 애를 다치게 할 수 없다는 것뿐이에요."

모든 말이 진심이지만 그렇다고 덜 아프지는 않다. 나는 평생 내 것을 가져보지 못했다. 내 어머니의 뜻이었다. 하지만 그레이스가 바로 앞에 있다. 그레이스는 내 여자가 될 운명이었다. 그럼에도 나는 감히 손을 뻗을 수 없다. 그러려면 나 때문에 그녀에게 위험이 닥치는 일을 감수해야 하기 때문이다.

"아시잖아요. 이 세계에서 그 애는 절대 안전하지 못해요. 저를 괴롭히려고 그 애를 죽일 거라고요."

블러드레터가 손을 흔들자 우리는 다시 한번 풀밭을 걷고 있다. 나는 입술을 깨물고 그레이스를 돌려달라는 애원을 참는다. 블러드레터는 이렇게 대답한다. "시도를 하겠지."

"결국에는 성공할 거고요." 블러드레터만큼이나 나 자신도 일깨우려는 말이다. "언제나 그렇듯이."

"'언제나'는 아니야." 블러드레터가 재미있다는 표정으로 나를 본다. 1년 전 일을 떠올리라는 뜻이다. 굳이 떠올릴 필요도 없는데. "조금만 믿어보지 않겠니?"

내가 코웃음을 친다. "저를요?"

"너와 네 짝."

"그레이스는 믿어요. 하지만 인간이잖아요. 약한." 솟구치던 피를, 어깨와 목을 깊이 베인 상처를 떠올린다. "깨지기 쉬운."

블러드레터가 웃는다. "우리는 다 깨지기 쉽단다. 그것이 인생의 일부분이지." 그러면서 손가락 하나로 나를 가리킨다. "그리고 네 그레이스가 너를 놀라게 할지도 모르거든."

"무슨 말이에요?" 내가 묻는다. 모든 수수께끼와 불완전한 조언에 질려 결국에는 다그친다. "무슨 뜻인지 그냥 말해줄 수 없어요? 뭘 해야 하는지 그냥 말해주면 안 돼요?"

"너는 누구의 말도 듣지 않아, 잭슨. 그건 일평생 네 강점이자 문제였지. 갑자기 왜 달라지지?"

내 안에 조급함이 차오르며 침착한 척하던 연기를 끝장낸다. "됐어요! 결합의 끈을 어떻게 끊는지 그것만 알려주세요."

이번에 블러드레터가 미소를 지을 땐 칼날처럼 날카로운 앞니가 번쩍인다. "내 앞에서 말버릇 조심하렴. 내가 너를 좋아한다고 한겨울에 식사 한 끼로 피를 다 빨아먹지 않으리라는 보장은 없어. 내 기억이 정확하다면 너는 꽤나 맛이 좋았거든."

우리 둘 다 이제는 신경 쓰지 않는 낡은 위협이다. 그럼에도 나는 입을 다문다. 그 말 안에는 또 다른 협박이 암시되어 있기 때문이다. 나를 도와주지 않을 거라는 협박.

몇 분간 침묵 속에서 걷다 보니 조급함에 안달이 나서 몸이 벌벌 떨린다. 당장이라도 기절하겠다는 확신이 들 때에야 블러드레터가 내 손을 잡는다.

"이거면 네가 찾는 방법을 알려줄 거야." 블러드레터가 말하며 접힌 종이를 내 손바닥에 올려놓고 그것을 오므려 쥐게 한다.

어디서 난 종이인지 묻고 싶지만 사실은 관심 없다. 그레이스를 구할 수 있는 수단이 내 손안에 들어왔으면 그것으로 충분하다.

"다만 네가 정말로 원해야 해." 블러드레터가 아까의 경고를 되풀이한다. "너와 그레이스 사이의 연결을 깨뜨리면 다시는 원상 복구를 할 수 없으니까."

그 말을 들으니, 짝이 없는 영생을 상상하니 가슴이 찢어진다. 하지만 적들이 나를 괴롭히기 위해 그레이스가 고통을 받고 죽는 모습을 지켜봐야 한다면…… 다른 대안은 없다.

"고마워요." 내가 블러드레터에게 말하며 종이를 주머니 깊숙이 넣는다.

"천만에, 내 귀염둥이." 이번에는 블러드레터가 내 뺨을 톡톡 두드린다. "정말로 너를 사랑한다. 알지?"

"알아요." 내가 동의한다. 비록 방법은 이상하지만 사실이기 때문이다.

"나같이 늙고 괴팍한 뱀파이어도 너를 사랑할 수 있다면, 그레이스처럼 강한 아이는 충분히 가능할 거야." 블러드레터는 윙크를 하고 손을 내게서 떼며 뒤로 물러난다. "그리고, 너 한 가지를 잊고 있어."

"뭔데요?" 내가 묻는다. 그러지 않으려고 최선을 다하지만 내 안에서 아주 작은 희망의 불씨가 타오르기 시작한다.

"하늘과 땅 사이에는 자네의 철학으로 상상하는 것보다 더 많은 것들이 있다네, 호레이쇼." 블러드레터는 한 걸음 더 물러나고 내가 보는 앞에서 정체 모를 날개 달린 생물로 변신한다.

그리고 날아간다. 내가 찾던 대답과 어떻게 물어야 할지 짐작도 가지 않는 무수한 질문과 나만 이곳에 남겨둔 채.

한편으로는 대화를 더 할 수 있게 남아서 기다리고 싶다. 피를 주고 난 후에는 흔쾌히 대화 상대가 되어줄 때가 있기 때문이다. 하지만 블러드레터의 방으로 돌아간 순간 그레이스와 메키가 연달아 보낸 문자들로 내 휴대폰이 윙윙거리기 시작한다.

하지만 도착한 순서가 엉망이다. 그래서 전체 상황을 파악하려고 동굴 밖으로 나가 휴대폰이 터지는 구역으로 돌아간다. 그러자마자 문자는 빠르게 뜨기 시작한다. 문자를 읽으며 나는 블러드레터가 돌아오기를 기다리자는 생각을 까맣게 잊는다. 그레이스에게, 내 짝에게 최대한 빨리 가야 한다는 것 말고는 모든 생각을 지워버린다. 그레이스가 괜찮은지 확인해야 한다. 감히 그녀를 문 뱀파이어가 얼마나 끔찍한 선택을 했는지 이해하게 만들어야 한다.

디날리산으로 다시 달려가며 나는 깨닫는다.

그레이스를 안전하게 지키기 위해 누구와 싸우는지는 중요하지 않다. 그레이스를 붙잡기 위해 내가 무슨 일을 해야 하는 지도 중요하지 않다. 그레이스는 내 짝이고, 내가 그레이스를 포기하는 일은 없다. 절대로.

얼마나 어리석은 생각인가? 그레이스는 존재하는지도 모를 결합을 끊는다니? 선택권은 우리 두 사람 모두에게 있다. 그렇지 않다고 생각한 내가 개새끼였다.

그래서 나는 캐트미어로 돌아가자마자 주머니에 손을 넣고 블러드레터가 준 쪽지를 꺼낸다. 굳이 펼쳐볼 생각도 하지 않고 갈기갈기 찢어 계단을 올라가는 길에 가장 먼저 눈에 띈 쓰레기통으로 던진다.

나에게는 책임져야 할 짝이 있고, 그 무엇도 나를 막지 못할 것이다.

감사의 말

이 괴물 같은 책을 끝까지 읽은 독자 여러분에게 가장 먼저 감사의 말을 전해야 마땅하다. 《크레이브》를 선택해줘 고맙고, 그 안에 있는 152,000개의 단어를 다 읽어줘서 고맙고, 잭슨과 그레이스의 세계를 함께 즐겨줘서 고맙다. 여러분이 우리와 이 여정을 함께하기로 선택했다는 사실에 이루 말할 수 없이 기쁘다. 감사하고, 감사하고, 또 감사하다.

다음으로 감사를 전할 사람은 말로 표현할 수 없을 만큼 존경하는 리즈 펠티에다. 리즈는 글쓰기에 대해, 나 자신과 우정에 대해 정말 많은 것을 가르쳐주었다. 어디서부터 감사 인사를 해야 할지 모르겠다. 최고의 편집자이자 최고의 친구고, 이여정을 함께할 사람으로 나를 선택해줬다는 기쁨은 평생 잊지 못할 것이다. 이 책을 가능한 한 최고의 작품으로 만들기 위해 들인 모든 노고에 감사한다. 다음 책도 정말 기대가 된다.

스테이시 캔터 에이브럼스에게, 우리가 벌써 10년째 함께 일하고 있다는 사실이 너무 좋다. 훌륭한 편집자를 넘어 훌륭한 인간이고, 앞으로 얼마나 더 멋진 모습을 보여줄지 생각하면 가슴이 설렌다. 스테이시는 이 책에 지칠 줄 모르는 열정을 바치며 말도 안 되는 상황들에 유연하게 대처해 완성까지 이끌어주었다. 굉장히 뜻깊었고, 당신 같은 사람을 한편으로 둔 나는 정말 행운아다.

정말 열정적으로 이 책을 작업해주고 환상적인 홍보 방법들을 떠올려준 제시카 터너에게도 고맙다. 존경스러운 여성이자 최고의 친구인 당신이 내 편이라 정말 행복하다. 존재 자체로 감사한 사람이다.

브리 아처는 세상에서 제일 예쁜 표지를 선물해주었다. 아니, 정말 이 세상에서 제일 예쁜 표지다. 가슴 깊은 곳에서 감사함을 전한다.

내 자식 같은 이 책을 멋지게 꾸며준 토니 커도 빠뜨릴 수 없다. 한 페이지, 한 페이지 이렇게나 아름다울 수 있을까 싶다. 정말 진심으로 감사하다.

이 책의 광기를 다 참고 받아준 메러디스 존슨에게도 고맙다. 내 상상 속의 거대 괴물이 서점 진열대에 오를 수 있게 방향을 잡아줘서 얼마나 감사한지 모른다.

젠, 사려 깊은 코멘트와 피드백 전부 고마웠다! 최고!

인탱글드와 맥밀란 출판사의 모든 분들에게는 강인한 인내심과 열렬한 기대감으로 《크레이브》를 기다려줘 고맙다는 인사를 전하고 싶다. 이 책이 이렇게 멋진 출판사에서 이렇게 멋진 팀을 만나다니 정말 영광이다.

에밀리 실번 킴……. 대체 무슨 말을 해야 할까. 당신이 내 에이전트가 되어준 그때만 해도 내가 얼마나 큰 행운을 잡았는지 알지 못했다. 지금은 그 사실에 매일 우주에 감사한다. 항상 내 편이 되어주고 우리 앞에 장애물이 닥칠 때마다 언제나 무조건 항상 극복할 방법을 찾아줘서 고맙다. 최고의 은인이다.

에덴 킴은 나를 제외하고 《크레이브》를 가장 먼저 읽은 사람이다. 열정 가득한 감상에 정말 감사하다. 그 덕에 초고 이후로는 훨씬 더 수월하게 쓸 수 있었다.

젠 엘킨스는 언제 이렇게 시간이 흘렀나 싶은 세월 동안 기쁠 때나 슬플 때나 변함없이 내 친구로 있어주었다. 늘 곁에서 가식 없이 대해준 점 정말 고맙다.

환상의 트리오 에밀리 맥케이, 셸리 로버츠, 셰리 토머스는 최고의 친구들이자 브레인스토밍의 귀재들이다. 가슴 깊이 감사하다.

스테퍼니 마케즈는 이 책을 쓰는 내내 도움과 격려를 아끼지 않았다. 내가 왜 글쓰기를 사랑하는지, 애초에 왜 작가가 되기로 했는지 깨닫게 해줘서 고맙다. 정말 많이 사랑하고 앞으로도 어떤 모습을 보여줄지 기대가 된다.

우리 엄마에게도 감사드린다. 내 일상생활이 (어느 정도는) 평탄하게 흘러가고 있는 것은 순전히 엄마 덕분이다. 우리를 챙기기 쉽지 않을 텐데 참고 견뎌줘서 감사한 마음뿐이다. 사랑합니다!

　마지막으로, 말로 표현할 수 없을 만큼 사랑하는 세 아들에게. 최근 몇 년간 참 많이 힘들었는데 잘 버텨줘서 고맙다. 이 세상에서 제일 멋지고 훌륭한 아들들 덕분에 매일이 새롭고, 너희 셋이 있어 이 엄마가 얼마나 행복한지 알아주기를 바라.

옮긴이 유혜인

경희대학교 사회과학부를 졸업했다. 글밥아카데미 출판번역 과정을 수료하고 현재 바른번역에서 영어 번역가로 활동 중이다. 옮긴 책으로는 《사라진 소녀들의 숲》, 《붉은 궁》, 《아이가 없는 집》, 《모조품》, 《살인자의 숫자》, 《봉제인형 살인사건》, 《꼭두각시 살인사건》, 《엔드게임 살인사건》, 《아임 워칭유》, 《인 어 다크, 다크 우드》, 《우먼 인 캐빈 10》, 《위선자들》, 《악연》 등이 있다.

크레이브 2

초판 1쇄 인쇄 2024년 12월 13일
초판 1쇄 발행 2024년 12월 24일

지은이 트레이시 울프
옮긴이 유혜인
펴낸이 신경렬

상무 강용구
기획편집부 이다희 신유미
마케팅 최성은
디자인 굿베러베스트
경영지원 김정숙 김윤하

책임편집 송규인
본문 디자인 박현경

펴낸곳 ㈜더난콘텐츠그룹
출판등록 2011년 6월 2일 제2011-000158호
주소 04043 서울시 마포구 양화로 12길 16, 7층(서교동, 더난빌딩)
전화 (02)325-2525 | **팩스** (02)325-9007
이메일 editor1@thenanbiz.com | **홈페이지** www.thenanbiz.com

ISBN 979-11-5879-221-3 04840
ISBN 979-11-5879-219-0 (전2권 세트)